CW01665742

MARVEL

BLACK WIDOW

DAİMA KIZIL

MARVEL

BLACK WIDOW

DAiMA KIZIL

MARGARET STOHL

BETA KİTAP

Marvel Black Widow Daima Kızıl
Margaret Stohl

Kitabın özgün adı: *Marvel Black Widow Forever Red*
İkinci baskı: Nisan 2018
ISBN: 978-605-333-938-0

Çeviren: Emre Yavuz
Editör: Sima Özkan
Tasarım uygulama: Atiye Yaprak

Baskı ve cilt: Ertem Basım Yayın Dağıtım San. Tic. Ltd. Şti.
Sertifika no: 26886
Eskişehir Yolu 40. Km. Başkent Organize Sanayi
Bölgesi 22. Cadde No: 6 Malıköy-Ankara
Tel: (0312) 640 16 23

Beta Basım Yayım Dağıtım A.Ş.
Sertifika no: 16136
Narlıbahçe Sokak No:11 Cağaloğlu-İstanbul
Tel: (0212) 511 54 32 Faks: (0212) 513 87 05
www.betayayincilik.com

Yayın hakları ve izinler ile ilgili her türlü soru için:
bilgi@betayayincilik.com

BU KİTAP
TEKMESİNİ EKSİK ETMEYEN,
DÜNYALAR YARATAN,
ROMANOFF RUHLU
KATE HAILEY PETERSON'A...

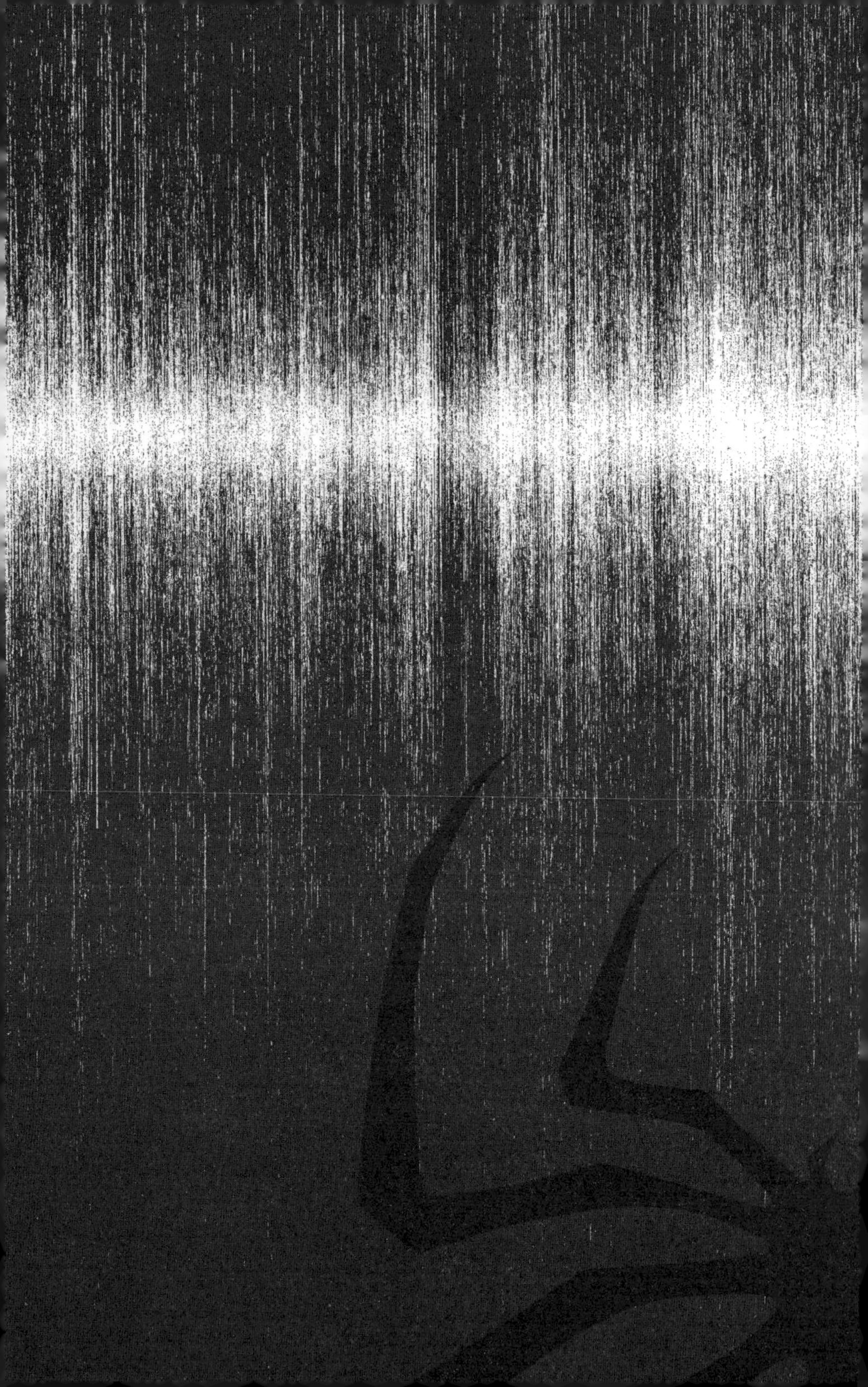

SAHNE BİR

"SEVGİ, ÇOCUKLAR İÇİNDİR."

—NATASHA ROMANOFF

SEKİZ YIL
ÖNCE

UKRAYNA'DA
BİR YERDE

BÖLÜM 1: NATASHA

ODESSA'NIN ARKA MAHALLELERİ
UKRAYNA
KARADENİZ YAKINLARI

Natasha Romanoff, piruhi* yemekten nefret ederdi ama yalandan, daha da çok nefret ederdi.

Yalan söyleme konusunda oldukça iyiydi. Yalan söylemek, bir gereklilikti; işinin bir parçasıydı. Asıl nefret ettiği, kendine yalan söylenmesiydi. Yalanlarla büyütülmüş olsa bile.

Ivan'ın söylediği her şey yalandı.

Ivan Somodorov, namıdiğer Garip Ivan. Uzun zamandır, Natasha'nın aklına bile gelmiyordu. Ta ki bu geceye kadar.

---

* Tulum peynirli ve cevizli, et suyunda pişirilen Polonya'ya özgü, bir tür mantı. (ç.n.)

Yıllardır, onu hiç düşünmemişti.

Ve şimdi Natasha, sularla kaplı ticaret limanındaki Ukrayna antreposunun paslı metal duvarına tırmanırken, ay bile, Ivan'ın yalanlarından biri gibi doğuyordu.

Evine hoş geldin, Natashka.

Bütün o anıları geri getiren, piruhi gibi görünen ay oldu.

Bunları hatırlarken, tırmanmaya devam ediyordu. Ama bir zamanlar Rusya Ana'nın evladı, şimdilerde ise yetkin bir S.H.I.E.L.D. ajanı olan Natasha Romanoff bile, Ivan Somodorov'un elinden kaçamamıştı. Etrafındaki binaların çatılarına yerleştirilmiş keskin nişancılardan ya da etrafını çeviren yüksek, dikenli tellerden kaçması, çok daha kolaydı.

"Ayı görüyor musun?" demişti Ivan, o çok daha gençken. "Şu gökten ağır ağır sarkmakta olan solgun piruhiyi görüyor musun? Sanki oradan kopup, dedenin tuzlu su kaynattığı tencereye düşmek istermiş gibi." Natasha, başını salladı. Savaşta öksüz ve yetim kaldığı için, dedesini ve tabii ki ailesini hayal meyal hatırlıyordu. "Böyle bir ay varken, hedeflerini ne kadar kolay görebiliyorsan, hedeflerin de seni aynı şekilde kolaylıkla görebilir. Avlanmak ya da temiz bir cinayet işlemek için uygun bir gece değil. Ortadan kaybolmaya elverişli bir gece değil."

Hatırladığı Ivan, işte buydu.

Ivan, ona Rus yapımı bir suikast tüfeğini nasıl kullanacağını ve tabanca olarak da –Almanlar hakkında ne düşünürsen düşün– Alman yapımı olanlar dışında hiçbirini kullanmaması gerektiğini öğretmişti, özellikle de HK ve Glock dışında. Bir makineli tüfeğin namlusunu saniyeler içinde değiştirmeyi ve modifiye ederek tetiğini tüy gibi hafifletmeyi öğretmişti. İzlerini gizlemeyi, SVR'den, FSB'den ve FSO'dan, yani KGB artık KGB olmaktan çıktıktan sonra onun işini gören tüm teşkilatlardan kaçmayı öğretmişti. Bunlar, onun patronlarının patronlarıydı. Onlar için çalışır ama asla onlarla birlikte çalışmazdı. Bu gruplar için çalışmaya ant içerlerdi ama bu gruplar onları tanımazdı. Bu grupların isimleri, *Gazeta*'da manşet olurdu ama onunki asla görülmezdi.

Red Room'un* aksine. Ivan'ın tayfasının ve özellikle de *Devushki Ivana* takımının aksine. Ivan'ın kızları.

Natasha derin bir nefes aldı ve ayın aydınlattığı gecede, oluklu çinko duvarlarla kaplı bu binanın bir yanından diğer yanına sallanarak geçip, yoluna devam etti. Pürüzlü metal duvarlar, avuçlarına batıyordu. Hâlâ tutunabiliyor olması, mucizeydi.

Mucize ve tabii ki yıllarca süren eğitim.

Natasha, gözlerini kapattı ve daha sıkı tutundu. Doğrusunu söylemek gerekirse, yapışkan kostüme de ihtiyacı yoktu.

Bırakıp gitmek istiyorum ama onca eğitimi bunun için almadım.

"Sana, öldürmekten çok daha fazlasını öğreteceğim," demişti Ivan. "Bizzat seni, bir silaha çevireceğim. Bir Kalaşnikof kadar otomatik ve duygusuz ama ondan iki kat daha tehlikeli olacaksın. Ancak o zaman sana nasıl, ne zaman ve nerede can alman gerektiğini öğreteceğim."

---

* *İng.* Kırmızı oda. Amerikan edebiyatında, MURDER (cinayet) kelimesinin tersten okunuşu olarak da kullanılır. (ç.n.)

"Peki ya neden?" diye sordu Natasha.

O zamanlar gençti, yoksa bunları daha iyi biliyor olurdu. Çocuk Natasha için hayat, gözlerden, gölgelerden ve köşelerden ibaretti. Yalnız ve savunmasızdı. Çoğu zaman kendini tuzağa düşmüş bir tavşan gibi hissederdi.

Ivan, içten bir kahkaha attı. "Nedenini değil, benim küçük Natasha'm. Asla nedenini sorma. Neden diye sormak, Amerikalılar ve gitaristlere göredir." Ve sonra güldü. "Bir gün hepimiz öleceğiz ve benim zamanım geldiğinde, kafama bir kurşun sıkman için seni gönderdiklerinde, bunu piruhi gibi görünen bir ayın altında yapmamaya özen göster." Natasha, kafasını salladı ama bu söylediklerinde ciddi olup olmadığından emin değildi. "Senden tek istediğim bu. Temiz bir ölüm. Savaşçıya yaraşır bir ölüm. Beni utandırma."

Bu, Ivan'ın en sevdiği replikti. Belki binlerce defa söylemişti.

Ve şimdi Natasha, Rus mantısına* benzeyen aya bakarken, bu gece ona bu sözleri tekrarlama zamanının geldiğine karar verdi. Nihayet onu öldürdüğünde, bunu Ivan'ın istediği gibi yapacaktı.

O ölünce şehit olmayacak, diye hatırlattı kendi kendine. *Bizler, aziz değiliz. Biz ölürsek, kimse arkamızdan ağlamaz. Hepimiz için mutlak son, budur.*

Bu gece gökte yüzlerce dolunay olsa bile Natasha, Ivan Somodorov için en ufak bir üzüntü ve utanç duymayacaktı. Hiç kimse için herhangi bir şey hissetmek istemiyordu. Özellikle de onun için...

---

* Doğu Avrupa'ya özgü bir tür mantı. Genelde yarım ay şeklindedir. (ç.n.)

Çünkü o, senin için hiçbir şey hissetmedi.

Natasha, bacaklarını yukarı doğru kaldırarak antreponun duvarındaki havalandırma bacası üzerine çıkıp, dengesini sağladı. Artık tüm antrepoyu net bir şekilde görebiliyordu. Başını iki yana salladı. FSB'nin terk edilmiş köpek kulübeleri bile buradan daha iyiydi.

Hayır. Müştemilat.

Biraz daha yukarı tırmanıp, bir aydınlatma çubuğuna tutundu ve gövdesini yukarı doğru çekti ama çubuk, bıraktığı anda kokuşmuş limana doğru takırdamaya başladı.

Natasha dondu kaldı.

Der'mo.

"*Vy slyshite-to?*" Altında, şişman bir liman bekçisi, sese doğru yürümeye başladı. Silahı sırtında asılıydı. Ardından iki bekçi daha geldi.

Eğitimsizler. Ivan'ın adamları değiller. Tabii eğer işleri savsaklamaya başlamadıysa.

Natasha, bedenini saçakların altındaki paslı duvara yapıştırırken kendine küfretti. El fenerlerinin ışıkları, tüm antreponun duvarlarında geziniyordu ve santimlerce yakınından geçiyordu. Nefesini tutmuştu.

Hiçbir şey duymadın, mudak. *Senin bu eski müştemilatın dökülüyor, hepsi bu.*

Bekçiler, yürümeye devam etti.

Natasha, derin bir nefes aldı ve kendini saçakların yukarısına çekti. Kirli tavan penceresine doğru yuvarlandı. Artık tüm hareketleri içgüdüseldi. Nefes almak gibi, göz kırpmak gibi ve hatta kendi kalp atışı gibi otomatikleşmişti. Yüzünü yavaşça, kırılmış camdan içeri doğru uzattı. Görülme riskini göze alarak içeriye bir iki saniyeliğine göz attı. Aşağısı loş bir ortamdı ve kargo konteynerlerinin ortasındaki boş alanda, iki figür hareket ediyordu.

İki figür. Biri büyük, biri küçük.

Bir çocuk gördü. Bir kız. Kızıl saçlı. Gözleri koyu renk. Görünüşe göre sekiz on yaşlarında olmalıydı. Natasha için hepsi aynıydı. Programdaki kimsesiz çocuklar dışında tanıdığı tek çocuk, bizzat kendisiydi, ki onu da pek sevdiği söylenemezdi.

Kız, Ivan'a dönük olan yüzünü başka tarafa çevirdi ve Natasha, onun ağladığını gördü. Balerin bebeğine sıkı sıkı sarılmıştı. *Kafası seramik olanlardan,* diye düşündü Natasha. *Bolşoy Tiyatrosu'nun önünde satılanlardan.* Birkaç ömür önce, onda da bunlardan bir tane vardı.

Ben de sana bu şekilde mi bakıyordum, Ivan?

Çünkü şu anda, ay ışığının altında durmuş o küçük kızı ve bebeğini itip kakan, eski komutanı ve yeni hedefinden başkası değil.

Ivan Somodorov.

Benim için, baba figürüne en yakın kişiydi.

Natasha, daha iyi görebilmek için tavan penceresinin üzerine doğru biraz daha uzandı. Ivan ne yapıyordu? Kızın kafasına bir şeyler koyuyordu. Elektrot mu koyuyordu acaba? Kesinlikle. Şakaklarına. Kollarında, ellerinde ve küçük, tombul bacaklarında daha bir sürü kablo vardı. Kabloların diğer ucunda, telefon kulübesi büyüklüğünde bir metal kutu vardı. Beton zemine sabitlenmişti. Yüzeyi lehimlerle yamalanmıştı. Görünüşe göre başka makine parçaları birleştirilerek yapılmıştı. Ortasından, göbek bağı gibi çıkan bir kablo yığını, her yöne dağılıyordu. Bu kablolar başka kutulara gidiyordu ve oradan da başka kablolar çıkıyordu. Sanki çok daha büyük bir organizmanın temel yapıtaşı gibiydi ve ucu bucağı görünmüyordu.

Bir deney. Demek raporlar doğruydu.

Ivan'un küçük projelerinden biri. Yeni bir Devushka Ivana.

Natasha, dikkatlice bakmaya devam etti. Ürkmedi ve bakışlarını kaçırmadı. Bu sahne onun için çok tanıdıktı. Hatta kendisi bir sandalyede bile değildi. Kalorifer peteğine zincirlenmişti ve o zamanlar Ivan, elektrotlarla çalışmıyordu. Ama değişen hiçbir şey yoktu. Artık buna bir son vermenin zamanı gelmişti.

Natasha, durumu hemen kavradı ve bileğini ağzına doğru götürerek geriye doğru yuvarlandı.

"Hedef belirlendi. MI6'e söyleyin, izleme uyduları işe yaradı. İstihbarat iyi."

"Kraliçe'ye bir sepet meyve göndereceğim. Tanrım, gözün Garip Ivan'ın üzerinde mi? Londra'dakiler ona Frankenstein diyorlar." Coulson'un sesi, kulaklığında çatırdadı. "İnsan denekler demek. Gerçekten bu işi mi yapıyor?"

Natasha, gökyüzüne baktı. "Öyle görünüyor."

"Yaşıyor," dedi. Coulson, ünlü *Frankenstein* romanına atıfta bulunarak.

Natasha, Rus mantısına benzeyen aya baktı. Antreponun tepesinde sırtüstü uzanıp baktığında, manzara daha iyi görünüyordu.

"Fazla uzun sürmez. Giriyorum."

BÖLÜM 2: NATASHA

ODESSA'NIN ARKA MAHALLELERİ
UKRAYNA
KARADENİZ YAKINLARI

Natasha, karabinasını* tavan pencerelerinin çelik çerçevesine geçirdiği andan itibaren beyni aşırı hızlı çalışmaya başladı. Çatışma moduna girdi. Adrenalin tavan yaptı ve bu işi her zamanki şekilde yapmak üzere harekete geçti. Hızlı ve sert, özür yok, pişmanlık yok. Antreponun tavan penceresinin çerçevelerindeki vidaları gevşetirken veya camları, metal panellerden sessizce çekip çıkartırken, bu şekilde hissetmemişti. Ama şimdi içeri girerken, hissediyordu.

---

* Özellikle dağcılıkta kullanılan, açılır kapanır halka ya da kanca. (e.n.)

Halatının kancasını gevşetip sessizce antreponun içine doğru sarkarken Ivan'ın bariz hareketlerini, sonra mantıklı hamlelerini, sonra daha az mantıklı olacak hareketlerini aklından hızlı bir şekilde geçirdi. Hepsini biliyordu. Bu, bir kadının tek başına oynadığı hızlı bir satranç turnuvası gibiydi. Ve bittiğinde, Natasha neredeyse bütün oyunları kazanmıştı.

Kalaşnikof gibi, diye düşündü. *Romanoff gibi.*

Ben buyum. Bu, benim işim.

Odayı tararken gözleri, antreponun içinde fırıl fırıl dönüyordu. *Demek etrafta, beni beklemiyormuş gibi görünmeye çalışan beş tane serseri var, ha? Bu salakları nereden buldun, Ivan?*

Natasha, hedefine daha yakından bakmak için, üç adım daha sarktı.

Tavan penceresinden buraya sarkarken beni duyduğunu biliyorum. Bu hareketi bana sen öğrettin. Neyin peşindesin?

Natasha, küçük kızın yüzünü görebilmek için 180 derece döndü. *Çocuk ne durumda? Korkmuş görünüyor. Çocuk. Zarar görebilir. Tamam.*

Natasha, biraz daha döndü ve bunu yaparken de kelleleri saydı. *Duvarlardan kalın kablolar çıkıyor. Ağır bir ozon kokusu geliyor ve içlerinden korkutucu miktarda elektrik geçiyor. Tamam. Burayı havaya uçurmamayı deneyelim.*

Gerçek bir savaş aritmetiği yapmanın vakti gelmişti.

Silahları Meksika usulü mü taşıyorsunuz? Takımları havaya uçurmaktan korkmuyor musunuz? Bu da beni vur-*

---

* Tabancayı pantolonun ön tarafına sokarak taşıma. (ç.n.)

mak için değil, yakalamak için emir aldıklarını gösteriyor. Karanlığa rağmen, gözlerini devirdi.

Size bol şans.

Bir numaralı serseri, ilk taarruzu yapmayacak. Arkadan kolay bir atış yapabilmeyi umuyor –tabii eğer mecbur kalırsa– ki bu arada ben de İki ve Üç numaraların icabına bakıyor olacağım. Ben yere iner inmez saat yedi ve dokuz yönünden saldıracaklar.

Görünüşe göre en hızlısı, Dört numara.

Gözleriyle, gölgelerin içindeki son askeri de yakaladı.

Beş numara, biraz tembel gibi –silahı olabilir– belki de bıçağı vardır. Kesinlikle bir bıçağı var.

Bir numara, diğer dördünün yere serildiğini görünce, her şeyin bittiğinin farkına varacak ve panikleyip silahına sarılacak. Şuna bak, daha şimdiden terlemeye başlamış bile. Bu yüzden onu, ortalarda bir yerde indirebilirim. Zorunda kalmadığım sürece, vurulmama gerek yok.

Tepesindeki tavana şöyle bir göz attı. *Keskin nişancılar, sadece işi garantiye almak için orada. Beni çoktan fark etmişlerdir. Anlaşılan, Ivan benimle sohbet etmek istiyor.*

Natasha, ipini biraz daha gevşetti ve hedefine doğru alçalmaya devam etti. Artık yaklaşıyordu. Ivan'ın tepesindeki kelin parladığını görebiliyordu. Eskiden, parlaklığını koruması için her gün kafasını tıraş ederdi. Görünüşe göre bu alışkanlığı devam ediyordu. Natasha, Ivan'ın neden terlediğini merak etti.

Ondan erken davranacağımı bildiği için mi?

Bununla birlikte, Natasha Romanoff, ellerini gevşetti ve antreponun zeminine bir örümcek kadar sessiz bir şekilde indi. Ama Ivan Somodorov'un duyamayacağı kadar sessiz değildi.

"Küçük Natashka," dedi Ivan, gözlerini küçük kızdan ayırmadan. "Ay, piruhi gibi. Eğer böyle göstere göstere gelmek istiyorsan, bir dahaki sefere kapıyı çal." Bir dikenli tel dövmesi tüm boynunu sarıyordu. Bir süre Rus hapishanelerinde kalmış olduğunun göstergesiydi. Arkasına dönüp Natasha'ya baktı.

"Beni utandırıyorsun."

Natasha, Ivan hakkında görebileceği her detaya göz attı: Ucuz bir deri ceket ve V yaka, kirli tişörtün üzerinden sarkan zincirler, onu tam bir Rus mafyası gibi gösteriyordu.

Bir of çekti. "Tak tak, Ivan. Kim o? S.H.I.E.L.D."

Ivan, boş boş baktı. "Anlamadım."

Natasha, olabilecek en sert şekilde suratına bir yumruk oturttu. Ivan geriye doğru uçarken, Natasha yumruğunu ovaladı. "Kusura bakma. Anlatmaktansa yumruk atmayı tercih ettim."

Küçük kız çığlık atmaya başladı ama Natasha, kendi kalp atışlarından başka bir şey duymuyordu. Şu anda hiçbir şey düşünmüyordu. Düşünmenin zamanı değildi. Saf hareket ve refleks. Etki ve tepki. Adrenalin. Kas hafızası. Ve Natasha Romanoff'un kaslarını hafızası, neredeyse mükemmeldi.

İki'den Beş'e kadar olan serseriler, tam da planladığı gibi yere serildi. Yalnız Beş numara, beklentisinin aksine, bıçak yerine nunçaku çekti ve ninja gibi hareketler yapmaya başladı.

"Dalga mı geçiyorsun?" Neredeyse etkilenmiş gibiydi. "Ama bu yaratıcılığı takdir ediyorum." Konuşurken, karadul bilekliğinden elektrik şoku verdi ve ninjayı –pek de ninjavari olmayan bir şekilde– havaya uçurdu.

Bir numara, atış yapma şansı bulmuştu ama öncesinde Natasha, sol ayağındaki botla kolunu kırmıştı. Kurşun, auta çıktı ve atıcı, oyun dışı kaldı.

Hiç kimse, savaş aritmetiğinde Natasha Romanoff kadar iyi olamazdı.

Ivan Somodorov, kendini küçük kızın yanındaki sandalyeye attı ve elektrotları kendi kafasına bağladı. Aralarındaki makineden kıvılcımlar çıktı. Eski öğrencisine sırıtırken, elini de makinenin koluna koydu. "Çok geç kaldın. Haftalardır bu anı bekliyordum. Küçük Natashka'm."

Natasha, dikkatlice yüzüne bakıp yalan söyleyip söylemediğini anlamaya çalıştı ve görünüşe göre yalan söylemiyordu. *Serseriler, dikkat dağıtmak içindi. Gerçek oyun şimdi başlıyor.*

Ivan, kahkahalarla güldü. "Bana gelmek için, ayın piruhi gibi olduğu bir geceyi mi seçtin? Ve ilk önce güvenlik kameralarının icabına bakmak da aklına gelmedi, öyle mi? Sana hiçbir şey öğretemedim mi ben?"

"Keşke öğretmeseydin." Natasha dalgalı kızıl saçlarından asi bir tutamı yüzünden iterek tam Ivan'ın önünde durdu.

"Red Room'da sana öğretmenlik yaptığım günlerden bu yana amma da büyümüşsün." Gözlerindeki bakış, herhangi bir kızı, korkudan titretirdi ama Natasha, gözünü bile kırpmadı. "O zamanlar, yuvasından düşüp kaybolmuş küçük bir *ptenet** gibiydin."

---

* *Rusça*: Kuş yavrusu, civciv. (ç.n.)

Natasha, onu görmezden geliyordu. Gözlerini, küçük kızlarla arasında duran makineden ayıramıyordu. Üzerinde O.P.U.S. amblemi vardı. Rus ordusuna aitti. Burada olma sebeplerinden biri de buydu, her ne kadar S.H.I.E.L.D., kendisini konu hakkında bilgilendirmemiş olsa da... Amerikan teşkilatına gireli çok olmamıştı ve ona pek bir şey anlatmıyorlardı. Tek bildiği, eski Yoda'sının kafasına üç kurşun sıktıktan sonra, kutuyu paketleyip götürmekti.

"Bu şey nedir? Sanki bir müzede olması gerekiyormuş gibi duruyor. Ve sokaklarda dönen dedikodulara bakılırsa, Garip Ivan'ın son işi, alışılagelmişten bile daha garipmiş."

Bir elini O.P.U.S.'un üzerine koydu. "Eski Red Room teknolojisi. Halklarımızın birlik olduğu o muzaffer günlerimizden beri oynadığım bir oyuncak. Senin de bildiğin gibi, Program'ın, daha iyi günleri oldu. Ama bu oradan birkaç parça bir şey alıp, para kazanamayacağımız anlamına gelmiyor."

"Doğru. Son gördüğümde bir Yugo'ya* düz kontak bile yaptıramıyordun, Ivan."

"Yugo isteyen kim? Şu anda Prius** kullanıyorum." Omuzlarını silkti. "Ordan burdan birkaç arsız bilim insanı topladım. Red Room artıkları filan işte." Sırıttı. "Onlar da benim gibi, nesilleri tükenmesin diye savaşan dinozorlar."

Natasha, hiç kıpırdamamıştı. Kafasını, gözleri fal taşı gibi açılmış kıza doğru çevirdi. "Peki ya çocuk? O niye burada?"

Ivan yine omuzlarını silkti. "Fark eder mi? Bu zavallı küçük de, istenmeyen *ptenet*lerden biri." Yüzünü karanlık bir gülümseme kapladı. "Tanıdık geliyor mu?"

---

* Bir Rus araba markası. (ç.n.)

** Bir Toyota modeli. Seri üretime giren ilk hibrit araba. (ç.n.)

Natasha Romanoff, silahını tutan elini iyice sıktı. "Ben de böyle miydim? İstenmiyor muydum?"

"Hayır. Sen tam anlamıyla bir baş belasıydın."

"Yanlış cevap." Her iki kolundaki bilekliklerden çıkan ve Karadulun Isırığı adını verdiği iğneleri fırlattı. Ivan, bu sürpriz saldırının sebep olduğu elektrik şokuyla birlikte acıdan kıvrandı ve sandalyesine yapışıp kafasını geriye attı.

Tekrar kafasını kaldırdığında, gözleri deli deli bakmaya başlamıştı. "Daima kızıl. Senin gibilere böyle derler. Ağzın çok laf yapıyor ama ben ne kadar Amerikalıysam, sen de o kadar Amerikalısın."

"Ben, senin gibi değilim, Ivan." Silahını doğrulttu. Elleri, tereddüt ediyor gibiydi.

Bitir işini. Bunu hak ediyor.

Bunu, uzun zaman önce yapmış olman gerekiyordu.

Ivan'ın dudakları yukarı doğru kıvrıldı ve sapık gibi sırıtmaya başladı. "Tik tak eden bir saatli bomba gibisin." Şoktan dolayı yüzü hâlâ soluktu. "Patlaması an meselesi. Bu kabloyu kesmeye vaktin olmayacak, *ptenets.* Benden ve Rusya Ana'dan kopamazsın." Ağzındaki kanı tükürdü. "Umarım patlatmaya karar verdiğinde, orada olurum."

Ama Natasha, dinlemeyi bırakmıştı. Hepsi yanlıştı. Bir şeyler eksikti. *Neyi bekliyor? Ne planlıyor?*

Natasha, çıkış yolunu kapatan askerlere şöyle bir göz attı. Ama bunu yaptığı an, Ivan, çocukla aralarında bulunan makinenin kolunu kavradı.

Bu bir sinyal. Başlıyor. Bir şeyler oluyor.

Natasha, kolu indirdiği an, ilk ateşlenen kurşunların sesini duydu. İleri doğru sıçradı ve açılan ateş de onun peşinden geldi. Garip Ivan'a ve kendisinden daha garip olan metal kutuya doğru yöneldi. Hepsi ateş altındaydı. Natasha, çocuk ve Ivan.

Ivan bağırdı ama artık çok geçti. Yoğun yaylım ateşi, makineyi delik deşik etti. Alevler içinde patladı ve simsiyah dumanlar çıkmaya başladı. Ivan, patlamanın etkisiyle geriye doğru uçtu.

Natasha, Ivan'dan uzaklaşıp kıza doğru sürünerek serseri kurşunlardan kaçmıştı. "Seni buradan çıkartıyorum!" diye bağırdı. Kızı sandalyeden sökmeye çalışıyordu. Kız, duyduğu her silah sesiyle birlikte çığlıklar atıyordu. Kolları ve bacakları, içgüdüsel olarak tepiniyordu. Kapkara gözleri, korkudan fal taşı gibi açılmıştı.

Natasha, bir anlığına kızın yüzüne baktı ve kız ona sıkı sıkı sarıldı.

Sadece bir an.

Natasha onu yere indirme fırsatı bulamadan, makineden devasa bir elektrik dalgası geldi. Kablolardan elektrotlara doğru aktı ve neredeyse kızın bedenini havaya doğru kaldırdı.

O sırada Natasha, kıza sıkı sıkı sarılmış olduğu için, tabii ki onu da kızla birlikte kaldırmıştı.

Bir saniye boyunca, Natasha ve adını bilmediği kızıl saçlı çocuk, aynı mavi-beyaz ışığın içinde donup kalmışlardı.

İstediği buydu. Kendi ayaklarımla tuzağa düştüm.

Savaş aritmetiğinde başarısız oldum. Maç sonucu: Sıfır.

Sonra canı öyle bir yanmaya başladı ki, başka hiçbir şey düşünemez oldu.

Tırnaklar, diye düşündü Natasha. *Zehirli tırnaklar gibi.*

Zihnimin ve bedenimin her parçasını lime lime ediyor sanki.

Hiç bu kadar savunmasız kalmamıştı. Bir sürü görüntü, zihnine hücum etti. Sanki beyni yanıyor gibiydi ve acı, dayanılmaz bir hal almaya başladı. Kıvranıyordu. Ama sonra, mavimsi ışık gitti. Bunu sebebi, etrafındaki diğer her şeyin alev almış olmasıydı. Tüm antrepo yanıyordu.

İkinci bir patlama oldu. İlkinden çok daha şiddetliydi. Sonra bir tane... Sonra bir tane daha...

O an Natasha, O.P.U.S. denen makinenin, tek başına teknolojinin bir parçası olmadığını anladı. Aksine, birçok jeneratörün birleşiminden oluşuyordu. Tutuşturma düzeneğine bakınca, antrepodaki her konteynerin içinde başka bir jeneratör olduğunu ve hepsinin kablolarla birbirine bağlı olduğunu fark etti. Bu da gelecek olan patlama dalgasının, beklediğinden çok daha büyük olacağı anlamına geliyordu.

Çok, çok daha büyük.

Etki edeceği alan da öyle.

Ivan, kafasını tutup kendini yere atarken, haykırıyordu. Alnındaki elektrotların ucundan siyah dumanlar çıkıyordu.

Ölmüş müydü?

Küçük kız çığlık attı. Natasha tereddüt etmedi.

Kızı kavradı ve bir silah dolabının altına doğru yuvarlandılar. Son elektrot da alev aldı. Elleriyle kızın kulaklarını kapattı ve silah dolabıyla birlikte tüm antrepo ve hatta tüm dünya, etraflarında dönmeye başladı.

BÖLÜM 3: NATASHA

LİMANDAKİ ANTREPONUN KALINTILARI
UKRAYNA
KARADENİZ YAKINLARI

Hepsi bittiğinde, Natasha, dolabı ayağıyla iteledi. Kızı da tutarak yana doğru yuvarlandı. Kulakları çınlıyordu. Görüşü netleştiğinde, mekânın kalıntılarına şöyle bir baktı. Alevler, bir konteynerden diğerine sıçrıyordu. Askerler yerdeydi. Hakkından gelme fırsatı bulamadıklarını da şarapneller indirmişti.

Öyle ya da böyle, artık bir önemi yoktu.

Natasha, beton zeminde hareketsiz bir şekilde yatmakta olan kıza baktı. Kızı molozların arasından çekip aldığında, dört bir yandan siren sesleri geliyordu.

Kız, gözkapaklarını kırpıştırdı.

"Bir şeyin yok," dedi Natasha, kızı kollarına alıp antreponun kapısına doğru sendelerken. Etrafını saran alevleri umursamaksızın, kızı omzuna attı. Her tarafta alevler, küller ve cesetler vardı.

"Sakın bakma!" dedi. Natasha, kendisini çocuklarla ilgili bir göreve gönderdiği için, bir kez daha Coulson'a küfürler ediyordu.

Kızdaki kaybolmuşluk hissi ve korkusu gözlerinden yansıyordu. Artık kararmış olan balerin bebeğini, sıkı sıkı tutuyordu. "*Sestra,*" dedi. Yani kız kardeş. Black Widow'un buklelerinden birine dokundu. Kendininkiler gibi, kızıldı.

"Tam olarak öyle değil." Natasha, onu neredeyse bırakacaktı. Çünkü çok garip bir şey hissetti. Huzursuz edici bir sıcaklık, sanki göğüs kafesinden dışarı çıkmaya çalışıyor gibiydi. *Empati. Samimiyet. Bir çeşit bağ.* Bu her zaman başına gelen bir şey değildi ve nasıl bir his olduğunu bildiği ya da anladığı da söylenemezdi. Ve Natasha Romanoff, anlamadığı hislerden hiç hoşlanmazdı. Hatta bir şeyler hissetmeyi sevmezdi, nokta.

Ama bu bakışlara sahip bir çocuk olmanın ne anlama geldiğini çok iyi biliyordu.

Natasha, sesini alçalttı ve kızın kulağına doğru Rusça konuşmaya başladı. "Artık güvendesin. Ailenin kim olduğunu bilmiyorum ama söz veriyorum, seni ait olduğun yere götürecek iyi insanlar bulacağım." Kızı taşırken, tedirgin bir şekilde saçlarını okşadı.

"*Mamotchka,*" dedi kız, üzgün bir ses tonuyla.

"Annen mi? Seni, onun elinden mi aldılar?" Natasha, suratını astı. Çocuğun bir ailesi olup olmadığı ya da geri dönebileceği bir evi kalıp kalmadığına dair hiçbir şey bilmiyordu. Ivan Somodorov'u tanıyorsa, her iki ihtimal de, yok denecek kadar zayıftı.

Ama küçük kız, başını Black Widow'un omzuna koymadan önce kafasını sallayarak onayladı. Bitkin bir şekilde kendinden geçerken oyuncak bebek, elinden kayıp yere düştü. Natasha, diğer küçük elin hâlâ saçlarını tutmakta olduğunu hissedebiliyordu.

Natasha, kızı yanmakta olan antrepodan çıkartırken, S.H.I.E.L.D. destek birimleri içeriye akın etti. Natasha, prosedürü biliyordu. Dakikalar içinde, Ivan ya da ondan geriye ne kaldıysa, S.H.I.E.L.D.'e ait olacaktı. Aynı şey, sahip olduğu O.P.U.S. teknolojisi için de geçerliydi. Gerisi de temizlenecekti ve tüm bunlar kendisini hiç ilgilendirmiyordu. Ajanların bile, bu pisliği temizlemek için emirler verdiği ajanları vardı.

Şükürler olsun. Ivan Somodorov'dan artık gına gelmişti. Bir daha asla onun yüzünü görmek istemiyordu. Natasha Romanoff hayatını, onunla arasına bir ömür mesafesi koymak için harcamıştı. Ve akabinde, çocuğu sıhhiye birimlerine teslim etti ve onlar da küçük kızı battaniyeye sardılar. Natasha'nın işi bitmişti.

Kız, ellerini kızıl saçlı kurtarıcısının saçlarından uzaklaştırırlarken, ağlamaya başladı. Natasha, ona baktı. Kız, susmuyordu. Natasha, arkasını döndü. Kız, ağlamaya devam etti. Natasha, içi burkularak geri döndü. Çocuğun önünde çömeldi ve onunla Rusça konuşmaya başladı.

"*Kak tebya zovut, devochka?*" Adın ne, ufaklık?

"Ava," dedi küçük kız, burnunu çekerken. Nefes alış verişi konuşurken düzensizleşiyordu.

Natasha, başını salladı. "*Slushay, Ava. Perastan 'plakat', kak mladenets. Ty uzhe bol'shaya devochka.*" Kabaca tercüme etmek gerekirse, *Beni dinle, Ava. Mızmızlanmayı bırak. Artık koca bir kız oldun.*

Bunu söylediği için kendini kötü hissetmemeye çalıştı. Aynısını Natasha'ya da söylemişlerdi, değil mi? Yıllar önce, Stalingrad'ta söylememişler miydi? Ailesi ölmüştü ve kendisi de KGB tarafından alınıp Red Room'a teslim edilmişti.

Ve sonra da Ivan'a.

Küçük kız, Natasha'nın yüzüne baktı ve gözyaşları sessizce yanaklarından aşağı süzülmeye başladı.

Natasha, derin bir nefes aldı ve tekrar denedi. "*Amerikantsy otvezu tebya domoy. Oni naydut tvoyumamu. Ya obeshchayu.*" Söylediklerinin doğruluğundan emin değildi ama yine de söyledi. *Seni evine götürecekler. Anneni bulacaklar. Söz veriyorum.* Küçük kızın bunları duymaya ihtiyacı olduğunu düşünmüştü.

"*Obeshaesh?*" Söz mü?

"Bana inanabilirsin, Ava. Ben de senin gibiyim. Bak?" Natasha, kendi saçındaki kızıl buklelerden birini tuttu. "*Ya kak i ty,*" diye tekrarladı. Ben de senin gibiyim.

Küçük kız, derin bir nefes almaya çalıştı ama alamadı. Gözyaşları süzülmeye devam ediyordu.

Natasha, derin bir nefes verdi ve oradan geçen askerlerden birinin cüzdanını çarpmak için ayağa kalktı. İçinden beş avro aldı ve gerisini yere atıp, düşmüş süsü verdi. Sonra da yine yanından geçerken şaşkın bir şekilde kendisine bakan kıdemli subaylardan birinin kalemini çarptı.

Ajan Coulson, bir of çekti. "Yardımcı olabilir miyim, Romanoff?"

Avro'yu ortadan ikiye bölen Natasha, kafasını kaldırıp bakmadı bile. Yarım paranın üzerine bir şeyler karaladı. "Hayır, Coulson. Ama ben sana yardımcı olabilirim. Güvenlik kameralarının çalışır durumda olmasına özen gösterdim." Kafasını kaldırıp baktı. "Bu şeyin ne olduğuna dair elinde güzel bir kayıt olacak."

Coulson, elini uzattı. "Harika. Ama kalemimi geri istiyorum. O, sınırlı sayıda üretilmiş, kaplan gözü taşından yapılma 1935 model bir Montblanc..."

Natasha, gözlerini devirdi ve kalemi eline tutuşturdu. "Buna üçkâğıtçılık derler. İstersen içine bakabilirsin."

"Sen, işleri kendi yöntemlerinle hallediyorsun; ben de kendi yöntemlerimle." Kalemi aldı. "Bu arada lafı gelmişken, içeride iyi iş çıkarttın. Dosyanda yazılana göre, sen de Red Room için çalışmışsın. Bu senin için kişisel bir iş olmalı. Duygusal olarak karmaşık olmuştur."

"Olmadı," derken onu iterek kendine yol açmaya çalıştı.

Coulson gülümsedi. "Binanın büyük bir kısmının, arkadaşın Ivan'ın üzerine çöktüğünü görmek, iyi olmuştur."

"Arkadaşım filan değil," diye cevap verdi otomatik olarak. "Benim arkadaşım yoktur."

"İşte buna çok şaşırdım," dedi Coulson, arkasını dönüp giderken. "Ve kayıtlara geçmesi için soruyorum, hiç arkadaşım yok mu dedin? Duyguların oldukça karmaşık olmalı."

Natasha, arkasından ters ters baktı. "Kayıtlara geçmesi için söylüyorum, dosyamdan uzak dur."

Coulson cevap vermedi.

İki S.H.I.E.L.D. sıhhiye memurunun yanında geçti ve tekrar küçük kızın önünde diz çöktü. Yine hızlı hızlı Rusça konuşmaya başladı ve yarım parayı kızın eline tutuşturdu.

"Bunu görüyor musun? Eğer bana ihtiyacın olursa, büyükelçiliğe git. Onlara bunu ver. Seni hatırlamak için, diğer yarısını da ben saklayacağım."

Ava, başıyla onayladı. Natasha, kulağına doğru yine Rusça konuşarak fısıldadı. "Eğer beni çağırırsan, gelirim *sestranka*. Söz veriyorum, küçük kardeşim." Kalkıp uzaklaşırken, "Bunu ben yapabiliyorsam Ava, sen de yapabilirsin." Tekrar kızıl saçlarını gösterdi. "Haksız mıyım? Biz aynıyız." *Tot zhe samoye*. Aynı.

Son olarak bunu söyledi ve gitti.

***

Ava, elindeki kâğıda baktı. Üzerinde bir daire içine basitçe çizilmiş bir kum saati vardı ve altında iki kelime yazıyordu.

BLACK WIDOW.

Onun işareti.

"Hatırlayacağım, *moya starshaya sestra*," dedi küçük kız, sessizce. Ablacığım.

Sonra gözleri kapandı ve ateş ve kaos ve ölüm ve ses, ortadan kayboldu.

Tıpkı, kızıl saçlı kadın gibi.

ODESSA'DAKİ OLAYDAN SEKİZ SENE SONRA AMERİKA'DA BİR YERDE

S.H.I.E.L.D. DOSYASI 121A415

DOSYA: VAZİFE BAŞINDA ÖLÜM [VBÖ]

GÖNDEREN: AJAN PHILLIP COULSON

ALICI: S.H.I.E.L.D. YÖNETİCİSİ NICK FURY

KONU: ÖZEL TAHKİKAT

CVP: AJAN NATASHA ROMANOFF NAMIDİĞER BLACK WIDOW, NAMIDİĞER NATASHA ROMANOVA

YETKİLİ AJAN [YA]: PHILLIP COULSON

S.H.I.E.L.D. DOSYA KODLARI: KIZIL DEFTER, OPUS, SCHRODINGER, ODESSA, RED WIDOW, KIŞ FIRTINASI

YETKİ BELGESİ: Özel Emir Sonucu Tahkikat OVAL 14AEE32 Sadece ABD Başkanı Görebilir / Kongre Üyelerinin Erişimine Kapalıdır / Not: Bu fezleke, dosyalardan, kayıtlardan, yazışmalardan, belgelerden, dinlemelerden ve NSA tarafından yapılan S231X3P no'lu tahkikattan elde edilmiş bazı pasajlar içerir.

Maktüle yapılan otopsinin sonuçları [S.H.I.E.L.D. Tıbbi Araştırmacısı Eliyle] mühürlenmiştir. Başkanlık tarafından verilecek Hürriyet Madalyası [gizli iktibas] bekleme aşamasındadır.

BÖLÜM 4: ALEX

DANTE CRUZ'UN EVİ MONTCLAIR, NEW JERSEY

"Noel Baba! Noel Baba!" Bir grup ilkokul çocuğu, yaşlı Aziz Nicholas'a, sanki bir pop grubuna tezahürat edermişçesine bağırıyordu. *Eğlenceli ve İhtiyar Aziz Nick,* diye düşündü Alex Manor. "*Noel ruhuna inanıyorum.*" "*Kuzey Kutbu'na Tek Gidiş.*" Eczaneden alınmış Noel Baba şapkası, gözünün üzerine doğru kaydı.

"Bu pislik de neyin nesi? Bir Ru-dolph alabilir miyim? Ru-dolph? Burnu çok mu parlak? Kimse yok mu?" Alex'in en iyi arkadaşı Dante Cruz, sahte rengeyiği boynuzlarının altından homurdandı. "Tanrım, şu kalabalığa bak!"

Alex, on yedi yaşındaydı, suratı kıpkırmızıydı, terliyordu ve kendinden geçmek üzereydi. Dante –aynı oranda terliyordu ve o da on yedi yaşındaydı– eğleniyormuş gibi görünüyordu. İki arkadaş, sallanan bir pinpon masasının üzerine uzanmışlar, sanki asrın en büyük bilek güreşi müsabakasını yapıyorlardı. Ya da belki haftanın... Ya da en azından Dante'nin küçük kız kardeşinin doğum günü partisinin... Bu kapışma, her zamanki gibi başlamıştı: Başlangıçta bir şakaydı, sonra meydan okumaya dönüştü, sonra da bahse. Çok geçmeden ölümüne bir kavgaya dönüştü ve antika pinpon masasının ölümüyle sonuçlandı.

Alex Manor'un bir kapatma tuşu yoktu; özellikle de adrenalin pompalamaya başladıktan sonra. Dante Cruz, daha kontrollü biriydi ama aynı şekilde rekabetçiydi. Bir araya geldiklerinde, patlamaya hazır dinamit lokumuna benzeyen iki arkadaş, hatta iki kardeş oldular.

"Yetti mi?" Alex, yumruğunun üzerinden Dante'ye baktı

"Baskıya dayanamadın mı yoksa, Noel Baba?" diye güldü Dante. Elma şeklindeki esmer suratı, kendini sıkmaktan parlamaya başlamıştı ve gülüşü de bulaşıcıydı. Birbirine sıkı sıkıya bağlı, Porto Riko'lu bir ailede büyümüştü. Dante, Alex'i iki sene önce eskrim kulübünde gördüğü gün, himayesine almıştı. Belki de babası polis olduğundan, Dante iyi bir ortağı görür görmez tanırdı. Ve kesinlikle, babası bir polis yüzbaşı olduğu için, Cruzların evinde, eğer bütün ebeveynler şehir dışında değilse –yıl ortası müsameresi olsa bile– asla parti düzenlenmezdi.

"Baskı mı? Ne baskısı?" dedi Alex, dişlerini sıkarken. Alex de, Dante kadar yakışıklıydı. Koyu renk saçları, koyu renk gözlerinin önüne kadar iniyordu. Bu yakın arkadaşından iki kafa boyu uzun olan sırık Alex, kilise korosuna gidecek bir çocuk değildi ama serseri de sayılmazdı. Onunla ilgili, yolunda gitmeyen bir şeyler vardı. Sanki onu içten içe yiyormuş gibi görünen bir kabalık ya da huzursuzluktu bu. Bir şey, gözlerinin altında gölgelerin oluşmasına ve sanki kapana yakalanmış ürkek bir kurt yavrusu gibi görünmesine sebep oluyordu. Bunun nedenini ve nasıl son vereceğini bilen son kişi de yine Alex'in kendisiydi. Alex Manor, şimdilik, yamacın kendine bakan tarafında duruyordu.

Hem hayatında, hem de bilek güreşinde, kendi yamacında duruyordu.

Alex'in kolu, Dante'nin koluna yüklendikçe, solgun tişörtünün altında daha çok şişiyordu ve kolundaki dövme de tişört kolunun altından gitgide biraz daha görünmeye başlıyordu. Siyah ve kırmızı renklerde, dairesel bir dövmeydi. Bu dairenin ortasında bir kum saati vardı. Bu dövmenin ne anlama geldiğini, okulda bilmeyen yoktu. Black Widow'un işaretiydi ve tüm dünyadaki gençler için, Iron Man, Hulk ve Captain America gibi bir kahraman haline gelmişti. Ayrıca, çok da havalı bir dövmeydi. Herkes böyle söylüyordu ve annesi bu fikre katılmasa bile, Alex de bunun farkındaydı. Oyunu bu şekilde sürdürüyordu. Ama Alex'in kimseye söylemediği bir şey vardı. O dövmeyi ne zaman yaptırdığına dair en ufak bir fikri yoktu. Kolunda dövmeyle uyandığında korkudan kafayı yemişti ve öyle bir panik atak nöbeti geçirmişti ki, bir hafta uyuyamamıştı. *Ayık kalmak ve okula devam etmek için yeterli bir sebep,* diye düşünmüştü. *Ama yine de böyle bir şeyi hatırlıyor olmam gerekiyordu.*

Alex, kaşlarını çattı ve biraz daha yüklendi.

"Dostum, kafam beton gibi oldu," dedi Dante.

"Enerji içeceğiyle mi? Ortaokul partisinde mi?" Alex, Dante'nin koluna biraz daha yüklenirken, dişlerini gösteriyordu. "Taktiğin bu mu? Daha fazla kafein almak mı?" Öne doğru eğildi.

"Daha fazla cips yemekten iyidir," dedi Dante, yüzü gitgide daha da kızarırken. Alex'in, abur cubur konusunda bitmeyen bir iştahı vardı. Ve Dante bunu söylediği zaman, gülmeden edemiyordu. Görünüşe göre bu iyi bir fırsat olmuştu. Dante de bunu bekliyordu. Yüklendi ve Alex'in kolunu neredeyse masaya yapıştırdı.

Bunu yapar yapmaz, Alex karşı atağa geçti. Tüm vücuduyla rakibinin üzerine yüklenirken, kafasının içinden bütün olasılıkları geçirdi. *Dante, bozuk plak gibi aynı şeyleri tekrarlıyor. Ve şu an dengesiz durumda. Bu da zamanı geldi demek oluyor. Bekle... daha değil... biraz daha ileri gitmesine izin ver. Neredeyse oldu. Az kaldı. Üç... iki... bir...*

Alex, Dante'nin kolunu masaya çarptı ve masa paramparça oldu. Dante, arka üstü düştü ve fileyle birlikte gelen boyalı kontrplağın üzerine oturdu. Alex de kollarını kafasının üzerine kaldırarak sıçradı. "Zafer, Noel Baba'nın! Noel ruhu, yine kurtarıldı! Kalabalık çıldırdı!" İşaretiyle birlikte, delice kafein almış, enerji içeceğiyle kafayı bulmuş ve şeker komasına girmiş sekizinci ve dokuzuncu sınıflar, iyice delirdiler.

Dante, iğrenç bir kahkaha attı.

Alex, onu görmezden geldi. "Teşekkürler, Montclair Lisesi, çok teşekkürler." Alex, kendisine tapan hayranlarına el sallıyordu, sanki yeni bir Tony Stark doğuyor gibiydi.

"Hepiniz, yaramazlar listemdesiniz." Kalabalık, tezahürat yaptı. "İçecek işi bende."

"Aslında bende," dedi yerde yatmakta olan Dante. Yemek masasının yan tarafındaki plastik kaplar dağılmıştı. "Yoksa bu ıslaklığın içinde oturduğum için mi bana öyle geliyor?"

"Teknik olarak konuşmak gerekirse, onlar sende değil, sen onlardasın," dedi Alex, gülerek. Neredeyse boşalmış olan pizza kutularının içinde kalan bir dilim var mı diye aranıp duruyordu. Bir tane buldu. Salamlıydı ve acılı tavuk kanatlarından kalan sosa batırdı. Genelde, bir şey ne kadar kötüyse, o kadar çok severdi. Ve o anda bulduğu bir dilim pizza da işini görmüştü.

Dante, homurdandı. "Ciddi olamazsın! İğrençsin!"

Alex, omuzlarını silkti. "Sana ne?"

Uzaklardan gelen bir ses dikkatini çektiğinde, ağzı hâlâ doluydu. Çatıdan sarkmakta olan renkli ışıkların ve çakma bir kızağı çimenlerin üzerinde çekiyormuş gibi görünen yapma rengeyiği sürüsünün arasından, karanlık arka bahçeye baktı. Sanki bir dal kırılmıştı ya da belki de bir hayvandı.

"Duydunuz mu?" Bir saniye için, çitin öte tarafında bir şey kanat çırpmış gibi geldi. Alex, gözlerini kıstı. *Arkada bir şey var.*

"Artık bir köpeğin mi var, D?"

"Evet, kız kardeşim," diyerek göz kırptı, Dante. Yerde yatmaya devam ediyordu. "Neden sordun?"

Alex, kaşlarını çattı. "Hiç. Sanırım sokak köpeği filandı."

"Yok yok, bizim köpeğimiz." Kardeşinden bahsederken, gülmeye devam ediyordu.

Dante'nin kardeşi Sofi –kendisinden yaşça küçük, hoş bir kızdı ve üzerinde eski moda bir Thor tişörtü vardı– abisinin tepesine dikildi ve kalın tabanlı sandaletleriyle, kaburgalarını tekmelemeye başladı. "Az önce bana köpek mi dedin? Ha? Para için köpek maması yiyen hangimizdi acaba, Dante Cruz?"

"Gerçekten yedin mi?" Alex gülmeye başlamıştı.

Dante, yuvarlandı. "Sekiz yaşımdaydım."

Sofi, kırık pinpon masasına baktı. "Babam delirecek. Aptal bir oyun yüzünden, tırmığını kırdığın için zaten sana hâlâ kızgın." Sofi, bunu söylerken kafasını sallıyordu.

"Tırmık mı? Kılıç demek istiyorsun herhalde." Dante, kendini aşağılanmış hissetti. "Ve ona ROL YAPMA denir, baş belası. Bir tür spor sayılır." Yattığı yerden bileğini kavradı. "Git de ortaokuldaki orman cinlerini rahatsız et."

"Kapa çeneni, Rudolph." Sofi, dingildeyen oyun masasının üzerindeki gazoz şişesini aldı ve kendine bir içecek doldurdu. "Neden ağabeyimle takılıyorsun, Alex?"

Alex, yağlı ellerini kotuna sildi. "Sevabına. Acıdığımdan. Çünkü ben iyi biriyim."

Dante, dalga geçiyordu. "Bunu bir de kırık masaya anlat."

"Ne yani... Biraz çabuk gaza geliyorum." Alex, utanmışa benziyordu. Bunun üzerinde çalışmasına rağmen, kendine engel olamıyordu. İçgüdüleri hemen devreye giriyordu.

"Biraz mı? Eğer ben bir köpeksem, sen pitbullsun, adamım." Dante, ellerinden destek alarak dikeldi.

Sofi, elindeki bardağı salladı. "En azından birbirinizi bulmuşsunuz. Başka biri, neden sizinle takılmak istesin ki zaten? Ah, pardon, kimse takılmıyor zaten." Elindeki gazozu, kardeşinin suratına döktü.

Dante, sinirli sinirli yürüyen kız kardeşini, bileğinden yakaladı.

Alex, yan taraftaki evin terasındaki ışığın bir saniyeliğine yanıp söndüğünü ve oradan hızla bir şeyin geçtiğini gördü. Sonra bu duyguyu kafasından atmaya çalıştı. *Paranoyaklaşıyorsun. Bu sadece Noel Baba ve uçan rengeyikleri filandır.*

Ama bir anda kendini arka bahçeyi gözleriyle tararken buldu. *Ya orada gerçekten bir şeyler varsa?*

Bahçenin diğer ucunda, gölgelerin arasında, siyah eldivenli bir el, çiti tekrar yerine oturttu.

Uzaklardan gelen bir kahkaha, susmuş olan parti müziğinin arasından sıyrıldı. Bu sesler, başkasının partisinden geliyordu.

Eğlenmekte olan yabancıların sesleri geliyordu. Her gün karşımıza çıkan, orta halli sıradan insanlar, Noel kutlaması yapıyordu.

Ama herkes için aynı şey geçerli değildi.

Bir yüz çitleri, bahçeyi ve kırmızı bardakları ardında bırakıp, saklanarak karanlığın içinde kayboldu. Çünkü Alex Manor, haklıydı. Dışarıda bir şeyler vardı. Hatta belki de bunun, uçan rengeyiklerinden ziyade, kaderle bir ilgisi vardı.

S.H.I.E.L.D. ÇOK GİZLİ

İZİN SEVİYESİ X

VAZİFE BAŞINDA ÖLÜM [VBÖ] SORUŞTURMASI

REFERANS: S.H.I.E.L.D. DOSYASI 121A415

YETKİLİ AJAN [YA]: PHILLIP COULSON

CVP: AJAN NATASHA ROMANOFF NAMIDİĞER BLACK WIDOW, NAMIDİĞER NATASHA ROMANOVA

BELGE: SAVUNMA BAKANLIĞI, VBÖ SORUŞTURMALARI

SB: Çocuk. Çocuktan başlayalım.
ROMANOFF: Peki, efendim.

SB: Görünüşe göre, S.H.I.E.L.D.'ın büyük bir incelik göstererek derleyip topladığı şu evrak yığınına dönecek olursak, bunların hiçbiriyle alakası yok.
ROMANOFF: Görünüşe göre, öyle, evet.

SB: Dosya, bu muydu?
ROMANOFF: [duraksıyor] Bunun gizli bilgi olması gerekiyor, efendim.

SB: Ve bu da gizli bir SB/VBÖ soruşturması, değil mi Ajan?
ROMANOFF: [mikrofondan uzaklaşıyor]

SB: Ajan Romanoff? Yemin ettiğinizi hatırlatmak zorundayım.
ROMANOFF: Bakın, bu saçmalığa bir son vermeliyiz, efendim. Ne yaptığımı ve neyden sorumlu olduğumu biliyorum. İşlerin hangi aşamada kötüye gittiğini merak ediyorsanız, söyleyeyim. Ava ve benimle başladı. Duymak istediğiniz bu mu?

SB: Duymak istediğim şey, bunun nedeni, Ajan.
ROMANOFF: Bu çok... Amerikan.

SB: Bekliyorum.

BÖLÜM 5: AVA

FORT GREENE, GENÇ HRİSTİYAN KADINLAR BİRLİĞİ [GHKB] BİNASININ BODRUM KATI BROOKLYN, NEW YORK

Ava Orlova, sabahları gözlerini açar açmaz duyduğu ilk ses *Kuğu Gölü*'nün melodisi olurdu. Annesi, onu ayağında sallayarak uyutmaya çalışırken de Çaykovski mırıldanırdı. Sonraları, biraz büyüdüğünde akşamları yatırırken, ninni diye söylerdi.

Ava için ondan geriye kalan tek şey buydu. Anne ve babasına ne olduğunu bilmiyordu. Tek bildiği, yıllar önce gittikleriydi ve o dakikadan sonra, kendisinin de Odessa'da kalması için bir sebebi kalmamıştı.

Ava, üzerine yattığı ince, yumru yumru ve kuğuya hiç de benzemeyen şiltenin altındaki sert zemini hissedebiliyordu.

Deli gibi soğuk çekiyordu ve uyku tulumunu (Auburn'daki evsizler sığınağından çalmıştı) kafasına kadar çekti ve titreyerek uyumaya çalıştı. Bir deri bir kemik sayılabilecek yavru kedi Sasha'yı saymazsak Ava ne idüğü belirsiz denilebilecek odasında, tamamen yalnızdı.

Ve hatta, başka kimsesi yoktu.

Yatak odasının tavanından, çıplak bir ampul sallanıyordu. Tabii eğer bu odaya, yatak odası diyebilirseniz... Bu odanın bodrum katta olduğuna dair ilk ipucu, yüksekte duran ufak pencerelerdi. İkinci ipucu ise, beton zemindeki rutubet ve su birikintisiydi. Duvarlar, eski gazetelerle kaplıydı. Etrafta poşetler dolusu konserve kutusu ve pet şişe vardı.

Bir hapishane hücresine benziyordu ama Ava, mahkum değildi. Teknik olarak değildi ve hapishaneyi hatırlatan bir yerde de değildi. Artık değildi. S.H.I.E.L.D. onu bu ülkeye getirdiğinde, ilk olarak götürdükleri üç yer vardı: Bir beyzbol maçı (Amerika'yı tanıması için), bir alışveriş merkezi (kendine Amerikan tarzı, markalı kıyafetler alabilmesi için) ve 7B (artık kullanılmayan ve hapishane hücresi hissi veren bir Amerikan askeri ambarı). Bu son derece gizli olan güvenli evin bir adı yoktu ve Ava da odasının güçlendirilmiş çelikten yapılmış kapısında yazan 7B'yi, kaldığı yerin adı olarak belledi. Beş yıl boyunca görüştüğü yegâne insanlar, sırayla gelen sıkıcı öğretmenler ve güvenlik birimleri oldu. Duvara eski bir televizyon monte edilmişti ve sürekli mikrodalgada pişirilmiş peynirli makarna yiyordu.

Bir daha asla yemeyecekti.

Ava, son üç yıldır kendi başınaydı ve asla ardına bakmadı. On dört yaşına girdiği günden beri bakmıyordu. O gün, başında bekleyen görevliyi ekip, çalabildiği kadar malzemeyi bir sırt çantasına doldurup, 7B'yi terk etmişti. Ava, bunu bir hayatta kalma davası olarak gördüğünden, aldığı eşyalara hırsızlık gözüyle bakmıyordu. Bunun dışında, yıllardır gardiyanların ceketlerinin cebinden para yürütüyordu. New York'a tek gidiş bileti alacak kadar para biriktirdiğini fark etmişti. Orada, o sığınıktan bu barınağa sıçrayıp durdu. Ta ki, istediği gibi girip çıkabileceği bir yer bulana kadar. GHKB'nin buz gibi bodrum katında kalmanın şöyle bir getirisi vardı: Ne zaman gelip ne zaman gittiğini kimse umursamıyordu. Kaçak olmak, böyle bir özgürlük ve bağımsızlık sağlıyordu işte.

Ava, artık on yedi yaşındaydı ve en az, bodrumda bulduğu kedisi Sasha kadar sıskaydı. Saçları, hâlâ Odessa'da geçirdiği çocukluk yıllarında olduğu gibi, tarçın rengiydi ama üst kattaki soyunma odasının buz gibi duşları yüzünden, bakım kremleri kullanacak ve tarayacak kadar zamanı olmuyordu. Son günlerde, kırmızı bukleleri yıpranmıştı ve uçları düğümlenmeye başlamıştı. S.H.I.E.L.D. gözetiminden kaçtığından beri sıcak bir duş almıyordu ve böyle bir şey için adam öldürebilecek kıvama gelmişti. (Aslında ondan öncesinde de sıcak suya pek aşina sayılmazdı. Sıcak duş, Ukrayna'da her zaman bulunabilen bir şey değildi).

Sasha miyavladı ve Ava da ona doğru yuvarlandı. Şiltesinin altından eski bir not defteri çıkarttı ve defterin sırtına iliştirilmiş kalemi eline aldı. Gözlerini sayfadan ayırmadan hızlı hızlı bir şeyler karalamaya başladı. Uyanır uyanmaz rüyalarını çizmeyi, alışkanlık haline getirmişti. Tabii bunun için, uyuyabileceği bir yatak, bir parça kâğıt ve bir kaleme ihtiyacı oluyordu ki bunlar, her zaman bulabildiği şeyler değildi.

Sasha, defterin kenarını kemirmeye çalıştı ve Ava onu eliyle kenara itti. Gözlerini kapattığında gördüğü bir çocuğun portresini çizmeye başlamıştı bile. Hep aynı çocuktu. Koyu renk gözleri ve kolunda bir dövmesi vardı. *Dövmeli Çocuk*. Ava, ona bu ismi takmıştı.

En azından kedisi Sasha ya da nadiren de olsa Oksana ile konuşurken, ondan bu şekilde bahsediyordu. Bu ülkede edinebildiği tek arkadaş olmasına rağmen, Oksana'ya, çizimlerini hiç göstermedi. Bunu nasıl açıklayabileceğini bilmiyordu –sanki tanıyormuş gibi hissettiği birini sürekli rüyasında gördüğünü anlatması biraz zordu– ayrıca Oksana, Ava ayrılırken Auburn sığınağında kalmayı tercih etmişti ve bu yüzden, sabahları çizim yaptığını görmüyordu.

Ava'nın eli, kâğıdın üzerinde kıvrıldı ve grafit detaylar şekillenmeye başladı. Burnundaki kıvrım, belirgin çenesindeki kaba çizgiler, elmacık kemikleri, koyu renk gözleri, neredeyse yüzünü gizleyen dağınık, dalgalı saçları.

Ava, bu sefer onu kalabalık bir bahçenin arka tarafında durup kendisine bakarken resmetmişti.

Alexei.

Alexei Manorovsky.

Adı buydu. En azından Rusça adı buydu. Ava, rüyalarını hâlâ bu dilde görüyordu. Birilerinin, çocuğa Alex diye seslendiğini duyuyordu, ki bu isim ona kısa ve garip geliyordu. Sanki bir şeyler eksik gibiydi. Bu gece, ellerini zafer edasıyla havaya kaldırıyordu. Bir oyun filan oynadığını düşündü. Sanki arkadaşlarıyla beraber olduğu için eğleniyor gibiydi ve onu izlemek, Ava'yı daha da yalnızlaştırıyordu.

Arkadaşlara ihtiyacın yok, Ava. Sadece beynine ihtiyacın var. Bir öküz gibi güçlü olup jilet gibi keskin olmalısın. Bunun için bana söz ver.

Elindeki sayfaya bakarken, annesinin, kulağını fısıldadığı son sözler, kafasının içinde yankılandı. Doğu Avrupa'nın en önemli kuantum fizikçilerinden biri olan Dr. Orlova, sahip olduğu şeyler için savaşması gerektiğini, zor yoldan öğrenmişti.

Sonra başka bir ses konuşmaya başladı. Ava, her zaman olduğu gibi onu duymazdan gelmeye başladı.

Eğer ben yapabiliyorsam, sen de yapabilirsin, Ava... Biz aynıyız.

Tot zhe samoye. Aynıyız.

Siyahlar içindeki kadının, ortadan kaybolmadan önce ona söylediği son şeylerdi bunlar. Ama Ava, kimseyle aynı değildi –özellikle de onunla– ve bunu çok iyi biliyordu. Yalnızdı ve her zaman da öyle olacaktı. Güçlü ve zeki olmalıydı.

Çünkü annem haklıydı.

İç çekti ve resme son bir detay ekledi. Çocuğun kafasındaki Noel Baba şapkasını. "İyi tatiller, Sash." Sasha, patisiyle defteri dürterken miyavlayarak yanıt verdi.

Ava, bir eliyle Sasha'nın çenesinin altını severken, diğer eliyle de defteri aldı. Bu defter, senelerdir gördüğü çılgın rüyalarının kayıtlı olduğu tek yerdi. Eğer bunları kendisi çizmiş olmasaydı, asla inanmazdı. Hemen her sayfada bir

Alexei vardı. Eskrim yaparken, kickbox yaparken, bir arkadaşının motorunun arkasında giderken, sınıf penceresinden dışarı bakarken, kahverengi gözlü bir yavru köpekle oynarken... Ava, kömür kalemini elinde iyice sıktı ve keskin çizgileri yumuşattı.

Kimsin sen, Alexei Manorovsky?

Neden rüyalarımda sadece seni görüyorum?

Ve benimle ne işin var?

Bu sorulara cevap bulamadan sayfayı çevirdi. Orada bir ev vardı. Odessa ve öncesinde Moskova'ya dair hatırladığı ne varsa...

Laboratuvar önlüğü giymiş annesinin yüzü...

Fırınlanmış elmalar.

Çok sevdiği seramik kafalı balerin bebeği. Karolina. Çoktandır kayıp olan o bebek, kendisine annesiyle babasının hediyesiydi.

Bunlar, çocukluğuna dair nadir ve kurtarılmış anılardı. Sanki boncukları dağılmış ve bir türlü tekrar birleştirilemeyen bir kolye gibiydi.

Keşke daha fazlasını bilseydim, diye düşündü.

Yeni bir resim yapmaya başladı. Daha karanlık anılarla ilgili bir resim.

Seneler önce her şeyini kaybettiği, Odessa'daki o eski antrepo hakkında.

Boynunda dikenli tel dövmesi olan kel adam tüm dünyasını elinden almıştı. Onu her zaman, siyah gözleriyle ifadesiz bakan bir iblis gibi çizmişti.

Aslında tam olarak öyleydi.

Pek bir şey hatırlamasa da, kendisine alay eder gibi bakan siyah gözleri unutamıyordu. *Kimse seni kurtarmaya gelmeyecek, küçük ptenets. Seni kimse istemiyor. Kimse umursamıyor.*

*O kıymetli mamotchkan** *bile.*

Ava, birkaç sayfa daha çevirdi ve zihnini başka şeylere odaklamaya çalıştı.

Saçma sapan, uydurma kelimeler düşündü.

Çizimlerin kenarlarında kalan boşluklara sürekli garip garip kelimeler yazardı. Bazılarını, sanki bir yapbozun tek kayıp parçasıymış gibi tekrar tekrar yazardı. Artık ne anlama geldiklerini bile bilmiyordu. Tek bildiği, anılarından, rüyalarından ve geçmişinden geldikleriydi. Bu kelimelerdeki harfler tanıdık bir şekilde bir araya gelmeye başladığında ve onlara uzun süre baktığında, başına ağrılar giriyordu.

KRASNAYA KOMNATA.

OPUS.

LUXPORT.

Her zaman aynı şey oluyordu. Bu kelimeler hakkında hayal meyal hatırladığı tek şey, Odessa limanında, S.H.I.E.L.D. tarafından kurtarıldığı geceyle bir ilgisi olduğuydu. Bu kelimeler hakkında, hiçbir şey ifade etmeyen bir şeyler daha hatırladı. Ve bu dört kelime dışında, bir şey daha vardı.

Saçma sapan bir kâğıt parçası.

Sasha, sayfanın kenarını tırnakladı.

---

* *Rusça.* Annecik. (ç.n.)

İşte oradaydı. Son sayfaya iliştirmişti. Artık onu cebinde taşımayı bırakmıştı. Ukrayna'daki yaşantısını hatırlatan tek şey –silik bir iki fotoğraf dışında– eski bir kâğıt avroydu. İkiye bölünmüştü ve üzerinde iki kelimeyle birlikte, kum saatine benzeyen bir şekil vardı.

BLACK WIDOW.

Bu sembol, Natasha Romanoff anlamına geliyordu. Dövmeli çocuk ortaya çıkmadan önce de rüyalarına girmekte olan siyahlı kadın.

Kendisini, annesini öldüren manyağın elinden kurtarmış olan kadın. Hatta bu yüzden gözaltına alınmış, bir yere kapatılmış, unutulmuş ve okyanusun ötesinden gelen herhangi bir mülteci olmuştu.

Ona bu hayatı, Black Widow vermişti. Bu ayrıcalığı, o vermişti. Evsiz, annesiz ve yalnızdı. Yabancı bir ülkede, her zaman yabancı biri olarak yaşayacaktı.

Ava, Natasha Romanoff'un bir kahraman olması gerektiğini biliyordu.

O ve güçlü arkadaşları, insanlığa göz kulak oluyorlardı. Natasha Romanoff'un da kendisine göz kulak olması gerekiyordu.

Eğer istersen, gelirim, Sestrenka. Söz veriyorum, küçük kardeşim.

Ava, istedi. Ava, elinde kum saati resimli yarım avroyla, onu aradı durdu. Ama Natasha Romanoff, hiç gelmedi.

Natasha Romanoff, bir Avengers üyesiydi. Onlar, hepimizden daha iyilerdi. En azından, tüm dünya böyle olduğunu düşünüyordu. Bunun gerçek olmadığını, bir tek Ava biliyordu.

Black Widow, Ava Orlova için asla bir kahraman olamazdı.

Olsa olsa bir hayal kırıklığı olurdu.

Diğer bir hayal kırıklığı.

Kedi Sasha, defterin üzerinden sıçrayıp, alışılagelmiş bir şekilde Ava'nın omuzlarına tünedi.

İnsanlar, seni hayal kırıklığına uğrattı. Kahramanlar bile. Bu, Ava'nın asla unutamayacağı bir dersti. Öküz gibi güçlü, jilet gibi keskin. Artık o, böyle biriydi.

Annesi olsa, onunla gurur duyardı.

S.H.I.E.L.D. ÇOK GİZLİ

İZİN SEVİYESİ X

VAZİFE BAŞINDA ÖLÜM [VBÖ] SORUŞTURMASI

REFERANS: S.H.I.E.L.D. DOSYASI 121A415

YETKİLİ AJAN [YA]: PHILLIP COULSON

CVP: AJAN NATASHA ROMANOFF NAMIDİĞER BLACK WIDOW, NAMIDİĞER NATASHA ROMANOVA

BELGE: SAVUNMA BAKANLIĞI, VBÖ SORUŞTURMALARI

SB: Yani kaynağa ulaşmadan önce, ortada bir problem olduğunu biliyordun, değil mi?
ROMANOFF: Hayır, efendim. Bilmiyordum.

SB: Ama o rüyaları görüyordu. Anılarını yeniden yaratıyordu. Açıkça semptomlar gösteriyordu.
ROMANOFF: Ben terapist değilim, efendim.

SB: [gülüyor] Gerçekten mi?
ROMANOFF: Kaynak, S.H.I.E.L.D.'ın yer üssünden ayrıldıktan sonra ne gibi semptomlar gösterdiğini bilmemize olanak yoktu. Nerede olduğunu bile bilmiyorduk.

SB: Yani diyorsun ki, içi casuslarla dolu olan bir tesis, ufacık bir kıza sahip çıkamadı, öyle mi?
ROMANOFF: Öyle diyorsanız, efendim.

SB: Peki ya oğlan?
ROMANOFF: Dediğim gibi...

SB: Biliyorum. Biliyorum. Çok gizli. Komikmiş.
ROMANOFF: Ortada komik bir durum yok, efendim.

SB: Bana soruşturacak bir şey vermezseniz, bunun adı bir soruşturma olmaz, Ajan.
ROMANOFF: Bunu pek sevmeyeceksiniz.

SB: Nadiren severim zaten.

BÖLÜM 6: ALEX

ALEX MANOR'UN EVİ
MONTCLAIR, NEW JERSEY

Ertesi sabah, saatin alarmı susmadan, kapı yumruklanmaya başladı. Antika, radyolu çalar saatte Traits grubunun eski bir şarkısı, "Nobody Loves The Hulk"* çalıyordu. Alex'in başucundaki komodinin üstünden ses bangır bangır geliyordu ama o tınmadı bile.

Hatta horlamaya devam etti.

Alex, çıkmaya hazırlandığı yolculuk için eşyalarını toplamıştı ve bu yüzden de odası, sanki içinden kasırga geçmiş gibiydi. Her tarafta (kirlilerin temizlerden ayrılması gereken) çamaşırlar vardı. Bütün raflar, çizgi roman ve figürlerle doluydu (ama kutularında saklamıyordu. Alex o

---

* *İng*. Kimse Hulk'ı Sevmiyor. (e.n.)

modellerden değildi). Ayrıca odanın köşesinde, yamuk bir şekilde asılmış bir Iron Man posteri vardı. (Anlaşılan Tony Stark'ın kafasının yerine Taylor Swift'in kafasının yapıştırılmış olması, Alex'i rahatsız etmiyordu. Taylor Stark, Dante'nin bıkmak sıkılmak bilmeden yaptığı esprilerinden biriydi.)

Odanın diğer köşesinde, kornişlere asılmış bir sıra eskrim madalyası vardı ve kapıdaki yumruk sesi radyo sesini bastırdıkça onlar da sallanmaya başlamışlardı.

"Alex! Kapat şunu! Otobüsü kaçıracaksın!" Annesinin sesi, binlerce alarmdan daha kötüydü. Tam bir rüya katiliydi.

Alex, homurdandı. "Belki de yarınki otobüse yetişmek için erken bir saattir. Bir de bu açıdan bak." Bu söylediği sadece kapının daha sert yumruklanmasını sağladı. Tek gözünü açtı ve çarşafın içinde debelendi.

İşte.

Yarısı yenmiş bir elmayı alıp komodinin üstündeki radyoya fırlattı. Radyonun plastik parçaları darmadağın oldu. Ama en azından müzik susmuştu. Nişancılığı, muhakeme gücünden daha iyiydi.

Alex, yatağın üstünde oturdu. "Bağırmayı kes. Bilmek istersin diye söylüyorum, neredeyse giyindim sayılır."

Yataktan, baksırıyla çıktı ve ayakları soğuk zemine değince, bir titreme geldi. Bu his, onu gördüğü kâbusa geri götürdü. Kışın ortasında, ormanda kaybolmuştu ve her adımında, yavaş yavaş beline kadar karın içine gömülüyordu. Etrafında sadece çıplak ağaçlar ve bembeyaz bir gökyüzü vardı.

Kar, tüm kafamı kapladı ve sonra, nefes alamamaya başladım...

Rüya gibi değildi. Çok gerçekçiydi. Sanki bir anısı canlanmış gibiydi. Ayakları, donmaya yüz tuttuğu için hissizleşmişti.

"Hareket ettiğine dair bir ses duyamıyorum," diye bağırdı kapının arkasındaki ses, bu düşüncelerini bölercesine.

Alex, kımıldandı.

Annesi, kapının önünde karşısına dikildi ve kulağındaki kulaklıkları çıkarttı. Alex, annesinin üzerindeki vampir kedi kız desenli eşofman üstüne ve pilili dar paça kota baktı. "Eşofman üstün yeni mi?" Yeni değildi ve Alex, bunu söylerken sırıtıyordu.

Bayan Manor, gözlerini devirdi. Bir seyahat acentesi vardı ve gittiği her yerden, oranın kültürüne ait bir kedi tişörtü alıyordu. Bunun üzerinde, MİYAV-NA KEA PLAJI, HAWAII yazıyordu.

Tabii ki öyle yazacaktı.

Alex'in annesi, herkesin kendine ait bir tutkusu olması gerektiğine inanırdı. Kendisi, kedilere ve seyahate düşkündü. Hatta seyahat eden kedilere, daha da düşkündü. Tekir kedisi Stanley, her yere onunla birlikte giderdi.

"Bir şey unutmuyor musun?" dedi elindeki otobüs biletini, kendini beğenmiş bir edayla sallarken.

"Kesinlikle." Alex, basılı bileti cebine attıktan sonra dolaptaki eskrim çantasını da alıp sırtına taktı. Az daha onu da unutuyordu. "Sağ ol, anne!"

"Otobüs, okuldan sonra hareket ediyor. Doğruca Penn İstasyonu'na gideceksiniz. Takımın yanından ayrılma. Antrenörlerin gözünün önünden ayrılma. Başına bir şey gelecek olursa, ben büyükannenlerde olacağım." Bayan Manor'un sesi biraz gergindi. Alex'in kendi hesaplarına göre, bunun son turnuvayla alakası vardı. Atlantic City'de, bütün takım kumar makinelerinin başında yakalanmıştı.

"Ne gelebilir ki? Kuzey Amerika Kupası'na katılıyoruz, anne. Savaşa değil."

Annesi, kafasını salladı. "Sen tam bir *bela mıknatısısın*, Alexander Manor. Bu senin kanında var. Senin gittiğin her yer, savaş alanıdır."

Biletine bir göz attı. "Philedelphia, öyle bir yer değil." Oraya gidiyordu. Kendisi için aldığı bir not vardı. *Peynirli ve biftekli sandviç.*

Annesine sımsıkı sarıldı. Sırt çantası ve eskrim çantasını sırtlandı. "Uslu duracağım. Belaya karışmayacağım. Savaşa katılmayacağım. Ufacık bir çatışmaya bile girmeyeceğim."

"Kavga etmek, hır çıkartmak yok," dedi annesi. "Siyah kart görmek de yok. Hatta kırmızı bile istemiyorum. Lütfen."

"Söz veriyorum."

"Böyle söyleme. Bunun ikimizi de hayal kırıklığına uğratacağını çok iyi biliyorsun." İç geçirdi. "Çıtamızı düşük tutsak, iyi olacak."

"Peki ya, tutuklanmayacağım desem? En azından bunun sözünü verebilirim." Alex, annesini yanağından öptü. "Pazar günü görüşürüz. Ben yokken sakın odamı temizleme. Tek bir şeyin yerini değiştirsen bile, fark ederim."

İstifini bozmadan omuz silkti. "Sana söylemiştim. *Ambarcıları* çağıracağım. Eğer bu süre zarfında uğrayacak olurlarsa, onlara engel olmam."

"Kaç kere söyledim, o bir koleksiyon. Hiçbiri tek değil. Ne Taylor Stark, ne Jabba The Hut, ne de Avengers figürlerinden biri." Alex, sırıttı ve annesi yine omuzlarını silkti. "Tamam, söz."

Bunu söylerken, geleneksel sabah çöreğini Alex'in ağzına tıkıştırıyordu.

Alex, kaldırımdan hoplaya zıplaya giderken, annesinin yüzündeki gülümseme yavaş yavaş kayboldu. Bir an için, Bayan Manor çelikten yapılmış gibi göründü. Alex köşeyi döner dönmez, cep telefonunu çıkartıp bazı numaralar tuşladı. Sonra taraçada biraz daha dışarı doğru yürüyüp, bir şeyler arıyormuşçasına etrafa bakındı. Gözleri her arabayı, her çiti, her çatıyı tarıyordu. Sanki gözünden bir şey kaçıyormuş gibiydi.

Bayan Manor, üzerindeki eşofman üstüne rağmen, titredi ve telefonunu cebine soktu.

Komşunun bacasının arkasında, kara eldivenler takmış bir çift el, tuttuğu dürbünü bıraktı. Hiç şüphe yoktu. Marilyn Manor, bir sorun olduğu konusunda endişelenmekte haklıydı; sadece, o sorunu yanlış yerde arıyordu.

Manor ailesinin üzerinde, gözler vardı. Şimdilik *problem* buydu. Ve annesinin şüphelendiği gibi, bela Alex Manor'un kanında olsun ya da olmasın, fark etmezdi. Bu sefer, endişelenmeleri gereken şey, Atlantic City'de taşkınlık yapan bir grup ergenden çok daha fazlasıydı.

"Nedenini boş ver de, bunu yapmayı nerede öğrendin?" Oksana Davis, gülüyordu. Ava, onun parıldayan kahverengi gözleriyle uyumlu kahverengi tenini, yüzündeki maskenin ağına rağmen görebiliyordu. Yine de çok şaşırmıştı.

"Hiçbir yerde. Sanırım, bir anda oluverdi." Ava, maskesini çıkarttı. Bunun tam olarak bir açıklama olmadığını biliyordu ama gerçeği söylüyordu. Son zamanlarda Ava'ya bu tarz garip şeyler oluyordu ve hiçbirini tam olarak açıklayamıyordu.

"Tanrım, aldığın dersler, meyvesini vermeye başlamış." Oksana, yattığı yerden kalktı.

İki yıl önce, GHKB, temel eskrim dersleri vermeye başlamıştı. Ava ve Oksana, ellerinden geldiğince bu dersleri kaçırmamaya çalışmışlardı. İstedikleri zaman ekipmanları kullanmalarına izin veriliyordu. Onlar da emeklilerin veya çocukların olmadığı öğleden sonraları, kendilerini bu antrenman salonuna atıyorlardı.

Her ikisi de ders almıştı. Her iki kız da, bu dünyanın hiçbir yerine uyum sağlayamamıştı. Ve birlikteyken, yavaş yavaş, bu uyumsuzluğu alışkanlık haline getirmişlerdi. Fort Greene'deki Auburn barınağında tanıştıklarında, Ava pek konuşmazdı ama Oksana sürekli Rusça konuşurdu. Rahmetli annesi, bir balerindi. Babası ise taksi şoförüydü. Ava ve Oksana'nın yaptığı her sohbet, her ikisine de az da olsa evi hatırlatıyordu. Her ne kadar Oksana, Rusya'ya hiç gitmemiş olsa da, ana dili Rusçaydı.

Her ikisini de eskrime yönlendiren şey, Ava'nın Ukrayna'da ilkokula giderken, yani henüz altı yaşındayken aldığı derslerdi. Oksana, Ava'nın kendisini GHKB'deki ilk epe* dersine götürmesine izin vermişti. Ama uzun bacakları sayesinde, avantajlı olan taraf hep Oksana olmuştu. Her ne kadar Ava hızlı, güçlü ve bazen fazlasıyla gözü kara olsa da, bu zarif arkadaşından beş santim kısaydı. *Peki, bugünkü gösteriyi neye borçluyum?* Ava merak ediyordu. O hamleyi daha önce hiç çalışmamıştı. Ve gördüğü rüyadan dolayı kafası o kadar karışıktı ki, kesinlikle kendisini savunabilecek durumda değildi.

"Tamamen şans." Oksana sırıtıyordu. "Ayrıca yine şu hayali erkek arkadaşın hakkında bir rüya görüyordun. Dövmeli çocuk seni çok etkiliyor." Maskesini çıkarttı. Her zaman kafasına taktığı o bohem eşarbından, bir tutam kahverengi bukle fırladı.

"Hiç de bile!" Ava'nın yüzü kızarmıştı. "Yani etkilediği filan yok." Sırtını duvara verip oturdu ve üzerinde silik harflerle başka birinin ismi yazan eskrim ceketinin fermuarını açtı.

"Biliyor musun, çok kötü bir yalancısın. En iyi özelliklerinden biri de bu." Oksana, Ava'nın yanına çöktü. "Anlat bakalım. Dövmeli çocuk, bugün neler yapıyordu?" Ava, başını öne eğdi. Bu rüyalar artık ikisi arasında bir şaka halini almıştı. Sanki Dövmeli Çocuk, ikisinin ortak hayali arkadaşı gibiydi. "Ters giden bir şeyler var. Rüyalarım değişiyor." Arkadaşının yüzüne baktı. "Resmen kâbusa dönüşmeye başladılar."

"Devam et."

* Delici kılıçla oynanan, hedef bölgesi bütün vücut olan bir tür kılıç oyunu. (e.n.)

Ava, uzaklara baktı. "Bilmiyorum. Önemli değil. Sonuçta, gerçek değil."

Oksana, güldü. "Burası Amerika, Ava. Bazı adamlar, etrafta demirden kostümlerle uçuyorlar. Bazıları örümcek gibi binalara tırmanıyor. Diğerleri de devasa yeşil yumruklarıyla ya da uzaylı çekiçleriyle şehri dümdüz ediyorlar. Neyin gerçek olup neyin olmadığını nasıl bileceksin ki, *myshka?*"

Ava, sahip oldukları gibi bir yaşama sıkışıp kalınca, bir süper kahraman tarafından kurtarılmayı beklemenin çok kolay bir hayal olduğunu düşünüyordu. Omuzlarını silkti. "Sence o insanlar, kahraman mı, Sana?"

"Tabii ki. Sence değiller mi?"

Ava, cevap vermedi. Oksana'ya, Black Widow'dan bahsetmek istedi. Tıpkı, rüyalarından ve çizdiği resimlerden bahsetmek istediği gibi... Ama bazen insanın kendine ait öyle sırları olur ki, yegâne arkadaşıyla bile paylaşamaz. Çünkü o sırlar, bazen insanın kendisine bile çok anlamsız ve saçma gelir.

İnsanların demir kostümlerle etrafta uçtuğu bir dünya için bile saçma olabilir.

Alexei, gerçek mi?

Belki.

Olabilir.

Onu, kendisinin uydurmuş olması da mümkündü. Ama Ava, Black Widow'u uydurmadığını biliyordu ve o –yani kendi tasviriyle, siyahlar içindeki kadın– da rüyalarının içindeydi. Tabii ki, daha önce bir defa karşılaşmış oldukları için, bütün bunlar bilinçaltını psikolojik saçmalıkları olabilirdi. Travmatik hatıralar, güvenli bir alan olarak gördükleri rüyalarda ortaya çıkarmış, falan filan.

Ama Alexei, öyle değil.

O gece, Odessa'da değildi, değil mi?

Tam o sırada, sekiz yıldır kendisiyle birlikte yaşayan hayalet kelimeler, kafasının içinde yeniden dolaşmaya başladı.

OPUS.

LUXPORT.

KRASNAYA KOMNATA.

On yaşındayken, öğretmeninin dizüstü bilgisayarını gizlice açıp, OPUS kelimesini aratmıştı ama karşısına çıkanlar genelde bir tür klasik müzik kompozisyonu ya da çizgi film karakteri gibi şeylerdi. LUXPORT, Ukraynalı bir ihracat şirketinin adıydı ve suç örgütüyle alakalı olamayacak kadar sıkıcı görünüyordu. KRASNAYA KOMNATA'nın ne olduğunu tam olarak anlayamamıştı.

Krasnaya Komnata.

Kırmızı Oda.

Tam olarak çevirisi buydu. Bu neydi, peki? Hangi kırmızı oda, Ava'yı ya da annesini ilgilendiriyor olabilirdi ki? Rus bayrağındaki gibi bir kırmızı mıydı? Rus kanı gibi bir kırmızı mıydı?

Yoksa o antrepo patladıktan sonra ortaya çıkan alevlerinki gibi bir kırmızıdan mı bahsediliyordu? Belki de zihni, sadece o geceyi hatırlayıp bazı şeyleri anlamlandırmaya çalışıyordu. Belki o oda, sadece anılarındaydı.

Kırmızı olan ne?

Oksana, kılıcın ucuyla dürtmeye başlamıştı. "Gezmekten bahsetmişken, yarın erkenden yola çıkmamız gerekiyor. Sabah altı civarı."

Ava, arkadaşının neyden bahsettiğini anlamaya çalıştı. "Altı mı? İlk otobüs o mu? Peki buradan Philedelphia'ya gitmek için otobüs parasını nereden bulacağız?"

Oksana, gülümsedi. "Otobüsten bahseden kim?" Kılıcını çekti ve yere vurdu. "Taksi çağırdım."

Ava, şaşırmış gibiydi. "Baban bizi buradan ta Philedelphia'ya mı götürecek?"

Oksana omuz silkti. "Nana, yarışmaya gideceğimizi söyleyince babam kabul etti. Hayallerimizi suya düşürmeyecektir." Oksana pis pis sırıtıyordu. "En azından benim hayallerimi. Senin hayallerinde ne olduğunu zaten biliyoruz." Ava, Oksana'yı ittirdi. "En azından benim rüyalarım Nana hakkında değil." Nana, onların gönüllü antrenörüydü. Perşembe günleri ücretsiz ders veren bir Ermeni güzeliydi. Bu üçlü sayesinde, sınıftaki diğer bütün öğrenciler, Rusça küfür etmeyi öğrenmişti. "Biliyorsun, turnuva için kayıt yaptırmak zorundayız." Ava'nın aklına gelen en iyi mazeret buydu. Bir eskrim turnuvasına katılmak, aklından geçen en son şeydi. Zaten bütün gün içinde bir huzursuzluk vardı ve şimdi de midesine kramplar girmeye başlamıştı.

Rüyadaki silah. Onu düşünmeden duramıyorum.

"Peki ya günlük kayıt sisteminin hâlâ açık olduğunu söylesem? Ve Nana, bizim de orada olmamızı istediğini söyledi," diye gülümsedi Oksana.

"Sanırım, ekipmanımız olmadığını söylemem gerekiyor," diye cevap verdi Ana. Hâlâ kafası karışıktı. *Belki de bu bir kehanettir. Belki de kötü şeyler olacaktır.*

Oksana, etrafına bakarak, "Bu ekipmanları kullanabiliriz," dedi.

"O zaman, harika diyorum. Çünkü bu eldivenler, içinde biri ölmüş gibi kokmuyor." Ava, eldivenlerini çıkarıp yere fırlattı.

Oksana güldü. "Aman Tanrım, Ava, sen tam bir ödleksin. *Ty trushish?* Böyle bir şey olabilir mi?"

Ava, kendisine üç beden büyük gelen ceketi çıkartırken, "Ödlek filan değilim," dedi.

"Sen? Hem de hiçbir şeyden korkmayan, Ava Orlova, ha?" Oksana çok şaşırmıştı.

Ava omuz silkti. "Ucunda plastik olan metal bir kılıçtan korkacak değilim. Ben bir Rus'um."

Odessa'daki patlamadan, bir manyağın elinden ve Black Widow'dan kurtuldum.

O gece hakkında hiç konuşmuyordu. Oksana ile bile. Antrepodan ve Odessa'dan hiç bahsetmiyordu. Ama bu, onları düşünmediği anlamına gelmiyordu.

O günden itibaren her şey paramparça oldu.

"Turnuva kılıçlarının ucunda plastik olmaz, unutma," dedi Oksana son olarak.

"Ne fark eder?"

"Tamam. Gitmek zorunda değiliz." Oksana pes etmişti.

Sessizce, yan yana oturdular. Söylenecek başka bir şey yoktu. Ava, Oksana'nın o turnuvaya gitmeyi ne kadar istediğini çok iyi biliyordu. Oksana, mecbur kalmadıkça, nadiren babasıyla konuşurdu. Bunun annesinin ölümüyle bir alakası olmasıyla ya da onu tamamen yalnız bırakmasıyla alakası olabilirdi.

Ama öyle değil. Ben varım ya!

Ava, Oksana'nın kendisine baktığını hissedebiliyordu.

"Tamam," dedi sakince. Üzerindeki garip hissiyattan kurtuldu. Kehanet filan yoktu. Zaten yeterince kötü şey olmuştu ve rüyalardaki çocuklar ölmezdi. Ava'nın bildiği kadarıyla, yaşamazlardı bile. "Peki. Tamam. Sen kazandın. Gidiyoruz."

Oksana, elini uzatıp kalkmasına yardım etti. Sonra başını, Ava'nın terli omzuna yasladı ve salondaki eski, kullanılmış eskrim kıyafetlerini taramaya başladılar.

Hırpalanmış kılıçların, kokuşmuş maskelerin, büyük beden ceketlerin ve fermuarı bozuk pantolonların arasında Ava, silahları, hayalet kelimeleri ve siyahlı kadını unutmuştu. Ailesinin neden ve nasıl ortadan kaybolduğunu ya da tüm bunların sorumlusunun kim olduğunu düşünmeyi bıraktı. Gerçek olmayan oğlanları ve aslında kahraman olmayan kahramanları düşünmeyi de bıraktı.

Kızlar, buz gibi duşun altına girdiklerinde, her şey normale dönmüştü. Tabii eğer GHKB'nin bodrumunda bir sokak kedisiyle birlikte yaşamak, normal sayılırsa. Ava için bu, gayet normal bir durumdu.

Buz gibi su, neredeyse beynini uyuşturmuştu.

En azından, arındırıcıydı.

Bu yüzden Ava, asla soğuktan şikâyet etmezdi. Soğuğa güvenirdi.

Anılarını uzaklaştırıp, başının daha az ağrımasını sağlardı. Bu önemli bir şeydi, çünkü Ava'nın dayanamadığı tek şey varsa, o da hissetmekti.

Şu âna kadar zaten bir sürü şey hissetmişti.

Kendi kendisinin kahramanı olması gerektiğini biliyordu.

S.H.I.E.L.D. ÇOK GİZLİ

İZİN SEVİYESİ X

VAZİFE BAŞINDA ÖLÜM [VBÖ] SORUŞTURMASI

REFERANS: S.H.I.E.L.D. DOSYASI 121A415

YETKİLİ AJAN [YA]: PHILLIP COULSON

CVP: AJAN NATASHA ROMANOFF NAMIDİĞER BLACK WIDOW, NAMIDİĞER NATASHA ROMANOVA

BELGE: SAVUNMA BAKANLIĞI, VBÖ SORUŞTURMALARI

SB: Yani son karşılaşmanızdan bu yana şahısla hiç temas kurmadınız, öyle mi?
ROMANOFF: Hayır, efendim. Olanlardan sonra, bağları koparmanın daha iyi olacağını düşündüm.

SB: Neden?
ROMANOFF: Efendim?

SB: Neden bağını koparttın? Okuduklarıma göre, şahsı yanmakta olan bir enkazın altından çıkartmışsın. Aynı dili konuşuyormuşsunuz ve onun bir savaş yetimi olduğunu, onu neredeyse kardeşin gibi gördüğünü söylemişsin.
ROMANOFF: Bunu söyleyebileceğimden pek emin değilim.

SB: O zaman, ne söyleyebileceğini çok merak ediyorum. Buna inanması biraz zor, Ajan Romanoff. Hayatını kurtarıp bu ülkeye getirmişsin ve o çocukla bir daha hiç konuşmamışsın.
ROMANOFF: Pek ablalık yapabilecek bir tip değilim, efendim.

SB: Ama saha operasyonlarına almaktan imtina etmiyorsun. Bu küçük şahsın hayatını tehlikeye attığını düşünmüyor musun?
ROMANOFF: Düşünüyorum, efendim.

SB: Ve bu seni rahatsız etmiyor mu?
ROMANOFF: Dediğim gibi, ablalık yapmaya uygun biri değilim, efendim.

SB: Evet, bunu anlamaya başladım.

BÖLÜM 8: ALEX

PHILEDELPHIA KONGRE MERKEZİ
ŞEHİR MERKEZİ
KARDEŞÇE SEVGİNİN ŞEHRİ

"Sen delirmişsin," dedi Dante kafasını sallayarak. "Ve çok geç kaldık."

Ama Alex, kongre merkezinin önündeki kaldırımdan kıpırdamıyordu. "Ciddiyim. Biri bizi takip ediyor. Bir kadın. Çok korkuyorum. Onu ilk olarak Penn İstasyonu'nda görmüştüm ve sanırım az önce yine gördüm." Kalabalık ana caddenin bir ucundan diğer ucuna baktı. Ve bunu yaptıktan sonra cebindeki yarım biftekli-peynirli sandviçi çıkartıp, yağlı kâğıdını sıyırdı. Alex, ne zaman stresli olsa, yemek yerdi ve yiyeceği şeyin de mümkün olduğunca pis olmasını tercih ederdi. Buz gibi sandviçinden bir ısırık aldı. "Belki de CIA'dendir."

"O dün geceki sandviç mi? Neyse cevabını duymak istemiyorum. Sorunların var," diyen Dante, iğrenmiş bir şekilde baktı.

"Her neyse, turnuvaya kayıt işlemini kaçırmak istemiyorum. Seksi bir CIA ajanı için bile bunu yapamam."

"Seksi olduğunu söylemedim." Alex, hâlâ caddeyi tarıyordu. Oralarda bir yerde olduğundan emindi.

Dante, bilmiş bilmiş suratına baktı. "O zaman sana ne ki?"

"Tam bir salaksın, biliyor musun?"

Dante, gözlerini devirdi. "Peki, tamam, sen istiyorsan burada dikilmeye devam edebilirsin, bay sandviç." Çantasını aldı ve yürümeye başladı. "Bir de benim salak olduğumu düşünüyorsun." Alex, arkadaşının peşinden içeri girdi.

Çocukların montunda MONTCLAIR NJ ESKRİM KULÜBÜ yazıyordu ama artık New Jersey'de değillerdi. Kongre merkezi, kendilerininki gibi çeşitli kulüplerden gelip aynı tip eşofmanlar giymiş yüzlerce sporcuyla dolup taşmıştı. Sıra sıra dizilmiş eskrim pistleri, metalden kaldırım taşları gibi görünüyordu. Ve o kadar çok vardı ki, tüm kongre merkezini kaplamıştı. Duvarlar, bayraklar ve afişlerle donatılmıştı ve bu devasa salonun etrafında bir sürü yiyecek içecek otomatı vardı. Yanıp sönen dijital tabelada Kuzey Amerika Kupası yazıyordu ve bu, hiç de küçümsenecek bir organizasyon değildi.

Alex, bunun en az CIA tarafından takip edilmek kadar sinir bozucu olduğunu düşünüyordu.

İkili, bir yığın insanın ve daha da fazla eskrim çantasının arasından, kendilerine bir yol bulmaya çalıştı. Tepelerinde, koli bandıyla yapıştırılmış bir şekilde MONTCLAIR KULÜBÜ yazısı vardı.

Alex, takım arkadaşlarını görünce suratı asıldı. "Jurek'in burada ne işi var? Bizimle antrenmanlara bile katılmıyordu."

"Sanırım otobüsü iki puanla kaçırmış." Her zaman bu şakayı yaparlardı. Jeff Jurek, yani Montclair Kulübü'nün takım kaptanı, asla kendi aldığı sonucu söylemezdi ama başkasının aldığı sonucu bilir ve daha iyisini yapmak üzereyken nasıl kıl payı kaçırdığından bahsedip dururdu. Ona sorsanız, hayatında hak ettiği her şeyi, *sadece iki puanla kaçırmıştı.*

"Eeeh. Bu sefer de kendisine Cap diye hitap etmemizi isterse, ağzına bir tane yapıştıracağım," diye homurdandı Alex. Jurek'in idolü, Captain America'ydı, ki bu çok da şaşılacak bir durum değildi. Okuldaki tüm çocuklar, bir şekilde kendilerini bir süper kahramanla özdeşleştirirlerdi. Bu vakadaki en büyük ironi ise, eskrim takımı kaptanıyla bir süper kahramanın hiçbir benzer yönü olmamasıydı. "İhtiyacın olduğunda neden ortada hiç süper kötü bulunmaz?"

"O heriften uzak dur. Ciddiyim, Bay Siyah Kart," dedi Dante. "Bulaştığına değmez."

"Biliyorum," dedi Alex, "sadece..."

"Biliyorum," diye iç geçirdi Dante.

Başka bir şey söylemeyip, diğerlerinin arasına katıldılar. Herkes, eskrim yapmaya hazır görünüyordu. Turnuvaya hazırlanmak, o sentetik kıyafetler yüzünden, her zaman biraz vakit alırdı. Amerikan Eskrim Federasyonu'nun kurallarına göre, Kuzey Amerika Kupası gibi bir organizasyona, koruyucu ekipmanlarının her bir düğmesi tamam olmadan katılamazdınız. Tabii eğer Dünya Şampiyonası'ndaki Rus* gibi kafanıza bir kılıç darbesi alıp ölmek istemiyorsanız. Artık beyaz kevlardan** kol altı koruma bantları ve kalın kevlar ceketler kullanılıyor. Hatta üzerinde Amerikan bayrağı stensili olan kevlar pantolonlar giyiyorlar.

Daha müsabakaya başlamadan, köpek gibi terlersiniz.

"Şuna bak," dedi Dante, odanın karşı tarafını işaret ederek. Her zaman ilk giyinen o olurdu ve bunun sebebi olarak da bir sürü abi ve ablasıyla birlikte büyümesini ileri sürerdi. Temiz çorap bulmak sıkıntı olurdu ve hep hızlı hareket etmek zorunda kalırdı. "Manor ve Cruz. Şöhret ve zafer. Tam istediğimiz gibi."

Alex, yukarı baktı. Dijital tabelada, Alex Manor, gençlerde seri başıydı. İkinci sırada Dante Cruz vardı. Genelde hep böyle olurdu. Asıl rekabet, kendileri arasındaydı. Üstelik, bu durum, rekabetin şiddetini kesinlikle azaltmıyordu.

"Al bunu," derken Alex yumruğunu kaldırdı.

"Aslında ilk önce Cruz, sonra Manor yazması gerekiyordu." Yumruklarını tokuşturdular.

"Tabii, tabii..."

"Bugünden sonra öyle olacak."

"Rüyanda görürsün."

Alex, maskesini taktı ve boşta kalan eline bir avuç dolusu kılıç aldı. Ceketinin sırtında MANOR yazıyordu ama

---

* 1982 Dünya Şampiyonası'nda maskesini delip gözüne saplanan bir kılıç darbesiyle ölen Rus eskrimci Vladimir Smirnonv'da bahsediliyor. (ç.n.)

** Günümüzde zırh, sağlam halat yapımı, yanmayan koruyucu giysi yapımında kullanılan çok hafif, karbon kökenli, sağlam liflerden oluşan bir malzeme. (e.n.)

o kadar cılız ve uzundu ki, yazmasa da herkes tarafından fark edilebilirdi.

"Öyle mi? Artık rüya görmüyorum. Al gardını, ezik." Dante, kendi kılıcını aldı. "Hadi bakalım."

"Pekâlâ, Cruz. Ama bu sefer ağlamak yok." Alex, en yakındaki piste yöneldi. Orayı, kendi takım arkadaşları ısınmak için kullanıyorlardı.

Döner dönmez arkasında bir kılıç darbesi hissetti. Geriye doğru hamle yaptı ve içgüdüsel olarak kasları gerildi. Kalbi deli gibi atıyordu.

Dişlerinin birbirine sürtünüp gıcırdadığını hissedebiliyordu.

Jeff Jurek, kılıcını sallarken gülüyordu.

"Bunu bir daha yapma," dedi Alex otomatik olarak. En nefret ettiği şey, şaka için bile olsa, kılıçla vurulmasıydı. Sanki her saldırı, ölümcül olacakmış gibi bir his vardı içinde. Ne bedeni ne de beyni, aradaki farkı ayırt edemiyordu.

Bir daha dene de, sana gününü göstereyim, salak herif.

"Koşmaya başla, *Bayan Manners*. Anca ısınırsın." Jurek, kılıcıyla pisti işaret etti. Sanki bütün klişeler, bu çocuğun üzerinde toplanmıştı. Ütü gerektirmeyen havlu çoraplarından tutun da kalın altın zincirlerine kadar. Jurek'in zor kişiliği, despot bir şekilde kaptanlığa yükselmesini sağlamıştı ve kimse onun yardımcısı olmak istemiyordu. Şimdi bile, diğer çocuklar onunla muhatap bile olmak istemiyorlardı.

Kendisine taktığı lakaba kıl olan Alex, ayağıyla kılıcı itti. "İyiyim," dedi. "Sonra koşarım. İlk önce Dante ile biraz kapışacağız."

"İyi misin..?" Jurek, sorgularcasına sesini yükseltti. Sanki şaka yapıyormuş gibiydi ama Alex, bunun bir şaka olmadığını çok iyi biliyordu.

"İyiyim, *Cap*," dedi Alex gözlerini devirerek.

Jurek kılıcıyla Alex'in bacağına bir şaplak attı. "Hadi, ısının."

Alex, geriye doğru bir hamle yaptı. "Sana, bunu yapma dedim." İkinci saldırı.

"Yapacak. Yapacağız. Biraz rahat bırak, Jurek." Dante, Alex'i uzaklaştırmaya çalıştı. Biraz sonra neler olabileceğini çok iyi biliyordu.

Jurek, güldü. "Herkes koşsun. *Bayan Manners* da dahil."

"*Süper* orijinal bir lakap. Kendin mi buldun? Belki de *her zaman* kullanmalısın." Alex, bu herife sabrının taştığını hissetti. Kendini tutmaya çalışıyordu. Zihninin arkalarında bir yerde, annesinin sesini duyuyordu. Öfkeyle kalkan, zararla oturur, Alex.

"Ve belki de tam zamanında burada olursun." Jurek şimdi de Alex'in koluna vurmuştu. Alex kılıcını sıkı sıkı kavradı. Buraya kadar. İşi bitti.

Üçüncü saldırı.

"Şansını denemek ister misin?" Alex, ağzından çıkanları kontrol edemiyordu. Daha da kötüsü, kılıcını aniden çekişine de engel olamamıştı. Jurek'i ve silahını iteliyordu.

Dante, kafasını iki yana sallamaya başlamıştı ama artık çok geçti.

Jurek, Alex'e doğru hamle yaptı.

Şimdi.

Alex'in zihni, makine gibi çalışmaya başladı. Bunu yapan, adrenalindi. Her karşılaşmada aynı şey olurdu. Hatta Dante ile eskrim yaparken bile... Alex, böyle bir moda nasıl geçtiğini kendisi de anlayamıyordu. Bu, video oyunu oynamak gibi bir şeydi. Ama Alex hem oyundaki karakter, hem de oyunun kumandasını tutan kişi oluyordu. Hepsini aynı anda kontrol ediyordu.

İlk önce yumruklarıyla başlayacak ama bunu yaparken bedenini kullanacak. Kafama vurmaya çalışacak. Bu herif kafa atacak. Tek bildiği bu. Alex, Jurek'in yumruğunu yıldırım hızıyla yakaladı.

Tam da düşündüğüm gibi. Alex, gülüyordu.

Ayrıca, Jurek'in duruş şekline (ağırlık merkezi aşağıda), boyuna (10 santimlik dezavantaj) ve ağırlığına (12 kilo fazlası olduğu için daha yavaş) bakarak nasıl yere ineceğini de biliyordu. Ayrıca: Nasıl düşündüğünü (öfke, içgüdü ve genel strateji eksikliği), idolünün kim olduğunu (stratejik avantaj yerine kaba kuvvet), kendine güvenmediği taraflarını (cüssesi ve aşağılık kompleksi) ve tiklerini de (sağ tarafı daha hassas) biliyordu.

Her dövüş, çözülmesi gereken yeni bir problemdi ve her rakip için yeni bir formül yazmak gerekiyordu. Alex, kendine düşen görevin disiplinli ve titiz olmak gerektiğini biliyordu. Hatta bu görevler, bazı hesaplamalar yaparak birini kan revan içinde yere sermek olsa bile.

Ve öylelerdi de.

Alex, hareket etmeye başladığı andan itibaren, metodik ve etkili hamleler yapmaya başladı. Eğitimli bir asker gibi eğilip çelme taktı ve Jurek'i tekmelemeye başladı.

Çok kolay oldu, diye düşündü Alex.

Neredeyse.

Alex ve Jurek yerde kavga ederken, ikaz düdüğü çaldı ve ikisini ayırdılar. Alex, biraz soluklanmaya çalışıyordu ama sanki ağzından dışarı doğru rüzgâr esiyordu.

Tahmin edildiği gibi oldu.

Jurek'in dudağı patlamış, bir gözü morarmıştı. İşte o an Alex, başının ne kadar belada olduğunu anladı.

Lanet olsun.

Başım belada.

Yine.

Alex, kendisini zapt etmeye çalışan irikıyım iki güvenlik görevlisinin elinden kurtulmaya çalıştı. Kelleşmeye başlayan bir antrenör ve kulüpteki kıdemli eskrimcilerden biri, Jurek'in koluna girdiler.

İşte başlıyor.

Alex, yaptıklarının yarısını neden yaptığını kendisi de anlamıyordu. Bazen, hayatının büyük bir kısmını otomatik pilotta geçiriyormuş gibi hissediyordu. Sanki hiç bitmeyen bir kavga arıyormuş gibiydi. Her ne olursa olsun, Alex bunu durduramadığını ve ne olursa olsun vicdan azabı çekmediğini çok iyi biliyordu. En azından bu zamana kadar çekmemişti. Alex Manor'un bir tane daha siyah karta ihtiyacı yoktu. Bir kez daha dibe vurmuş ve diskalifiye olmuştu.

Annem beni öldürecek.

Alex, görevlilere baktı ve her zamanki o tanıdık konuşmasını yaptı. "Anlamıyorsunuz. Ben hiçbir şey yapmadım. Hepsini o başlattı." Kendini bildi bileli, aynı şeyleri söyleyip duruyordu.

Keşke bir de nedenini bilseydi.

S.H.I.E.L.D. ÇOK GİZLİ

İZİN SEVİYESİ X

VAZİFE BAŞINDA ÖLÜM [VBÖ] SORUŞTURMASI

REFERANS: S.H.I.E.L.D. DOSYASI 121A415

YETKİLİ AJAN [YA]: PHILLIP COULSON

CVP: AJAN NATASHA ROMANOFF NAMIDİĞER BLACK WIDOW, NAMIDİĞER NATASHA ROMANOVA

BELGE: SAVUNMA BAKANLIĞI, VBÖ SORUŞTURMALARI

SB: Demek çocuğun, başından beri öfke problemleri var.
ROMANOFF: Öyle bir şey söylemedim. Tamam, bir melek değil belki ama suçlu da değil. Yani...

SB: Diğerleriniz gibi değil mi?
ROMANOFF: Kimi kast ettiğinize bağlı, efendim.

SB: Bu iki şahsı, bir araya getirmeye çalıştığına dair hâkim bir düşünce var. Görev icabı sanki.
ROMANOFF: Hayır, efendim.

SB: Yani bu karşılaşmayı sen ayarlamadın mı?
ROMANOFF: Orası bir eskrim turnuvasıydı. Ben Amerikan Eskrim Federasyonu değilim.

SB: Şu âna kadar o kadar çok şey oldunuz ki, Ajan Romanoff, inanın böyle bir şey olsa da şaşırmazdım.
ROMANOFF: Ben değildim.

SB: Alex Manor'un dövüş yeteneklerini, ilk o zaman mı gördünüz?
ROMANOFF: Evet. Çok şaşırtıcıydı. Bizimkilerden biri olup olmadığından emin olmak için S.H.I.E.L.D.'le irtibata bile geçtim.

SB: Ve?
ROMANOFF: Öyle olmadığını biliyorsunuz.

SB: Bir kez daha söylüyorum, bana ne anlatılıyorsa, onu biliyorum, Ajan.
ROMANOFF: Ve ben de size diyorum ki, o sadece bir çocuk.

BÖLÜM 9: AVA

PHILEDELPHIA KONGRE MERKEZİ
ŞEHİR MERKEZİ
KARDEŞÇE SEVGİNİN ŞEHRİ

“Abartacak bir şey yok. Üç bin kişi filan mı var? Hadi bilemedin dört bin olsun.” Oksana omuz silkti.

“İş çıkış saati, Grand Central İstasyonu’nda olmayı tercih ederim,” dedi Ava yutkunarak. “Hatta Times Meydanı’nda.”

İki kız, kongre merkezinin kapsında yan yana duruyorlardı. Etraflarında beyaz formalarla gezen bir sürü sporcu vardı. Onlar da diğer herkes gibi, tepeden tırnağa, o beyaz kıyafetlerle donanmışlardı ama giydikleri formalar, kötü ve ödünç alınmıştı. Eskrim kıyafetlerini giyip gelmek, Oksana'nın fikriydi. Bu sayede, oradaki kalabalığa daha kolay ayak uydurabileceklerini düşünüyordu.

GHKB bodrumuna uzak, sporculara yakın.

Ama bunun bir önemi yoktu çünkü ne Ava, ne de Oksana, salondan içeri adım atmaya cesaret edemiyordu.

"Bu, kötü bir fikirdi," dedi Ava. Gece pek fazla rüya görmemişti ve bu pek sık olan bir şey değildi. Bunun ne anlama geldiğini bilmiyordu ama gerilmesine sebep olmuştu.

"Belki de harika bir fikirdir," dedi Oksana. "İçeri girmeden, bilemeyiz. Hadi."

Hareket edemediler.

Oksana derin bir nefes aldı. "Tamam. Kılıçla üzerine gitmek istediğin birini bulmanın nasıl bir duygu olduğunu biliyorsun."

"Sadece biri mi?" diyen Ava, midesindeki ekşimtırak hisse rağmen gülümsüyordu.

"Bugün karşılaştığın herkesin, o kişi olduğunu düşün." Oksana, Ava'nın elini tutup sıktı ve hepsi geçti. Daha fazla ertelemek yoktu. "İstediğimiz şey için savaşmamızın zamanı geldi."

"Ya da en azından binadan içeri girmemizin zamanı geldi," diyerek başıyla onayladı Ava.

Ama Oksana haklıydı. Zamanı gelmişti.

Kalabalığın, kendilerini kapıya doğru sürüklemesine izin verdiler ve ardından ilk müsabakalarına çıktılar. Ava, daha önce böyle bir şey görmemişti. Üniformaların, bayrakların, yüzlerin ve seslerin arasında şaşkına dönmüştü. Bazı kulüp ceketlerinin üzerinde, sadece 7B koğuşunda tutulurken, vızıldayan televizyonundan izlediği C-SPAN kanalında duyduğu yerlerin isimleri yazıyordu. Bazılarına, yine de yabancıydı. Windy City. Alamo. Chevy Chase. Bowling Green. Ama bildiği Amerikan okulları da vardı ve tek renk kıyafetleriyle aynı anda ısınıyorlardı. Columbia. Harvard. Princeton. Stanford. Ava, bu isimleri, okulun eşofman üstünü giyip Q treniyle Brooklyn'in gözde mekânlarına giden hazırlık öğrencilerinden biliyordu.

Bir külah dondurmaya ya da ev yapımı salatalık turşusunun ufacık bir kavanozuna beş dolar vermek için oralara gidiyorlardı.

Ava, asla öyle bir okula adımını atamayacağını çok iyi biliyordu. Büyük ihtimalle artık okula filan da gitmeyecekti. Umursamamaya çalıştı. Okul, herkese uygun bir yer değildi. Bizzat kendisi, bir kuantum fizikçisinin kızıydı ve bunun sonuçlarını çok iyi görebiliyordu.

Ama ne zaman Ava, şık kurdeleler içinde yürüyen iki kız gördü, işte o zaman, olayın sadece okulla alakalı olmadığını anladı. Ayrıca yatak odaları, banyo küvetleri, yüzme havuzları ve çamaşır odaları da bu işin içindeydi. Bağlı köpekler ve özenle biçilmiş çimler... Bu tip insanlarla aynı odada bulunmasını gerektirecek hiçbir şey yaşamamıştı. Onlar, farklı bir hava soluyorlardı.

"Kayıt zamanı ve kılıç kontrolü." Oksana'nın sesi sanki çok uzaklardan geliyordu. "Nana, bunları yapmamız gerektiğini söyledi. Ama eldivenleri en sona bırakalım. Kedi sidiği gibi kokuyorlar."

Ava, dinlemiyordu bile. Etrafını izlemekle meşguldü.

Uzaylılar. Hepsi, başka gezegenlerden gelmiş olmalılar.

Sonra, kurdeleli kızlardan biri ona baktı ve gülmeye başladı. Arkadaşına doğru eğilip bir şeyler söyledi ve o da arkasını dönüp, Ava'yı süzmeye başladı. İkisinin de üzerinde, devasa balina logosu işlenmiş tişörtler vardı.

Neden balinalar? Zengin insanların balinayla ne işi olur?

Uzaylı kızlar kendisine baktıkça Ava, ne gördüklerini daha iyi anladı. Üzerinde yırtık pırtık, büyük beden bir ceket vardı ve adı, sırtına koli bandıyla yapıştırılmıştı. Sünmüş pantolonunun askıları, eskilikten esnemişti ve bu yüzden belden, çengelli iğne ile tutturmak zorunda kalmıştı.

Tirbuşona benzeyen buklelerini, ödünç aldığı bir makasla, kendisi kesmişti. Ayağındaki delik deşik ayakkabılara, bırakın eskrim ayakkabısını, spor ayakkabı demeye bile bin şahit isterdi.

Ava, yüzünün kızardığını hissederken, birbirine girmiş buklelerine dokundu.

Der'mo.

Ve sonra...

*Ağzına s**ayım.*

Kendini dışlanmış hissetmenin önüne geçemiyordu ama bu, ezik olduğu anlamına gelmiyordu. Bunun olmasına izin veremezdi. O, bundan daha güçlü bir kızdı.

Güçlü ve keskin, Ava. Unutma.

Salonun etrafında gezinen uzaylıları, gözleriyle takip etti. Bir grup oğlanın ısınma hareketleri yaptığı bir bantın yanına gittiler.

Aralarında bir tanesiyle bakışları kesişti.

Diğerlerinden daha uzundu. Ve dağınık, dalgalı saçları, güldükçe, gözlerinin üzerine düşüyordu.

"O eldivenlerin yanına yaklaşma. Tekrar ediyorum. Eldivenler olmaz." Oksana gülüyordu ama Ava ne söylediğini duymuyordu bile. Kulakları çınlıyordu ve kan beynine hücum etmeye başlamıştı.

Çok tanıdık bir şeyler var...

Ava, donakaldı.

Oksana, koluna vurdu. "*Privet?* Alo? *Ty Slyshish?* Dünya'dan Ava'ya! Dinliyor musun?"

Ava, cevap veremedi. Kalabalık salonun diğer ucundaki çocuğa kitlenmiş bir şekilde bakmaktan kendini alamıyordu.

Ve artık yüzünü görebiliyordu ve biliyordu. Onu tanımıştı.

Bu imkânsız bir olaydı ama bu çocukla ilgili her şey zaten öyle değil miydi?

Çünkü, bu oydu. O.

Alexei Manorovsky.

Dövmeli Çocuk.

Rüyalarındaki çocuk.

Ava, bundan emindi. Ta kendisiydi. Tam orada, tam karşısında duruyordu. Salonun diğer ucunda, arkadaşıyla konuşuyordu.

"Oksana." Ava, zorlukla konuşabiliyordu. "Orada."

Gözünü ayıramıyordu.

O, burada. Şu anda. Ve ben uyanığım.

Bu, gerçek. Bu, gerçekten oluyor.

"Ne?" Oksana'nın kafası karışmıştı. "İyi misin?"

"İşte o. Alexei." Ava'nın nefesi kesilmişti. Tüm salon, sanki küçülmüştü ve etrafında dönüyordu. Bir an, bayılacakmış gibi hissetti.

Oksana, sakindi. "Bunun Dövmeli Çocuk'la bir alakası var mı?" Alay edercesine kafasını sallıyordu. Ava'yı kolundan tutup sarstı. "Görünmez filan mı? Onu sadece sen mi görebiliyorsun? Seninle telepatik yollarla mı iletişim kuruyor? Vampir filmlerindeki gibi, kanının kokusunu mu alıyorsun?"

"Oksana. Şaka yapmıyorum. Kendi gözlerinle gör." Ava, sırt çantasının içine gömüldü ve eskrim kıyafetleriyle su şişelerinin arasından, not defterini çıkarttı. Sığınaklarda tanıştığı birçok kişi gibi, o da her şeyini sırt çantasında taşıyordu. Zaten pek bir şeyi de yoktu.

Alex'in bir çizimini bulana kadar sayfaları çevirdi. Resimlerin çoğunda yer alan çocuğa, tıpatıp benziyordu.

"Bu." Ava, kurşun kalemle çizdiği portreyi kaldırıp gösterdi. "Bak. Aynı kişi."

"Ne?" Oksana, sayfaya baktı. "Hey, sen gerçekten iyi bir ressammışsın. Bunları neden daha önce hiç göstermedin?" Kafasını kaldırdı. "Bunu alabilir miyim? Ya da benim için bir Thor resmi çizer misin?"

Ava, gözlerini devirdi. "Resimden bahseden kim? Şuna bak. Şu çocuğa. Saçları dağınık olan." Ava, parmağıyla işaret etti ve Oksana, salonun diğer ucundaki banta doğru baktı. Sonra kaşlarını çatıp, resme bir daha baktı.

Ava, resimdekiyle gördüğü çocuğu karşılaştırırken, onu izledi. "Delirmedim, değil mi, Sana?"

Oksana, cevap vermedi.

Ama bu oydu ve Ava'nın bu konuda en ufak bir şüphesi yoktu. Hayatında ilk defa, Alexei Manorovsky'ye ya da Alex Manor'a ya da adı her neyse ona baktığından emindi. Karşısındaki sert görünümlü, dağınık saçlı, rockçı tipli çocuk konusunda yanılıyor olamazdı. Her zamanki uğursuz sırıtışı ve karanlık gözleriyle, oradaydı. Ava, bir sanatçının gözleriyle, karakteristik detaylar üzerinde çalışmıştı. Uzun boylu ve zayıftı. Sanki yüzücü ya da dalıcı gibiydi. Zaten uzun olan kolları, elindeki kılıçla birlikte daha da uzun görünüyordu. Vücuduyla ilgili her şey; uzun kavisli sırtı ve üzerindeki hafif gevşek duran beyaz formasıyla çok güçlü görünüyordu. Sanki bir savaşçı gibiydi.

Ve sonra Dövmeli Çocuk, hareket etmeye başladı.

Kırmızı suratlı, öfkeli bir çocuğun elinden kılıcını aldı ve çocuğun ayaklarını yerden kesti.

Çocuk, küfür etmeye başladı.

"Aman Tanrım." O andan itibaren, hiçbir zaman söyleyecek bir şey bulma sıkıntısı çekmeyen Oksana'nın bile ağzından tek kelime çıkmaz oldu.

Bir anlık bir zaman dilimi içerisinde Alex, yayından boşanmış gibi bantın üzerinde yuvarlandı ve çocuğu odanın diğer tarafına fırlattı. Kılıcını bırakmıştı. Sanki dokunmak için değil, öldürmek için gidiyordu.

Son derece yırtıcı ve güzel görünüyordu. Sanki böyle şeyler ara sıra oluyordu da kendisi de bu tarz hareketleri yapmak zorunda kalıyordu, özellikle de bu tip kapışmalarda.

Tamam. O bir savaşçı.

Ava, Oksana'nın eline yapıştı. "Delirmediğimi biliyordum."

Gözleriyle görmüşlerdi ve bu sorun ortadan kalkmıştı. Şimdi, iki iri adam Alexei'yi kollarından tutmuş, turnuvanın dışına atmaya çalışıyorlardı.

Oksana, resimde gördüğü çocuğa bakarken, kaşlarını çattı. "Bu inanılmaz bir şey. Sence gerçekten de...?"

Ava, başıyla onayladı. Konuşamıyordu. Tekrar çocuğa baktılar.

"Hayali değilmiş." Ava, inanamıyordu.

"Vay canına." Oksana'nın ağzı açık kalmıştı. "Görünüşe göre, hayali değilmiş."

"Değil mi?" Ava, arkadaşına bakarak, "Onu gördüğünden eminsin, değil mi? Yüzde yüz gerçek, değil mi?" diye sordu.

"Kesinlikle gerçek. Çok çok gerçek. Ve gerçekten de..."

Alex, aniden onlara doğru döndü. Öfkeli, utanç dolu ve üzgündü ama her iki kız da onu çok net bir şekilde görebiliyorlardı. Hem de ilk defa, çok net bir şekilde. Asıl utanç verici olansa, Alex'in de onları gördüğünden emindi.

Ve o, çok güzeldi.

Oksana, Ava'nın kolunu tutarken istavroz çıkarttı. "Gerçekmiş."

"Bu, tesadüf olamaz," dedi Ava ama gözlerini çocuktan ayıramıyordu.

"Başka ne olabilir ki?"

Ava, bu sorunun cevabını bilmiyordu. Cevap vermeyi de denemedi. Sonunda gözlerini ayırabildi. "Oraya gidiyorum." Derin bir nefes aldı. "Bunu yapmak zorundayım, değil mi?" Kalbi, sanki göğüs kafesinin içinden çıkmak istermişçesine, çekiç gibi atıyordu.

"Hemen bakma ama sanırım, fark edildin," dedi Oksana, Ava'nın kolunu sıkarken.

Ava'nın gözleri, yine o tarafa doğru döndü. Kendisine baktığını fark etmiş olmalıydı. Şimdi, kongre merkezinin ortasında dikilmiş duruyordu ve yırtıcı, karanlık gözleriyle Ava'ya bakıyordu. Alexei'yi alıp uzaklaştırmaya çalışan adamlar, ortalarda görünmüyordu.

Ava'nın yanaklarındaki pembelik, kırmızıya döndü ve zar zor nefes alabildiğini fark etti. Sonra, ona bakmaya karar verdi. Gerçekten bakmaya.

Alexei, garip bir şekilde ona gülümsedi.

Hadi, yapalım şunu. Bunu yapmalıyız. İşte buradayım ve yapıyorum.

Kendini, nefes almaya zorladı.

Alexei'yi hissedebiliyordu. Gözleriyle onu süzdüğünü hissedebiliyordu ve bakışlarındaki ağırlığı hissedebiliyordu.

Alex'in ne yaptığını biliyordu. Ava'nın derste, kazananla kendisinin dövüşeceği bir müsabakanın bitmesini beklerken, rakiplerini ölçüp biçmesi gibi, Alex de Ava'yı ölçüp biçiyordu. Güçlerini, zayıflıklarını, hamlelerini ve ritimlerini analiz ederdi. Nana'nın sürekli söylediği gibi, bazı gözlemler, etkileşime geçmenin ta kendisidir. Bu da öyle bir şeydi ve Ava, bunu net bir şekilde hissedebiliyordu. Bunun ne anlama geldiği ya da Alex'in bunu neden yaptığı, başka bir hikâyeydi.

Hiçbir fikri yoktu.

Ona da aynısı oluyor mu? Rüya görüyor mu? Beni tanıyor mu?

Ava, kendini çok garip hissetti. Kimyasal ve psikolojik olarak garip hissetti. Sanki bir çeşit mıknatıs, ikisini birbirine doğru çekiyordu. En azından Ava'nın, rüyalarında hissettiği gibi. Yoksa hayallerindeki çocuk, neden bir anda karşısında beliriversindi ki?

Neler olup bittiği hakkında en ufak bir fikri yoktu. Ama fark etti ki, bu salonda bu çocukla ne kadar uzun kalırsa, o kadar az umursayacaktı.

Oksana, koluna yapışana kadar Ava, ayaklarının hareket etmeye başladığını fark etmemişti.

"Hayır, hayır. Yapma."

"Neden yapmayayım?" Büyü bozulmuştu ve Ava, arkadaşına doğru döndü.

"Tam bir aptal gibi görüneceksin. Ne yapacaksın, çizimini mi vereceksin? Merhaba güzel çocuk, ben gerçekten bir seri katil ya da takipçi bir sapık filan değilim, mi diyeceksin? Onu korkutacaksın." Oksana, iyi bir noktaya parmak basmıştı.

Ava, kaşlarını çattı. "Kendimi, önüne atacak değilim. Sadece konuşmak istiyorum. Olayını anlamak istiyorum."

"Gözlerimi her kapattığımda seni görüyorum, filan mı diyeceksin? Evet, gerçekten hiç ürkütücü değil." Oksana kafasını sallıyordu. "Bak, burada neler olup bittiğini bilmiyorum ama bildiğim tek bir şey varsa, o da kendini biraz ağırdan satman gerektiği. Normal kurallar, hâlâ geçerli."

Ava, onun haklı olduğunu biliyordu. "Yapmam gereken şey bu mu?"

"Bir plana ihtiyacın var," dedi Oksana, "tabii bir de saç fırçasına."

Ava, duraksadı.

Belki de plan budur.

Belki de buraya gelmek, on yedi senemi almıştır, hatta belki de burada olmamın bir sebebi vardır, diye düşünüyorum.

Belki de kader dedikleri, böyle bir şeydir.

Düdük sesi geldi.

Oksana, bir grup yıpranmış epeyi çantasından çıkarttı. "Ne olursa olsun, beklemek zorunda. Bütün bu yolu, babamla aynı arabanın içinde, eskrim yapmamak için gelmedim. Kayıtlar on dakika içinde kapanıyor. Kılıçlarımızı kontrol ettirmek zorundayız."

Ava, bunun doğru olduğunu biliyordu. Turnuva özel de olsa, halka açık da olsa, bütün eskrimciler kayıt yaptırmak zorundaydı. İster Yale'den gelsin, ister GHKB'den...

Salonun diğer tarafına şüpheyle baktı. Alexei adını taktığı çocuk, arkadaşıyla koyu bir sohbete girmişti ki, o da tanıdık geliyordu. Bunu izlerken, titrememesi için bacağını tutmak zorunda kalmıştı.

Bu, gerçek. O, gerçek.

Bütün bunlar, kafa karıştırıcıydı. Neler olacağını bilmiyordu ama bir kısmının, uzun zamandır gerçekleşmekte olduğunu biliyordu ve artık bunu hiç kimse durduramayacaktı.

Öküz gibi güçlü. Öküz gibi güçlü ol.

Düşünmek zorundasın. Ne yapacağını planlamak zorundasın.

Ama bu o kadar da kolay değildi. Baktığı her yerde bir sürü insan vardı ve çok fazla gürültü yapıyorlardı. Kalbi küt küt atıyordu ve paniklemeye başlamıştı. İhtiyacın olduğunda, buz gibi bir duş nerede bulunurdu ki?

Belki duş yoktu ama belki...

Ava, Oksana'ya dönerek, "Soyunma odasını bulmam lazım. Bir dakikaya dönerim. Seninle kılıç kontrol bölümünde buluşuruz," dedi.

Oksana, başıyla onayladı ve sonra Ava'yı her iki omzundan kavradı. "Nefes al, myshka."

"Nefes alıyorum zaten," dedi Ava, "ve ben fare değilim." Gülümsedi.

Barınağın arkasındaki, fareler tarafından ele geçirilmiş çöplükte karşılaştıkları günden beri, Oksana'nın lakabı myshka idi.

Tüm dünya önüne serilmişken, ancak bir fare, gidip soyunma odasına saklanır. Ve ben fare değilim.

"Göreceğiz," dedi Oksana ve kalabalığın içinde gözden kayboldu.

Ava, yavaşça kılıçlarını aldı.

Ben fare değilim.

Yüzünü çocuğa doğru döndü ve kendini yürümeye zorladı.

S.H.I.E.L.D. ÇOK GİZLİ

İZİN SEVİYESİ X

VAZİFE BAŞINDA ÖLÜM [VBÖ] SORUŞTURMASI

REFERANS: S.H.I.E.L.D. DOSYASI 121A415

YETKİLİ AJAN [YA]: PHILLIP COULSON

CVP: AJAN NATASHA ROMANOFF NAMIDİĞER BLACK WIDOW, NAMIDİĞER NATASHA ROMANOVA

BELGE: SAVUNMA BAKANLIĞI, VBÖ SORUŞTURMALARI

SB: Peki ya arkadaşı?
ROMANOFF: Oksana Davis.

SB: Rus asıllı mı?
ROMANOFF: Amerikan vatandaşı.

SB: Söylesene, Rus ve Amerikan isimleri, seni hiç düşündürmüyor mu? Yani senin de geçmişini hesaba katarsak?
ROMANOFF: Geçmişimi hesaba katarsak, her isim beni düşündürür, efendim.

SB: Arkadaşını araştırdın mı?
ROMANOFF: Araştırmadım.

SB: Babası? Ölmüş annesi? Üvey kardeşleri? Yaşam şartları?
ROMANOFF: O zamanlar bir SB soruşturması planlamıyordum, efendim. Ve onun bu kadar önemli olacağını da düşünmedim.

SB: Herkes önemlidir, Ajan Romanoff...
ROMANOFF: Çok duygulandım, efendim.

SB: Özellikle de mermiler uçuşmaya başladığında.
ROMANOFF: Peki sorumlusu?

SB: Daha da önemlidir.
ROMANOFF: Peki mermiler durduğunda ne olur?

SB: Bulunduğumuz yerde oluruz.

BÖLÜM 10: ALEX

PHILEDELPHIA KONGRE MERKEZİ
ŞEHİR MERKEZİ
KARDEŞÇE SEVGİNİN ŞEHRİ

“O kızı tanıyor muyuz?” Alex’in, salonun ta öbür ucundan kendisine bakan, saçları tarçın renkli bu kızı fark etmemesine imkân yoktu. Binlerce insanla dolu kongre merkezinin ortasında bile göze çarpıyordu.

“Hangi kız, bizim okuldan olmayan kızı mı diyorsun? Sofi’nin okulundaki mi? Kulüpteki mi?” Dante, oflaya puflaya yeni spor ayakkabılarını bağlıyordu. “Sanırım tanımıyoruz.”

Ama Alex, hayal görmüyordu. Orada, kendisine bakan bir kız vardı. Peki ama neden? Alex, başını eğdi. Elinde bugün artık herhangi bir eskrim maçına çıkamayacağını gösteren siyah kart vardı. Aslında, eşyalarını toplayıp salondan çıkması için birkaç dakikası vardı.

Normalde, düşünmesi gereken tek şey bu olmalıydı. Ama bunların hiçbiri, salonun diğer ucundaki bantta atağa geçen kız kadar dikkatini çekemiyordu.

Alex, gözlerini ayıramıyordu. Kendisi farkında değildi ama gülümsüyordu da.

Dante, Alex'i dürttü. "Oğlum kes artık bakmayı. Bir kez olsun havalı olmayı dene."

Alex, homurdandı. "Ben bakmıyorum. O bakıyor. Resmen göz hapsindeyim."

"Kimin umurunda? O... Vay canına! Bu sekizinci sınıflardan biri değil." Dante, yukarı doğru baktı ve sonra başını tekrar önüne indirdi. "Biraz ağır ol dedim."

Düdük sesi geldi. Son uyarı.

"Gitmek zorundayım," dedi Dante, Alex'in koluna yumruk atarak. "Siyah kart için üzüldüm. Bir dahaki sefere, Captain Paçalı Don'u takmama konusunda beni dinlersin diye umuyorum."

Alex, dinlemiyordu. Kız, doğrudan kendisine bakıyordu ve bakışlarının kesiştiği o kısacık anlarda, aşinalık şimşekleri çakıyordu. Sanki aralarında bir elektrik devresi vardı ve yüzü gitgide kızarmaya başlamıştı. "Kim bu kız?"

"Eskrimcinin biri. Büyük ihtimalle Genç Kadınlar klasmanında müsabaka ediyor. Bizim maçlar biterken, onlarınki başlayacak." Dante sırıttı. "Yani benim maçlar biterken."

"Anneme siyah kart aldığımı sakın söyleme," dedi Alex otomatik bir şekilde.

"Babama da söylememek lazım. Asil polis yüzbaşısı Guillermo Cruz, zaten beni yeterince dibe çektiğini düşünüyor. Senin ne kadar dibe battığını bilmenin ona vereceği hazzı görmek istemiyorum."

"Ben mi? Dibe mi batmışım?"

Dante güldü. "Bantıma gitmek zorundayım." Maskesini yarıya kadar kaldırdı ve su şişesini, yedek elektrik bağını ve üç tane kılıcı alıp giderken, "Bana şans dile," dedi.

Alex, salonun diğer köşesindeki kıza bakarken, "Asıl sen bana şans dile," dedi.

Dante, onun nereye baktığını gördü ve bir ıslık çaldı. "Şanstan daha fazlasına ihtiyacın olacak, ahbap. Bugüne kadar hangi güzel kız sana bakmış ki?" diye sataşırken yumruğunu kaldırdı ama Alex, yumruğunu tokuşturmadı.

Onun önünde olmaz.

Salonun diğer tarafına doğru yürümeye başladığında, tarçın saçlı kız, elinde bir avuç kılıçla, yürümeye başlamıştı.

Öylesine bir yürüme değildi. Doğruca kendisine geliyordu.

Alex, kendine çekidüzen vermeye çalıştı.

Ağır dur.

Sadece bir kız.

Kızla tanışmak için yürümeye başladı ve o kuvvetli elektrik akımı –aralarındaki manyetik çekim– cızırdamaya başladı ve içinde, daha önce hiç hissetmediği şekilde kıvılcımlar çıkmaya başladı.

Her kim olursa olsun, sıradan bir kız değil.

"Selam," dedi Alex, sırıtarak. O sırada, üzerinde su soğutucusu bulunan masaya çarpıp devirdi.

Bu gerçekten çok iyi oldu.

"Selam," dedi kız, tam karşısında durup kararsız bir şekilde gülümseyerek. Dağınık bukleleri, gözlerinin önünde kızıl alevler gibi dalgalanıyordu. Kahverengi gözlerinde karanlık ve vahşi bir bakış vardı.

Bu kızda bir şeyler var. Ama ne?

Çok güzeldi ama bundan fazlası vardı.

Öyle olmalıydı.

Yüzünde belirgin bir gölge vardı, hüzünlü ve acıklı bir şeyler vardı ve bu, onu Alex için daha da çekici bir hale getiriyordu. Gülümsemesi belki kırılgandı ama bakışları da tam tersine çok güçlüydü. Gözlerindeki kıvılcımlara bakınca, sanki bir şeylerin kontrol altında tutulduğunu hissetti. Sanki her an patlamaya hazır bir şeyler vardı ve bir anda ne olduğunu anladı. Bu bakış o kadar tanıdıktı ki, sanki aynada kendisine bakıyor gibi hissetmişti.

Başkaları, ne kadar güçlü olduğunu bilse de bilmese de, güçlü bir kızdı.

Ve muhtemelen çok iyi bir eskrimciydi.

Alex, bütün bunları nereden bildiğini sorgulamadı. O sırada, nasıl olur da bu kızı daha yakından tanırım, diye düşünmekle meşguldü.

Neden gözlerini dikmiş bana bakıyordun? Bu kadar şanslı olabilir miyim?

"Selam," dedi tekrar, çünkü ne diyeceğini bilmiyordu. Özellikle de asıl söylemek istediği şeyin söylenmeyecek şeyler olduğunu bildiği için.

Kimsin sen? Benden ne istiyorsun? Neden gözlerin o kadar hüzünlü bakıyor?

Birlikte bir yerlere gitmek ister misin?

"Selam," diye karşılık verdi kız. Şimdi, salonun ortasında yüz yüzeydiler. Etraflarında, kılıçların şakırtısı ve metal bantların üzerine ileri geri giden eskrimcilerin hareketleri vardı. Son birkaç dakikalarını, ısınarak değerlendiriyorlardı.

Garip sessizlik devam ediyordu ve Alex kendisini, yaşıtı olan diğer kızlarla başına gelenlerden farklı bir şey olduğu konusunda ikna etmeye çalışıyordu. Banta çıktığında ne kadar kendine güveniyorsa, şu anda da o kadar çekingendi. Kızlarla konuşmaya çalıştığı çoğu seferde, kendini başka bir ülkeyi, hatta başka bir gezegeni anlamaya çalışıyormuş gibi hissederdi.

Uzunca bir dakika daha orada öylece durdular.

Sonunda, kız konuştu. "Bu belki çok garip bir soru olacak ama sana tanıdık geliyor muyum?"

Onu daha önce hayatında hiç görmemişti. Bundan emindi. Ama yine de kız ona çok tanıdık geliyordu ama bunu bir türlü ifade edemiyordu.

"Evet," diye yalan söyledi Alex. "Kesinlikle."

"Gerçekten mi?" Kız, kafasını eğip gözlerinin içine baktı. "Neyden bahsettiğimi biliyor musun?"

Hiçbir fikrim yok.

Alex, kızın bakışlarındaki ağırlığı, tepeden tırnağa hissedebiliyordu. Ne kadar terlemekte olduğunu düşünmemeye çalıştı. Üstelik sırtında eskrim ceketi bile yoktu. Beline bağlı bir şekilde duruyordu.

Kız, ona bakarken, salonun geri kalanı bulanıklaşıyordu. Sanki dünyayı balıkgözü kameradan görüyor gibiydi.

Çılgınca.

Orada durduğu süre zarfında, kızın kendisinden bir şeyler duymak için beklediğini fark etti. "Ulusal turnuvada karşılaşmıştık, değil mi? Atlantic City'ye gelmiş miydin?" diye sordu.

"Hayır," dedi kız kafasını sallayarak. "Öyle bir şey değil." Tam olarak emin olmasa da Alex, kızın hayal kırıklığına uğradığını hissetti.

"New Jersey'den misin?" Şansını tekrar denedi.

"Brooklyn. Öncesinde de Ukrayna ve Moskova'daydım." Kız, garip bir bakış fırlattı. Alex'in kafası iyice karışmıştı.

"Hangi kulüptensin?" derken eliyle saçlarını düzeltmeye çalıştı. İşler umduğu kadar iyi gitmiyordu.

Bir umut.

"Kulübüm filan yok," dedi oflayarak.

"Ah, demek bağımsız katılıyorsun. Çok iyiymiş."

"Ya evet, ne demezsin?" dedi kız, gülerek.

Gülerek karşılık verdi Alex. "Evet, siz şu Brooklyn hipster tayfası yok musunuz?" Bunu söylerken Alex, kızın tek kulağına takmış olduğu üç küpeye bakıyordu.

"İşte o benim," dedi kız gülerek. "Sen de Mountain Clear'dan geliyorsun, değil mi?"

"Montclair. Evet, yaklaştın," dedi Alex. *Dur bir dakika... "Ama bunu nereden biliyorsun?"*

Kız, şaşkınlık içinde göğsündeki logoyu gösterdi. "Okuma yazmam var."

Alex, kendini gülümsemeye zorladı. "Ah, tabii ya." *Manor, sen aptalın tekisin.*

Bir titreme duyuldu.

Elindeki kılıçlarla birlikte omuzlarını silkti, kız. "Gitsem iyi olacak, yoksa kayıt işlemini kaçıracağım."

"Evet, kaçırmamalısın."

Giderken birden durup arkasını döndü. "Benim kim olduğumu gerçekten bilmiyorsun, değil mi?" diye sordu.

Tanrım, keşke bilseydim.

Bunu o kadar çok istiyorum ki.

Düşünüyormuş gibi yaptı. "Tabii ki biliyorum. Sanırım sürücü kursuydu. Evet. Büyük ihtimalle, direksiyon derslerini birlikte aldık. Bay Marty ile birlikte mi? Hani şu şişman olan?"

"Ehliyetim yok. Ama denemeye devam et," dedi kız kılıcını göğsüne doğru kaldırırken. "Gitmem gerek."

"Denemeye devam edeceğim. Bol şans," dedi Alex.

"Sana da," derken kafasını salladı kız.

"Evet ama bunun için biraz geç kaldın." Alex soluk tişörtünü ve beline doğru sıyrılmış ceketini gösterdi. Giyinik değildi ve bir eskrimci için bunun iki anlamı vardı: Ya elenmişti ya da diskalifiye edilmişti.

"Eskrim yapmıyor musun?" Kızın yüzüne bir gölge düştü. "Yoksa yaralandın mı?"

"Sadece gururum yaralandı. Siyah kart gördüm," dedi Alex. "Benim adım, Bay Siyah Kart. Benimle özdeşleşmiş bir durum."

Kızın gözleri büyüdü. "Ah, sanırım olanları gördüm. Benim hiç başıma gelmedi."

"Benim de öyle."

"Gerçekten mi?"

"Hayır."

Kız güldü.

"Neyse, görüşürüz," dedi Alex.

"Görüşürüz, Alex," dedi ve gülümseyerek yoluna devam etti.

Gitme. Geri dön.

Lanet olsun.

*Her şeyi sı*ıp batırdın, Manor.*

Dante, ömür boyu bunu başına kakacak.

Alex, bir müddet orada donup kaldı. Sonra dönüp kongre merkezinin kalabalık salonunda, kızın arkasından bağırdı: "Dur bir dakika... *senin* adın ne?"

"Ava," dedi geri geri yürürken. "Ava Orlova. Sana bir şeyler çağrıştırırsa haber ver."

Kız gitti ve sanki giderken salondaki tüm havayı da beraberinde götürmüştü.

Ava Orlova.

Kız, onun kendisini tanıdığını düşünüyordu ama Alex, onu hayatında ilk defa görüyordu. Tek yapabildiği, görmüş olmayı dilemekti.

Sonra, belinden sarkmakta olan eskrim ceketini çekip çıkarttı. Tersyüz edilmişti. Yani kız, üzerinde yazanların hiçbirini okumuş olamazdı.

Ama yine de bir şekilde, adını biliyordu.

S.H.I.E.L.D. ÇOK GİZLİ

İZİN SEVİYESİ X

VAZİFE BAŞINDA ÖLÜM [VBÖ] SORUŞTURMASI

REFERANS: S.H.I.E.L.D. DOSYASI 121A415

YETKİLİ AJAN [YA]: PHILLIP COULSON

CVP: AJAN NATASHA ROMANOFF NAMIDİĞER BLACK WIDOW, NAMIDİĞER NATASHA ROMANOVA

BELGE: SAVUNMA BAKANLIĞI, VBÖ SORUŞTURMALARI

SB: Dante Cruz, New Jersey'de bir polis memurunun oğlu. Doğru mu?
ROMANOFF: Evet, efendim.

SB: Ve çocuğun en yakın arkadaşı.
ROMANOFF: [Başıyla onaylıyor]

SB: Ve bizimkilerden biri mi?
ROMANOFF: Efendim?

SB: Önümdeki rapora göre, Dante Cruz ve polis şefi Yüzbaşı Guillermo Cruz'un, Alex Manor denen çocuğu gözlemek için sahaya sürülen gözetim elemanları oldukları apaçık ortada.
ROMANOFF: Hayır, efendim. Buna inanmıyorum.

SB: Dante Cruz, S.H.I.E.L.D. elemanı mıydı?
ROMANOFF: Dante Cruz, ilgimi yoğunlaştırmamı gerektiren biri değildi, efendim.

SB: Neden değildi?
ROMANOFF: Onlarla ilgilenmeme gerek yoktu. Onlar çocuktu. FRP oynuyorlardı. Eskrim yapıyorlardı. Ve... süper kahramanları ve çizgi romanları seviyorlardı. Özellikle süper kahramanları.

SB: Bu, oldukça ironikmiş.

BÖLÜM **11**: AVA

PHILLY KONGRE MERKEZİ LOBİSİ
KARDEŞÇE SEVGİNİN ŞEHRİ

Ava, kayıt bankosunun önünde sıraya girdiğinde, sakinleşmeye çalışıyordu. Midesinde sanki bir matkap çalışıyordu. Kafası zonkluyordu.

Bekledikçe daha da kötü oluyordu. Kusmamak için dua ediyordu.

Bu, sen değilsin, Ava Orlova.

Kendine gel artık, myshka.

Ava, sırada birkaç adım daha ilerledi.

Demek ki kim olduğunu bilmiyor. Demek aynı rüyaları da görmüyor.

Ne olmuş yani?

Uzunca bir süre, önünde duran kızın kafasına baktı. Yine mükemmel örülmüş saçlar gördü. Bir başka uzaylı daha. *Bu balinalı tişörtleri nereden buluyorlar?*

Bu seferki, cep telefonunda konuşuyordu ve Squaw Vadisi diye bir yerden bahsediyordu. Ava, *squaw*'ın ne demek olduğunu ve neden kendine ait bir vadisi olduğunu merak etti.

Ama hiçbir şey, dikkatini hızla atan nabzından uzunca bir süre uzaklaştırmaya yetmiyordu.

Artık, onun gerçek olduğunu biliyorsun. Burada olduğunu biliyorsun.

İkiniz de buradasınız.

Bu ne anlama geliyor olabilir?

Önemli olan da bu değil mi?

Bunun da ötesinde, neden rüyalarında kendini yalnız olarak görmeye devam ediyordu? Beklentisi neydi? Kendi rüyaları onunla ne kadar doluysa, onun rüyaları da kendisiyle mi dolu olmalıydı?

Kimin umurundaydı?

Belki de o rüyalar, sadece bizi bir araya getirmek içindi.

Kader gibi. Ya da kısmet.

Belki de artık onlara ihtiyacım kalmamıştır.

Belki de olan biten her şeyin sebebi budur.

Ava, neredeyse kayıtların yapıldığı bankoya gelmişti ama kafası hâlâ binlerce kilometre ötedeydi. Ve kafası öyle bir zonkluyordu ki, sanki kafatası ortadan ikiye ayrılacak gibiydi.

O rüyaları görmeye devam etmezsem ne olacak?

Ya bir daha aramızdaki o bağlantıyı hissetmezsem? Yani başkasına karşı, yani Oksana dışında birine karşı hissedemezsem?

Şu anda olduğumdan daha mı yalnız olacağım?

Annesinin yüzünü hatırlamaya çalıştı ama sadece gölgeleri hatırlıyordu. Karanlık, derin gözleri vardı. Onun dışında, annesine sarılırken, laboratuvar önlüğünün altından hissettiği sert kaburga kemiklerini hatırlıyordu.

Öküz gibi güçlü, jilet gibi keskin.

"Pekâlâ, Alex Manorovsky," dedi kendi kendine, "senin dediğin gibi yapalım."

"Ne yapalım?" diye sordu sakin bir ses.

Ava, irkildi. Sıranın kendisine geldiğini hiç fark etmemişti. Bankonun arkasındaki, atletik yapılı, pilot gözlüklü, şapkasında AEF logosu bulunan ve isminden, uzak doğulu olduğu anlaşılan bir kadın, kendisine bakıyordu. Kadının adı, Jasmine Yu idi. En azından, yakasındaki kartta öyle yazıyordu.

Ava, derin bir nefes aldı.

Jasmine, yeniden konuştu. "Benimle mi konuşuyordunuz?"

"Hayır," dedi Ava kayıt formunu uzatırken. "Özür dilerim, Bayan Yu."

"Günübirlik kayıt mı? Bilgisayara girişinizi yapalım. Tam zamanında geldiniz." Jasmine, önündeki klavyeyle birkaç kelime yazdı ve kaşlarını çattı. "Çok garip. Sanırım bir problem var."

Tabii ki vardır, diye aklından geçirdi, Ava. "Anlamadım."

"Burada söylediğine göre, dosyanızda doğum sertifikası yokmuş."

Tabii ki yok. Acaba Oksana'nın var mı, diye geçirdi aklından ve kayıt yaptırdığına göre mutlaka vardır, diye düşündü. Ava, soğukkanlı görünmeye çalıştı. "Bir yanlışlık olmalı." Sonra da o çok iyi becerdiği sorunlu ergen kız tavrını takındı: "Annem yine her şeyi berbat etmiş. Hep böyle yapıyor."

Jasmine, kendisine sempatik bir şekilde gülümseyerek başını salladı. "Ama o belge olmaksızın, kayıt yapma yetkim yok maalesef." Ava'ya kayıt formunu geri uzattı. "Ailenizden birileri burada mı? Ya da arayabileceğiniz birileri var mı?"

Tabii ki yok.

Ava, düşünüyormuş gibi yaptı. "Şu an iştelerdir. Ama antrenörümü arayabilirsiniz."

"Harika. Bütün formlar ofiste. Sorun olur mu?" Jasmine, ona doğru bir hamle yaptı. "Bankonun etrafından dolaşabilirsiniz."

Sonra da plastik bir tabelayı çıkartıp, bankonun üzerine koydu: KAYITLAR KAPANMIŞTIR.

"Tam karşıda. Bu taraftan. Sadece bir dakikamızı alır." Jasmine el yordamıyla bir kapı açtı. Ava, bunu yaparken elinde anahtar filan olmadığını fark etti.

Üzerindeki tabelada PERSONEL HARİCİ GİRİLMEZ yazan kapıdan içeri adımını attığı andan itibaren, bir şeylerin ters gittiğini hissetti.

Ofise filan girmemişlerdi. Tüm kongre merkezini dikine kesen, loş bir merdiven boşluğuydu burası.

Kapı, arkalarından çarparak kapandı.

Ava, paniklemişti.

Yanlış giden bir şeyler var. Durum hiç iyi değil...

İçgüdüleri devreye girdi.

Geri dönmek için bir hamle yaptı ama Jasmine, ceketli kolundan yakaladı. "Kapı kilitli, çocuk. Hiçbir yere gidemezsin."

Ava, kuşkuyla kadının suratına baktı.

Üzerindeki kevlar cekete rağmen, memurun sıkı sıkı kavradığı kolu, sanki alev almış gibi zonkluyordu.

Ava'nın vücudundaki her bir hücre alev alev yanmaya başladı. Kurtulmaya çalıştı ama bu da işe yaramadı. "Manyak mısın? Bırak beni!"

"Dur bakalım, Ava. Seninle biraz konuşmamız lazım."

Jasmine'in kevlar üzerindeki eli de sesi kadar sertti. Artık Ava'nın kolu yanmakla kalmayıp acımaya da başlamıştı.

"Öyle mi? Konuşacağım bir sonraki kişi, seni kodese tıkacak olan polis memuru olacak!" dedi Ava, sakinleşmeye çalışırken.

Düşünmek zorundayım.

Buradan çıkmam lazım.

Jasmine, ofladı. "Neden çıkıp biraz hava almıyoruz?" Ava'yı, kongre merkezinin merdiven boşluğundan yukarı doğru sürükledi. Her seferinde birkaç adım atacak şekilde sürüklüyordu.

Ava'yı ceketinden tutmakta olan eli, demir gibiydi.

Ava'nın başı öyle bir ağrımaya başlamıştı ki, bilincini kaybedeceğini sandı.

Yukarı mı? Bu çok saçma. Çıkış, yukarıda değil ki?

Ama Jasmine, şaşırtıcı derecede güçlüydü ve Ava, başının belada olduğunu biliyordu. Çığlık attı ama sesi, hiç kimsenin olmadığı merdiven boşluğunda boşu boşuna yankılandı.

Yakın mesafeden bakınca Ava, Jasmine Yu'nun AEF çalışanı olmadığını anladı. Polis miydi? Yoksa... Daha mı kötüydü? Simsiyah giyinmişti. Siyah kot pantolon, dar siyah bluz, siyah botlar... Kimliği hakkında başka hiçbir ipucu yoktu.

Jasmine –tabii gerçek adı buysa– onu daha da yukarı sürüklüyordu.

Ava, ona bir daha bakmaya çalıştı. Daha dikkatli baktı. Görebildiği kadarıyla kendisini kaçıran kişinin saçları simsiyahtı. Kâkülleri geometrik ve keskin hatlarla kesilmişti. Saçları, kafasındaki şapkadan fırlayıp, çenesine kadar inmişti ve gözünde pahalı pilot gözlükleri vardı. James Bond filmlerinden fırlamış ünlü aktrislerden birine benziyordu.

Büyük ihtimalle, iyi adamlardan biri değildir.

Artık Jasmine onu o kadar hızlı sürüklemeye başlamıştı ki, Ava ayaklarının yere değdiğini hissetmiyordu bile.

Bir kapıya geldiler. Etrafından ince ışık huzmeleri sızan, eski görünüşlü, paslı, metal bir kapıydı. Çatıya ulaşmış olmalıydılar.

Jasmine Yu, deri botlarıyla tekme atıp kapıyı açtı ve Ava'yı ışığa doğru ittirdi.

Ava, tökezleyerek çatıya fırladı. Kadın arkada kaldı. Ava'nın tek kaçış yolunu kapatmıştı.

Kolundaki acı hafiflerken derin bir nefes aldı.

Gökyüzü açık ve maviydi. Her taraf, Philedelphia'nın soğuk kış güneşiyle kaplıydı. Ava, binanın kenarındaki alçak beton korkuluğa yaklaştı. Çok aşağılarda, sıkışmış olan trafiğin yavaş yavaş aktığını görebiliyordu.

Çıkış yok.

Artık kafası zonklamıyordu ama sabit bir vızıltı vardı. Derin bir nefes alıp ufka doru baktı. Binalar, sahille buluşmuştu. Sesini yükseltti. "Kimsin sen?"

"Kim olduğumu biliyorsun, *sestra.*"

Kelimeler, ağır bir şekilde havada asılı kaldı.

Ava'nın aradığı cevap bu değildi. Hatta tamamen bambaşka bir cevap bekliyordu.

Ama bu imkânsız...

Ava'nın sesi çıkmıyordu.

Artık her şey hafızasında yeniden canlanmaya başlamıştı. Sanki Ukrayna'daki o antrepoda uçuşan küllerin dökülmesi gibi rastgele bir şeyler hatırlamaya başlıyordu.

Patlama.

Beni yere yatıran siyahlı kadın.

Kızıl saçlar.

Kıpkırmızı alevler.

Kan.

Şeytanın ta kendisi bildiğim adamın, yanmakta olan yüzü.

Ava, Rusçaya dönerek, "*Eto ty,*" dedi. "Sensin."

Kendisini buraya getiren kadına bakmak için tekrar döndü. Ama bu sefer yavaşça.

Bu kadının ismi hiçbir zaman Jasmine Yu olmamıştı.

"Öyle görünüyor," diye cevap verdi.

Kadını zar zor tanımıştı ama Ava, işin içine S.H.I.E.L.D girdiği zaman, kendi gözlerine bile inanmaması gerektiğini öğrenmişti.

Kadın, pilot gözlüklerini ve şapkasını çıkarttıktan sonra boynundaki AEF kartına eliyle hafifçe dokundu. Jasmine Yu isminin yanındaki küçük kırmızı nokta, yeşile döndü. Jasmine Yu'nun yüzü de –ya da Ava'nın yüzü zannettiği şey– dijital bir titremeyle değişti.

Sen.

Boynundaki, sıradan bir yaka kartı değildi. Bir çeşit holografik arayüzdü. S.H.I.E.L.D teknolojisiydi. Ava, 7B'de kaldığı günlerde, hologram teknolojisinde ne kadar yüksek bir kapasiteye sahip oldukları hakkında çeşitli söylentiler duymuştu.

Tabii ki sensin. Tahmin etmeliydim.

Kadın, ona dönüp baktığında –gerçek yüzüyle tabii ki– yanılmasına imkân yoktu.

Projeksiyon maskesinin altından, S.H.I.E.L.D ajanı Natasha Romanoff'un, yani namıdiğer Black Widow'un donuk gözleri çıkmıştı.

Natasha Romanoff.

Avengers üyesi. Ajan. Suikastçi.

Her ne kadar Ava, onu çocukluğundan beri hiç görmemiş olsa da bu yüzü unutması mümkün değildi. Beynine ateşle, ölümle ve felaketle kazınmıştı. Ava bunu, duvarları bile yıkabilecek bir yüz olarak hatırlıyordu, ki yapmıştı da.

Korkunç ama çok güzel bir yüzdü.

Görmezden gelinecek ya da gözden kaçırılacak bir yüz değildi. Küçük bir kız çocuğunun bile unutabileceği bir yüz değildi. Dünyanın herhangi bir yerinde, böyle bir şey olamazdı.

Natasha Romanoff'un yüzü, çelişkilerle doluydu. Yuvarlak kıvrımları ama sert hatları vardı. Hem kaba hem de yumuşak bir yüzdü. Dudakları dolgun, gözleri soğuk ve karanlıktı. İronik bir şekilde yüzü, kalp şeklindeydi. Elmacık kemikleri, kendi gölgesini dökecek kadar belirgindi. *Kalp şeklinde değil,* diye düzeltti kendini Ava. *Taş kalp şeklinde.*

Natasha, sessiz bir şekilde duruyordu.

"O ne, yüz aplikasyonun mu?" diye sordu Ava sonunda. Başını çevirdi.

"Onun gibi bir şey," dedi Natasha. Omuz silkti. "Ne derler bilirsin. Nerede bir şey var, S.H.I.E.L.D onun aplikasyonunu yapar."

Kimse gülmedi.

Ava, kendisini kaçıran kişiye –çünkü öyleydi, değil mi?– ne kadar şaşırdığını görme zevkini tattırmak istemiyordu. Bunun yerine, konuşmaya sakince devam etti. "Hiç geri dönmedin."

"Hayır," dedi Natasha sessizce. Etrafta kendisini görebilecek kimse yoktu ama gözlüklerini ve şapkasını yeniden taktı. Gerçek yüzünü kullanmaya devam etti ama bu kadının karanlıklar içinde yaşadığını anlamak için Ava'nın ajan olmasına gerek yoktu.

Ava, çatının ılık zeminine oturup, sırtını beton korkuluğa dayadı. Tekrar konuşmadan önce bir dakika kadar sessiz kaldı.

"Tekrar geleceğini söylemiştin ama hiç gelmedin. Beni S.H.I.E.L.D'a teslim edip, Amerikalılarla birlikte çürümeye bıraktın."

"Bazı çevrelerde buna *büyümek* denir."

"Sana yazdım. Ukrayna Büyükelçiliği'ne gidip o aptal paranın üzerine çizdiğin kum saatini gösterdim. Beni dışarı çıkarttılar. Bana güldüler."

"Biliyorum. Bunu yapmalarını kim söyledi sanıyorsun?" Natasha, özür diliyormuş gibi görünmüyordu.

"Ama kimseyi tanımıyordum. Yalnız başımaydım. Kimse benimle ilgilenmedi. Beni ölüme terk ettin resmen."

"Ama ölmedin, değil mi?"

"Ölmek mi? Hayır, ölmedim. Sana teşekkür etmeyeceğim. Artık sadece kendime güvenmem gerektiğini biliyorum."

"Kesinlikle," derken omuzlarını silkti Natasha. "Rica ederim."

Ava, cevap vermedi.

Natasha, Ava'nın yanına oturdu. "Çok Rusvari problemler." Sırtını duvara yasladı. "Kızgın olduğunu biliyorum. İstediğin kadar kızabilirsin. Ama ne hissediyor olursan ol, buradan çıkmak zorundayız. Anladın mı?"

"Senin söylediğin bir şeyi neden yapayım ki?"

"Çünkü bana güvenebilirsin."

"Sen delirdin mi? Güvenmeyeceğim tek insansın. Sana güvenmemem gerektiğini bizzat kendin öğrettin."

"Hayır. Sana kimseye güvenmemen gerektiğini öğrettim," dedi Natasha. "Ve bu, herkesin öğrenmesi gereken bir şeydir. Özellikle de her kızın." İnatçılığı, Ava'nın hissettiği kadar vardı.

"Ne yani, şimdi sana bu ders için teşekkür edip devam mı etmeliyim?"

"İşler değişti. Beni dinlemek zorundasın. Başka seçeneğin yok."

"Burası Amerika. Burada mutlaka başka bir seçenek vardır, *sestra.*"

"Hayır, yok." Natasha, kaşlarını çattı ve bir an için yüzünde, ünlü Black Widow için fazla insani bir ifade belirdi. "Bu sabah 6:15'ten itibaren, başka seçeneğin yok. Gümrük memurları, Manila'dan gelip Panama City üzerinde Newark'a gelmekten olan bir yolcu hakkında bilgi verdiler."

"Panama ne? Neden?"

Natasha, ofladı. "Çünkü Panama, modern karteller için kurtarıcı bir havalimanı. Çünkü o ülkenin en büyük işi, kanlı paraları aklamak."

Ava'nın kafası karışmıştı. "Peki bütün bunların benimle ne alakası var?"

"Görünüşe göre o yolcunun üzerinde iki yüz paket Rus malı Belomorkanal sigarası varmış. Belki bilmiyorsun ama Panama'nın ithal sigaralarda yasal sınırı bu kadar." Natasha başını iki yana salladı. "İğrenç."

"Sigara mı?" Hiçbiri, Ava'ya bir şey ifade etmiyordu.

"Herhangi bir sigara değil. Belomorkonal, Moskova'nın eski bir markasıdır. Görünüşe göre yolcumuz oradan geliyor." Natasha, Ava'nın gözlerinin içine baktı. "Öncesinde de Odessa'dan üç saatlik bir tren yolculuğu yapmış."

Ava, dondu kaldı.

"Aynı gümrük memurları, başka bir şeyi daha tetikledi, daha az resmi olan bir şeyi. Veri ağımızdaki isimsiz bir dostumuz, kayıtlara geçmemiş bir numaranın giriş yaptığını tespit etti. Ve sonra güvenli bir kanaldan bizimle iletişime geçti." Natasha omuzlarını silkti. "Ve işte buradayım."

"Ne demek istiyorsun?" Ava, nefes alamıyordu.

"Ivan Somodorov, ölmedi, Ava. Ait olduğu cehenneme gitmedi. Şu an New Jersey'de."

Kelimeler, aralarında ağırlaşıp yere düştü sanki. Ava, suratına yumruk yemiş gibi hissediyordu. Bu ismi unuttuğunu sanıyordu ama unutmamıştı. Tabii ki unutmamıştı. Sadece unutmayı dilemişti.

Ivan Somodorov.

Kafasını ellerinin içine gömdü.

Natasha, Ava'nın yanında oturduğu yerden kalkarken, ses tonu ciddiden öteydi. "Belki dünya üzerinden yok olup gitmiş olması gerekiyordu ama gitmedi. Hâlâ bu dünyada. Somodorov'un takip edilen bütün konuşmalarında senin adın geçiyor. Hem de eskisinden bile daha fazla.

Seninle işi henüz bitmemiş gibi görünüyor, Ava. Eminim sekiz yıldır durmaksızın seni arıyor ve bulana kadar da durmayacak gibi."

Ava, düşünmeye çalıştı ama konuşamadığını fark etti.

Çünkü Ivan Somodorov, beni arıyor.

Ivan Somodorov'un benimle işi bitmemiş.

Ivan Somodorov, benim sonum olacak.

Benim zebanim olacak.

"Yani?" dedi Ava sonunda. Ayağa kalkarken, altındaki ılık asfalt zemini hissetti. Yapabildiği tek şey buydu.

"Yani, dostumuz Ivan'un dönüşü, her şeyi değiştiriyor." Natasha, çatıdaki gizli bir köşeden, bir sırt çantası çıkarttı.

Büyük ihtimalle içinde silahlar vardır.

Ava, bacaklarının zangır zangır titremesine rağmen, kendini Natasha'ya doğru yürümeye zorladı. "Umrundaymışım gibi yapmana gerek yok." Kafasının içi zonklayıp duruyordu ama Natasha'nın bunu bilmesini istemiyordu.

"Umursadığımı söylemedim zaten," dedi dizlerinin üzerine çöküp çantayı karıştırırken. Sesini, bir fısıltıya dönüşünceye kadar alçalttı. "Bizim için geliyor. Bu yüzden buradayım. Bu yüzden, gitmek zorundayız. Arkadaşın Oksana, koçun Nana ve şu Alex denen çocuk..."

"Alexei," diye otomatik olarak düzeltti Ava. "Manorovsky."

Natasha Romanoff, Oksana'yı biliyor mu? Ve Nana'yı? Ve hatta rüyamda gördüğüm çocuğu? Hayatıma dair tüm detayları biliyor.

Bu düşünce dehşet veriyor ve içini ürpertiyordu ama bir yandan da Ava, umursadığı için kendinden nefret ediyordu.

Natasha, Alex Manor'un Rusça ismini duyunca gülümsedi.

"*Alexei* ve Oksana, ölmeyi hak etmiyor. Ivan Somodorov'u hak etmiyorlar. Hiçbir masum genç, bunun ortasında kalmayı hak etmiyor."

"Ben hak ediyor muyum?"

"Bazılarımızın seçme şansı yoktur, Ava." Natasha'nın sesi üzgün çıkıyordu ama bu, gerçeği değiştirmiyordu. "Ukrayna yetimhanelerinden yine çocuklar kaybolmaya başladı. Sanırım bu iş bitmiş değil. Özellikle de Ivan ve manyakça Red Room deneyleri için. Henüz bitmedi."

Ava korkuyordu. Odessa'yı hatırlamaya çalıştığında aklına, üzerine basmak zorunda kaldığı, her tarafa yayılmış cam kırıkları geliyordu. Hepsi un ufak olmuştu.

Elektrotlar yakıyor. İpler, bileklerimi ve eklemlerimi kesiyor. İğneler, derimin içine giriyor.

Kara gözlü canavar.

"Red Room mu?" diye sordu Ava, sert bir şekilde. "O da nedir?"

"Krasnaya Komnata," dedi Natasha, Ava'nın yüzüne bakmak için ayağa kalkarken. Sanki hiçbir şey olmamış gibi hareket ediyordu ama Ava, bu kelimeleri rüyalarından hatırlıyordu. Bu kelimeler hâlâ içini ürpertmeye yetiyordu.

Natasha, Ava'nın suratına baktı. "Bunlar, Ivan'ın birlikte çalıştığı adamlar. Red Room ayrıca Moskova'nın masum çocuklarını benim gibi kara kalpli casuslara çevirdikleri yer. Eğer seçme şansı olmayanlardan bahsetmek istiyorsan...."

Tabii ki istemiyorum, diye düşündü Ava.

İşte böyle. Yine 7B'de yalnız kalacağım.

Her zaman olduğu gibi.

Natasha, yine Ava'ya baktı. "Eğer ben bu işten sıyrılabilirsem, sen de yapabilirsin." Tek kaşını kaldırırken neredeyse gülümsüyordu. "Biz, aynıyız. Unuttun mu?"

Ava, hatırlıyordu.

Büyük kurtarıcısı tarafından Rusça söylenen bu kelimeleri net bir şekilde hatırlıyordu. Buydu. İçinde bir şeyler parladı. Buna bir saniye daha katlanamazdı.

Vurabildiği en sert şekilde, Black Widow'un suratına yumruk attı.

İlk defa, Natasha Romanoff, böyle bir şeyin nereden geldiğini görememişti.

S.H.I.E.L.D. ÇOK GİZLİ

İZİN SEVİYESİ X

VAZİFE BAŞINDA ÖLÜM [VBÖ] SORUŞTURMASI

REFERANS: S.H.I.E.L.D. DOSYASI 121A415

YETKİLİ AJAN [YA]: PHILLIP COULSON

CVP: AJAN NATASHA ROMANOFF NAMIDİĞER BLACK WIDOW, NAMIDİĞER NATASHA ROMANOVA

BELGE: SAVUNMA BAKANLIĞI, VBÖ SORUŞTURMALARI

SB: Rus yetimlerinden bahsetmişken, sen de Stalingrad'da doğdun, değil mi?
ROMANOFF: Doğru.

SB: Bu kadarını öğrenmiş olmama bile şaşırıyorum. Geçmişine ait dosyada geçmişinle ilgili pek bir şey yok, Ajan. Doğum tarihin bile silinmiş.
ROMANOFF: Evet. Doğum günü kutlamayı pek sevmem.

SB: Ayrıca şöyle bir not var. Steve Rogers ve James Barnes'ı görün.
ROMANOFF: [Omuzlarını silkiyor] Kendi dosyamı okumama izin vermiyorlar, efendim. Sanırım yedinci derece erişim hakkına sahip değilim.

SB: Sana özet geçerim. Ailen öldükten sonra Moskova, seni doğrudan casusluk okuluna göndermiş. Red Room'a. SVR'nin* gururu. Seninle birlikte, ülkedeki bütün şanslı yetimleri oraya göndermişler.
ROMANOFF: Ah, çok büyük şanstı, efendim. Yetim piyangosu bana çıktı desem yeridir.

SB: Ivan Somodorv ile orada mı tanıştın?
ROMANOFF: O, benimle orada tanıştı. Geriye dönüp baktığımda, bu konuyla ilgili söyleyecek pek bir şeyim olmadığını görüyorum.

SB: Geriye dönüp baktığında, onu nasıl havaya uçurduğundan bahsetmeye ne dersin?
ROMANOFF: Sanırım buna karma deniyor, efendim.

---

* Rusya Federasyonu Dış İstihbarat Servisi. (e.n.)

BÖLÜM **12**: NATASHA

PHILLY KONGRE MERKEZİ ÇATISI KARDEŞÇE SEVGİNİN ŞEHRİ

Çatının kapısı patlayarak açıldığında, Natasha Romanoff, hâlâ Ava'nın yumruğunun etkisiyle sallanıyordu. Kapı havaya fırladı ve yuvarlanarak, ayağının dibine düştü.

Natasha'nın içgüdüleri, harekete geçmişti ve bir anda saldırı pozisyonu aldı. Yumruklar yukarı, ağırlık merkezi aşağı. Dizler, her an fırlamaya hazır bir avcı gibi bükülmüş. Refleks olarak, omzunun üstünden, birkaç metre ötesinde duran Ava'ya bir göz attı.

Çocuğun zarar görmesine izin vermemeliyim...

Aslında, çocuk buna gayet hazır görünüyordu. Ava, Natasha ile birebir aynı saldırı pozisyonunu almıştı.

S.H.I.E.L.D. ajanının aynadaki yansıması gibiydi. İçgüdüleri aynıydı. Yumruklar yukarı, ağırlık merkezi aşağı. *Systema* duruşu. Bütün Red Room savaşçıları, bu klasik Rus savaş sanatı konusunda eğitim alırdı. Ki bu çok garip, diye düşündü Natasha. İçlerinden sadece biri orada eğitim almıştı.

Kaşlarını çattı.

Gerçekten. Bu kesinlikle Krav Maga değil. Gizli servisler bunu kullanıyor olabilir ama Ukraynalı yetim ve göçmen bir kız?

Sanki bir gölgeye sahip olmak gibiydi ama Natasha Romanoff'un daha önce hiç gölgesi olmamıştı. O kadar şaşırmıştı ki, saldırıya uğradıklarını bile unutmuştu.

"Ava!" *Bir erkek sesi.*

Natasha, hızlıca kafasını saldırgan olduğunu tahmin ettiği adama doğru çevirdi ve işte tam karşılarında duruyordu. Ava da aynı şekilde hızlıydı.

Ama tehdit olarak gördükleri şeyin aslında bir tehdit olmadığı ortaya çıktı.

"Bak. Yavru bir köpek. Sanırım kaybolmuş." Natasha ofladı ve normal pozisyona geçti. Çocuğu tanımıştı ve onu tanımasının sebebi, sadece Ava'nın turnuva esnasında flört ettiği çocuk olması da değildi.

"Alex? Burada ne işin var?" Ava, oldukça şaşırmıştı.

"Bu, bir çeşit bireysel savunma dersi filan mı?" Alex, kaşlarını çattı ve saldırıya hazır olan Ruslardan önce birine, sonra diğerine baktı.

"Hayır," dedi Ava.

"Evet," dedi Natasha.

Birbirlerine baktılar.

"Size inanmıyorum," dedi Alex sakince, "neden aşağı inip bu konuyu AEF yetkilileri ile konuşmuyoruz?" Natasha, Alex'in yumruklarını hâlâ indirmemiş olduğunu fark etti. O an bile.

Harika. Sadece yavru köpek değil. Avengers stajyeri bir yavru köpek.

Böyle bir günde tam da ihtiyacım olan şey.

"Alex," dedi, tam da Ava doğrulurken. "Her şey yolunda. Gerçekten. Beni kurtarmana gerek yok."

"Vay canına," dedi Natasha, "Ne kadar da tatlı." Kelimeler, solgun bir şekilde dökülmüştü ağzından.

"Arkadaşına, nereye gittiğini sordum ve o da beni başından savdı. Turnuva için kayıt bile yaptırmadığını söyledi."

"Ben... unuttum. Konuşmaya daldık. Uzun zamandır... görüşmemiştik."

"Kuzey Amerika Kupası için kayıt yaptırmayı mı unuttun? Kim böyle bir şey yapar ki?"

"O yapar," dedi Natasha. Bakışları sertleşmeye başlamıştı. *Demek bu çocuk salak filan değil. Bu, işleri biraz olsun kolaylaştıracak.*

"Ne çeşit bir sohbet, insanın ulusal bir turnuvada müsabakalara katılmasından daha önemli olabilir ki?"

Ava, parladı. "Sence de bu biraz ikiyüzlü bir tavır olmuyor mu dersin, Bay Siyah Kart?"

Alex, kafasını salladı.

"Pekâlâ, çok güzel iz sürmüşsün," dedi Natasha. Sesinde rahatsızlık vardı. "Onu kontrol ettin ve iyi olduğunu gördün. Artık gidebilirsin."

Ava, önce Natasha'ya sonra Alex'e baktı. "Ben," dedi, "Gerçekten, tekrar söylüyorum, genelde kendi kendimi kurtarmayı bilirim."

Ya da ben kurtarırım, diye düşündü Natasha. Ava, ona öyle bir bakış fırlattı ki, sanki ajanın ne düşündüğünü biliyor gibiydi.

Alex, hâlâ yumruklarını indirmemişti.

Şimdi Natasha, durumu ölçüp biçmeye çalışan Alex'i süzüyordu. *Avengers stajyeri. Aptal değil. Keçi gibi inatçı. Ve Ava için endişeleniyor.*

Enteresan.

Kafasını iki yana salladı. "Sakın deneme."

"Neyi denemeyeyim?" diye sordu Alex, birkaç adım daha yaklaşarak.

"Aklından her ne geçiyorsa. Etkisiz hale getirme konusunda oldukça iyiyimdir. Sağ dirseğin. Seni öldürmez belki ama ölmüş olmayı dilersin." Bunu söylerken yine omuzlarını silkti.

"Bu konuda endişelendiğimi söyleyemem."

"Anladığını sanmıyorum. Bu bir öneri değildi."

"Mesafe ve hız. Momentum ve vuruş açısı," dedi Alex gözlerinin içine bakarak.

"Ne diyorsun?"

"Bunları hesaplamak zorundasın. Yani biliyorsun. Öncesinde."

"Neyin öncesinde?"

"Bunun." Alex, nefes verdi, yerde yuvarlandı ve Natasha'ya doğru hamle yaptı. Natasha, onun bu kadar hızlı hareket etmesini beklemiyordu.

Yine de o, Natasha Romanoff'tu ve daha hızlı hareket edip ilk saldırıyı yaptı... ya da yapmak üzereydi. Darbenin hemen öncesinde çenesindeki kasların ve omuzlarının gerildiğini hissetti. Ağırlık merkezi değişmişti ve şaşkılık içinde, Alex'in kendisini nasıl okuduğunu izledi. Kendisinin Alex'in hareketlerini okuduğu kadar mükemmeldi. Adım adım eşleşiyorlardı. Kaçış hamleleri, tekmeler arasındaki koordinasyon ve her ikisinin de hiç darbe almaması.

Natasha, geri çekiliyordu. Tabii ki geri çekiliyordu, çünkü Ava'nın küçük arkadaşını yok etmek istemiyordu.

Ama ne olursa olsun, bunu hiç beklemiyordu.

Anlaşılan Alex, Natasha'nın ne yapacağını ve nasıl yapacağını hissedebiliyordu. Sanki bugüne kadar onunla birlikte çalışmış gibiydi.

Sonunda, eliyle Natasha'nın yumruğunu yakaladı. Her ikisi de aynı şaşkınlıkla birbirlerinin suratına baktılar.

Natasha, onu itekledi.

İyiymiş. Çok iyiymiş. Çok enteresan.

Alex, Natasha'nın elini bıraktı ve bacağını yeri süpürürcesine savurdu. Natasha, hiç zorlanmadan bu hareketi etkisiz hale getirdi.

"*Ty suma soshla,*" diye homurdandı Natasha. Sen delirmişsin.

"Her neyce konuşuyorsan, o dili bilmiyorum," dedi Alex. Korkmuşa benzemiyordu ki, Natasha bunu daha da şaşırtıcı buldu.

Ayrıca çok rahatsız edici.

Natasha, yumruklarını indirdi. "Burada oyun oynayacak zamanım yok, küçük Alexei."

Ava, araya girdi. "Gerçekten mi? Çünkü benim, bunların hiçbirine harcayacak zamanım yok." Şimdi sesi rahatsız olmuş bir şekilde çıkan, oydu.

"Ava'yı rahat bırak," dedi Alex, Natasha'ya. "Benim peşimde olduğunu biliyorum."

Natasha güldü. Ava gülmedi.

"Ciddi misin? Senin peşinde mi? Neden senin peşinde olsun ki?" Ava, üzerine alınmıştı.

"CIA, neden insanların peşine düşüyor?" diye Natasha'yı sorguladı Alex. "Seni gördüm. Bu sabah. Beni takip ediyordun."

"Kendini bu kadar önemseme. Onu takip ediyordum," dedi Natasha, Ava'yı kast ederek.

"Sana inanmıyorum," dedi Alex ve tekrarladı, "Bir kez daha söyleyeceğim, onu rahat bırak."

"Ah, yapma ama. CIA filan değilim. Bana hakaret etme, lütfen." Natasha, tek kaşını kaldırmıştı. "Ayrıca, çocuklarla anlaşma yapmam. Uza buradan, evlat. Yoksa bir tarafını inciteceksin."

"Çok kabasın," dedi Ava aniden. "Hiç anlamıyorsun, değil mi?"

"Ben mi?" diyen Alex, şaşırmış görünüyordu.

"Evet, anlat ona," dedi Natasha.

Ava, dik dik baktı. "Aslında ikinizi de kast ediyordum. Ben, kurtarılmak istemiyorum. Alnında kocaman bir hedef tahtası olan, umutsuz bir kız çocuğu değilim. Kendimi savunabilirim."

O hedef tahtasının ne kadar büyük olduğunu tahmin bile edemezsin, diye düşündü Natasha.

"Ben bunu kastetmemiştim..." diye ısrar etti Alex.

Ama –sanki evren, bu durumu anlamasını istemiyormuş gibi– Ava'nın konuşmasının üzerinden bir saniye geçmemişti ki, çatının karşısında bir yerden, ateş edildi.

Kurşun, Ava'nın sağ şakağını yarım santimle ıskaladı. İkinci kurşun, sırt çantasını omzundan düşürdü.

Üçüncü kurşun, Alex Manor'ın dalgalı kahverengi saçlarından bir tutam koparttı ve bu tutam, gerçeküstü bir yavaşlıkla, sanki ağır çekimdeymiş gibi yere düştü. Sonbaharda dökülen kuru bir yaprak gibi...

O an, yavaş olan başka hiçbir şey yoktu.

Natasha Romanoff, ateş edilen yöne doğru döndü ve gözlerini kısıp, geliş mermilerin geliş açısını hesaplamaya çalıştı...

Saat bir yönünden.

En üst kattan.

Kavşağın karşı tarafından.

Yaklaşık kırk derecelik bir açıyla.

...ve ileriye doğru bir dalış yapıp, Ava'yı yere yapıştırdı. Her ikisi de asfalt zemine dümdüz uzanmışlardı.

Alex de bir saniye bile geçmeden yanlarına atladı.

"Bu da ne..."

Bu soruyu, üç el ateş ederek cevapladılar.

"Keskin nişancı," diye tısladı Natasha. Mermiler uçuşmaya başlamadan önce sakladığı yerden çıkartmış olduğu çantayı kavradı. Beyninin hızlı çalıştığını hissedebiliyordu. "Sese bakılırsa, menzili artırmak için susturucusunu çıkartmış. Bu da, en az iki blok ötede olduğunu gösteriyor." Kafasını kaldırıp bakarken, kafasında rakamlar dönüp duruyordu. "Dört yüz metre öteden mi ateş ediyor? Hem de hedefi yarım santimle ıskalayarak! Sapma açısı 0,5 cm mi? Hatta belki de 0,3 cm!"

"Bu, kötü bir şey mi?" diye sordu Ava.

Natasha, sertleşmeye başlamıştı. "Bizim için kötü. Bu çok sıkı bir atış. Çok iyi eğitimli bir ordu nişancısı olmalı. Bir profesyonel. Muhtemelen en pahalısı. Silahın Rus malı olduğunu tahmin ediyorum. Sesine bakılırsa Orsis T-5000."

"İnsanlar üzerimize ateş mi ediyor?" Alex, şoka girmişti. "*Hem de bir eskrim turnuvasında, öyle mi?*"

"Bize değil," dedi Ava sessizce. "Bana."

Gözleri, Natasha'nınkilerle buluştu. "O, burada, değil mi?" Sanki zorlukla nefes alıyordu.

Natasha, kafasını salladı. "Bu konuda şüphelerim var. Kendisi burada olmayabilir." Omzunun üzerinden bakarak, karşı çatılara doğru bir göz attı. "Ama muhtemelen onun adamlarından biri. Profile uyuyor."

Şimdi bana inanıyor musun, evlat? Bu, senin için yeterince gerçek mi?

Ivan Somodorov, hiçbirimizi unutmadı.

Ivan, asla unutmaz. Ivan, asla affetmez.

Natasha, güneş gözlüklerini çıkartıp havaya fırlattı. Birkaç el silah sesi duyuldu ve başarılı bir atış, gözlüğü paramparça etti.

Ofladı. "Düzeltiyorum. Onun *adamlarından* bazıları. En az üç tanesini peşimize takmış."

"Kimin adamları? Kimden bahsediyorsunuz?" Alex'in gözleri öfkeyle kısılmıştı.

Cüruf briketinden örülmüş duvardaki kurşun deliğini incelemekte olan Natasha, duymazdan geldi. "Şuna bak. Tebrikler, Ava. Büyük silahlarla gelmişler. Bunlar, .338'lik Lapua Magnum mermileri."

"Bu ne anlama geliyor?" diye sordu Ava.

"Moskova, Lapua'ları sadece çok kıymetli hedefler için kullanır. Sana oldukça yüksek değer biçmişler. Bu mermiler hiç ucuz değildir ve Lapua'lar, beş katlı çelik yelekleri bile delebilir. Bu yüzden, elinizi kolunuzu dışarı çıkarmayın, çocuklar."

"Biri beni biraz aydınlatabilir mi? Keskin nişancılar? Değerli hedefler? Siz neyden bahsediyorsunuz?" Bir el daha silah sıkıldı ve Alex, iyice yere kapandı. Yüzünü asfalta yapıştırdı.

"Açıklamak için zaman yok. Sana dediğim gibi, uza buradan evlat. Bunun bir parçası değilsin ve inan bana olmak da istemezsin." Natasha, aşağı bloktaki bir banka binasının bir sıra camını inceledi. Çantasından iki silah çıkarttı –kompakt görünümlü bir makineli tüfek ve bir de hafif makineli tüfek– ve çatının alçak beton korkuluğuna doğru süründü. "Yerde kalın..."

Ava, başıyla oynayıp, iyice eğildi. Natasha, sürünerek, yanından geçti.

Güzel. Kız, korkmuş olmalı ama bunu hiç göstermiyor.

Göz ucuyla Alex'e baktığında, onun, etrafta savurabileceği hiç kimse olmamasına rağmen, içgüdüsel olarak yumruklarını sıktığını gördü.

Seni anlıyorum, dostum.

Onun, kendisini ne kadar çaresiz hissettiğini biliyordu. Bu yüzden, yanına bir silah almadığı çok nadir görülürdü. Ya da üç silah: bir makinalı tüfek, tercihen CZ-805, gerçek çatışmalar için; bir hafif makinalı tüfek, PP-2000, daha ihtiyatlı bir ateş gücü gerekirse diye; bir de her zaman yanında taşıdığı tabancası, HK P30. Çek, Rus, Alman. Tabanca, her zaman Alman işiydi. HK'sini Glock ile değiştirmiş olsa bile. Ivan, böyle öğretmişti.

Bu yüzden onu bulur bulmaz, bu silahları üzerinde kullanacaktı.

Omzunun üzerinden uzanıp sırtındaki hafif makinalı tüfeği çekti ve su gibi akarcasına çatıdaki bir çıkıntının arkasına doğru yuvarlandı.

Şimdilik iyi geceler, Ay.

Başka hiçbir şey söylemeyen Natasha Romanoff, ateşe karşılık vermeye başladı.

S.H.I.E.L.D. ÇOK GİZLİ

İZİN SEVİYESİ X

VAZİFE BAŞINDA ÖLÜM [VBÖ] SORUŞTURMASI

REFERANS: S.H.I.E.L.D. DOSYASI 121A415

YETKİLİ AJAN [YA]: PHILLIP COULSON

CVP: AJAN NATASHA ROMANOFF NAMIDİĞER BLACK WIDOW, NAMIDİĞER NATASHA ROMANOVA

BELGE: SAVUNMA BAKANLIĞI, VBÖ SORUŞTURMALARI

SB: Bu aile ağacına bakacak olursak, köklerin ta son Rus çarına kadar dayanıyor.
ROMANOFF: Bütün Rus ailelerinin kökü çara dayanır. Şecere uzmanları başka türlü para kazanamazlar, efendim.

SB: Bütün Rus aileleri, milyarlar değerindeki servetlerini kaybetmiş midir?
ROMANOFF: Yeteri kadarı. Bunu bir tür Rus peri masalı olarak düşünün.

SB: Yani, evet mi, hayır mı, Ajan?
ROMANOFF: Bu bir tür şaka mı, efendim?

SB: Bir çeşit içgüdü, diyelim. Birimlerimize bağlı bazı üyeler, Ivan Somodorov'un sana olan ilgisinin, Red Room'la ve fizikle sınırlı olmadığını düşünüyor.
ROMANOFF: Çardan kalma altınlarım olduğu için mi benim peşimde? Bulduğunuz en iyi fikir bu mu?

SB: Altın önemlidir, Ajan.
ROMANOFF: Kapitalistler için öyle olabilir ama fizikçiler için o kadar önemli değildir.

SB: Tony Stark bu konuyu pek dert etmiyor gibi.
ROMANOFF: Tony Stark'ın dert etmediği her konu için bir parça çar altını olsaydı, efendim...

SB: Hepimiz Boca'da* yaşıyor olurduk, Ajan.

---

* Florida'nın lüks bir semti. (ç.n.)

BÖLÜM **13**: AVA

PHILEDELPHIA SOKAKLARI
ŞEHİR MERKEZİ
KARDEŞÇE SEVGİNİN ŞEHRİ

Kurşun yağmuru devam ediyordu. Hedeflerini milimetrelerle ıskalayarak, çatıyı delik deşik etmişlerdi.

Ivan, büyük silahları getirmiş. Ivan beni geri istiyor, diye düşündü Ava. Elleri buz gibi olmuştu ve avuçları terliyordu. Adını duymak bile onda kusma isteği yaratıyordu.

Kimse senin için gelmeyecek, küçük ptenets. Seni kimse umursamıyor. Ava'nın kafasının içinde, Ivan'ın sesi yankılanıyordu.

"*Der'mo,*" diye homurdandı Black Widow, kafasını iki yana sallayarak. "Bizimle oyun oynamaya başladılar. Art arda çok fazla ıskaladılar."

"Bunun zor bir atış olduğunu söylememiş miydin?" diye sordu Ava, sesini alçaltarak.

"Bu herifler için değil. Bizi oyalamaya çalışıyorlar. Bu da demek oluyor ki, biri bize ulaşmaya çalışıyor. Bizi öldürmek değil, canlı ele geçirmek istiyorlar. Görünüşe göre, öldürülemeyecek kadar değerliyiz." Ava'ya doğru kafasını eğdi. "En azından bazılarımız öyle."

"Nereden biliyorsun?" diye sordu Alex.

"Çünkü ölmedik," dedi Natasha gerçekçi bir şekilde, "ama buradan gitmek zorundayız."

"Ciddi misin?" diye sordu Alex.

"Hem de ölümüne." Natasha, Ava'yı kapıya doğru sürükledi. "Şimdi... gir içeri."

Ok gibi yerinden fırlayıp kendini merdiven boşluğunun beton duvarları arasına atarken, Ava'nın kalbi balyoz gibi atıyordu. Alex de peşinden gitti. Natasha, istediği kadar ondan kurtulmaya çalışsın, hiçbir yere gitmiyordu.

Gidecek, diye düşündü Ava. *Elbet gidecek. Hepsi gider. Annem, babam ve hatta Natasha Romanoff bile...*

Hayatımın yegâne gerçeği bu.

Herkes beni bırakıp gidiyor ve bunu durdurmak için elimden hiçbir şey gelmiyor.

Ama Ava, omuzlarının üzerinden dönüp geriye baktığında, Natasha Romanoff'un arkalarında olmadığını gördü. Silahlarını, göremedikleri keskin nişancıların üzerine boşaltmakla meşguldü. Şarjörleri bitince, beton duvarın arkasına doğru eğildi.

Bir küfür savurup, iki silahını da fırlattı.

Sırt üstü yatıp ayak bileğine iliştirdiği tabancasını çıkarttı. Sonra tekrar beton bloğun üstünden ayağa kalkıp görünmez düşmana doğru ateş etmeye başladı.

Bu mümkün değil, diye düşündü Ava. *Ayrıca bir insan, üzerinde kaç tane silah taşıyor olabilir?*

Natasha, onlara doğru dönüp bağırmaya başladı. "İşaretimle birlikte, ne dersem onu yapacaksınız. Tam arkanızda olacağım. Eğer beni yakalayacak olurlarsa, hemen 7B'ye gideceksin ve orada saklanacaksın, anlaşıldı mı?"

"Peki o ne olacak?" diye sordu Ava, Alex'i kast ederek.

Natasha, ilgisizce silahını salladı ve Ava, bir an için, Natasha'nın düşüncelerini duyabildiğini fark etti. *Ona ne mi olacak? Bu, benim sorunum değil.*

Alex, omuzlarını silkti. "Anladım."

"Tamam." Natasha birkaç el daha ateş etti. "Bunu, evet olarak algılıyorum. Şimdi, işaretimle birlikte, merdivenlerden aşağı inip kongre merkezinin salonuna giriyorsunuz."

"Dur bir dakika. Turnuvaya geri dönmemizi mi istiyorsun? Hem de birileri Ava'yı öldürmeye çalışırken, öyle mi? Bu, çılgınlık." Alex'in kafası karışmıştı.

Natasha, gözlerini devirdi. "Burada kalmasını mı tercih edersin?"

Tepelerindeki tavanda bir patlama oldu ve kafalarına sıva parçaları dökülmeye başladı.

"İyi dedin," diyerek başıyla onayladı, Alex.

"Şimdi!" diye bağırdı Natasha Romanoff ve hızla merdiven boşluğuna doğru atlayıp kapıyı sertçe açtı. Natasha havaya doğru ateş ederken, iki genç, merdivenlere doğru dalışa geçtiler. Arkalarından da mermiler geldi.

Merdiven boşluğunun zeminine ilk ulaşan, Ava oldu. Sendeleyerek boş koridora çıktı ve sonra da parlak ışıklarla aydınlatılmış olan kongre merkezi lobisine doğru ilerledi. Bütün salonu dolduran hafif müzik, kafasını bulandırmıştı ama sonra arkasından depar atan Alex'i görünce neden koştuklarını hatırladı.

Hemen sonra, Natasha belirdi ve sadece silahlarını bir kayışa, kılıfa ve bileğindeki bantlara kusursuz bir şekilde iliştirip kamufle edebilmek için durdu. "Yürüyün," diye fısıldadı. "Sırtınızı sokağa açılan kapıya verin ve başınızı öne eğin."

Abartılı adımlar atarak yavaşladılar. Lobi kapılarından geçip, turnuva kalabalığının toplandığı H salonuna ulaştılar. Üçlü, bantlar arasında kendilerine bir yol açtılar. O sırada turnuvanın ilk rauntları oynanıyordu.

Ava, arkalarındaki lobi kapısı gürültüyle açılınca, ürktü. Ve ardından Natasha'nın sesi duyuldu. Kısık ama ölümcül bir ciddiyete sahipti.

"Sen," dedi Alex'e. "Artık sen de güvende değilsin. Kaçmaya devam etmelisin yoksa bize ulaşmak için seni ele geçirmeye çalışacaklardır."

"Anladım, kaçıyorum," diye cevap verdi.

Natasha, kısık sesle konuşmaya devam ediyordu. "Dostlarımız içeride. Koyu renk rüzgârlık giymişler. Siyah sırt çantaları var. Yaklaşık yirmi metre arkamızdalar. Ne olursa olsun, sakın arkanızı dönmeyin. Ve ne görürseniz görün, yürümeye devam edin." Şapkasını, suratına doğru indirdi.

"Koşmamız gerekmiyor mu?" diye sordu Ava, gözlerini yerden kaldırmadan.

Natasha, kafasını salladı. "Hayır. Buradaki herkesle aynı kıyafeti giymişsiniz, değil mi? Üzerinizde bu şık eskrim üniformalarından yok mu?" Sonra iki yanına bir göz attı. "Şimdi ayrılın ve kalabalığa karışın. Sakın dikkat çekmeyin. Kongre merkezinin diğer tarafındaki çıkışa doğru ilerleyin, nehre yakın olana. Sizinle, sokakta buluşuruz."

Alex, başıyla onayladı. Ava, tek kelime etmedi.

Natasha, bileğindeki tabancaya uzandı ve hiçbir uyarı yapmadan yanlarından ayrıldı.

Ava, vücudunu saran adrenalini hissedebiliyordu. Bunların hepsi çok umutsuz ve çok tehlikeli görünüyordu. Tek bildiği, bütün bunlar, bu Avengers mensubu kadının, kendi tarafında olduğunu göstermek için kurduğu bir tuzak olabilirdi. Bu yüzden, gardını indirmemesi gerekiyordu.

Ve ayrıca diyelim ki, kaçmayı başardık. Sonra ne olacak?

Ava, bu konuda düşünmek istemiyordu.

Şimdilik, Black Widow'a güvenmek zorundaydı.

İnandığı tek şey, kendisine doğrultulmuş olan silahların sesleriydi ve başka seçeneği yoktu. Başka yolu yoktu.

Tanıdık bir çığlık, Ava'nın dikkatini çekti ve sonra göz ucuyla, Oksana'nın bant üzerindeki rakibine doğru bir hamle yaptığını gördü.

Ve aniden, aklına, plastik uçlu kılıçlarla çarpışmanın aslında hiç de caydırıcı bir şey olmadığı fikri yerleşti. Bu salondaki kılıçlar sahteydi ama silahlar fazlasıyla gerçekti.

Peki ya başaramazsak ne olacak? Ava, etrafa sıkılan silahları ve kaçışan insanları hayal etti. Zihninde, kaos ve çıkışa doğru kaçışan insanların görüntüsü canlandı.

Beyaz kevlardan sızıp, Amerikan bayrağının üzerinde damlayan kırmızı kan...

Birden içi ürperdi. İstemsiz bir şekilde, omzunun üstünden, bantın üzerine bir göz attı. Oksana, zaferle kollarını kaldırmış ve maskesini de çıkartmıştı.

Şu an için bunların hepsi oldukça anlamsız geliyordu.

Ama yine de bir fikir vermişti. Maske.

Başınızı yere doğru eğin ve kalabalığa karışın dememiş miydi, Natasha?

Ava, eğilerek, Oksana'ya tezahürat yapan kalabalığın arkasına geçti ve yerdeki kullanılmayan maskelerden birini aldı ve sırtındaki, isminin yazılı olduğu kâğıdı da söküp attı.

Hiç tereddüt etmeden kafasına geçirdi. Bir sonraki banta geldiğinde de sandalyeye yaslanmış eskrim çantalarının birinden, rastgele bir kılıcı çekip aldı.

Diğer tarafta, Natasha Romanoff, sakatlanan bir çocuğa ilk müdahaleyi yapan ilk yardım ekibinin arasına karışmıştı. Bandajlanmış olan bacağını sıkı sıkı tutmuştu.

Siyahlı adamlar salonun içine yayılıp onları ararken, eskrimciler puan almaya, kornalar ötmeye ve kalabalık tezahürat yapmaya devam ediyordu.

Ava'nın hayatındaki en uzun yürüyüş olmuştu ama başarmıştı.

Başarmışlardı.

Son çıkan, Natasha oldu. "Henüz tam olarak kurtulduk sayılmaz. Yürümeye devam edin." Alex ve Ava'ya doğru hamle yaptı ve onlar da kendisine ayak uydurdular. "Nehre ulaşmamız lazım, hadi."

"Nehre mi? Neden nehir?" diye sordu Alex.

"Çünkü aracımız orada," dedi Natasha. "Oraya park ettim." Kolunu kaldırdı ve bileğinde hayal meyal, siyah, dijital bir saat belirdi. "Eğer ulaşabilirsek tabii."

Çok güzel. Nehre gidiyoruz, diye düşündü Ava.

Uzaklarda parıldamakta olan Delaware Nehri kıyısındaki kordona doğru yürümeye devam ettiler. Neredeyse sekiz sokak kadar ötedeydi. Ava, ayaklarının altındaki kaldırımın yeteri kadar hızlı hareket ettiğini düşünmüyordu.

Yedi...

Altı...

Beş...

Siyah bir arazi aracı, köşede patinaj çekti.

Aracın camından, siyahlı bir adam, makinalı tüfeğini çıkartıp üzerlerine ateş etmeye başladı. Ve araç dönüp tekrar pozisyon aldı.

Natasha, park etmiş bir minibüsün arkasına doğru yuvarlandı.

Ava ve Alex, hemen arkasındaki bir arabanın arkasına siper aldılar.

Natasha, korkmuyormuş gibi görünüyordu –hatta sakindi– ama otomatik silahlar, etrafındaki caddeyi taramaya devam ediyordu. Onlara doğru bağırdı. "Dostumuzla azıcık sohbet edeceğim. Sanırım bana söylemek istediği bir şeyler var. Kordon boyuna varıncaya kadar koşmaya devam edin." Natasha, Alex ve Ava'yı ardında bırakıp ayrıldı.

Alex, Ava'ya baktı. "Biliyor musun, senin bu CIA arkadaşın, fazla sert biri. Neredeyse bize ateş eden adam için üzüleceğim."

Ava, gülmedi. "O gerçekten de CIA filan değil."

Alex, tek kaşını kaldırdı. "Evet. Doğru. Ve pantolonunun içine soktuğu silahlar da gerçek değil."

Ava, derin bir nefes aldı.

Bu çok yanlış. Burada ve benim yanımda olmaması gerekiyor. Ama buna rağmen, kalmasını her şeyden çok istiyorum.

Ava, onun gitmesini sağlamak zorundaydı. Kendinden uzaklaştırmalıydı. Tekrar derin bir nefes aldı.

"Ama haklısın. Buradan sonrasını kendisi halledebilir." İkna edici olmaya çalışıyordu. "Ve bu senin problemin değil. Bunların hiçbiri değil. Senin yerinde olsam, evime giderdim, Alex."

"Tamam. Peki." Alex, tereddüt etti. "Peki, sen niye gitmiyorsun?"

"Belki ben de gitmeliyim," dedi Ava.

Yerinden kıpırdamıyordu. Alex de aynı şekilde.

Ava, biraz ötelerindeki Natasha'nın kaçmalarına yardımcı olmak için, kendisini yem olarak kullanarak silahlı çatışmaya girerek arazi aracına yaklaşmaya çalıştığını görebiliyordu. Arabayı onlardan uzak tutmaya çalışıyordu.

Natasha, dönüp onlara baktı. "Ne bekliyorsunuz?" diye bağırdı.

Ama Ava, hâlâ hareket etmiyordu. Edemiyordu. Önündeki çamurluğa gözlerini dikmiş bakıyordu.

Donmuş gibiydi.

Koşmaya devam etmeliyiz. Eve dönmeliyiz. İkimiz de.

Onun yakınında olduğum zaman başıma sürekli kötü şeyler geliyor. Yanına yaklaşan herkese aynı şey oluyor. Belki de bu yüzden ona Black Widow diyorlardır.

Silahlı adam, onları görmüş olmalıydı çünkü artık üzerlerine doğru ateş ediyordu. Ava'nın tam kafasının üzerinden geçen bir kurşun, arabanın kaputunda bir delik açmış ve o delikten de dumanlar çıkmaya başlamıştı.

"Ava!" Alex, kolundan kavrayıp çekti.

Arabanın arkasından sürünerek çıkıp, tıpkı Natasha'nın kendilerine gösterdiği gibi yürümeye başladılar. Kafalar önde. Arkaya bakmak yok.

Caddeden aşağı yürürlerken, Alex sesini alçaltarak konuşuyordu. "İçimde, seni bırakmamam gerektiğine dair garip bir his var, Ava. Bu şekilde bırakmamam gerektiğine dair..."

"Bu tip garip hisler, sık sık olur mu?"

"Sadece işin içine silahlar girdiği zaman." Alex, Ava'nın elini bırakmıyordu. "Aptal değilim. Başının dertte olduğunu ve o polisin de arkadaşın olmadığını görebiliyorum."

"Evet. Ama o polis filan da değil," dedi Ava.

"Her kimse ve bu olanlar da her ne ise, bir kişi için çok fazla. Yani, yardım edebilirim demek istiyorum." Ava'nın yüzüne baktı. "Tabii eğer beni istiyorsan."

Tabii ki seni istiyorum. Her gecemi seninle geçirmiyor muyum?

Ava hiçbir şey söylemedi.

Arkalarındaki kaldırımdan gelen silah sesleri, doğru bir noktaya parmak bastığını vurgularcasına yankılandı ve daha hızlı hareket etmeye başladılar.

Alex, Ava'nın elini sıktı. "Bunu tek başına yapmak zorunda değilsin."

Artık çok geç. Bunun başka bir yolu varsa da, ben bilmiyorum.

Artık nehre sadece birkaç sokak kalmıştı.

Ava, ne söyleyeceğini bilmiyordu. Ne diyebilirdi ki? Kimsenin yardım edemeyeceğini, kimsenin yardım etmediğini mi? Bu günün elbet bir gün geleceğini bildiğini mi? Ivan'ın mutlaka bir gün ortaya çıkıp, yarım bıraktığı işi bitireceğini mi?

Hiç kimseye güvenemem, Alexei Manorovsky. Sana bile.

Ama Alex'in hâlâ elini tutmakta olduğunu fark etti. Yaylım ateşi altında hâlâ onunla birlikte yürüyordu. Hâlâ yanı başındaydı. Bırakıp gitmemişti ve gitmesine de izin vermemişti.

Üstelik beni neredeyse hiç tanımıyor bile.

Alex, bir şekilde diğerlerinden farklıydı. İyiydi ve masumdu. Oksana gibi, onun da kahramanları vardı. Ava, geceleri onu, bütün bunları bilecek kadar izlemişti.

Ve 7B'den beri ilk defa Ava, kendi başına kaldığı zamanların daha iyi olup olmadığını düşündü. Bir an için, daha önce hiç yalnız kalıp kalmadığını düşündü.

"Ava, ben ciddiyim. Kalmamı istiyor musun, istemiyor musun?"

Ava, o dizginleyemediği enerjiyi yeniden hissetti. Kendisini siyah kart sahibi yapan, savaşçı Alex'i.

Onun düşüncelerini de duyabiliyordu.

O kelimeyi söyle ve peşinden dünyanın her yerine geleyim.

Dövüşmeye hazırım. Söyle hadi!

Ava, kalmasını istiyordu. Ama Alexei Manorovsky'nin bu hikâyenin içinde olmaması gerekiyordu. Onu rüyalarında görüyor olması, Alex'in suçu değildi. Bu rüyalar hâlâ Ava'nın rüyalarıydı. Alex'in değil...

Rüyalar, diye doğruladı kendini. Çünkü çok fazla rüya vardı. Ve bu yüzden seni uzun süredir tanıyor gibiyim, Alexei. Her ne kadar sen beni tanımıyor olsan da.

Ava, aynı gün içinde ikinci defa, benzer bir duyguya kapıldı.

Belki de kader, böyle bir şeydir.

Belki de bunun olmasına engel olamıyorumdur.

Rüya görmeme engel olamıyorum ve anılarımı da bir kenara atamıyorum.

Belki de Ivan Somodorov'dan da daha fazla saklanamıyorumdur.

Alex, bir kez daha sorduğunda Ava, başıyla onayladı.

"Evet."

Bunu tek başıma yapamam ve yapmak da istemiyorum.

Kelimeler ağzından döküldüğü an Alex koşmaya başladı. Ve sanki vereceği cevabı başından beri biliyormuş gibi onu da nehre doğru sürüklüyordu.

Ava arkasına baktığında, nehirden sadece yarım blok ötedelerdi. Natasha ise hâlâ siyah arabadaki adam ile çatışma halindeydi. Siren seslerini duyuyordu ve bunun, o veya bu şekilde birkaç dakika içinde sona ereceğini biliyordu.

Bu da ne...

Ava, sürtünen tekerlerin sesini duydu.

Alex, bağırıyordu.

İkinci bir arazi aracı, patinaj çekerek köşeyi döndü ve birkaç metre ötelerinde duran park halindeki bir arabaya çarptı.

"Oradan uzaklaşın!" diye bağırıyordu, Natasha.

Park halindeki araba alev topuna döndü ve olabildiğince hızlı bir şekilde koşmaya başladılar.

Ava, arkasından gelen ayak seslerini duyabiliyordu.

Silah sesi.

Koşarlarken, Alex'in elini daha da sıkı tutmaya başlamıştı.

Hayır...

Şimdi olmaz...

Bu şekilde olmaz...

Nehirleri aralarında kalan son caddeyi de deparla geçtiler ve sadece köprünün kenarına geldiklerinde biraz yavaşladılar. Altlarından geçen su, çok tehlikeli görünüyordu.

Birkaç mermi, yanlarından geçip yere saplandı. Yerden taş toprak parçaları fırladı ve diğer tarafa doğru pike yaptılar.

"Nehre! Şimdi!" Alex hiç tereddüt etmedi. "Hadi!" Köprünün korkuluklarına doğru sıçradı ve atlayıp gözden kayboldu.

Ava önce tereddüt etti ve sonra tek kelime etmeden korkulukların üzerine atladı.

Ölmeyeceğim...

Ivan Somodorov'un beni öldürmesine izin vermeyeceğim...

Daha işim bitmedi.

Ava, üzerinden atlamaya çalıştığı korkulukların demirine sıkı sıkı tutunmuştu. Dondurucu suya atlamak yerine, köprünün kenarından kendini ayağıyla iterek temiz bir sıçrayış yapmıştı ve inişini yumuşatacak şekilde yuvarlanarak kendini kıyıdaki ıslak kumların üzerine bırakmıştı.

Islak kumların üzerinde ayağa kalkabilmek için kendini ileriye doğru fırlattı ve bunu yaparken de ayağı iki santimlik suyun içine gömüldü.

Her iki eliyle, Ava'nın tam üstünde, köprüden sallanmakta olan Alex de ayaklarıyla kendini kenara doğru ittiriyordu.

Derin bir nefes aldı, köprünün kenarından birkaç kez sallanıp hızını aldı ve atladı. Ava'nın hemen yanındaki suya iniş yapmayı başardı.

Öyle ya da böyle.

İkisi de güvendeydi.

Ava, sırıtarak yumruğunu havaya kaldırırken hâlâ nefes nefeseydi. "Bu... çok... iyiydi!"

Alex, kendi yumruğuyla tokalaştı ve nefesini toparlamaya çalışırken, kafasıyla onayladı. "Ölmedik –yani evet– düşündüğümden çok daha iyi."

"Kesinlikle ölmedik," diye onayladı Ava, derin bir nefes alırken.

Alex, kafasını geriye doğru atıp, ciğerlerine oksijen çekmeye çalıştı. "Bunu sık sık yapar mısın?"

"Daha öne hiç yapmadım," dedi Ava tekrar dikelirken.

Doğrusu, hayatında böyle bir şeyi, bir yere kadar yapmamış sayılabilirdi. Riskli davranışlarını bir kenara koyacak olursak, kendisini, metro turnikelerinin üzerinden atlamak ve S.H.I.E.L.D.'ı kazıklamakla sınırlandırmıştı.

Peki neden şimdi böyle bir şey oluyor? Ne değişti?

"Ben de aynı şekilde," dedi Alex. "Yani böyle bir şeyi hiç yapmadım demek istiyorum." Sonra da gülümsedi. "Annem duysa, kafayı yerdi."

Kafalarını kaldırıp köprüye doğru baktılar. O sırada Natasha Romanoff, ikinci silahlı adamın beynini, metal korkuluklara akıtmakla meşguldü.

Bilinçsiz olan bedeni yere düştü ve Natasha ayağa kalktı. Korkuluğun üzerinden uzanıp Ava ve Alex'e baktı.

"İnişi becermişsiniz," diye bağırdı Natasha, şaşırmış bir şekilde. "Rus olimpiyat jürisi bile, böyle bir inişe 10 üzerinden 10 vermeli bence."

Ava, yüzündeki ifadeye bir anlam veremedi. O sırada, köprünün yüksekliğini gözüyle hesaplamaya çalıştı.

Hesaplamalarına göre, atladıkları yükseklik, yedi buçuk metreden fazlaydı.

Bir müsabakada Oksana'nın kıçını tekmeledim. Bir binanın çatısında, keskin nişancıların yaylım ateşine maruz kaldım. Ve bir köprüden aşağı atladım.

Ava, Black Widow'un da beton kirişlerden destek alarak birebir aynı hareketlerle kuma inişini izledi.

Bana neler oluyor?

S.H.I.E.L.D. ÇOK GİZLİ

İZİN SEVİYESİ X

VAZİFE BAŞINDA ÖLÜM [VBÖ] SORUŞTURMASI

REFERANS: S.H.I.E.L.D. DOSYASI 121A415

YETKİLİ AJAN [YA]: PHILLIP COULSON

CVP: AJAN NATASHA ROMANOFF NAMIDİĞER BLACK WIDOW, NAMIDİĞER NATASHA ROMANOVA

BELGE: SAVUNMA BAKANLIĞI, VBÖ SORUŞTURMALARI

SB: Biraz da Rusya'nın en iyi süper casus ve çift taraflı ajan okulundan bahsedelim.
ROMANOFF: Red Room'dan mı? Dosyamda hepsi yazıyor efendim.

SB: Peki ya Black Widow programı? Red Room kızları için Top Gun gibi bir şey mi?
ROMANOFF: Bunların hepsini zaten biliyorsunuz.

SB: Black Widow'ların, derine sızmak için eğitildiklerini biliyorum. Ve bu yüzden Moskova size çakma bir geçmiş uyduruyor ve anılarınızı manipüle ediyor.
ROMANOFF: Beyin yıkamaktan mı bahsediyorsunuz? Öyle de diyebiliriz.

SB: Peki ya öğretmenlerin? Onlar da anılarını silmek ve yenilerini yerleştirmek üzere mi eğitilmişlerdi? Kafanın içindeki düğmelerden birine bastılar ve bir balerin oldun. Ve ihtiyaçları olduğunda başka bir düğmeye bastılar, sen de suikastçi bir balerine mi dönüştün? Nasıl oldu bu iş?
ROMANOFF: Bana ne söyledilerse, o oldum.

SB: Bu kararı vermelerine izin veriyordun.
ROMANOFF: Ülkeme hizmet ediyordum, efendim.

SB: Ivan Somodorov gibi.
ROMANOFF: Ivan Somodorov, sadece Ivan Somodorv'a hizmet eder.

SB: O zamanlar sen neydin? Bir vatansever filan mıydın?
ROMANOFF: Vatansever ve suikastçi bir balerindim.

BÖLÜM 14: NATASHA

DELAWARE NEHRİ
KARDEŞÇE SEVGİNİN ŞEHRİ

Havaya yayılan siren sesleri tepelerindeki kaldırımdan yankılanıyordu.

Aşağıda, nehir kıyısında, kongre merkezinden kaçan üç kişi, köprünün altındaki geçitte, güvendeymiş gibi görünüyorlardı.

En azından şimdilik.

Natasha, Ava ile Alex'in yanına ulaştığında, yüzlerindeki kaçmayı başarmanın verdiği coşku ifadesinin, yavaş yavaş şoka dönüşmekte olduğunu fark etti. Her ikisinin de böyle olmasını bekliyordu. Onu asıl şaşırtan, bu kadar uzun süre dayanabilmeleri oldu.

İnsanlar sizi öldürmeye çalışıyor. Sıkıntılı bir durum. Ama zamanla alışıyorsun.

Ben alıştım.

"Önce çatıdaydılar, sonra kongre merkezine girdiler ve şimdi de sokaktalar." Alex, başını iki yana salladı. "Bu adamları kim tutmuşsa, parasının karşılığını sonuna kadar alıyor."

"Ya, ne demezsin," dedi Natasha, alnındaki teri koluyla silerken. "Rus paralı askerler. Değişik bir iş ahlakı anlayışları vardır. Bu arada lafı gelmişken, arazi aracındaki arkadaşlar da biraz sohbet etme fırsatı buldum."

"Ivan'ın adamı mıymış?" diye sordu Ava.

Natasha, kafasıyla onayladı. "Ivan Somodorov'un kişisel polis birliği. Ve –sürprizi bozduğum için kusura bakmayın– geldikleri yerde daha çok var."

"Bu adamın kendi polis departmanı mı var?" diye sordu Alex kuşkulu bir ses tonuyla.

"Ve görünüşe göre hepsi de Ava'ya yönlendirilmiş." Natasha, Ava'nın yüzüne bakarken garip bir şekilde elini de omzuna koydu. "Evine hoş geldin, *sestra.*"

Ava, omzundaki kolu iteledi ama bir sağ kroşe girişiminde de bulunmadı. Natasha, bunu bir gelişme olarak gördü.

"Dur bir dakika... geldikleri yerde daha çok mu var? Ne kadar çok var?" diye sordu Alex.

"Fark eder mi?" dedi Natasha. Fark etmeyeceğini biliyordu. *Bir insanı öldürmek için bir kurşun yeterlidir, ptenets.* Ivan, ona bunu alfabeden önce öğretmişti.

"Buraya gelmeleri ne kadar sürer?" diye sordu Ava sessizce.

"Konuşkan arkadaşımızın dediğine göre, fazla sürmezmiş."

"Peki. Birileri burada ne olup bittiğini anlatabilir mi? Bu Ivan denen adamın Ava ile ne alıp veremediği var? Ve sen tam olarak ne tür bir polissin?"

"Pardon?" diyerek yüzüne baktı Natasha.

"Aslında, gerçekte onlar için çalışıp çalışmadığından nasıl emin olacağız?"

"Ne olarak?" diye sordu Natasha. "Ivan'ın kiralık katillerinden biri olarak mı?" Bugün ilk defa, kendini gülerken buldu.

Alex için, onun tahmin ettiğinden daha fazla üzülüyordu ama artık bu yoldan dönüş yoktu. Natasha, onu bu işin dışında tutmaya çalışmıştı. Ve işte şimdi bu durumdalardı. Artık bir yerine iki görevi vardı ve Ivan'ın da artık üç hedefi olmuştu.

Doğaçlama takılmak zorundayım. Ve doğaçlamadan nefret ederim.

"Hiç komik değil," dedi Alex kızgın bir tonla. "Ciddiyim. Kötü polisler de vardır. Beş dakika önce bizi öldürmeye çalışan adamlarla birlikte çalışmadığından nasıl emin olacağız?"

Natasha, yine güldü.

"Onlar için çalışmıyor," dedi Ava bitkin bir şekilde.

"Nereden biliyorsun? Öncesinde bariz bir şekilde beni takip ediyordu. Onu gördüm." Bakışlarını Ava'dan Natasha'ya çevirdi. "Ya yalan söylüyorsa?"

"Ah, o her zaman yalan söylüyor," dedi Ava. "Ama bu konuda değil."

Natasha, gülmeyi kesti. Çocuğu yere sermenin planlarını yapıyordu, çünkü rahatsız edici olmaya başlamıştı. "Belki fark etmemişsindir ama onlara ateş ediyordum. Ki bu da beni paralı askerler arasında ayın elemanı yapmaz, herhalde." Bunu söylerken silahlarından birine yeni şarjör takıyordu. "Buradan gitmek zorundayız. Bu yüzden, bazı sorularınızın cevapları, birazcık beklemek zorunda kalacak. Eminim harika sorularınız vardır."

Bileğini ağzına doğru götürdü ve kıyafetinin kolunun içine saklanmış olan siyah bileklikteki küçük mikrofona bir şeyler söyledi. "Romanoff, konuşuyor. Kıçımızı kurtardık, yani kişileri kurtardım demek istedim. Tahliye için hazırız. Tamam."

Bileklik cevap verdi.

"Anlaşıldı, tamam." Telsizin diğer ucundan da olsa Coulson'un sesi rahatlamış geliyordu. "Tahliye ekibi yolda. Tamam."

"O ses neden bana o kadar tanıdık geliyor? Yoksa hayal mi görüyorum?" Ava, paniklemiş görünüyordu. "Onu tanıyor muyum?"

Natasha omuz silkti. "Herkese öyle geliyor."

"O kimdi?" diye sordu Alex.

"Coulson," dedi Natasha. Bu ismin her ikisine de bir şey ifade etmeyeceğini çok iyi biliyordu. "Sizi sorguya çekmek istiyor." Alex, boş boş suratına baktı. "Yani sanırım size sormak isteyeceği birkaç soru olacaktır." *Ne olursa olsun,* diye düşündü, *başka birinin sorularını cevaplamanıza izin verecek değilim.*

"Anlaşılan nedir? Ne demek istedi?" diyerek kaşlarını çattı Ava.

Natasha, bu soruyu duymazdan geldi. Ne kadar az bilirse, o kadar iyiydi.

"Köprüden o şekilde atlamayı nereden öğrendin?"

"Öğrenmedim. Öylesine biliyordum işte," dedi Ava rahatsız bir şekilde. "Sen insanlara o şekilde ateş etmeyi nereden öğrendin?"

"Okulda öğrendim." Natasha'nın ses tonu ifadesizdi. "Sınıfımın en iyisiydim."

"Tabii ki öyleydin. Adam öldürmede bölüm birincisi." Ava, kayaların üzerine oturdu. Bu sohbetin sona ermesini istiyormuş gibi bir hali vardı. Arkasına doğru yaslandı.

Natasha, omuz silkti. "Hem o, hem de karma sınıfta. Taktik. Yakın dövüş. Denizcilik ve havacılık. Navigasyon. Askeri mühendislik. Ağır silahlar."

"Anladık," diyerek sözünü kesti Alex. "İnanılmaz birisin."

"Yıllarca çalışmanın ürünü. Ama bir şekilde Ava, benim görmediğim zamanlarda olimpik seviyede bir köprüden atlama ustası olmuş, ne dersin?"

"Ne zaman gördün ki?" Ava, doğrulma ihtiyacı hissetmedi.

Natasha, kızı gözleriyle süzdü. Anlam veremediği şeyler vardı.

Öne doğru üç yüz altmış derece dönerek hafif bir tekme atıp sıçramak mı? Gezegendeki hiç kimse, bunu yapmayı 'öylesine biliyor' olamaz.

Kafasını iki yana salladı. Ava, Red Room ders kitaplarında olan bir hareket yapmıştı ve Natasha bu durumdan hiç hoşlanmamıştı.

Hem de hiç.

Alex, omuzlarındaki sıva tozlarını silkelemeye çalışırken, yukarı doğru baktı. "Artık onları kaldırsan iyi olur," dedi Natasha'yı işaret ederek. "Tabii, eğer bizi vurmak gibi bir planın yoksa."

Natasha, elinde hâlâ silah olduğunun farkında değildi. Silahlardan birini bileğindeki kılıfa, diğerini de beline soktu.

Çok dikkatsizce. Ivan, senin için geliyor. Aradan o kadar geçmesine rağmen. Ona bu zevki tattırma.

"Sorgulama ne için, bu arada?" diye sordu Ava, gökyüzüne bakarken. "Buradan gideceğimizi sanıyordum." Gözlerini kapattı ve tek eliyle şakaklarını ovaladı. "Umarım gideriz. Kafamın içi zonkluyor."

Natasha, sinirlendi. "Sorgulama filan değil."

"Ne peki? Sözlü sınav mı?" derken kaşlarını çattı Alex.

"Ben, öğretmen değilim. Dadı da değilim. Eğer Ivan Somodorov ile kendi başınıza yüzleşmek istiyorsanız, siz bilirsiniz. Sanki sana iyilik yapıyormuşum gibi davranmayı bırak. Seni uyarmak zorundaydım ve bunu da yaptım."

"Kabul ediyorum," dedi Ava. Gözleri hâlâ kapalıydı. Şimdi her iki eliyle şakaklarını tutuyordu. "Kimseye iyilik filan yaptığın yok. Ayrıca dünyanın en kötü dadısısın. Ama uyarı için minnettarım."

Natasha, öne doğru bir hamle yapıp elini uzattı. "Kalk ayağa."

Ava, tek gözünü açtı.

"Oturan bir hedefsin," diyerek iç çekti Natasha. "Burada kalamazsın. Tabii eğer Ivan'ın adamlarının geri kalanıyla da tanışmak istiyorsan, başka."

Ava, Natasha'nın elini tuttu ve kendini yukarı doğru çekti ya da en azından denedi. Yarı yarıya kalkmıştı ki, inleyerek kayaların üzerine iki büklüm yattı.

Ters giden bir şeyler vardı.

"İyi misin?" Alex, endişelenmişti.

Ava, tekrar ayağa kalkmayı denedi ama yine başaramadı. "Kendimi tuhaf hissediyorum... Sanırım kusacağım."

"Lütfen yapma," derken sesinden Natasha'nın rahatsız olduğu anlaşılıyordu.

Ava, kıyıda sendeliyordu ve avuç içini alnına dayadı. "Beynim eriyor sanki."

"Biliyorum," dedi Alex kendininkini göstererek. "Silahlar yüzünden benim de kulaklarım çınlıyor. Yani sanırım o yüzden."

"Erimiyor, beynim sanki donuyor gibi." Ava, öne doğru yalpalarken, kelimeler ağzından güçlükle çıkıyordu. "Beynim, soğuktan sızlıyor gibi."

Natasha'nın üzerine doğru tökezledi ve dengesiz duran peruğunun düşmesine sebep oldu. Kafasından yuvarlanan peruk, ayaklarının dibindeki kayaların üzerine düştü.

Ve Natasha Romanoff'un meşhur kızıl bukleleri serbest kaldı.

Ava, donup kaldı.

Natasha, öylece duruyordu. Ne olduğunu kesinlikle biliyordu.

Kızıl saç.

Şapka yok.

Gözlük parçalandı.

Dijital maske indi.

Der'mo...

Dünya üzerinde, tepeden tırnağa siyahlar içinde, deri ceketli ve üç silahlı –kendisine tescilli parlak kızıl saçları omuzlarından aşağı dökülüyordu– olup da bu şekilde görünebilen tek bir ajan vardı.

Ve bu ajan, dikkat çekmeden duramıyordu.

Avengers Girişimi'nden beri böyleydi.

Natasha Romanoff, kendini hâlâ bir S.H.I.E.L.D. ajanı olarak görüyor olabilirdi ama o, sıradan bir S.H.I.E.L.D. ajanı değildi.

Doğrusunu söylemek gerekirse, Black Widow'un, Captain America'yı, Tony Stark'ı ya da öfke problemleri olan bir fizikçiyi aşırı seven birisi tarafından tanınmaması mümkün değildi. Bu arada Asgard kralından bahsetmeye bile gerek yoktu. Geçen sene Tony Stark'dan bile çok daha fazla Hollywood gala davetini geri çevirmişti (*Aslında Stark'ın hiç geri çevirmediğini düşünecek olursak, bu pek de zor olmamıştı)* Valentino, Met Galası'nda* giyeceği elbiseyi dikmeyi teklif etmişti. (*Hayır, mersi). Times* dergisinin 100 Yönetici Kadın sayısının kapağında fotoğrafı vardı. (*Sadece 100 mü?)* Beyaz Saray'da bovling oynamaya bile davet edilmişti.

Kendi yöntemleriyle –istese de istemese de– Natasha Romanoff, ünlü biriydi. Bu da kutsal bir vazife olarak, gezege-

---

* Metropolitan Sanat Müzesi'nin her sene düzenlediği yardım galası. (ç.n.)

ni, başka kimsenin yapamayacağı şekilde çeşitli tehlikelerden korumanın ve kurtarmanın bir getirisiydi. Kameralar, manşetler ve medya. Her ne kadar bu durum, işini yapmasını maksimum derecede zora sokuyor olsa da, Black Widow'u tanımayan yoktu.

"Sensin."

Kesinlikle öyleydi. Alex, sanki bir hayalet ya da bir film yıldızını hatta bir film yıldızının hayaletini görmüş gibi bakıyordu. Gördüklerini inanamamıştı. Felç geçirmiş gibiydi. Başka bir tarafa bakamıyordu ve kıpırdayamıyordu.

"Sen... sen..." diye kekelemeye başladı.

"Evet, o," dedi Ava, elini omzuna koyarken.

"Yani bu... bunların hepsi gerçek." Alex, bunu sesli bir şekilde dile getirme ihtiyacı hissetmişti.

"Korkarım öyle," dedi Natasha.

"Biz ateş edenler, gerçek Rus paralı askerleriydi." Bakmaya devam ediyordu.

"Aynen öyle," dedi Natasha.

"Ve Ava'nın başı gerçekten dertte, çünkü sen... çünkü sen, Black Widow'sun."

Natasha, ofladı. Bu anlardan, yani gerçek kimliğinin ifşa olduğu anlardan her zaman nefret etmişti, her ne kadar kaçınılmaz olsa da. Çocukken, sırlarını iyice saklamayı öğrenmişti. Biri, hakkında ne kadar az şey bilirse, o kadar güvende olurdu. Ayrıca kılık değiştirdiği zaman olduğu kişiler, Natasha Romanoff'tan daha az acı veriyordu ve çok daha az tehlikeliydi.

Ama şu an kimliğinin ortaya çıkması çok daha da kötüydü, çünkü artık ev arkadaşları, Avengers üyeleriydi. O zamandan beri her şey değişmişti. İnsanların kendisiyle konuşma şeklinden tutun da kendisine bakışlarına ve hatta hepsinden önemlisi, kendisinden beklentilerine kadar.

Çocuk da kendisine aynen bu şekilde bakıyordu.

"Alex. Tamam." Ava'nın yüzü iyice solmuştu. Neredeyse gri bir tona bürünmüştü.

"Onun... o olduğunu biliyor muydun?" Alex, kelimeleri ağzından çıkartmaya çalışıyordu ama ağzından çıkanlar kulağa pek mantıklı gelmiyordu.

Ava, bitik bir şekilde Natasha'nın suratına bakarken, ayakta durmaya çalışarak sallanıyordu. "Evet, buna zamanla alışacaksın."

"Hepsi alışır," dedi Natasha omuzlarını silkerek. Gökyüzüne baktı. *Coulson. Neredesin?* Ava'ya biraz daha yakından baktı. Kızın dizleri titremeye başlamıştı. "Sen iyi misin?"

"İyiyim," dedi Ava sendeleyerek. "Başım dönüyor."

Natasha, elini tuttu...

...ve Ava'nın dizlerinin bağı çözüldü.

Dizlerinin üzerine çökünce, vücudu titremeye başladı. Bir an için, yıldırım çarpmışa döndü.

"Ava?" Alex hemen yanına geldi.

Natasha, Ava'yı kavradı. Kızın gözleri kapanmıştı. "Nabzı çıldırmış durumda. Yardım et de yere yatıralım."

Elbirliğiyle yere yatırdılar.

Ava, kıvrılmış, hareketsiz bir şekilde yatıyordu. Sanki kalbi aniden durmuş ya da vücudundaki bütün enerji aniden onu terk etmiş gibiydi.

"Ava?" Alex, bir kolunu kızın üzerine koydu. "Vücudu çok soğuk. Hastaneye götürmemiz lazım."

Natasha, ayağa kalktı. "O kadar vaktimiz yok."

Nehre doğru baktı ve hareket etmekte olan bir gölge gördü. "Otuz saniye."

Alex, koluyla Ava'nın başını kaldırdı. "Uyan, Ava. Uyan. Hadi."

Natasha, gökyüzünü taradı.

Hadi Coulson. Neden bu kadar uzun sürdü?

Sanki cevap vermek istercesine, gökyüzünü dolduran bir kükremeyle, görkemli bir S.H.I.E.L.D. gemisi, arkalarındaki suya indi. Ve Natasha Romanoff, bugün ilk defa derin bir oh çekti.

S.H.I.E.L.D. ÇOK GİZLİ

İZİN SEVİYESİ X

VAZİFE BAŞINDA ÖLÜM [VBÖ] SORUŞTURMASI

REFERANS: S.H.I.E.L.D. DOSYASI 121A415

YETKİLİ AJAN [YA]: PHILLIP COULSON

CVP: AJAN NATASHA ROMANOFF NAMIDİĞER BLACK WIDOW, NAMIDİĞER NATASHA ROMANOVA

BELGE: SAVUNMA BAKANLIĞI, VBÖ SORUŞTURMALARI

Vaka: Odessa 2005 B2
Dosya notu: P_Coulson Kişisel – kullanıcı günlüğü.

ROMANOFF: Görev dışı hava desteği arıyorum, Coulson. Tahmini alış saati, 1300, Philedelphia Metro civarı. Orada mısın?
COULSON: Ajan Romanoff, benden bir iyilik mi istiyorsunuz?

ROMANOFF:Görev dışı hava desteği istediğimi söylüyorum.
COULSON: Çok yardımsever olduğumu söylerler.

ROMANOFF: Evet mi? Hayır mı?
COULSON: Bu, daha önce falımda çıkmıştı.

ROMANOFF: İşaretimle birlikte harekete geçiyoruz. Takip cihazını aktif hale getiriyorum. Beni arama. Ben seni ararım.
COULSON: Bu da falımda çıkmıştı.

ROMANOFF: ...
COULSON: Beş dakika içinde hazır. Bunu bir lcv[*] olarak alabilirsin.

<<bağlantı kesildi>>

---

* Lütfen cevap verin. (ç.n.)

BÖLÜM **15**: ALEX

S.H.I.E.L.D. NAKLİYE UÇAĞININ İÇİ
DOĞU KIYISI ÜSTÜNDE BİR YER

Ava'yı kaldırıp omzuna attıktan sonra kıyıdan uçağa taşıması, Alex'in sadece birkaç dakikasını aldı ama onun için çok endişelenmişti ve onu tekrar bıraktığında, sanki saatler geçmiş gibi hissediyordu.

Ava uyandığında, kendini Pennsylvania üzerinde bir yerlerde buldu. Uçaktaki koltuklardan birine oturtulmuş ve düşmemesi için de kemeri sıkı sıkı bağlanmıştı. Bir yanında Romanoff, diğer yanında Alex oturuyordu. Alex'in beklediğinden daha çabuk toparlanmıştı.

Ben, bu kadar iyi olmazdım.

Bir S.H.I.E.L.D. askeri uçağında uyandığımı düşünemiyorum bile.

İlk anda biraz paniklemiş gibiydi ama havada olduklarını fark eder etmez, toparlandı. Yani Ava zaten bir sürü şey yaşamış olmalıydı. Yan koltuktan onu izleyen Alex, buna kanaat getirmişti. Kendisi, içine düştüğü olayları hâlâ tam olarak idrak edememişti bile.

Eğer bu tip olayların başına gelmesini bekliyorsa.

Yani Rus paralı askerleri tarafından üzerine ateş açılacak ve askeri bir uçakla olay yerinden kaçırılacaksın.

Bunu niye yaşayasın ki?

Ve Natasha Romanoff'un bu işle ne alakası var?

Ünlü ajana göz ucuyla baktı. Diğer ajanla derin bir sohbet içindeydi.

Natasha Romanoff. Bildiğimiz *Natasha Romanoff.*

İnsanlar ona Black Widow diyordu. Iron Man'i tanıyordu. Tanıdığı, bildiği bütün kahramanları tanıyordu.

Lanet olası Black Widow. Alex, başkasının bunu yüzüne söyleyip söyleyemediğini merak etti. *Böyle birine nasıl hitap edersin ki? Natasha? Bayan Widow? Ajan Romanoff?*

Paldır küldür içine yuvarlandığı bu gerçekliği sindirmeye çalıştı ama bunun hiçbir yolu yoktu. Alex, Ava'yı –ya da diğer olan biteni– anlayamıyordu.

Ava'nın çekingen davrandığını biliyordu ya da belki de sadece kendisine ayak diretiyordu. Hem arkadaşça gülümsemelere hem de kurşun yağmuruna karşı koyuş şekline dayanarak böyle düşünüyordu. Tüm dünyayı ele alış şekli, sanki daha azını yapamazmış ya da ne yapacaksa tek başına yapması gerekiyormuş gibiydi.

Bu duyguyu çok iyi biliyordu ve Ava'nın da bu şekilde hissediyor olması kafasını karıştırmıştı.

Alex, bir şekilde onun dostu olmak istiyordu.

Belki daha da fazlası. Tabii eğer izin verirse.

Ava, onu denemeye zorluyordu.

Alex, tekrar dönüp yan koltuğunda oturmakta olan Ava'ya baktı. Bilincinin yerine geldiğini görünce, kendini daha iyi hissetti. Gerçi rengi hâlâ soluktu ve nefes alış verişi düzensizdi. Uçağın çeşitli manevralarla biraz daha yükselip, bulut katmanının üzerine çıkmaya çalışması da üzerine tuz biber ekiyordu tabii ki.

Alex, kendi koltuğunun kemerini biraz daha sıktı.

"O suyu içmeye devam etse iyi olur," dedi karşılarında oturan ajan.

Ava, iğrenerek baksa da su şişesinden koca bir yudum aldı.

Alex, adamın adını hatırlamıyordu. Tek bildiği, Ava'nın şu an uyanık olmasını o sağlamıştı. Ajan, kötü kokan bir kapsülü, burnunun dibinde kırıp açmıştı ve içindeki tozu Ava'nın burnuna doğru üflemişti. Ve Ava'nın bilinci bir anda yerine gelmiş ve öksürerek uyanmıştı.

Alex, bunun için minnettardı ama bu S.H.I.E.L.D. elemanının (*Kelson muydu? Cullen miydi? Neydi*) bu üçlüye bakış şekli, sanki hepsini uçaktan aşağı atmak istiyormuş gibiydi.

"Yaralanmış olabilir. Onu bir doktora götürmeliyiz," dedi Alex. Kızın buz gibi olmuş parmaklarına dokundu. "İnsanlar durduk yere bayılmaz. Ve buz gibi olmuş." Kaşlarını çattı. "Şok mu geçiriyor? Ellerin soğuk olması, şok geçirdiği anlamına geliyor diye biliyorum." Ellerini kızın parmaklarının üzerine koydu. Kızın bunu fark edip etmemesi umurunda bile değildi.

Eğer kendine dürüst olabilirse, belki Ava da olabilirdi.

"İyileşecek," diye cevap verdi Romanoff. "Biz Somodorov'un icabına bakınca, bir şeyi kalmaz." Sonra diğer ajana baktı. "Aksi takdirde, ölecek."

"Aloo? *O kız* şu an yanında oturuyor," dedi Ava şişenin kapağını kapatırken. "Belki *ona* da ne yapmak istediğini sormak istersin?"

Romanoff, onu duymazdan geldi. "Koordine bir şekilde karşılık vermeliyiz. Ivan, Amerikan topraklarını tehdit etmeye başladı. Söylentiler yayılmaya başladı. Bütün şehirlerde ortalığa ateş açarken oturup seyredecek halimiz yok. Gerilimi tırmandırıyor."

"Haklı," dedi Ava su şişesini kafasına doğru kaldırırken. "Araya girdiğim için kusura bakmayın ama eğer Ivan, ölüp tekrar dirildiyse, bunu tek başına yapmamıştır. Bunca zaman neredeydi? Finansal desteği nereden alıyor? Operasyonlarını nereden yürütüyor?"

"Finansal destek mi? Az önce finansal destek mi dedin? Böyle konuşmayı nereden öğrendin?" diyerek Ava'yı dürttü, Alex. Elini hemen geri çekti ama gözlerini Ava'nın üzerinden ayırmıyordu.

Romanoff, diğer ajana baktı. "Buna senin cevap vermen gerekiyor, Coulson. Ver bakalım."

Coulson. Adı buymuş.

Ajan Coulson, başını salladı. "Aslında buna cevap vermesi gereken kişi, ben değilim. Ben senin amirinim, Romanoff. Sana destek, belki biraz da kurtarma sözü verdim.

Bir görev, özellikle de Rus paralı askerlerle savaşa girme vaadinde bulunmadım. Elim kolum bağlı."

"Ne saçmalıyorsun sen? Paralı asker ordusuyla savaşa girmemek ne demek? Bu bizim ekmek kapımız, Coulson."

"Bu sefer değil."

"Yani koleksiyon kartları yapılmıyorsa, ilgini çekmiyor, öyle mi? Artık sadece havalı işleri mi yapıyorsun? Uzaylılar, Nazi artıkları ve biyo-mühendislik ürünü süper askerlerle mi ilgileniyorsun?" diye homurdandı Romanoff.

Alex, ilgisini çeken bambaşka bir şey yüzünden, yine Ajan Coulson'a baktı. "Gerçekten mi? Uzaylılar mı dedi? Hani şu uzaydan gelen uzaylılar mı? Yoksa şu büyük silahları olan adamlar gibi bir şey mi?"

"*Büyük silahlar* tanımı, tanıdığım birçok insana uyuyor," dedi Coulson. "Bazılarının uçakları ve hatta uçan arabaları bile var."

"Şu sarı adamdan bahsediyordum, hani şu elinde çekiç olandan."

"Onu niye getirdik demiştin?" Coulson, yeniden Romanoff'a döndü.

"Hadi ama, Phil." Sesi rahatsız olmuş gibiydi. "Ellerin bağlı mı? Çöz o zaman. Sen de o gece Odessa'daydın. Eğer Somodorov hayattaysa, doğruca Ava'nın peşine düşecektir. Başladığı işi bitirmek isteyecektir."

Ava, bunları duymamış gibi yaptı ama Alex, duyduğunu biliyordu çünkü üşümekte olan parmaklarıyla Alex'in elini sıkmaya başlamıştı.

Peki o gece neler oldu ve şu Ivan denen herif de kim?

Ve neden herkes ondan bu kadar korkuyor?

Alex, bunları sormanın bir faydası olmayacağını biliyordu. S.H.I.E.L.D.'ın tam olarak ne yaptığını bilmiyordu ama gördüğü kadarıyla, her ne iş yapıyorlarsa, CIA'den daha fazla istihbarata ulaşamadıklarını düşünmeye başlamıştı.

"Rus'u unut," dedi Alex. "Bir hastaneye gitmemiz lazım. Ava'nın ciddi bir problemi olabilir. Eğer daha önce, yani biz daha Phily sokaklarında koştururken bayılmış olsaydı, belki de..." Cümlesini bitiremedi.

"Öldürülebilirdi," dedi Romanoff. "Ya da hepimizin ölümüne sebep olabilirdi." Zor cümleleri bitirme konusunda hiç sorun yaşamıyordu. En azından, Alex böyle düşünüyordu. *Ruslar işte.*

"Ama bayılmadı," dedi Ava.

Coulson, yine kafasını sallıyordu ve az öncekinden biraz daha mutsuz görünüyordu. "İki çocuğu, bu işe karıştırmadan önce bunların hepsini hesaba katmış olman gerekiyordu, Ajan Romanoff."

"Çocuk mu? Şimdi de çocuk mu olduk?" diye isyan etti Ava.

"Yapma lütfen," dedi Romanoff. "Benim işim, Ava'yı Ivan'dan uzak tutmaktı. Oğlanın da bizimle geleceğini nereden bilebilirdim?" Alex'e baktı. "Asıl sorun, Alex. Her şeyi karmaşıklaştırıyor. Ondan kurtulmamız lazım. Sonra Ava ile ne yapacağımıza bakarız."

"Kurtulmak mı?" derken uçak biraz sallandı ve Alex, bir eliyle göğsündeki kemer tokasına yapışırken diğer eliyle de kolçağa sıkı sıkı tutundu. "Benim ne suçum var? Sadece yardım etmeye çalışıyordum."

"Bu işe karışmaman gerekiyordu." Romanoff, kaşlarını çattı. "O kapıyı açmaman ve kesinlikle çatıda gürültü yapmaman gerekiyordu."

"İlk önce güzel bir kız, benimle flört ediyor. Sonra onun kaçırıldığını sanıp olaya müdahil oluyorum. Gerçekten hata mı etmiş oluyorum?" Alex, inanamıyordu. *Duyan da saldırıyı ben gerçekleştirdim sanacak.*

"Seninle flört mü ettim?" Ava'nın yanakları pembeleşmişti.

Parmaklarını, Alex'in elinin altından çekti. "Bu yüzden mi peşimden geldin? Güzel olduğumu düşündüğün için mi?"

"Tabii ki hayır," dedi Alex, utanarak. Kızarmaya başladığını hissedebiliyordu. "Yani tabii ki güzelsin."

Ava, suratına tokadı yapıştırmak istiyormuş gibi görünüyordu. "Ciddi misin? Bir ölüm kalım meselesinde, çekiciliğimi mi ele alıyordun?"

"Hayır," dedi ama ne söyleyeceğini ya da ne yapacağını bilemiyordu. Kızlarla konuşma konusunda pek bir deneyimi olduğu söylenemezdi. "Öncesinden bahsediyordum."

Ava'nın gözlerinden ateş püskürüyordu. Alex, konuştukça battığını anladı.

Geri dur, oğlum. Kaybol. Yapabiliyorken, ortadan kaybol.

Doğru bir savunma yapmak için düşündü durdu ama şu an deplasmanda sayılırdı. "Kayıtlara geçmesi için söylüyorum, benimle flört etmediğini söyleyemezsin." Bunu söylerken sürekli bacağını sallıyordu ve ayağının altındaki metal plakayı titretiyordu. Gergin olduğu zamanlar hep böyle yapardı.

Ava, başka bir tarafa baktı. "Eğer o flörtse, bu ne şimdi? Çıkmaya mı başladık?"

"Yeter!" diye bağırdı Romanoff. "Etrafınıza bir bakın. Askeri nakliye uçağındasınız. Kimse kimseyle flört etmiyor. S.H.I.E.L.D., çöpçatanlık hizmeti veren bir kurum değil."

"Şey..." diye söze başladı Coulson, "teknik olarak onayladığımız bir şey değil ama doğrusunu söylemek gerekirse..."

Romanoff, Coulson'a sert bir bakış fırlattı ve Coulson, susmak zorunda kaldı. Tekrar Alex ve Ava'ya döndü. "Siz ikiniz, birbirinizi tanımıyorsunuz ve burada ne olup bittiği konusunda da en ufak bir fikriniz yok. Neden herkes çenesini kapatıp oturmuyor?"

Hepsi çenesini kapattı.

Ajan Coulson, "Çocuklarla bu şekilde konuşmanın doğru olduğunu düşünmüyorum," deme cüretinde bulundu.

"Onlar çocuk değil. Resmen yan etki."

"Çocuk formunda," dedi Coulson dikkatlice. "Yan etkilere maruz kalmış çocuklar, ki sen de bu etkilerin derecesini artırıyorsun."

Ava, bir hırıltı sesi çıkarttı.

Alex, tansiyonun gitgide yükseldiğini hissedebiliyordu.

İçgüdüsel olarak elini cebine götürdü ve orada yarısı yenmiş, bir paket çikolata buldu. Çıkartıp yemeye başladı. Tam bir umutsuz vakaydı.

Romanoff, göz ucuyla Coulson'a baktı. "Çocuklar ya da değiller. Peşimizdekiler, Somodorov'un adamları. Bundan eminim."

"Öyle olduğunu düşünüyorum demek istedin herhalde," diye düzeltti Coulson.

"Hayır, Ivan'ın kiralık adamlarından biriyle azıcık çene çaldım demek istiyorum. Ona kan kaybından ölmekle konuşmak arasında seçim yapmasını söyledim. Konuşmayı tercih etti."

"Akıllı herifmiş." Coulson'un ilgisini çekmişti.

"Ivan, en az on tanesini kiralamış. ÖAB, özel askeri birlikler, hepsi oradan. Tabii ki hepsi Rus. En azından bu konuda tutarlı."

"Gerçekten birkaç kiralık katille seni durdurabileceğini mi düşünmüş?" Coulson, bunu söylerken gülüyordu.

Romanoff, başını salladı. "Sorun da bu. Arkadaşımızın dediğine göre, öldürmek için para almamışlar."

"Başka ne için birine ateş edersin ki?" diyerek kaşlarını çattı Alex.

"Yaralamak için," dedi Romanoff. "Kontrol altına almak için. Ele geçirmek için. Ya da pozisyonlarını değiştirmek için. Bu kadar basit."

Coulson, şaşırmışa benziyordu. "Yani sizi sığır gibi güttüğünü mü düşünüyorsun?"

"Bu da bir teori," dedi Romanoff. Arkasına yaslandı.

"Bize düzenledikleri saldırı var ya? O görevin bir adı varmış." Coulson ile göz göze geldi. "Daima Kızıl."

"Öyle mi? Çok şık. Bir şey çağrıştırıyor mu?" Coulson, tek kaşını kaldırdı.

"Sadece bir şeyi," dedi Natasha, yavaşça. "O gece Odessa'da, Ivan'ın bana söylediği bir şeyi?"

"Başka?"

"Bu." Natasha, ekranı bayağı hasar görmüş siyah bir cep telefonu çıkarttı. "Bizim ÖAB, ben kendisini nakavt etmeden hemen önce, Ivan'a bir mesaj attı. İki kelime."

Diğerleri, ona bakarak beklediler. Telefonu açtı. *Senkronizasyon tamamlandı.* Coulson'a uzattı. "Görünüşe göre, oyuna geldik. Görünüşe göre, tam onun eline göre oynadım. Yine." Acı çekiyormuş gibiydi.

"Yani Ivan, Ava'nın peşine düştü. Böylece senin de ortaya çıkacağını biliyordu." Coulson, bir yandan konuşurken, bir yandan da telefonu inceliyordu.

"Ne kadar da ironik," dedi Ava.

"O kadar da ironik değil. Sonuç olarak, buradayım, değil mi?" derken Natasha sert bir bakış fırlattı.

"Tabii. Sekiz sene gecikmeli olarak." Ava, Coulson'a baktı. "Dahası da olmalı," dedi, "esas konu ne? Neden bunca seneden sonra benim peşime düştü?"

"Ve senkronize olan neydi?" diye sordu Alex. Kafası karışmıştı.

"Peki, neden Ava orada kendinden geçti?" Natasha, diğerlerine baktı. "Bilmiyorum ama Tuhaf Ivan'ı ve geçmişte insanlar üzerinde yaptığı deneyleri göz önünde bulundurursak, hepsinin birbiriyle bağlantılı olabileceğini düşünüyorum." Bunu söyledikten sonra kafasını iki yana salladı. "Bu yüzden, onu normal bir hastaneye götürmenin, bir işe yarayacağını sanmam."

Ava, başını eğdi. Elindeki su şişesine bakmaya başladı.

"Yani, olay bu mu? Ivan ve bitiremediği işi bu mu?" Coulson biraz karamsar gibiydi.

"Kim bilir?" dedi Natasha ve Ava'ya baktı. "Ama içimden bir ses, biz çözmeye başladıkça her şeyin daha da garipleşeceğini söylüyor."

Alex, Ava'nın elindeki şişenin titrediğini fark etti ve onu, kendi sıcak eliyle değiştirmek için uzandı. Göz göze geldiler.

Biliyorum. Ben de endişeleniyorum.

"Ivan'ın üzerine gidemeyiz," dedi Coulson. "Henüz değil. Savunma Bakanlığı, onun ABD'de olduğunu bile onaylamış değil. Panama'dan sonra onu kimse görmemiş. Bildiğimiz kadarıyla, resmi kayıtlarda ölmüş olarak görünüyor."

Romanoff, iç çekti. "Formaliteler, senin işin Coulson."

Coulson, koltuğunda öne doğru eğildi. Yüzünde ciddi bir ifade vardı. "Onun ülkede olduğunu kanıtlamamız gerekiyor. Somodorov'un peşinde olduğuna dair bize ciddi kanıtlar getir. Eğer Ivan'ın tekrar oyuna döndüğüne dair en ufak bir şüphe yaratabilirsek, tüm S.H.I.E.L.D. kaynaklarını arkamıza almış oluruz." Tekrar arkasına yaslandı. "Böylece formaliteleri de ortadan kaldırabilirim."

"Ya da benim yöntemlerimle hallederiz," dedi Romanoff omuzlarını silkerek.

Coulson, gözlerini ona dikti. "Sence bunun ne olduğunu bilmek ister miyim?"

"Bugüne kadar hiç istedin mi?" Natasha, ona karanlık bir bakış fırlattı. "Artık bazı cevapları almanın zamanı geldi. Bizi, onlara ulaşabileceğimiz bir yere bırakın, yoksa bu şeyi kendim indirmek zorunda kalacağım."

"Tam olarak nereye inmek istiyorsunuz, Ajan?"

"S.H.I.E.L.D.'ın yüksek güvenlikli ana bilgisayarının olduğu yere. Aklımdan geçen New York Triskeleon binası. Bazı teknolojilerin izini sürmem gerekiyor. Ve bunu gizlilik seviyesi 10 olan bir dünyada yapmalıyım. Ve bu şeyin gizlilik seviyesi 11." Göz ucuyla Ava'ya baktı. "Merkezdeyken, S.H.I.E.L.D. tıbbi ekibi de Ava'yı muayene eder."

"Triskeleon mu? Şimdi mi?" Ava açık bir şekilde ürperdi. Alex, S.H.I.E.L.D. onunla ne yapacak olursa olsun, Ava'nın bu işe taraftar olmadığını anlayabiliyordu.

"Hemen şimdi," dedi Natasha.

Coulson'un gözleri kısıldı. "Dur tahmin edeyim. Bu takip edeceğin teknoloji, Ivan Somodorov'a ait, değil mi?"

Romanoff, başıyla onayladı. "Aynen öyle. Senle ben onu Odessa'dan çalana kadar, ona aitti."

Ava'nın rengi kül gibi oldu.

"Bu hiç de hoşlarına gitmeyecek," dedi Coulson.

"Gitmek zorunda da değil." Romanoff'un sesi buz gibiydi. "Bunların hiçbiri benim de hoşuma gitmiyor."

"Hoşuna gitmesinden mi bahsediyorsun? Bir de bana sor. Nefret ediyorum." Ava, başını iki yana salladı.

"Daha iyi bir fikrin var mı? Varsa bekliyorum." Romanoff, Ava'ya bakıyordu. "Evet, ben de öyle tahmin etmiştim."

"Hadi ama Ava. Haklı. Bir doktor tarafından muayene edilmen gerekiyor," diye söze başladı Alex.

"Sakın," dedi Ava. "Sen karışma."

Ama Alex bile, Natasha Romanoff'un haklı olduğunu biliyordu. Başka seçenekleri yoktu ve bu konuda söylenecek başka bir şey kalmamıştı.

Uzun ve sessiz geçen bir dakikadan sonra Coulson iç çekti. "O zaman anlaştık. S.H.I.E.L.D.'e gidiyoruz. Sizi Doğu Nehri kıyısındaki limanın yakınlarında bir yere bırakırız."

"Peki sonra?" diye sordun Natasha.

"Sonrası, haklısın. Eğer hiç de gizli olmayan iki sivil çocukla, son derece gizli olan bir tesise girmenin bir yolunu biliyorsan, nasıl olacağını bilmek istemediğimden oldukça eminim."

Kafasını onaylarcasına öne arkaya salladı. "Sorun değil. Düşük mevkilerde tanıdıklarım var."

S.H.I.E.L.D. ÇOK GİZLİ

İZİN SEVİYESİ X

VAZİFE BAŞINDA ÖLÜM [VBÖ] SORUŞTURMASI

REFERANS: S.H.I.E.L.D. DOSYASI 121A415

YETKİLİ AJAN [YA]: PHILLIP COULSON

CVP: AJAN NATASHA ROMANOFF NAMIDİĞER BLACK WIDOW, NAMIDİĞER NATASHA ROMANOVA

BELGE: SAVUNMA BAKANLIĞI, VBÖ SORUŞTURMALARI

SB: New York Triskeleon mu?
ROMANOFF: Şaşırmış gibisiniz, efendim.

SB: Orada ne yapıyorsunuz? Dünya üzerindeki herhangi bir Triskeleon'da yani?
ROMANOFF: Pijama partileri düzenliyoruz. Marşmelov yiyoruz. Doğruluk mu cesaret mi oynuyoruz. Sıradan şeyler işte.

SB: Ve iki sivil genci, fazlasıyla hassas ve fazlasıyla gizlilik arz ettiren bir duruma sokmanın, sorun olacağını düşünmediniz mi?
ROMANOFF: Düşündüm, efendim.

SB: Bu durumun, ulusal güvenlik meselesi olup olmayacağını düşündünüz mü?
ROMANOFF: Hepsini göze aldım.

SB: Ve?
ROMANOFF: Ivan Somodorov, ölümden geri geldi. Ufak tefek formalitelerin, yapmam gereken şeye engel olmasına izin veremezdim.

SB: Neymiş o yapmanız gerekenler?
ROMANOFF: Ivan'ı mezara geri sokmak. Sonra bilirsiniz işte, marşmelovlar filan.

BÖLÜM **16**: AVA

S.H.I.E.L.D. TRISKELEON ÜSSÜ
NEW YORK ŞEHİR MERKEZİ
DOĞU NEHRİ

S.H.I.E.L.D. uçağı alçalmaya başlayınca, Manhattan görüş alanına girdi. Ava, burayı hiç bu açıdan görmemişti. Bu kadar yukarıdan bakınca, hiçbiri gerçek değilmiş gibi görünüyordu.

Parmağını, uçağın çift katmanlı camına koydu ve Central Park'tan Empire State binasına, oradan Battery Park'a ve sonra da adanın en uç noktasına kadar hayali bir çizgi çizdi. Bir tane de denize doğru, yani S.H.I.E.L.D.'ın devasa ve dışa doğru çıkık üç ayak üzerinde yükselen silindirik Triskeleon binasına uzanan bir çizgi çizdi. Burası, New York'un en dramatik bölgesiydi.

Üç dallı bir daire.

Triskeleon sembolünün ne anlama geldiğini hatırlayamadı ama bir anlama geldiğini biliyordu. Bir S.H.I.E.L.D. tesisinde, sadece bundan haberi olmayan eğitmenlerle birlikte o kadar uzun saatlerini yalnız başına geçirmişti ki... Yine de ne anlama gelirse gelsin, asla yanına yaklaşmayı bile düşünmemişti.

Hapishane. Benim için tek anlamı bu.

Genelde mahkûmlar, mecbur kalmazlarsa gönüllü olarak hapishaneye geri dönmezler, tabii eğer aptal değillerse. Ama Ava, sarı parlak boyalı kaldırımın üzerinde Natasha ve Alex'i, New York'taki bu çok iyi korunan S.H.I.E.L.D. kalesine doğru takip ederken, bu aptallığı yapıyormuş gibi hissediyordu.

Uçak, Doğu Nehri kıyısındaki yarı yarıya boş sayılan liman bölgesine iniş yapmıştı. Giriş izni istenir istenmez önlerindeki kapı açıldı. Yolculuklarının sonunda yapmaları gereken tek şey, o meşhur hava aracı park alanından, binanın içine doğru yapacakları kısa bir yürüyüştü. Pistin oradan yaklaşık yüz metrelik bir mesafedeydi.

Yürümeye devam et.

"İyi misin?" diye sordu Alex, merak içinde.

"İyiyim." Ava bu sözü söyler söylemez, tepelerindeki hangar kapakları, kapanmaya başladı ve içinde bir panik dalgası hissetti. Onu tekrar içeri kapatıyorlardı. *Ya bir daha buradan çıkmama izin vermezlerse?*

New York'un akşamüstü semasının gitgide ufalmasını izledi. En sonunda tepesinde sadece iniş pistinin tepsindeki, güçlendirilmiş çelikten yapılma kasvetli kapaklar kalmıştı.

Burası 7B değil. Yürümeye devam et.

Ava, az ötedeki camdan yapılmış S.H.I.E.L.D. kapılarını görünce, yavaşladı. Ayakları geri geri gidiyordu sanki. Vücudunu, o kapıya doğru yürümeye ikna edip edemeyeceğini bilemiyordu.

Ama bu defa burada kalmayacağım. Natasha söz verdi.

Ava, düşünmemeye çalıştıkça, yürümesi zorlaşıyordu. Ve yine bunu ilk fark eden Alex oldu. Kendilerine yetişmesi için durup bekledi. "Hadi." Ava, Alex'in kendisine uzattığı eli tuttu. Artık elini tutmaya alışmıştı ve bu durum, kendisini şaşırtıyordu. *Ben yanındayım, Ava.* Parmaklarının dokunuşları böyle diyordu. Bunlara inanmak istiyordu, tıpkı kendisini kötü bir şey olmadığına inandırmaya çalıştığı gibi.

Ki bu da imkânsızdı.

Ama Ava, Alex'in elini tutarken böyle hissetmiyordu. Kendini sağlam hissediyordu.

Tek bir parmağın, kendi parmaklarından birini okşadığını hissettiğinde, aralarında bir bağ olduğunu anladı. Bunun nedenini kendisi de bilmiyordu.

O an olduğu gibi, omuzları birbirine çarptığında ve ceketli kolları iki yana açıldığında, Alex'in onu tanıdığını, ondan hoşlandığını hatta bir şekilde kendisine ait olduğunu hissediyordu.

Şu anda dokunduğu çocuk oydu ve bunun bir anlamı olmalıydı. Bir şeyler hissediyordu. Bu şey bazen çok yeni, bazen de çok eski gibi geliyordu.

Evimdeymiş gibi hissettiriyor.

Elleri, Alex'in ellerindeyken, kendini adım atmaya zorladı ve üssün girişine kadar bu şekilde devam ettiler. Derin bir nefes aldı.

Bir alarm sesi geldi, bir çeşit güvenlik kapısıydı. Altmış santim kalınlığında, kırılmaz, ateşe dayanıklı, güçlendirilmiş çelikten bir güvenlik kapısı.

Kapı, kayarak açıldığında karşılarına çıkan yüz, hepsi için sürpriz oldu. Ayrıca gayet düzgün bir yüzdü. Tartışmasız bir şekilde yakışıklı, inanılmaz canlı, gerçekten bakımlı, son derece çekiciydi. Ayrıca, narsist, laubali ve sınır tanımaz bir ifadesi de vardı ve şaşırtıcı derecede savaş yüzünden yıpranmış görünüyordu.

Bayağı yıpranmıştı.

"Yoksa bu...?" Alex, donup kaldı.

Natasha, omuzlarını silkti. "Size demiştim. Alçak mevkilerden tanıdıklarım vardır."

"Ajan Romanoff," dedi Tony Stark, önünde açılmış olan kapıdan. "Burada ne işin var? Yoksa sen de mi öncelikli planlarını değiştirip alternatif enerji araştırmalarımıza destek vermek için uğradın?" Sırıtıyordu.

"Pek sayılmaz," dedi kendine doğru çekip sarılırken. "Burada olmanı umuyordum aslında."

"Ayın ilk cumartesi günü. Başka nerede olabilirim ki?" Kafasını kaldırdı. "Bahreyn'de kötü adamları avladığını sanıyordum."

"Görünüşe göre, kötü adamlar beni avlıyormuş," dedi Natasha. "Sürpriz!"

"Sen nereye gidersen git, silahlar peşinden gelir, Ajan Romanoff. Neden bana sürpriz olsun ki?"

"Silahlarla baş edebilirim," dedi Natasha. "Beni asıl endişelendiren, geri kalanı."

"Yani, diğerleri mi demek istiyorsun?" Tony, bunu söylerken arkada duran Ava ve Alex'e baktı. Ava, yüzünün kızardığını hissetti.

Natasha, başıyla onayladı. "Ava, Alex. Bu, Tony Stark."

"Şuna bak. Küçük bir insan. Merhaba, küçük insan." Bunu söylerken el salladı ve Ava, donup kaldı. Buna engel olamıyordu. Diğer herkes gibi o da Tony Stark'ın Iron Man olarak ününü duymuştu. Ayrıca Stark Endüstrileri'ni ve magazin gazetelerinin başlıklarında yer alan hızlı araba tutkusu ve hızlı yaşam tarzını da duymuştu. Üstelik izleyebildiği tek kanal C-SPAN olmasına rağmen.

"Merhaba Bay... Iron... Stark." Ava, bir eliyle saçındaki buklelerden birini çekiştiriyordu. Pek de kendine güveniyormuş gibi bir hali yoktu.

Alex, konuşamıyor gibiydi ama sonra bir şekilde yutkunarak ağzından bir iki kelime döküldü. "Siz... siz, o adamsınız."

"Şey, o kadın olmadığım kesin." Tony, Alex'e bakarak gülüyordu.

"Bu çocuk sürekli bunu söylüyor," dedi Natasha omuzlarını silkerek.

"Neler oluyor?" dedi Tony Stark ve ikisi birlikte S.H.I.E.L.D. üssünden içeri doğru yürümeye başladılar. Alex ve Ava biraz geriden takip ederek peşlerinden gittiler.

"Hayal bile edemezsin," dedi Natasha.

İkisi konuşurken, bir tek Ava, hangar kapaklarının ardından devasa dış kapıların sıkı sıkı kapanma sesini duydu.

Tony, parmağıyla çenesine vuruyordu. "Bir bakalım. Arkanda iki tane küçük insan, S.H.I.E.L.D.'ın sinir sistemine geldin ve görünüşe göre bir tanesi, kızıl saçlı bir Rus kızı. Bu sahne neden bana bu kadar tanıdık geliyor acaba?"

"Bitti mi?"

"Ah, sanırım daha yeni başlıyorum."

Üsse adım attıkları andan itibaren, Natasha Romanoff ve Tony Stark'ın kombinasyon etkisi, ki bunu Philip Coulson'un iyi zamanlanmış birkaç araması izledi. Bu, her şeyi açıklıyordu. Birkaç dakika sonra, Alex ve Ava'ya standart S.H.I.E.L.D. eşofman üstleri, üzerlerinde gümüşi logolar olan siyah yünlü ceketler, pantolonlar ve bunlardan çok daha az etkileyici olan, alüminyum folyoya sarılmış sandviçler verilmişti.

"Ne? S.H.I.E.L.D. diş fırçası yok mu? Çoraplar? Uyku maskesi filan?" Alex, eliyle sandviç paketini yokladı.

"Hediyelik eşya dükkânları var mı?"

"Hayır."

Sonra içeri Natasha girdi ve Ava'ya şikâyet etme fırsatı vermeden alıp sıhhiye kanadına götürdü. Orada Ava'yı ittiler, kaktılar, hayatının her santimetrekaresini incelediler ama Alex, bir an olsun yanından ayrılmadı. Ava'nın sağlıklı olduğu ilan edildikten sonra –gün içinde olanlara bakılacak olursa gözle görülür derecede iyiydi– diğerleriyle birlikte dışarı çıktı.

Bu sırada, Tony Stark ve Natasha Romanoff büyük bir uğraş içindeydi ("Avengers'ın yarısı" dedi Natasha. "Güzel olan yarısı" diye ekledi Tony) ve S.H.I.E.L.D.'ın üst kademesine çıkıp, Triskeleon'un meşhur ana bilgisayarına erişim izni almak için çeşitli lobi faaliyetleri yürütüyorlardı. İkili çalışma, meyvesini verdi. Hiç kimse, Stark-Romanoff işbirliğine uzun süre direnemezdi.

Artık içerdeydiler.

Bir saat içinde Alex ile Ava –artık bütün S.H.I.E.L.D. çalışanları gibi simsiyah giyinmiştiler– ve Tony ile Natasha, Doğu Nehri'nin birkaç kat üstünde bir salonda toplanmışlardı. Tony, buraya Beyin Takımı diyordu. Bu karanlık oda, bir futbol stadyumu büyüklüğünde görünüyordu ama gerçekte bir uçtan bir uca on beş metre kadardı. Her taraftan akmaya başlayan bilgiler, odaya acayip bir perspektif katıyordu.

Burası, sanal bir şekilde, olduğundan çok daha büyük görünüyordu.

Ava ve Alex, odanın arka tarafında yan yana dururken etraflarında akmakta olan verilere hayretler içinde bakmaktan kendilerini alamıyorlardı.

"Pekâlâ. Bu çok iyiymiş," dedi Alex başıyla onaylarcasına bir hareket yaparak. Görünüşe göre artık Iron Man'in varlığı ve Ivan'ın ordusunun oluşturduğu tehdit, onu tedirgin etmiyordu.

Ava, kendisi için de aynı şekilde kolay olmasını diledi. Hâlâ tetikteydi. Ona böyle olmayı S.H.I.E.L.D. öğretmişti. Bu oda, sürekli devriyelerin gezdiği üç farklı koridorla çevrili olmasına, saat başı yenilenen bir alarm sistemine ve etrafı 60 cm metal duvarlarla kaplı olmasına rağmen tetikteydi. Girdiği her odada kendisine bir kaçış rotası çıkartan bir kız için, burası kâbustan farksızdı. Bu binadaki hiçbir şeye güvenemezdi. Buraya Beyin Takımı dense bile, bunu yapamazdı.

"Evet, çok iyi," dedi Ava.

Yine de, bu odada olan bitenlerin, 7B'de gördükleriyle uzaktan yakından alakası olmadığını inkâr edemezdi. Gerçi bu odada gördükleri, dünyadaki hiçbir şeye benzemiyordu. Güvenli evdeyken, ayrıntılı olarak şifrelenmiş dosyalara sokularak, göz atmıştı ve onları çalmak için, güvenlik rutinlerini ayrıntılı olarak gözlemlemişti. Orada, her kapıyı açabilecek ya da her arabayı çalıştırabilecek bir teknoloji görmüştü. Bu konuda kendisine hiçbir şey öğretilmemişti.

Ama konu bu değildi.

Binlerce S.H.I.E.L.D. verisi ve dosyası, duvarlardan akmaktaydı. Etraflarında ışıklı görseller, rakamlar, çizelgeler ve grafikler uçuşuyordu. Natasha ve Tony, ana bilgisayarda farklı sektörleri araştırıyorlardı. Veriye boğulmuşlardı ve bir şekilde Ivan Somodorov ile bir şeyler bulmaları gerekiyordu.

Natasha'nın sesi çıkmıyordu ve yoğun bir şekilde odaklanmıştı ama Tony, çalışırken sürekli konuşuyordu. "Şunu birlikte bir daha inceleyelim. Senin şu uzun zamandır ortada olmayan ve pek de ölüye benzemeyen Red Room adamı, Panama City'de ortaya çıkıyor. Şuradaki küçük Natasha ile ilgilendiğini söylüyorsun."

Ava, öksürdü. "Pardon?"

"Sonuç olarak, at arabalarından bir çember oluşturdun, Küçük Sen'i oradan aldın, Ivan'ın adamlarının düzenlediği hoş geldin partisine katıldın, Coulson'un *Lollipop* adındaki güzel uçağına atladın ve seni S.H.I.E.L.D.'ın kapısına bırakmasını istedin."

"Küçük Sen mi? Hayır." Ava, kırılmış gibiydi.

"Evet. Aşağı yukarı böyle oldu," dedi Natasha, kafasını bile kaldırmadan.

Tony, kaşlarını çattı. "Peki ya çocuk?"

"İki ateş arasında kaldı," dedi Natasha, ilgisiz bir tavırla.

"Bir de bana sor," diyerek iç çekti Alex.

"Ivan, bir şeylerin peşinde ve sanırım peşinde olduğu şey, Ava ve benimle ilgili. Bu yüzden buradayız," dedi Natasha.

Tony, klavyesinin üzerinden başıyla onayladı. "Çünkü dadılık hizmetine mi ihtiyacın var?"

"Çünkü ben, balistik, askeri strateji ve karşı istihbarat için eğitildim. Bunun için değil."

"Sınıfının en iyisiymiş," diye mırıldandı Alex, ayağıyla Ava'yı dürterken.

"Yani?" derken güldü Tony. "Ben de hızlı yaşam, yüksek sosyete ve yüksek olan her şey için eğitim aldım ama insanlar, şartlara uyum sağlar. Her şey değişir."

"Herkes değişmez," dedi Natasha önündeki ekrana odaklanmaya çalışırken. Rahatsız gibiydi.

Ava, arkadan onu izliyordu. Buradaki ironiyi görebiliyordu. *Benim lanetim, onun beni terk etmesiydi. Onun laneti ise benden asla kurtulamaması oldu.*

Ava, bakışlarını başka yöne çevirdi.

"Evet görünüşe göre Ivan da pek değişmemiş. İşte. Bir şeyler buldum." Tony, tabletin ekranına dokundu ve ozalite benzer şekiller, duvarlardaki ekranlara yansıdı.

"S.H.I.E.L.D., o gece düzenlediği Odessa saldırısından bunu kurtarabilmiş."

Natasha, karşısındaki yansımaya dikkatlice baktı.

"Aradığın şey buydu değil mi? Sanırım dahası da var."

Tony, ekrana yeni görüntüler yansıttı. Triskeleon'un güçlü –ve aynı derecede de güvenli– ana bilgisayarını eşeledikçe, etrafta numaralar ve resimler uçuşmaya başladı.

Natasha, Tony'nin kolunu kavradı. "Dur. O.P.U.S. Projesi. Şuradaki. İşte bu."

Tony, görüntüyü ekranın dışına doğru sürükledi ve odanın ortasında bir model belirdi. Bu model, tamamlanmaktan çok uzaktı –bilakis, model, yok edilmiş ve sadece kısmi olarak maddeleştirilmiş gibi görünüyordu– ama yine de odanın ortasında transparan bir şekilde üç boyutlu olarak havada asılı duruyordu.

Tony, ekrana tekrar dokundu ve model, tekrar tekrar dönmeye başladı. Her tarafını, her açısını, her kusurunu ortaya çıkartıyordu. Ki bu model, kaynak yapılarak yamanmış metal bir kutuya benziyordu. İnsan boyundaydı ve altından bir sürü kablo yumağı sarkıyordu. Sanki ölü bir ahtapota benziyordu.

Tanıdık bir ölü ahtapot.

Alex, omuzlarından sıkı sıkı sarılırken Ava'nın nefesi kesilmişti. Donakalmıştı. "Şimdi hatırladım. O... o şey. Oradaydı. Antrepoda, Ivan'ın yanındaydı."

"O şey sayesinde, orayı havaya uçurduk," dedi Natasha, önündeki açık alanda beliren rakamlar ve parlak beyaz çizgiler üzerinde çalışırken. "Yani sonrasında, bu şeyden arta kalan bu mu?"

"Öyle görünüyor." Tony'nin elleri adeta uçuyordu. Odanın her santimetrekaresi resimler ve rakamlarla doluydu. Sonunda arkasına yaslandı. "O şeyden geriye kalanlar bile oldukça ürkütücü."

"Ürkütücü mü?" dedi Ava arkadan. "Onun neden ürkütücü olduğunu ben biliyorum. Peki sen neden böyle diyorsun?"

"Ben demiyorum. Einstein diyor." Tony, tekrar tablete dokundu ve odanın ortasında dönen modelin arkasında Albert Einstein'ın resmi belirdi. "Ürkütücü fizik. Einstein, kuantum dolanımına böyle derdi."

"Dur bir dakika, ne?" diye sordu Alex.

"Kuantum dolanımı. Uzay zaman üzerinde fiziğin manipüle edilmesi. Buna göre, bir maddenin birbirinden ayrı olan iki parçası uzaktan birbirleriyle etkileşime girebilir."

Ava, kaşlarını çattı. "Bir maddenin iki parçası mı?"

"İnsanları kast ediyor," dedi Natasha. Gözlerini duvardan ayırmıyordu. "İki insanı."

Tony, başıyla onayladı. "Birbirinin acısını hisseden ikizlere sorabilirsin –ya da bebeği kâbus gördüğünde aniden uyanan bir anneye– ya da belki sahibinin mezarı başında bekleyen bir köpeğe." Kafasını kaldırdı. "Bunların doğal etkileşimler olduğu konusunda tartışabiliriz. Ama ya bunları kontrol edebilirsen? Ya maddeyi kendin için etkileşime sokabilirsen?"

Natasha, önündeki veriye gözlerini dikerek, sandalyesine yaslandı.

"O.P.U.S. projesi –tabii eğer bu raporlar doğruysa– Moskova'nın zorlamasıyla, kuantum dolanımının bir silah haline getirilmeye çalışılması anlamına geliyor. Eğer bunu yaptılarsa, dünyadaki bütün fizik departmanlarının aradığı, kayıp tek boynuzlu atı buldular demektir."

Natasha, umutsuz bir şekilde başını iki yana salladı. "Bunu ayrıca kim söylemişti biliyor musunuz? Vita-Ray* hakkında konuşan Howard Stark. Bruce, aynı şeyi gama radyasyonu için söyleyebilirdi. Tek boynuzlu atlardan bıktım usandım. Bir kez olsun şuraya normal bir at getiremez miyiz?"

Tony, ara yüze tekrar dokundu. "Sanırım özellikle bu boynuzlu atımız, çoktan kapıdan geçmiş bile Ajan Romanoff. Burada, O.P.U.S. Projesi'ni bir düzine Rus laboratuvarıyla ilişkisini kanıtlayan yüzlerce dosya var."

Natasha, pes etti. "Peki. Artık bu şeyin –artık bu şey her ne ise– yalnızca Ivan için değil, Moskova için de öncelikli olduğunu biliyoruz." Natasha, tekrar ara yüze uzanıp, modeli çevirdi.

Alex, yine konuştu. "Silah haline getirmek derken, neyi kastediyorsunuz?"

"İnsanların bir silah kadar tehlikeli bir şeye dönüştürülmesinden bahsediyorum." Tony arkasına yaslandı. "Eğer yanılmıyorsam, şuradaki cihaz, birbirinden habersiz iki zihni iç içe geçirmek içindi. Beyinler için kullanılan bir adaptör gibi düşün."

"İnsanlar derken beni mi kastediyorsun?" diye sordu Ava sakince. Bakışları, önündeki duvarda akmakta olan verilere sabitlenmişti. "Silah olan benim."

---

* Süper-Asker Serumu'nun içinde yer alan ve etkisini artıran ışınlar. (e.n)

"Muhtemelen. *Bir* silahsın," diye düzeltti Tony.

"Ama bu mümkün olmamalı," dedi Natasha. "Lütfen, bunun imkânsız olduğunu söyle."

"Emin değilim," dedi Tony. "Vulcan ırkının beyin karıştırma tekniğinin günümüze uyarlandığını düşün. Artık kaptan koltuğunda sadece Mr. Spock var ve zavallı Kaptan Kirk, beyninin karıştırıldığından habersiz."

Natasha, rahatsız olmuşa benziyordu. "Bunlar Death Star'ı patlattıktan önce miydi, sonra mıydı?"

Alex, "Bunu söylememiş olmanı dilerdim," diyerek güldü. Tony gülmedi.

"Bir düşünsene. Başkanların, endüstri devlerinin, askeri generallerin, yüksek yargı organlarının beynine girip casusluk yapmak için kusursuz bir yöntem. Eğer bir insanın zihni, başka birinin zihniyle irtibata geçebilirse, herkes, her yerde çift taraflı casusluk yapabilir."

"Herkes değil," Natasha, önünde dönmekte olan modele bakarak. "Odessa'dayken kaç yaşındaydın, Ava?"

"Sekiz," dedi Ava. Zar zor konuşabiliyordu. "Sekiz yaşındaydım. Oradan ayrılırken neredeyse on yaşıma gelmiştim."

"Kesinlikle." Natasha, bir Ukrayna gazete haberini ekrana taşıdı. "Şimdi de çocuklar kayboluyor ve sadece Ukrayna'dan da değil. Kaçırmalar, Moskova'dan Moldova'ya uzanıyor. Geçen seferki gibi, operasyonu Ivan yürütüyor."

"Anlamlı. Daha iyi beyinler," diye ekledi Tony. "Daha uyumlu. Nöron yolları daha gelişmiş. Yirmi altı yaşına gelene kadar hepsi çürümüş olacak. Tabii eğer şey değilsen... neydi? Tony Stark mıydı?"

Alex güldü.

Ava, ona sert bir bakış fırlattı. *Yalaka.*

Tony, bir düğmeye bastı ve ışıklı model ortadan kayboldu. Önlerinde, daktiloyla hatta yer yer elle yazılmış Rusça laboratuvar kayıtları belirdi.

POLNAYA SINKHRONIZATSIYA.

"Senkronizasyon tamamlandı," dedi Natasha, kelimelere bakarak. Bizim karşımıza çıkan mesaj da buydu. Ya ben ve Ava'dan bahsediyorlarsa?"

"Bu *hiç de* hoş olmazdı," diyerek omuz silkti Tony. "Iyşş."

"İki kişinin fiziksel yakınlığı olduğu zaman, bağ daha kuvvetli olabiliyor mu?"

"Sen söyle. Bildiğimiz kadarıyla, sen ve Ava, Ivan'ın çalışır durumdaki tek Dolanım prototiplerisiniz."

Natasha, sandalyesini Ava'ya doğru çevirdi. "Ava'yı iki defa elinden yakaladım. İlkinde çok kötü hasta oldu ve ayağa kalkamaz hale geldi. İkincisinde, bilincini kaybetti."

Ava, başıyla onayladı. "Sanki bedenim alev alev yanıyordu. Sanki elektrikli sandalyeye oturtulmuş gibiydim."

"Ve sonra gitti. Küt diye bayıldı," diye ekledi Alex.

Tony, bu durumdan keyif almış gibiydi ve beyni vızır vızır çalışıyordu. "Sanki akım taşıyan iki tel gibi. Bu çok acayip. İnanılmaz bir şey. Ve dopamin yoluyla harekete geçen bir şey, öyle mi? Mezolimbik ve göbekten bağlı gibi mi? Bu..."

Natasha, sözünü kesti. "Yedinci seviye gizlilik ihlali? Bir istihbarat felaketi? Sadece S.H.I.E.L.D. için değil, tüm Avengers için eşsiz bir savunma zaafı?"

"Ne demek istediğini anladım," dedi Tony.

"Bunu söylemekten nefret ediyorum ama ya onlar, yegâne Dolanım prototipleri değillerse?" diye sordu Alex.

"Öyleyse, tahmin edilemeyecek kadar büyük bir belanın içindeyiz." Tony, bu konuda şüpheliydi. "Parti daha yeni başlıyor. Dolanım'a maruz kalanlar sadece Ava ve Natasha bile olsa, sanki bu bağ güçlendikçe Ava'nın Natasha'nın beyin zarına daha çok erişim sağlıyormuş gibi."

"Yani?" diyerek Tony'nin yüzüne baktı Alex.

"Yani sadece köprülerden atlamak ve dövüş teknikleri bilmekle kalmayacağım, değil mi?" diye sordu Ava.

Tony başını salladı. "Hayır. Natasha –Ajan Romanoff– eninde sonunda... beynine sızıp... filtrelemeye başlayacaktır."

"Süper," dedi Natasha.

"Ben de çok heyecanlandım," dedi Ava.

Tony, Natasha'ya baktı. "İfşa olmaya hazırlan. Bunu söylememin tek sebebi, seni hiçbir zaman aşırı paylaşımcı biri olarak görmemem," dedi. "Ya da sadece dürüst olmam gerekirse, az da olsa paylaşımcı... Ya da bilirsin işte, herhangi bir şekilde paylaşımcı.

Kendisine cevap veren, garip bir sessizlik oldu.

"Yaşasın, paylaşım," dedi Alex.

Tony, sandalyesini Natasha'ya doğru çevirdi. "Artık hiçbir sırrın kalmayacak, Romanoff. Sadece burada ne yaptığımızla ilgili değil, geçmişinle ilgili de. Artık açık bir kitap gibisin ve sadece Ava için değil, ayrıca ona ulaşabilen herhangi biri için de."

Ava, Natasha'ya bakamadığını fark etti. Bir anda her şey çok içli dışlı olmuştu. "Neden şimdi? Ne değişti ki?"

"Bunun şimdiye mahsus olduğunu düşünmüyorum. Sanırım ilk bağlantı, siz bu şeye maruz kaldığınızda kuruldu," dedi Tony. "Odessa'da. Sen ve Ivan."

Natasha, başıyla onayladı. O ânı hatırladı ve Ava'nın da hatırladığından şüphelendi. Mavi ışık. Elektrik patlaması. Dayanılmaz acı.

"Ama bunu tetikleyen bir şey olmalı. Şimdi. Bunca yıldan sonra," dedi Ava.

"Belki bu Ivan denen adam da bu yüzden ortaya çıkmıştır," dedi Alex. "Bu sayede, Ajan Romanoff, Ava için gelecekti. Belki de bahsettiği senkronizasyon, onları bir araya getirmekten ibaretti."

"Kesinlikle," dedi Tony. Bir kızıl saçlı Rus'tan diğerine bakıyordu. "Dediğin gibi, fiziksel yakınlık. Bu oldukça mümkün."

Natasha'nın gözleri, New York'taki bir kış gecesi kadar soğuktu. "O zaman o koca beynini, bunu kapatmanın bir yolunu bulmak için kullan, Tony."

"Yapabilirsem," dedi Tony. Sonra gülmeye başladı. "Kimi kandırıyoruz ki? Tabii ki yapabilirim." Saatine baktı. "Ama akşam yemeği için Bora Bora Adası'na gitmem lazım. Bu gece bir randevum var."

Natasha, elini garip bir şekilde Tony'nin dizine koydu. "Teşekkürler, Tony. Gerçekten."

Tony, iç çekti. "Bu iş biraz daha uzarsa, kaosa dönüşecek. Pepper'a sözüm var, kaosa biraz ara vereceğiz."

"Ben de öyle duydum," dedi Natasha. Şaşırmışa benzemiyordu.

"Bu bir kitap," dedi savunmaya geçen Tony. "Okumamı istedi. *Kaosa Ara Verin.* Görünüşe göre işe yarıyor."

"Senin adın, Tony Stark. Ne zamandan beri içinde kaos olan bir yaşam için izin alıyorsun?"

"Her şey değişir, Ajan Romanoff."

S.H.I.E.L.D. ÇOK GİZLİ

İZİN SEVİYESİ X

VAZİFE BAŞINDA ÖLÜM [VBÖ] SORUŞTURMASI

REFERANS: S.H.I.E.L.D. DOSYASI 121A415

YETKİLİ AJAN [YA]: PHILLIP COULSON

CVP: AJAN NATASHA ROMANOFF NAMIDİĞER BLACK WIDOW, NAMIDİĞER NATASHA ROMANOVA

BELGE: SAVUNMA BAKANLIĞI, VBÖ SORUŞTURMALARI

SB: Korumanız altındaki çocukların kimlikleri hakkında başka bir şey bilmediğinize inanmamı mı bekliyorsunuz?
ROMANOFF: Efendim?

SB: Yalnız çalışan bir ajanın bir anda iki şahısla ilişkilenmesi, bana biraz tuhaf geliyor.
ROMANOFF: Bu bir soru mu, efendim?

SB: Her ikisinin de bir şekilde bu dosyayla ilişkili olabileceğini düşündünüz mü?
ROMANOFF: Ivan işin içinde olduğu sürece, Ava her zaman bir hedef olacaktı. Alex sadece, yanlış zamanda, yanlış yerdeydi.

SB: Korumacı bir içgüdü geliştirdiğinizi söyleyebilir misiniz? Ivan Somodorov ile ilgili çocukluk anılarınıza bakıldığında, sizin kayıtlarınıza sahip bir ajan için kafa karıştırıcı bir durum değil mi?
ROMANOFF: Çocuklarla ilgili her şey, benim için kafa karıştırıcıdır, efendim.

SB: İçgüdü yok mu diyorsun yani?
ROMANOFF: Benim içgüdülerim sadece vurup kaçmaya yöneliktir, efendim.

SB: Peki ya çocuklar?
ROMANOFF: Onları vurabileceğimi söyleyemem ama sanırım kaçsalar iyi olur. Sırf güvende olmak için.

SB: Demek içgüdü yok.
ROMANOFF: Hem de hiç.

BÖLÜM **17**: NATASHA

S.H.I.E.L.D. TRISKELEON ÜSSÜ
NEW YORK ŞEHİR MERKEZİ
DOĞU NEHRİ

"Ne derler bilirsin, Allah'ın hakkı on beştir," dedi Tony neşeli bir şekilde.

"Öyle bir şey demezler," dedi Natasha sert bir bakış atarak. "Asla."

"Aslında, sanırım on beşinci deneme, pes ettikleri sefere denk geliyor," dedi Alex.

"Bana öyle bir şey söylenmedi," dedi Tony, Alex'e doğru parmağını sallayarak.

Tony'nin Ava ve Natasha arasında zihinsel bağlantı kurmayı on dördüncü defa deniyor olması neredeyse kafasının yarısını yakmıştı ve hâlâ kızgındı. Kendisi gibi odanın ortasında, metal bir iskemlede oturmakta olan Ava'ya şüpheyle baktı.

Kuluçkadaki iki ördek gibiyiz.

"Hep böyle midir?" diye sordu Ava.

"Her zaman," dedi Natasha.

"Hadi ama. Sakın bana o belgeseli izlemediğini söyleme." Arkalarında dikilmekte olan Alex, konuşmaya başladı. "*Tony Stark: Demir İrade?* Orijinal Amerikan optimisti."

"Evet. Aynen dediği gibi." Tony, kaynak makinesinin ucunu kaldırırken gülümsüyordu.

"Aslında orijinal olan o değil," dedi Natasha. "Doğrusu, Rogers olmalı. Hem de elli sene farkla."

"Daha yeni başlıyorum," dedi Tony ve kaynak maskesiniz yüzüne indirdi. "Köpek yılına göre değiştir. Yoksa kedi yılı mıydı?"

"Süper asker Steve Rogers'tan mı bahsediyor?" dedi Alex yutkunarak.

"Bu çocuğu sevdim," dedi Tony ve biraz kıvılcım çıkarttı. "Çocuk, kalıyor."

Bunu demesiyle birlikte, her tarafı kıvılcımlar kapladı.

Natasha'nın gözleri karardı ve gözünün önünde birkaç saniyelik bir görüntü belirdi. Acaba dans eden bir kızın bulanık görüntüsü olabilir miydi? Kim olduğunu göremeyecek kadar hızlı olmuştu. Sadece, kendisi olmadığını biliyordu.

Ama bunun haricinde bir şeyler de duymuştu.

Bir şarkı.

Bu... Çaykovski miydi?

Yine anlayamayacağı kadar hızlı olup bitmişti. Tony, yanmakta olan bir tutam kabloyu yere fırlatırken, Natasha tekrar normal bir şekilde görmeye başladı. Görevi başındaki iki laboratuvar teknisyeni, yanan kabloların üzerine köpük sıktılar.

"Bu sefer bir şeyler gördüm," dedi Natasha. "Görmüş olmalıyım."

"Tahmin edeyim, yıldızları gördün, değil mi?" dedi Alex on beşinci denemenin kalıntılarına bakarken.

Natasha, bu konuda düşünmeye başladı.

Ne gördüm?

Bunlar Ava'nın anıları mıydı? Onun zihnini mi görüyordum?

Kendi nabzının yükseldiğini hissetti.

Kuantum Dolanımı kanununu anlamak bir şeydi, buna bizzat tanık olmak başka bir şey! İlk defa o an Natasha, Ava'nın kendi zihninin içini görebileceğini fark etti. Onun anılarına ulaşabilecekti.

Bunu düşünmek bile dehşet vericiydi.

Başka birinin, geçmişini bilme düşüncesi bile onu hasta etmeye yetiyordu.

"Umrumda değil. Bu şeyleri kafamın yakınında bir yere koymayacağım," dedi Ava, kafasındaki dumanı tüten elektrotları çıkartırken. "Henüz vasiyetimi yazmadım."

Natasha, yerdeki on dört yanık kablo yığınına baktı. Triskeleon'un laboratuvarları, çağının çok ötesinde olsa da –en azından bugüne kadar öylelerdi– Tony pek bir aşama kaydedememişti. Daha doğrusu, aşama kaydetmek dışında her şeyi yapmıştı.

Hadi, Tony. Şu kızı kafamın içinden çıkart.

Buna daha ne kadar dayanabileceğimi bilmiyorum.

İşler yavaş ilerliyordu. Tony, akşama Stark Kuantum Düzleştiricisi ile başlamıştı –ve onu Stark Kuantum Bükücüsü izlemişti– sonra bir miktar Stark Kuantum Hipnotik Akım Düzenleyicisi, Stark Kuantum Rem Uykusu Uyarıcısı, Stark Kuantum Ultra Ses Tarayıcısı denedi. Temelde Tony, başına *Stark* ya da *Kuantum* kelimesini koyduğu her şeyi deneyerek kumar oynuyordu.

Elinde, kıvılcımlar çıkartan iki tane kablo ile birlikte Natasha ve Ava'nın karşısına dikilmişti, tabii bir avuç da elektrot vardı. "On altıncı raunt. Yeni bir fikir. Stark Hipotalamus Tamponu. Ava'nın şakaklarına yeni elektrotlar yerleştirdi. "Eğer daha akılda kalıcı olmasını isterseniz, Stark Hiposalamlı Sandviç de diyebilirsiniz. Şunları takıver!"

Ava, elektrotları söküp attı. "Ve Stark Kuantum Elektrik Şoku'na biraz daha mı maruz kalayım? Unut gitsin. Bu hiçbir işe yaramıyor."

Alex, başıyla onayladı. "Evet. Üzerine alınma ama tamamlandığını düşündüğün zaman haber vermen daha iyi olacak."

"Şey aslında..." dedi Tony tavana bakarak. Sonra kafasını iki yana salladı. "Hayır. Boş ver gitsin. Temelde onu yedinci seferde denemiştik. Onun yerine bunu deneyelim." Kıvılcımlar çıkartan kabloları yeniden kaldırdı.

Ava, onun delirdiğini düşünüyordu, ki bu durumda yanılıyor da sayılmazdı. Natasha da bu durumu onaylarcasına, "Pas. Neden Stark Kuantum Yakma Ünitesini inşa ettiğinde bana haber vermiyorsun? O zamana kadar bu saçmalığa daha fazla katlanmak istemiyorum."

"Benim teknolojim," dedi Tony, "hiçbir zaman saçmalık olmamıştır. Yani, neredeyse hiçbir zaman."

Alex, önceki on dört denemenin etrafa yayılmış artıklarına baktı ve tek kaşını kaldırdı.

Tony, omuzlarını silkti. "Yani, nadiren olabilir. Burada bırakalım."

"Ava, eğer bunun başka bir yolu olsaydı, burada olmazdık," dedi Nataha. "İnan bana."

"Neden? Neden inanayım?" Ava, iskemleden kalktı ve geriye çekildi. Devre şemalarıyla, kablo yığınları, elektrik düğmeleri, lehim parçaları ve bir sürü alet edevatla dolu laboratuvar masasının yarısını, eliyle yere itti. Ava, bunları bir daha kafasına yaklaştıracak gibi görünmüyordu.

"Neden mi? Ulusal güvenlik için olabilir mi? Ya da uluslararası barışı korumak için?" Natasha, ayağa kalktı. Bu kızla nasıl konuşacağına dair hiçbir fikri yoktu. Birçok yönden kendisine benziyor olsa da, birçok yönden de çok farklıydı.

Daha on yedi yaşında.

Natasha, başka seçenekleri düşünürken, onu izlemeye devam etti. *Kışın tuzağa düşmüş başka bir ürkek tavşan,* diye düşündü. Tanıdık bir görüntüydü.

O yaşlardayken ona ne kadar da çok benziyordum.

Ve şu an benden nasıl da nefret ediyor.

Ava, hava kilitli laboratuvar kapılarına ulaşana kadar geri geri gitmeye devam etti. O sırada iki tane silahlı güvenlik, karşısında dikildi. Kollarını göğsünde kavuşturdu. "Gerçekten beni burada kalmaya mı zorlayacaksınız? Ben de bütün bu kilitlerin, dışarıdaki insanları engellemek için olduğunu sanıyordum."

Odada bir sessizlik vardı, ta ki başıboş bir kıvılcım, yakındaki bir çöp kovasına düşene kadar.

Kova patladı ve yerde yuvarlanarak iki teknisyene doğru ilerledi.

"Sakın dokunmayın!" diye bağırdı Tony. İki teknisyenden çok daha fazla korkmuş gibiydi. "O şeyi ne sanıyorsunuz? Tost makinesi mi?" Sonra durdu. "Peki. Tamam. Sizi anlıyorum. Ona tost ekmeği koyabilirsiniz. Özellikle de Fransız ekmeği. Hatta isterseniz Fransa'nın tamamını koyun ama sakın dokunmayın ve hemen dışarı çıkın."

Teknisyenler, kapıya doğru kaçıştılar. Güvenlik görevlileri de duvardaki çelik paneldeki düğmelere basarak güvenlik kodunu girdiler ve kapılar açıldı.

"Ah, demek onlar gidebiliyor? Bir ben gidemiyorum, öyle mi? Amerika'nın özgürlükler ülkesi olduğunu sanıyordum." Ava, öfkeli bir bakış fırlattı.

"Belki de bir mola versek iyi olacak," diye bir öneride bulundu Alex. "Büyük bir mola."

Natasha, Tony'ye baktı ve Tony de umursamazca omuzlarını silkti.

Yardımın için teşekkürler, Stark.

Natasha, kapıya kadar Ava'nın peşinden gitti ve alışılmadık bir şekilde, elini kızın omzuna koydu.

"Ava..." diye söze başladı Natasha, "bunun zor olduğunu biliyorum."

Ava, "Yapma ya," derken dönüp onun suratına baktı.

"Ne?"

"Yapma. Lütfen yapma. Arkadaşım olmak istiyormuşsun gibi yapma. Sen kimsenin *sestra*sı değilsin. Bir kız kardeşim yok ve aileme ne olduğunu da bilmiyorum. Ivan Somodorov sağ olsun." Ava'nın ses tonu, sıkkın geliyordu. Alex, sempatik bir şekilde ona baktı.

Natasha, başıyla onayladı. "Aileni kaybetmenin nasıl bir duygu olduğunu biliyorum," dedi. "Eğer izin verirsen..."

"Hayır. Bu tuzağa bir daha düşmem. Senden korkmuyorum. Artık korkmuyorum."

Natasha, Ava'nın cüretkâr bakışı karşısında sıkışıp kalmıştı. Bu bakışta, kendi öfkesine olan inanç ve masumiyet vardı.

Ama korkmalısın ufaklık. Birçok şeyden korkman gerekiyor.

Ivan'ın kızları için dünya, çok acımasız bir yerdir.

Natasha bir süre durdu ve seçeneklerini düşündü. Sonra tekrar denedi, "Bak Ava. Öyle görünmüyor olabilir ama ben, sana yardım etmek için buradayım. İkinci kez seni Tuhaf Ivan tarafından kızartılmaktan kurtarmaya çalışıyorum. Bunun nasıl bir şey olduğunu biliyorum. Ben de oradaydım, unuttun mu?"

Ve bir zamanlar ben de aynı senin gibiydim.

"Orada mıydın?" diye alaylı bir şekilde sordu Ava. "İhtiyacım olduğunda hiçbir zaman orada olmadın. Tekrar kahramancılık oynamak istiyorsun diye öyle pat hayatıma giremezsin. Beni bıraktığın şekilde, hayatıma gayet güzel devam ediyordum."

"Güzel mi?" derken tek kaşını kaldırdı Natasha. "Bir kaçaksın. Bir binanın bodrumunda yaşıyorsun. Barınaklardan ve aşevlerinden besleniyorsun. Tam anlamıyla evsizsin."

Alex, sarsılmıştı.

Ava'nın yanakları kıpkırmızı oldu. "En azından eskrim turnuvalarına gizlice gidip, sahte suratımla insanları korkutmuyorum."

Tony, gülümsedi. "Gördün mü, işte buna iletişim denir. Şimdi bir yerlere varıyoruz. Bir şeyleri paylaşıyoruz."

Natasha'nın bakışları sertleşti. *Pes ediyorum.*

"Birisi mola mı dedi? Katılıyorum. Harika bir fikir," dedi Alex, Ava'nın elini tutmak için uzanırken. Ama Ava, elini çekti. Söyleyecekleri bitmemişti.

Gözleri alev alev yanıyordu. "Beni izlediğini görmek çok sevindirici, *sestra.* Beni umursadığını öğrendiğime çok memnun oldum." Cebinden eski, çizik içinde bir iPod çıkartıp odanın diğer ucuna fırlattı. Natasha ürkmüştü ama Ava susmuyordu.

"iPod'un da senin olsun. Hatta üzerinde hiçbir kart, hiçbir isim olmayan bütün o iğrenç doğum günü hediyelerin de senin olsun. Onların hiçbirini istemedim," dedi Ava. "Tek istediğim bir arkadaştı. Tamamen yabancılarla dolu bir ülkede, tanıdık bir yüz görmek istiyordum. Sanırım çok şey istemişim."

"Hadi gidelim, Ava." Alex, elini kibarca kızın omzuna koydu.

Natasha, tekrar denedi. "Sadece beni bir dinle. Bir fikrim var. Ve Ivan Somodorov'u asla yanına yaklaştırmayacağım. Sana söz veriyorum."

Hadi ama.

İzin ver de yardım edeyim.

Kabul etsen de etmesen de birbirimize ihtiyacımız var.

"Söz mü veriyorsun?" diye yine alaycı bir tonla sordu Ava. "Bundan sekiz sene önce verdiğin sözler nerede peki? Neredeydiniz? S.H.I.E.L.D.'ın tek yaptığı, kendi iyiliğim için beni bir odaya tıkmak oldu, ki bunun da pek işe yaradığını söyleyemem. 8 senemi 7B hücresinde tek başıma geçirmek hiçbir işe yaramadı –ve tek başıma plakasız bir karavanda kalmak da– ve bir S.H.I.E.L.D. ofisinde, bir eğitmenle baş başa, nefret etmeye başladığım bir ülkenin anayasasını öğrenmeye çalışmak da."

Şimdi öfkelenen Natasha olmuştu. "Niye nefret ediyorsun? Seni dövdükleri için mi? Beynini yıkadıkları için mi? Zincire vurdukları için mi? Seni çalmaya, öldürmeye ve yalan söylemeye zorladıkları için mi?" Natasha kendini durdurmaksızın, kelimeleri sıralıyordu. "Hayır mı? Oyun zamanı bulamadığın için özür dilerim. Büyük dans partisine gidemediğin için özür dilerim. Seni besleyip, giydirip hayatta kalmanı sağladığım için özür dilerim."

Bu anılar zihninde yüzeye doğru çıkmaya başladıkça, sarsarak uzaklaştırmaya çalıştı. Dayaklar, yaralamalar. Başarısızlıklar, tehditler. Ivan'ın hem derisinde hem de ruhunda açtığı derin yaralar.

"Hayatta kalmamı mı sağladın? Belki sen olmasaydın, daha iyi bir hayatım olacaktı."

Natasha'nın gözleri delici bir karanlığa bürünmüştü. "Kes şunu. Ağzından çıkanı kulakların duymuyor. Daha iyi değil, daha kısa bir hayatın olacaktı."

"Oyun buluşması," diye araya girdi Alex.

Oda bir anda sessizleşti. Kimse ne diyeceğini bilmiyordu.

Alex, yerinden doğruldu. "O tabiri *oyun buluşması* olarak kullanıyoruz, oyun zamanı olarak değil. Yani bugünlerde, çocuklar öyle diyor. Normal çocuklar. Sizin gibi olanlar değil."

Natasha'nın bakışları, Alex'i utandırdı. Ava, iğrenmiş gibi duruyordu.

Alex, umursamış gibi görünmüyordu. Sadece omuzlarını silkti. "Büyük dans partisine de yılsonu balosu deniyor. Tahminimce sizin takviminizde yer almıyordur."

"Ne demeye çalışıyorsun?" dedi Natasha dik dik bakarak.

"Sizin tahmin ettiğinizden çok daha fazla ortak noktanız var."

Natasha, derin bir nefes aldı ve Ava'ya döndü. "Kalorifer peteği miydi, karyola başı mıydı?"

Neyden bahsettiğimi biliyorsun.

Ava, öylece baktı.

Natasha, öne doğru eğildi. "Kelepçeler, nereye takılıydı?"

Seni döverken.

Seni bir hayvan gibi tutsak etmişken.

Ava'nın gözleri parlıyordu.

Natasha, omuzlarını silkti. "Ağladığında, acıktığını ya da tuvalete gitmek istediğini söylediğinde. Yoksa, seni kızlarından biri olarak seçtiği için ona yeterince teşekkür etmedin mi?"

Ya da bunların hepsini yaptığında, diye düşündü Natasha, *tıpkı bana yaptığı gibi.*

Kimse tek kelime etmedi.

Natasha, Tony'ye döndü. "Buraya gelmekle hata ettim. Alex'i evine bırakalım ve Ava'yı da koruma amaçlı gözaltına alalım."

Bunu sen istedin, ptenets.

Natasha, bunu Ava'ya yüksek sesle söylemek istedi ama yapmadı. Zaten yeterince şey söylemişti.

Sana yardım edemem. Böyle yaptığın sürece olmaz.

Bundan sonra ne olursa olsun, kabullenmek zorundasın, Ava.

Tıpkı benim yaptığım gibi.

Natasha, Ava'nın bu düşündüklerini duyup duymadığını merak etti. Duymadığından şüpheleniyordu, en azından şimdilik. Ve ayrıca, Ivan Somodorov'un, Red Room'u nasıl idare ettiğini bilmek için bir zihin okuyucuya da ihtiyacı yoktu.

"Peki," dedi Tony. "Bir araba göndermelerini isteyeceğim." Omuzlarını silkerek elindeki tornavidayı bıraktı. "Bitti."

"Lavabo," dedi Ava birdenbire. "Lavabonun altındaki boruydu."

Tabii ki öyleydi, diye düşünde Natasha, gözlerini kapatarak.

Akustiği daha iyidir.

Diğerlerinin de senin çığlıklarını duymasını istemiştir.

Oda yine sessizleşti.

"Pek bir şey hatırlamıyorum ama bunu hatırlıyorum. Sanırım yaptığı şeye alışmaya başlamıştım. Hepimiz alışmıştık. Ama söylediklerine, asla alışamadım." Ava'nın ses tonu sakindi ama zayıf değildi. Bu konuda söylenecek herhangi bir şey, onu daha da güçlendirecekti.

Ve daha da kızdıracaktı.

Natasha, bunu yüz ifadesinden anlamıştı.

Güzel.

Böyle olmalısın.

Bu seni daha güçlü yapacak.

Artık tüm gözler Ava'nın üzerindeydi ama o sadece omuzlarını silkti. Eğer söyleyeceği başka bir şeyler varsa da, söylemeyecekti. Burada konuşmayacaktı.

"Gidelim," dedi Natasha. Çok kararlıydı. Eskisinden bile kararlıydı. Çünkü Natasha, artık gerçeği anlamıştı. Ava da en az Natasha kadar savunmasız ve kırılgandı. Onu korumak, Natasha'nın göreviydi. Hepsini korumak Natasha'nın göreviydi. Ava'nın kendisi bizzat bir savunma zaafıydı ve Natasha, onun açığa çıkmasını engellemek zorundaydı.

Ivan'ın ya da herhangi birinin elinde.

"Saklanmak zorundasın," dedi Natasha son olarak.

"Ne?" Ava'nın suratı tokat yemiş gibiydi.

Natasha, "Senin için en güvenli yer, S.H.I.E.L.D.. Bir saat içinde izini kaybederler. Hiç kimse sana ulaşamaz. Bu yüzden oraya güvenli ev diyorlar," dedi ve omuzlarını silkti.

Güvenli değil. Seni güvende tutabildiğim kadar güvenli.

En azından, Tony bu bağlantıyı kesmenin bir yolunu bulana kadar.

"Yani bu şekilde, sırların güvende olacak, öyle mi? Tek düşündüğün şey bu, değil mi? Çünkü bana ulaşırlarsa, sana da ulaşacaklar, değil mi? Çünkü iç çamaşırlarını hangi çekmeceye koyduğunu, kirli çamaşırlarını hangi sepete koyduğunu biliyorum, değil mi?" Ava sertleşmişti.

"Ava. Yapma," dedi Natasha.

"Ya da yap," dedi Tony. "İç çamaşırı çekmecesinden bahsediyorum."

Ava, devam etti. "Çünkü kalbinin ne kadar kırıldığını biliyorum diye mi? Çünkü ölmekten değil, yaşamaktan ne kadar korktuğunu biliyorum diye mi?"

"Kes şunu," dedi Natasha sesini yükselterek.

"Neden? Senin hakkında senden daha çok şey biliyorum diye mi? Sana kötü haberi vermek istemezdim Ajan Romanoff ama bana başka çare bırakmadın."

"Buraya kadar." Natasha, sinirlenmeye başlamıştı. "Sen. Ben. Hepsi."

Ava, güldü. "*Bu mu?* Bu hiç başlamadı bile. Tüm yaşamın, hiç başlamadı bile çünkü hiçbir zaman, bir hayatın olmadı. Gerçek arkadaşın yok, gerçek bir ailen yok. Büyük sırrın bu mu? Kafanın içindeki anılar, gizli dosyalar bunlar değil mi? Senin sorunun süper kahraman olmaktan öte, insan olamamak, değil mi?"

"Evet," dedi Natasha aniden ve Ava irkildi.

Ava, bir adım geriledi. "Ne?"

Tony'nin gözleri Natasha'dan Ava'ya kaydı.

Alex bile ona bakıyordu.

"Başardın. Beni yakaladın. Mutlu musun? Harika. Şimdi git çantanı hazırla. Gidiyoruz."

Ava'nın gözleri hâlâ yanıyordu. Kafasını iki yana salladı. "Oraya geri dönmem. 7B'ye gitmem."

"Ivan Somodorov hem senin için, hem benim için geliyor, Ava. Bu konuda bir şey yapamam. O dışarıda olduğu sürece olmaz," dedi Natasha. "Ama gerçekten beynimi okuyabiliyorsan, bunu biliyor olman lazım. Sonuç olarak, bu küçük monoloğun bittiyse, gidelim."

"Bırak gelsin. Tekrar kapatılmak istemiyorum."

Ava, Tony'ye baktı. Tony, omuzlarını silkti. "Üzgünüm, evlat."

Ava, umutsuz bir şekilde Alex'e baktı.

Alex, diğerlerine bakarak elini uzattı.

"Bu gecelik Ava'ya izin verin, olmaz mı? Ona yarına kadar zaman tanıyın, bunu kafasında bir şekle şemale sokması için ona zaman tanıyın."

"Pardon?" derken Alex'e sert bir bakış attı Ava.

Alex, bunun kendisini durdurmasına izin vermedi.

"Ondan sonra, güvende olması için ne gerekiyorsa yapar. Ben de güvenli eve gidene kadar ona eşlik edeceğim. Hepimiz doğru olanı yapmak istiyoruz, değil mi, Ava?" Alex, ona cesaret verircesine başını salladı.

Ava, delirmişçesine yüzüne baktı. "Öyle mi istiyoruz?"

Alex, elini sımsıkı tutmaya başladı.

Ava, ona garip bir bakış fırlatarak kafasıyla onayladı. Sonra Natasha'ya döndü. "Öyle olsun," dedi. "Yarın. 7B'ye geri dönüyorum."

Natasha, güvenlik görevlisine kafasıyla bir işaret yaptı. Görevli, kapılar açılsın diye birkaç düğme tuşladı. "Yarın."

Ama yine de gidiyorsun, ptenets.

Öyle ya da böyle.

"Sadece tek bir şey istiyorum," dedi Ava, Natasha'ya son bir sert bakış atarak. "Yarından sonra, beni yalnız bırakacaksın. Bir daha senin yüzünü görmek istemiyorum. Söz ver."

Natasha'nın yüz ifadesi çok daha sertti. "İnan bana, *sestra*, başka türlü olmasına, ben müsaade etmem zaten."

S.H.I.E.L.D. ÇOK GİZLİ

İZİN SEVİYESİ X

VAZİFE BAŞINDA ÖLÜM [VBÖ] SORUŞTURMASI

REFERANS: S.H.I.E.L.D. DOSYASI 121A415

YETKİLİ AJAN [YA]: PHILLIP COULSON

CVP: AJAN NATASHA ROMANOFF NAMIDİĞER BLACK WIDOW, NAMIDİĞER NATASHA ROMANOVA

BELGE: SAVUNMA BAKANLIĞI, VBÖ SORUŞTURMALARI

SB: Bu, üzücü müydü? Yani bir yabancının zihninize erişip anılarınıza ulaşabilmesi?
ROMANOFF: Notlarınızda da olduğu gibi, ilk defa olan bir şey değildi.

SB: Tabii ki değildi. Peki böyle olması durumu zorlaştırdı mı, kolaylaştırdı mı?
ROMANOFF: Beyninizin gösterime girmesi hiçbir zaman kolay değildir, efendim.

SB: Bazılarımız için daha zor olabilir, Ajan.
ROMANOFF: Benim anılarımın açığa çıkmasından endişe duyacak başka insanların olma ihtimalini hiç düşündünüz mü, efendim?

SB: Mesela?
ROMANOFF: Siz söyleyin. Burada kendimi sorguya çekmiyorum. Beni sorguya çekmenizi kim istedi?

SB: Gizli bilgi.
ROMANOFF: Eğer bana sorgulamak için bir şey vermezseniz, bunun adı sorgulama olmaz.

SAHNE İKİ

"...GERÇEK BENLİĞİNİ, GERÇEK OLMAYAN BENLİKLERİNİN ALTINA GÖMMELİSİN..."

—NATASHA ROMANOFF

BÖLÜM **18**: ALEX

S.H.I.E.L.D. TRISKELEON ÜSSÜ NEW YORK ŞEHİR MERKEZİ DOĞU NEHRİ

Bazı S.H.I.E.L.D. yatakhaneleri de bir çeşit işkence yöntemi galiba, diye düşündü Alex.

Sivil ziyaretçi Ava Orlova'ya verilen oda –sivil ziyaretçi Alex Manor'un odasının bitişiğindeydi ki, o da atanmamış ajan Natasha Orlova'nın odasının bitişiğindeydi– küçük, havasız ve penceresizdi. Portatif bir yatak bile zor sığıyordu.

Burası, berbat diyebilmek için bile berbat bir yerdi.

Ava, yerdeki döşekte kıvrılıp yüzünü duvara döndü. Alex, yanına uzandı ve kolunu, korumacı bir edayla Ava'nın sırtına koydu. Ava o kadar yorgundu ki, odaya girer girmez uyuyakaldı. Alex, onun yatakta bir o yana, bir bu yana dönüşünü izledi.

Kâbuslar, deliksiz bir uyku uyumasına izin vermiyordu. Bir saat kadar sonra Ava, Ivan Somodorov ismini haykırarak uyandı.

Alex, omzunu sıvazlıyordu. Ava'nın tişörtü ince ve yumuşaktı. Altındaki teni ise sıcaktı. Onunla burada uzanırken, S.H.I.E.L.D. üssünde olduklarını bile unutuvermişti. "Onu bulacağız, Ava. Onu bulacağız ve annene, babana ne olduğunu öğreneceğiz. Söz veriyorum. Bu işi halledene kadar durmayacağız."

Oda, sessizdi.

Ava, gözyaşlarıyla yıkanmış yüzünü yavaşça çevirip, Alex'e baktı. "Az önce ne dedin?"

Alex de ona bakıyordu. Ne demişti ki? "Yapamaz mıyız?"

Ava, kaşlarını çattı. "*Ty ser'yezno?*" Bakmaya devam ediyordu. "Ciddi misin?" O kadar ani bir şekilde oturma pozisyonuna geçti ki, neredeyse kafasını odanın alçak tavanına çarpıyordu.

"Ne?" Alex de bileğinden destek alarak doğrulmuştu.

"Söylediğin şey." Ava, kelimeleri yavaş yavaş söyledi. "*My naydem yevo, Ava. I my uznayem, chto shluchilos's tvoimi mamoy y papoy. Ya obeshchayu. My ne ostanovimsya, poka my eto ne delayem.*"

Çünkü Alex, tam olarak bunları söylemişti. Ama İngilizce söylediğini zannediyordu.

Ama gerçekte, öyle olmamıştı.

Alex, mükemmel bir Rusçayla söylemişti bunları.

Bu dili bildiğinden bile haberi yoktu.

Der'mo, diye düşündü Alex.

Ava, kuşkulanmıştı. "Rusça konuşabiliyor musun? Neden bana söylemedin?"

"Çünkü konuşamıyorum. Yemin ederim konuşamıyorum. Bu, saçmalık!" *Tak s uma.* Tamamen saçmalık.

Her şeye rağmen, Ava gülmeye başladı ve sesi, bu küçücük alanda yankılandı. "Ve Rusça sorduğum başka bir soruyu, yine Rusça cevapladın."

"*Der'mo,*" dedi Alex, bu sefer sesli bir şekilde.

"Bu çok garip," dedi ve ona doğru yuvarlandı Ava. "Sence bunun O.P.U.S.'la bir alakası var mıdır? Belki senin de Natasha Romanoff'la bir bağın vardır, ha?"

"Yani ikinizin başına gelen şey her neyse, bana da mı bulaştı diyorsun? Kauntum Rusu mu oldum? Hayır." Kafasını iki yana salladı. "Black Widow'la mı? Onunla nasıl bir bağlantım olabilir ki? Olamaz. Gizemli kelimesi bile onu tarif etmeye yetmiyor. Başka bir gezegenden filan gelmiş olmalı. Onu hiç ama hiç anlamıyorum." Biraz düşündü. "Dövüş kısmını saymazsak. O kısmı anladım. Çok iyi karşı saldırıya geçiyor."

Ava, tekrar sırt üstü yuvarlandı. Kurumun amblemini taşıyan döşeğin ucuna ulaşmaya çalıştı. "Bilmiyorum. Nehirden beri –yani Natasha elimi tuttuğundan beri– kafamdaki her şey tuhaflaştı. Böyle bir şey hissettin mi?"

Daha önce hiç böyle bir şey hissetmemiştim.

Alex, Ava'ya doğru döndü. Onun yanı başındaki yastığa kafasını koydu.

Senin gibi.

Sürekli ona baktığının farkındaydı ama buna engel olamıyordu.

Şu an senin yanında uzanıyor olmam gibi.

"Seninle tanıştığımdan beri her şey çok garip gelmeye başladı," dedi yavaşça. Tam olarak ne demek istediğinin farkında değildi.

Sonra birden kıpkırmızı oldu. "Ama bu bile aniden Rusça konuşmaya başlamamı açıklamaya yetmiyor." Artık yüz yüze bakıyorlardı. Konuşurken dudakları neredeyse Ava'nın yanağına değecekti.

Ava, gülümsedi. "Sanırım açıklamıyor."

Alex, tarçın rengi buklelerden birini çekip, Ava'yı profilden inceledi. O kadar güzeldi ki, bu depresif gri hücrede onu görmek bile şok ediciydi.

Buraya nasıl düştüm?

Bakmaya devam ediyordu. "Neden turnuvanın ortasında yanıma gelip benimle konuştun? Seni tanıdığım kadarıyla, normalde yapacağın bir şey değil."

"Ne, konuşmak mı?"

"Bir yabancıyla konuşmak? Ava Orlova? Hayatta inanacağım bir şey değil."

"Sen yabancı değildin ki. Dedim ya, seni tanıdığımı düşünüyordum." Bir anlığına gözlerinde bir hüzün belirdi ama sonrasında gelen gülümseme, yumuşacıktı.

Alex, başka bir bukleyle oynamaya başladı. "Evet, şey, ben de seni bir yerden tanıdığımı söylemiştim ama bu tanıdığım anlamına gelmiyordu. Bu, *tanımayı çok istediğim* anlamına geliyordu."

"Belki benim için de biraz değişikti," dedi Ava. Sonra Alex'e baktı. "Hâlâ istiyor musun? Yani, beni tanıyor olmayı? Benim deli olduğumu düşünmüyor musun? Orada kendimi kaybettikten sonra bile mi?"

"Bu bir soru mu?" diye sordu Alex, Rusça ve onu kendine doğru çekti. Ava, ona doğru iyice sokuldu. Sıcak, yumuşak ve davetkârdı.

Yakınıma gel, diye düşündü Alex.

Sonra Ava, gülerek geri çekildi. "Bütün bu olanlardan sonra bile mi? Üzerimize ateş açıldıktan sonra bile mi?"

"Evet," dedi ve kızı hafifçe dürterek güldü. "Tabii ki."

"Peki ya köprüden aşağı atlamak?" dedi Ava parmaklarını onunkilere geçirirken.

"Kesinlikle." Alex hâlâ gülüyordu ve Ava'nın elini çekip, dudaklarına götürdü. Kalbi küt küt atıyordu ama bunun heyecandan mı yok adrenalinden mi olduğunu bilmiyordu.

Belki ikisi birden.

Ava, düşünüyormuş gibi yaptı. "Bir S.H.I.E.L.D. uçağına sürüklendiğinde?"

Alex, güldü. "O sayılmaz. Orada sürükleme işini ben yapıyordum."

Ava, ona doğru eğildi. "Peki ya bu delikte benimle tıkılıp kalmak?"

"Sanırım bununla da başa çıkabilirim." Bunu söylerken, kıza doğru kaykıldı. "Seninleyken hayat kesinlikle sıkıcı değil, Ava. Daha önce tanıdığım hiç kimseye benzemiyorsun."

"Yani Mountain Clear'daki diğer kızlara benzemiyorum, öyle mi?" diye dalga geçti.

"Bu gezegendeki hiç kimseye benzemiyorsun," dedi kızın üzerine doğru uzanırken.

"Bunu iltifat olarak alıyorum."

"İnan bana öyle."

Artık, ona çok yakındı. Yanağında değen sıcacık nefesini hissedebiliyordu. *Tanrım, onu öpmek istiyorum.* Ve onu biraz daha kendine çekti. "Ve kim bilir? Belki de bu son gecemizdir..."

Alex, gözlerini kapattı ve dudaklarını onunkilere yaklaştırdı...

Yanlış hamle.

Ava, kaşlarını çattı ve geriye çekilip oturdu. *Daha değil, Alex.* Mesaj buydu ve Alex, anlamıştı. Onu yeterince tanımıyordu. Ona güvenmiyordu. Bunun için onu suçlayamazdı. O bile kendisine güvenip güvenmemesi gerektiğini bilmiyordu.

Şiltesinde geriye doğru yattı. "Bunu söylememem gerekirdi."

"Neden? Gerçek bu."

"Bilemezsin," dedi Alex.

Ava, iç çekti. "Fazla iyimsersin. Sen de öylesin, Tony Stark da."

"Hiç de bile. Ben gerçekçiyim." Omuzlarını silkti.

"Bu kelimenin anlamını bile bildiğini sanmıyorum."

Tekrar Ava'nın elini tuttu ve bir kez daha öptü. "Biliyorum. Anlamı, seni tanıdığım için çok mutluyum demek."

Ava, homurdandı. "Ah, bu çok kötüydü."

"Neye göre kötü? Tony Stark'la karşılaştırınca mı kötü?" Tek kaşını kaldırdı.

"Yarım Tony kötülüğündeydi." Ava gülümsedi.

"Bunu kaldırabilirim."

"Alex?" sesi sakinleşmişti.

"Evet?"

"Korkuyorum."

"Biliyorum," dedi Alex. Kolunu omzuna atıp sardı. "İkimiz de korkuyoruz. Sorun yok." *Ve sanırım korkan sadece biz değiliz.*

Annesinin ne kadar endişelenmiş olduğunu tahmin bile edemiyordu. Dante, babasına gitmiş olmalıydı, ki bu da polise gitmekle aynı anlama geliyordu.

Ava, ona baktı. "Orada Natasha'nın anlattıkları, hani barınakta yaşıyor olduğumdan bahsetmişti ya? Doğruydu. Orada yaşıyorum. Ama benim için üzülmeni istemiyorum."

"Bu, hiçbir şeyi değiştirmez, Ava. Sen, olduğun gibisin."

Ava, ona doğru eğilip, yanağından öptü. Sonra geriye doğru çekilirken, Alex derin bir nefes aldı.

Tekrar derin bir nefes aldı. "Ava?"

"Efendim?"

Seni bekleyeceğim, diye düşündü ve bu sırada Ava, başını yine onun omzuna koydu. Uyandığından beri ilk kez bu kadar rahatlamış görünüyordu.

"Eğer bir şeyler bana da bulaştıysa Ava, bu sadece Rusça değil."

"Biliyorum," dedi yumuşak bir tonda. "İkimiz de aynı durumdayız. Sorun değil."

Yanağını, Ava'nın buklelerle kaplı kafasına yasladı. *Gün gelir de seni öpmeme izin verirsen, Ava, kesinlikle kendime dur diyemeyebilirim.*

Saatler sonra, dışarıdaki koridorda ayak sesleri duymaya başladıklarında, zamanın geldiğini anladılar. Dışarıda

Romanoff ve Tony Stark olmamasına rağmen, koridoru gözaltında tutan bir sürü muhafız vardı. Kapının önündekilerin sayısı, odaya sığacak gibi değildi.

Alex, yanındaki Ava'nın gerilmeye başladığını hissetti. "Onlar geri dönmeden buradan çıkmak zorundayız," dedi otururken.

Romanoff ve Tony Stark, hâlâ laboratuvardaydı. Alex, saatin geç olduğunu tahmin etti ama S.H.I.E.L.D. üssünün sürekli ışıklandırma ile aydınlatılan alt katlarında zamanın akışını takip edebilmek çok zordu.

"Dur. Bir plana ihtiyacımız var. Dışarıda atlatmamız gereken adamların sayısı, yirmi beş civarı mı? Ve hepsinde de Romanoff'unki kadar büyük silahlar var, değil mi?" Alex, elini dalgalı saçlarına sokup karıştırdı. Bir şey düşünürken hep böyle yapardı.

Buradan kaçıp gitmek hiç kolay olmayacak.

"Yirmi iki," dedi Ava otomatik bir şekilde. "Silahların sayısı. Yani koridordaki."

Alex, ona baktı.

Ava, ona bakabilmek için yuvarlandı. "Her katta iki tane ve biz de on bir kat aşağıdayız. Hizmet asansörünü kullanabiliriz ama öyle yapsak bile, blokta en az altı tane daha vardır ve batı kanadındaki avluya ulaşmayı başarırsak, dört tane daha. Otuz iki tane silahlı ve eğitimli ajan. Ve dışarıda devriye gezen standart güvenliklerden bahsetmiyorum bile."

"Burada o kadar fazla mı zaman geçirdin?" derken Alex kaşlarını çattı.

"Pek sayılmaz," dedi Ava. Gözlerini kapattı. "Bunun sebebi bilirsin işte, *o* olsa gerek. Bunun nasıl olduğunu anlamıyorum."

"Ah, doğru ya," dedi Alex.

"Bazen kafamın içinde bir film oynuyormuş gibi oluyor. Ama bu filmde ben oynamıyorum." Alex'e baktı. "O oynuyor."

"Bu yüzden seni bir yere kapatmak istiyor zaten."

Ava, gözlerinin içine baktı. "Tekrar saklanmak istemiyorum. Ne bugün, ne de yarın."

"Hapse geri dönmek mi?" dedi Alex. "Öyle düşünmemiştim."

"Ölürüm. Gerçekten. Bu beni öldürür." Ava'nın sesi, ne kadar ciddi olduğunu gösteriyordu ve Alex'in bundan hiç şüphesi yoktu. Onun hayatının kolay olduğunu hiç düşünmemişti ve hissettiği her şey için haklı bir sebebi olduğunu anlayacak kadar çok şey duymuştu.

Daha fazlasını anlatmak istemiyor gibiydi ve Alex'in de bu konuda onu zorlamaya hiç niyeti yoktu. *Daha zamanı var,* diye düşündü. *Zamanı geldiğinde kendisi anlatacaktır.*

Artık Ava'nın sesi karanlık ve kısıktı. "Bana ne yapacaklarını biliyor musun? Eğer benim fazla tehlikeli olduğum kanısına varırlarsa... Bildiklerimi, gördüklerimi öğrenirlerse..." Ava, Alex'e baktı. "Bir ajanın temizlenişini gördün mü hiç?"

"Hayatımda ajan bile görmüş değildim," dedi Alex, sessizce. "Bugüne kadar yani. Neden sordun? Bu, S.H.I.E.L.D.'ın bile yapabileceği bir şey mi?"

Ava, belli belirsiz bir şekilde kafasıyla onayladı. Hastalanmış gibiydi ve çok üzgün görünüyordu. Alex, yanına oturdu. O kadar yakındı ki, neredeyse Ava'nın kalp atışlarını duyacaktı. Alex, kolunu omzuna attı ve Ava da iyice sokuldu.

"Anlat bana," dedi Alex.

Sanki gözlerinin içine bakmak istemiyormuş gibi kafasını göğsüne yasladı. Sanki anlatmayı bırak, düşünmesi bile çok zor der gibiydi.

"7B'de geçirdiğim yıllar boyunca, yeniden programlama ve hipnozla telkin hakkında bir sürü hikâye duydum. Hepsi S.H.I.E.L.D.'in peri masalları gibiydi. Bunu yapmayı bilen sadece Moskova değil. Bir gün sen, sensin ama bir sonraki gün bir de bakmışsın..."

Durdu.

"Ne var?" Alex'in gerçekten hiçbir fikri yoktu.

Ava, dikkatli dikkatli ona bakıyordu. Bakışları karanlıktı. "Yok bir şey."

"Yok mu bir şey?" Alex, bunun nasıl bir şey olabileceğini düşünmek bile istemedi. Zihni ve anıları olmadan nasıl birine dönüşebileceğini bilmek istemiyordu.

"Daha da kötüsü... sana olmadığın bir şey olmadığını söylerler. Sen de inanırsın. Onların yalanlarına inanırsın. Senin için fark eden bir şey olmaz çünkü aradaki farkı anlayamazsın bile. O zamana kadar çoktan ölmüş olabilirsin."

Alex, ona dikkatli dikkatli baktı. "Buna inanıyor musun? Gerçekten bunu yapabilecek birileri var mı?" Titremeye başladı.

Ava öylece yüzüne baktı. "Bu insanlarla tanıştın. Sen söyle."

"Peki etrafta fazla dolanmayıp, bunu öğrenmesek nasıl olur?" Bunu düşünmek bile Alex'in bir an önce sıvışmak istemesine neden olmuştu.

"Peki nereye gideceğiz?" diye iç çekti Ava.

Alex, yine yanağını onun kafasına dayadı. "Benim evime. Annem, kedi kumundan dışarı çıkma yolunu bile bulamaz ama ne yapmamız gerektiğini, Dante'nin babasına sorarız. Arkadaşımın babası polistir. Bu gibi konularda iyidir."

"Rus paralı askerler, Avengers ve S.H.I.E.L.D.'ın süper ajanları konusunda mı?"

"Evet. Hayır. Yani... olabilir." *Umarım.*

Ava, tek kaşını kaldırdı. "Iron Man ve Black Widow, bizim beynimizi havaya uçurmak için geldiğinde annen ne yapacak? Kibarca gitmelerini mi söyleyecek?"

"Onları öldürene kadar konuşur? Kediyi yakalamalarını söylese?" dedi ayağa kalkarken. "Evet. Tamam. Bir plana ihtiyacımız var."

"Ya bu işi olduğundan daha da zor bir hale getiriyorsak? Ya bu iş aslında çok basitse? Bizden kurtulmanın tek çözüm olduğunu düşünmeye başlamalarından önce Ivan Somodorov problemini çözersek?"

"Basit mi? Böyle bir şey nasıl basit olabilir?" Alex kafasını iki yana salladı.

"Kuantum dolanımını çözdüğümüzü mü düşünüyorsun? Bunun ne olduğunu bile bilmiyoruz."

"İşte anladın. İlk hamlemiz bu olacak."

"Ne yani, Google'da kuantum dolanımını mı arataca-ğız? Yoksa Reddit'e mi bakmamızı önerirsin?"

"Belki sadece başa dönmemiz gerekiyordur."

Alex, yine ona baktı. "Neyin başına? Ve neden acaba içimde, bu haftanın başından bahsetmediğine dair kötü bir his var?"

Ava, kafasını iki yana salladı. "Odessa'daki antrepodan bahsediyorum."

"Odessa. Ukrayna'daki mi?" dedi şaşkın bakışlar eşliğinde Alex.

Ava, kafasıyla onayladı.

"Ve bu konuda ciddisin." Alex hâlâ aynı şekilde bakmaya devam ediyordu.

Ava omuz silkti. "Neden olmasın? Gidecek yerimiz yok ve bizi arayacağı son yer de orası." Onu sakinleştirmek için kolunu tuttu. "Bunu bir düşün."

Alex, düşündü ama düşüncelerini, hissettiklerinden ayırmak zordu. Bu ikisinden sadece bir tanesi kesin olabilirdi.

Nasıl hissediyorum?

Onunla her zaman, her yere gidebilirmiş gibi hissediyorum.

Ava, dudaklarını ısırdı. Bir şeyler söylemesini bekliyordu.

Yanına oturdu ve Ava'nın üzerindeki siyah S.H.I.E.L.D. ceketinin fermuarını çenesine kadar çekmek için uzandı.

"Dinle," diye başladı söze Alex.

"Evet, dinliyorum," diyerek güldü Ava.

Soğukkanlı ol, Manor. Onu ürkütme. Henüz değil.

Alex, pes etti. "Sanırım, Philly'den daha kötü olamaz." *Tabii eve döndüğüm zaman annemin bana neler yapacağını hesaba katmazsak. Bunlardan on kat kötüsü olacaktır.*

Bunları düşünmemeye çalıştı. İşleri kolaylaştırmayacaktı.

"Philly mi? Açıkça görülüyor ki, hayatında hiç Odessa'ya gitmemişsin." Ava, kaburgalarını dürttü.

Alex, ellerini Ava'nın omuzlarına koydu. "Peki, şimdi ne yapıyoruz?"

"Her şeyden önce," dedi Ava, yatağın yanında ayağa kalkarken, "on bir kat boyunca her katta iki silahlı adamı etkisiz hale getirmeliyiz."

Elini Alex'e uzattı ve kalkmasına yardım etti. Alex, iç geçirdi. "Harika. Hepsi bu mu?"

"Hayır, sonrasında bir taksi bulmamız lazım."

"Yirmi iki adamı etkisiz hale getirmekten bahsedip, taksi bulma konusunda mı endişeleniyorsun?"

"Burası New York. Ulaşım, ciddi bir sorun."

Ava, sırt çantasını omuzlarına taktı ve kapı koluna doğru uzandı. Alex'e baktı ve Alex de kafasıyla onay verdi ve yumruklarını kaldırdı.

"Sen sola, ben sağa," dedi Alex.

Ava, kafasını iki yana salladı. "Benim daha iyi bir fikrim var."

"Hey," diye seslendi Ava. Koridorun her iki ucunda devriye gezmekte olan ajanlar, dönüp baktılar. Ava, ellerini kaldırdı. "Benim. Sizden bir iyilik isteyebilir miyim?"

Ajanlar birbirlerine baktılar. Soldaki, kafasıyla onayladı ve yavaşça Ava'nın kaldığı odanın kapısına doğru yürümeye başladı.

Ava, hurdaya dönmüş iPod'unu gösterdi. "Bu şeyi bir türlü çalıştıramıyorum. Kulaklıklarınızdan birini deneyebilir miyim? Sorun acaba benim kulaklığımda mı?"

"Bununla mı?" Solundaki ajan, kulağındaki siyah şeyi gösterdi.

"Neden olmasın?" dedi iPod'unun kablosunu kontrol ederken. "O da bir çeşit hoparlör, değil mi?"

Ajan, omuzlarını silkti. "Sanırım öyle." Kulağından çıkartıp Ava'ya uzattı. Ava, uzatılan şeyi kulağına ve diğer ucunu da iPod'una taktı.

"Ah, harika." Müziği açıp kafasıyla ritim tuttu. "Teşekkürler, çocuklar." Kapıdan içeri geri girdi.

"Hey! O bana lazım," diyerek içeri girdi ajan. Kulaklığını almak için elini uzatmıştı.

"Ah, öyle mi? Ne kadar aptalım," dedi Ava.

Ve kapıyı, ajanın kafasına çarptı. Güçlendirilmiş çelik, kafatasıyla buluşunca acı bir ses çıkarttı.

KRAAK!

Adam, geriye doğru sendeledi.

"Özür dilerim, özür dilerim, özür dilerim..." dedi Ava ürkmüş bir şekilde.

"Neler oluyor..." diye koşarak geldi koridorun diğer ucundaki ajan.

Ve bu sefer de Alex, onun kafasını odanın metal çerçevesine gömdü.

KÜÜÜT!

"Çabuk," dedi Ava. Baygın ajanları odanın içine sürüklediler.

Alex, botlu ayakları yatağın yanına bırakırken homurdandı. "Tanrım, bu adamlar bize verdikleri boktan sandviçlerden çok daha fazlasını yiyorlar sanırım."

Ava, ilk ajanın ceplerini yokladı. Alex, diğer ajanın kulaklığını alıp, kendi kulağına taktı.

"Buldum," dedi Ava, bir kapı kartını çıkartarak. "Teşekkürler... Elliot."

"Peki ya bunlar?" dedi Alex, ilk ajanın belindeki silaha bakarak.

İkisi, ne yapacaklarını bilmeksizin birbirlerine baktılar.

İlk konuşan, Ava oldu. "Alalım."

"Gerçekten mi?"

Ava, kafasıyla onayladı. "Biraz ateş etmemiz gerekebilir, Alex."

Ava'ya baktı. "Ben hiç..."

"Kameraları kastediyordum."

Silahı aldı ve kapıyı arkalarından kapattı. On iki saniye içinde koridoru geçip asansöre varmışlardı. Alex, tam düğmeye basmak üzereydi ki, Ava elini yakaladı ve kulağını işaret etti.

Bu tarafa geliyorlar.

Alex, kafasını salladı.

Ava, koridorun ucundaki merdivenlere açılan kapıyı iterek açtı. Bir anda durdu. "Şimdi, sen sol tarafı alıyorsun, ben sağ tarafı."

Alex, sırıttı.

Yukarı çıkarken Ava, kendisiyle ilgili üç şey öğrenmişti:

Bir; bileğe, yukarıdan aşağı doğru atılacak bir tekme ile Glock marka bir tabancayı nasıl etkisiz hale getireceğini biliyordu. Bunun gibi spesifik durumlarda, oldukça işe yarıyordu.

İki; güvenlik kameralarından kaçınma konusunda çok gelişmiş içgüdüleri vardı. Alex'le ikisinin, onlara ateş etmesine bile gerek kalmamıştı.

Üç; bir sürat teknesinin nasıl kullanılacağını biliyordu.

Bunu da, Manhattan'a yarı mesafedeki bir yat onarım limanına giderken fark etmişti.

Tony Stark, haklıydı. Natasha Romanoff'la etkileşime geçmiş olmak, basit bir şey değildi. O yirmi beş metrelik atlayış, sadece bir başlangıçtı.

S.H.I.E.L.D. ÇOK GİZLİ

İZİN SEVİYESİ X

VAZİFE BAŞINDA ÖLÜM [VBÖ] SORUŞTURMASI

REFERANS: S.H.I.E.L.D. DOSYASI 121A415

YETKİLİ AJAN [YA]: PHILLIP COULSON

CVP: AJAN NATASHA ROMANOFF NAMIDİĞER BLACK WIDOW, NAMIDİĞER NATASHA ROMANOVA

BELGE: SAVUNMA BAKANLIĞI, VBÖ SORUŞTURMALARI

SB: Orada dur. Tam olarak anlamak için soruyorum. Genç yaştaki iki sivil, Avengers Girişimi olarak bilenen dünyanın en ünlü barış gücünün değil, aynı zamanda temel güvenlik birimi olan S.H.I.E.L.D.'ın da üssü olan Triskeleon'dan kaçtı, öyle mi?
ROMANOFF: Herkesin, izin yaptığı bir gece, efendim.

SB: İzin mi? Bütün bunlar olurken neredeydiniz, Ajan Romanoff? Gezegenin dışında mı?
ROMANOFF: Stark ile birlikte laboratuvarda, bu kuantum bağlantısını çözmeye çalışıyorduk.

SB: Yani kendi rahatsızlığını, ulusal güvenlikten önemli mi tuttun?
ROMANOFF: O rahatsızlığın bizzat kendisi, S.H.I.E.L.D.'a ait bütün güvenlik protokollerine erişim anlamına geliyordu, efendim.

SB: Bu Kuantum Dolanımı dediğiniz şey, o kıza, senin beynine ulaşım imkânı verdiği için mi?
ROMANOFF: O kız, Bu Kunatum Dolanımı dediğimiz şey yüzünden, Doğu Nehri'nin on bir kat altından, iyi eğitimli yirmi iki ajanı etkisiz hale getirerek çıkmayı başardığı için, efendim.

SB: Bu yüzden mi öncelik kazandı?
ROMANOFF: Her zaman öncelikliydi, efendim.

BÖLÜM **19**: AVA

LONG ISLAND TAKSİ DURAĞI
QUEENS, NEW YORK

Taksi, Long Island'daki tenha taksi durağına tıngır mıngır geldiğinde, sabahın erken saatleriydi. JFK Havaalanı'na tekneyle gidecek kadar mazotları yoktu. Alex ve Ava, kıyıdaki beton kaldırıma oturup, ısınabilmek için birbirlerine sokulmuşlardı.

Önlerinde duran taksinin sağ camı, aşağı doğru kayarak açıldı.

"Siz aklınızı kaçırmışsınız," dedi Oksana, külüstür sarı taksinin ön koltuğundan uzanarak. "Neden şaşırmadım acaba? Sanki çok şaşırmam gerekiyormuş gibi hissediyorum oysa ki."

Ava, arka kapıyı zorlayarak açtı ve içeri bindi. Alex de diğer kapıdan binerek yanına oturdu. Ava öne doğru eğildi. "Getirdin mi?"

"Koltuğumun altında," dedi Oksana. "Ve dediğin gibi, aşevinin çöplüğündeki bütün eski balık konservelerini de topladım. Kıymetli kedin Sasha'nın keyfi yerinde."

"*Sumasshedshaya,*" diye ekledi Sana, kısık sesle. Çılgınlık.

Ava, eğildi ve eski bir evrak çantasına benzeyen bir şeyi çekip çıkarttı. Rahatlamış görünüyordu. Bizi Kennedy Havaalanı'na götürebilir misiniz, Bay Davis?" Oksana'nın babası hiçbir şey söylemeden kafasıyla onayladı. Ellerini direksiyondan, gözlerini de dikiz aynasından ayırmıyordu. Aynadan, bir çift mineli bale pabucu sallanıyordu. Son karısı, yani Oksana'nın annesi, Rus bir tiyatro grubunda dansçıydı ve Osana'nın babasıyla turne sırasında tanışıp sonra da terk etmişti. Oksana, babası tekrar evlendikten sonra onunla pek geçinememeye başladı ve çok geçmeden de evi terk etti. Ama şimdi, her ne kadar barınakta kalıyor olsa da, her hafta sonu birlikte yemek yiyorlar ve Ava da bu sayede arabaya erişimi olduğunu artık biliyordu.

"Bunlara inanmamı mı bekliyorsun? Moskova, peşinize düştü, öyle mi?" Oksana gözlerini devirdi. "Yani turnuvayı bırakıp gitmenin sebebi, bir ölüm kalım meselesi, kesinlikle müsabakaya çıkamayacak kadar korkak olman değil, öyle mi?"

"*Ty mozesh verit' mne ili ne verit.*" İster inan ister inanma. Ava, camdan dışarı baktı.

Oksana, "Pekâlâ, inanmıyorum," dedi.

"*Ya znayu chto eto stranno, no ya dolzhen eto sdelat,*" dedi Ava. Garip olduğunu biliyorum ama bunu yapmak zorundayım.

"*Ona delayet,*" diye cevap verdi Alex, iç çekerek. Gerçekten zorunda.

Oksana, ona dik dik baktı. "Bunu yapma, her seferinde ödüm patlıyor. İngilizce konuş, Rüya Çocuk."

"Olur. Ama bana Rüya Çocuk demeyi kes. Teşekkürler."

"Ama sen *rüya gibisin,*" dedi Oksana manalı bir şekilde Ava'ya bakarak. Ava tekrar kafasını cama doğru çevirdi.

"Lanet olsun. Bugün Pazar. Annemi aramam lazım," dedi Alex aniden. "Dante ile birlikte eve dönmüş olmamız gerekiyordu. Başımı belaya soktuğumu düşünecek."

Ava, manalı manalı yüzüne baktı.

Alex'in yüzü kızardı. "Daha fazla belaya, yani. Atlantic City'deki kumar makineleri tarzı bir belaya."

"Moskova'dan gelen suikastçiler tarzı bir bela değil yani?" Oksana tek kaşını kaldırdı.

Alex, başını iki yana salladı. "Annemi tanımıyorsunuz."

"Biliyorum," dedi Ava yoldan geçen arabaları izlerken. "Özür dilerim."

Anneler hatırlıyorum, diye düşündü. *Kendime ait küçük parçalar. Tarçınlı elmalar. Balerin bebekler. Gece geç saatte içilen çaylar.*

Bu tanıdık imgelere ulaşmak için kendini biraz daha kastı.

Gri gökyüzü. Soğuk beton bir zemin. Noktalarla kaplı tavan döşemesi. Annemin laboratuvar önlüğünün cebindeki, akmış tükenmez kalem mürekkebi lekesi. Onunla işe giderken devamlı yanı başımızda akan el yazısı gibi dikenli teller...

Ava, parçalara biraz daha tutunmaya çalıştı ama bu gitgide daha da zorlaşıyordu. "En kısa zamanda onunla temasa geçmek zorundayız," dedi Alex'in elini tutarken.

Ava, Alex'in telefonunun simkartını çıkartıp imha etmeden önce, son bir görüşme yaptılar. Ava, çok iyi biliyordu ki, bu S.H.I.E.L.D.'de öğrettikleri ilk şeydi.

Eğer SIM kart yoksa, sürülecek bir iz ya da takip edilecek bir telefon sinyali de yoktu. Yaptıkları son konuşma da onları buraya getirmişti zaten.

Oksana, gelmişti. Ava, ne kadar söylenirse söylensin, geleceğini çok iyi biliyordu. Ayrıca Ava, Oksana'nın babasının taksisiyle geleceklerini de çok iyi biliyordu, ki bu taksinin bagajında, hiçbir barınakta ya da bodrum katında bırakmaya kıyamadıkları, bütün malvarlıkları duruyordu.

Ava için bu malvarlığı, üç yıl önce 7B'den ayrıldığından beri yanında taşıdığı bir S.H.I.E.L.D. evrak çantasıydı. Ve sırf o çanta için, Oksana'nın gelmesine ihtiyacı vardı.

Taksi, havaalanına yaklaşınca, eski çantayı sırt çantasına tıkıştırdı. Ne zaman ihtiyacı olacağını asla bilemezdi ama işini de şansa bırakacak değildi. Yıllarca ortadan kaybolmayı planlıyordu ve gitme zamanının geldiğini hissediyordu.

Hazırım. O gün, bugün de olsa, hazırım.

Sonunda Ava öne doğru uzanıp tek ve en iyi arkadaşının omuzlarını sıktı. "Teşekkürler, Sana. Biz... Elimizden geldiğince çabuk dönmeye çalışacağız, söz veriyorum."

"*Biz* mi?" Oksana, rahatsız bir bakış fırlattı. Ava, onu bu yüzden suçlayamazdı. Ava'nın daha önce hiç *biz* dediğine tanık olmamışlardı. Yani Oksana'dan başka biri için.

Biliyorum, Sana. Çok özür dilerim.

Ava, söylemek istediklerini dile getiremiyordu ama bunları düşünmeden de edemiyordu. Avlanıyor olmak, üzerine kurşun yağdırılması, takip edilmek filan çok tuhaftı. Gelgelelim, yeni bir *biz* kavramı kullanması, daha da tuhaftı.

Alex'in dizinin, bacağına yaptığı baskıyı hissedebiliyordu. Ve bu his, yüzünün kızarmasına sebep oldu. Karanlıkta bile belli oluyordu. Birisiyle açık açık böyle ilgilenmek, utanç vericiydi. Hem tehlikeli bir his yaratıyordu, hem de acı ve acıklı bir şekilde yeni bir duyguydu.

Sadece, böyle bir kaosun ortasında meydan gelmiş olması, görmezden geliyormuş gibi davranmasını kolaylaştırıyordu.

Alex, elindeki kalın asker yeşili kitapçığa bakarken konuyu değiştirdi. "Bu çok aptalca. Gerçek hayatta pasaportum bile yok." Ava'nın evrak çantasının diplerinden çıkarttığı sahte pasaportları anlamakta zorlanıyordu. Bu durum, Ava'yı güldürüyordu.

"Gerçek hayat, bu, Alex." Ava, 7B'den kaçarken depodan yürüttüğü S.H.I.E.L.D.'ın hologramlı pasaportlarının, örgütün yapabileceği şeyler düşünüldüğünde, sadece buzdağının görünen kısmı olduğunu anlayacak kadar fazla zaman geçirmişti orada.

Ajan teknolojisi açısından bakıldığında, her zaman bir adım öndeydiler. Hatta bir adım değil, dört adım ötedeydiler. Ve bu açıdan bakıldığında S.H.I.E.L.D. adımlarının, dev adımları gibi olduğunu da belirtmek lazım. Ava, pasaport kontrolüne gittiklerinde, yanlarındaki teknolojinin bütün alarmları harekete geçirdiğini görse, şaşırmazdı.

Ama bu, alınması gereken bir riskti.

"Genelde hayatım böyle değildir," dedi Alex. "Benim için güzel bir gece, Stanley'in kumunu temizleme sırasının başkasında olduğu geceydi."

Oksana, ön koltuktan homurdandı.

Ava sadece güldü. "Şey, bunlar benim için çok yeni sayılmaz. Bana güven." Ava, 7B'den kaçarken, gelecekte kimseye güvenmemesi gerektiğini ve bu pasaportların, günün birinde asıl planın bir parçası olacağını biliyordu. Ama yine de, iki tane çalacak kadar ileri görüşlü olmasına inanamıyordu –bu noktada Amerikalı bir arkadaş edinmesi bir yana, tamamen hüsnükuruntusunun sonucuydu– çünkü bir şekilde ikincisini, olağandışı bir durum olursa, diye düşünerek almıştı.

Şükürler olsun ki almıştı.

Ava, kendini sakinleştirdi. "Bunu berbat edemeyiz. Bunlardan sadece iki tane var ve bir B planım da yok." Elindeki pasaportu, taksinin arka koltuğundaki Alex'e doğru tuttu. Bir saniye içinde Alex'in suratı, fotoğraf karesi içinde belirdi.

"Harika," dedi Ava, pasaportu Alex'e verirken. "Sende de tam Peter Peterson tipi varmış."

Alex, elindeki pasaporta dikkatlice baktı. "Peter Peterson mı? Böyle bir isim var mı ki? S.H.I.E.L.D. bu şeyleri nereden buluyor?"

"Ölü insanlardan. Ve telefon rehberlerinden. Ve yıllıklardan," dedi Ava. Ona bir bakış attı ve omuzlarını silkti. "Ne var? Doğruyu söylüyorum."

"Yıllıklar hakkında ne bilirsin ki?"

Ölü insanlar hakkında bildiğimden daha az şey, diye düşündü Ava.

Ama sadece, "Televizyonda görmüştüm," demekle yetindi.

Alex, pasaportunu cebine koydu. "Etrafta yanında bunlarla gezdiğine inanamıyorum."

"Sana demiştim. Dokuz yaşımdan beri bu tarz şeyler biriktiriyorum." Biriktirdiği şeylerin derinliği hakkında fazla detay vermedi. Cep telefonu mikro vericileri ve alıcıları. Lateks parmak izi örtücüleri ve dijital yüz tanıma sistemi bozucuları. Bir insanın ortadan kaybolmak istediği ya da buna mecbur kaldığı durumlarda ihtiyacı olacağını düşündüğü her şeyi toplamıştı, ki bunlara en çok kendisinin ihtiyacı olacağını biliyordu.

Ava beş büyük kentteki gözden çıkartılmış casus ekipmanlarını toplamakla kalmamıştı, aynı zamanda 7B'de kaldığı süre boyunca, onları çalmayı, şifrelerini kırmayı ve kullanmayı da öğrenmişti.

Belki farkında bile olmadan, bugün için hazırlanmıştı. Belki de içinden bir ses, sürekli Tuhaf Ivan'ın bir gün döneceğini söylüyordu.

Gelsin bakılım. Ben hazırım.

Ava, konuşurken kendi pasaportunu kaldırdı. Kabının altındaki sensöre, parmak izlerini taratıyordu. "Temelde bir S.H.I.E.L.D. ofisinde büyüdüm. Senin ilkokula gittiğin yaşlardan beri, casuslar beni görmezden geliyor." Ava, kendi yüzünü de pasaportuna aktardı. "İşte. Artık bir Amerikalıyım." Bir eliyle pasaportu tutarken diğer eliyle barış işareti yaptı. "Taylor Swift! Captain America! Disneyland! Ne dersin, bende Melissa Johnston tipi var mı?"

Alex, tek kaşını kaldırdı. "O kadar Johnston'sın ki, komik bile değil. Tam bir Mini Mouse'sun."

Ava, S.H.I.E.L.D.'dan değil ama Tony Stark'tan aşırdığı son bir şey daha çıkarttı. Açık duran ve Roma derisinden yapılma şık evrak çantasının içindeki, ortası oyulmuş bir kitabın içinde bulmuştu onu: bir tomar yüzlük banknot. Kafasını iki yana salladı. "Milyarderler ve S.H.I.E.L.D. ajanları... Her zaman çok hazırlıklılar. Sanırım her an kaçmaya hazırlar."

Alex, tomara bir göz attı. "Görünüşe göre birileri şu ara kaçmayı planlamıyor."

Oksana'nın gözleri açılmıştı ve Ava, daha Oksana bir şey diyemeden birkaç banknotu ön koltuğa bıraktı. "Bunlar... gerçek mi?"

"Evet," dedi Ava, başıyla onaylayarak. "Ve inan bana, yoklukları fark edilmeyecek bile."

"Senin mi peki?" dedi Oksana yutkunarak.

"Hayır. Artık senin." Ava, arkadaşının gözlerinin içine baktı. "Al şunu." Dahası, bunu sesli bir şekilde söylemelerine bile gerek kalmamıştı.

Sen ne yaptın, Myshka?

Geri alamayacağım şeyler, Sana.

Ama sonra, endişelenecek bir şey kalmadı, çünkü JFK Havaalanı'nın ışıkları gözlerini almaya başlamıştı ve taksi, üzerinde DIŞ HATLAR yazan bir kapının önünde durdu. Ve bir anda, kaldırımın üstünde, dünyadaki tek arkadaşı ile durduğunu fark etti.

Oksana, kollarını ona dolarken Ava, avcunun içine küçük, siyah bir şey tutuşturdu. "Bu, bir kullan at telefon. Eski ama uluslararası aramaya açık ve izi sürülemiyor. İçinde bir numara var. Eğer tuhaf bir şey olursa, bizi ara. Sonra da çöpe at."

"Tuhaf mı? Nasıl tuhaf? Şu an içinde bulunduğun durumdan daha mı tuhaf demek istiyorsun?"

"Sana, şaka yapmıyorum. Bütün hafta, garip garip şeyler oldu. Benim başımdaki belanın, sana zarar vermesini istemiyorum."

"Zaten ben de bu işe bulaşmış oldum. Ayrıca senin derdin, benim derdimdir."

"Gözlerden uzak dur. Hatta istersen bir süre babanda kal." Ava, Oksana'yı iki yanağından da öptü. "Benim için kedi Sasha'ya iyi bak, tamam mı?"

Oksana, kafasını salladı.

Alex de Oksana'nın yanağına anlamsız bir öpücük kondurdu. "Ah, hoşça kal," dedi. "Sen iyi bir dostsun, Sana."

"Amerikalılar," derken gözlerini devirdi Oksana. Ava, arabaya tekrar binerken hâlâ gülümsemekte olduğunu fark etti.

Ava, çantasını sırtlandı ve karşılarında uzanan Kennedy Uluslararası Havaalanı'na şöyle bir baktı. Alex de yanı başındaydı.

Bir taksi kapısının çarptığını duydu ve anlık bir paniğe kapıldı.

Ya bu, sonsuza kadar hoşça kal demekse?

Ya bir şey olur da onu bir daha hiç göremezsem?

Ava, arkasına dönüp bağırdı. “Hiç anlatmadın, Oksana, turnuva nasıl geçti?”

Yolcu koltuğundan bir el fırladı ve taksi tekrar trafiğe karışırken altın bir madalya salladı.

Ava güldü. Alex bile gülümsedi.

Sana, altın madalya almış.

Belki sonunda hepimiz için iyi şeylerin olacağının bir işaretidir.

Sonra tek kelime daha etmeden, Alex ve Ava, el ele tutuşup kalabalığa karıştılar. O külüstür sarı taksi gibi aşina oldukları her şeyi, arkalarında bıraktılar.

S.H.I.E.L.D. ÇOK GİZLİ

İZİN SEVİYESİ X

VAZİFE BAŞINDA ÖLÜM [VBÖ] SORUŞTURMASI

REFERANS: S.H.I.E.L.D. DOSYASI 121A415

YETKİLİ AJAN [YA]: PHILLIP COULSON

CVP: AJAN NATASHA ROMANOFF NAMIDİĞER BLACK WIDOW, NAMIDİĞER NATASHA ROMANOVA

BELGE: SAVUNMA BAKANLIĞI, VBÖ SORUŞTURMALARI

SB: Gittiklerini ne zaman fark ettiniz? İlk uyarı ne oldu?
ROMANOFF: Etkisiz hale getirilmiş bir yığın S.H.I.E.L.D. ajanı haricinde mi demek istiyorsunuz? Etkisiz hale getirilmiş güvenlik kameraları? Triskeleon'un girişine bırakılan dört adet şarjörü çıkartılmış taarruz tüfeği?

SB: Bu, bütün standartlara aykırı, Ajan.
ROMANOFF: Büyük ihtimalle inanmayacaksınız ama gerçekten bilmiyordum, efendim. Yani neler yapabileceğini ve ne kadar hızlı hareket edebileceğini demek istiyorum.

SB: Peki o halde neden doğrudan Tony Stark'a gittiniz, hatta neden dosdoğru Triskeleon üssüne geldiniz, Ajan Romanoff?
ROMANOFF: O kısım tesadüf oldu, efendim. Güvenli bir bilgisayar bulmam gerekiyordu.

SB: Yani aranızdaki bu bağlantı, alelade bir aç kapa düğmesinin çok ötesisinde, öyle mi?
ROMANOFF: Benim açımdan bakacak olursanız, öyle bir şeyi hiç hissetmedim, efendim.

SB: O zaman açıklığa kavuşturalım. Bu kimsesiz gariban, bu öksüz ve evsiz Rus bebesi, deneyimli ve donanımlı bir ajanın zihnine, hiç fark ettirmeden elini kolunu sallayarak girebiliyor, öyle mi?
ROMANOFF: Onun gibi bir şey.

BÖLÜM **20**: AVA

UKRAYNA HAVAYOLLARI BİLET GİŞESİ KENNEDY ULUSLARARASI HAVAALANI QUEENS, NEW YORK

"Odessa'ya kalkan ilk uçağa iki bilet lütfen," dedi Ava, Ukrayna Hava Yolları'na ait bankonun arkasında oturan kadına. Gözleri, saat 10 ve saat 2 yönündeki güvenlik kameralarının arasında gidip geliyordu. Kafasını kırk beş derece öne eğdi. Hemen yanındaki Alex de aynı şeyi yaptı. Triskeleon'dan nasıl çıktıkları göz önüne alınacak olursa, hiçbir şekilde risk alamazlardı.

Bu kıyafetlerden kurtulmamız lazım.

Black Widow, gözlerini üzerimize dikmiştir çoktan.

Ava, gözlerini kapattı ve Natasha Romanoff ile aralarında herhangi bir bağlantı olup olmadığını hissetmeye çalıştı. Hissedemedi. Bu kuantum bağlantısı dedikleri şey, her nasıl çalışıyorsa, daha tam olarak çözememişti.

Ya da onu kendimden uzak tutmak için nasıl kullanacağımı...

Ava, nefesini tuttuğunu fark etti ve bankonun elinde, Alex'in eline uzandı. Sıkıca tuttu ve o an, içinde bir şeylerin gevşediğini hissetti.

Bilgisayar başındaki görevli, kafasını kaldırdı. "Moskova aktarmalı gitmek zorundasınız. Elli beş dakika sonra kalkacak bir uçak var ama sadece birinci sınıfta yer var."

"Alıyoruz," dedi Ava'nın arkasında duran Alex, Rusça konuşarak.

"Öyle mi?" dedi Ava, şaşkınlık içinde. Rusça konuşabildiğini, neredeyse unutmuştu.

"Tabii ki. Ailevi bir durum söz konusu. Babamız ölüm döşeğinde. Giderken biraz uyumamız, iyi olur." Alex, omuzlarını silkip hızlı ve akıcı bir Rusçayla cevap verdi.

Ava, gülmemeye çalıştı. Alex'in asil bir aksanı vardı ve mükemmele yakındı. Ağzını her açtığında, durumun saçmalığı karşısında kahkahalar atmamak için kendini zor tutuyordu, Ava.

"Ayrıca babamız, ekonomi sınıfından da nefret ederdi." Alex, sempatik bir şekilde elini Ava'nın omuzuna koydu. "Bunu onun için yapalım."

Hava yolu görevlisi, sorgular gözlerle baktı.

Ava, Tony Stark'ın yüzlük destesinin yarısını sayarak çıkarttı ve kafasını salladı. "Öyle diyorsan, öyle olsun, ağabeyciğim. Babamızı hayal kırıklığına uğratmak istemeyiz."

Uçuş görevlisi, para tomarına baktı. Alex, onu suçlamadı, hayatında gördüğü en yüklü nakit paraydı.

Sonunda, "Evraklarınız lütfen," diyebildi. Uzun tırnaklarıyla klavyesini tırmaladığı bilgisayar, havaalanından bile eskiymiş gibi duruyordu.

Ava, pasaportlarını uzattı ve kadın incelemeye başladı. Sonra da omuzlarını silkti. Eğer ortada şüpheli bir durum varsa da, bunun bir parçası olmak istemiyordu. Bankonun üzerinden iki bilet uzattı. "Başınız sağ olsun."

"Daha değil," dedi Alex. "Babamız, savaşçı bir adamdır. Bu biletlerle, lobiye girebiliyor muyuz?" derken masumca güldü. "Bir de orada duş var mıdır acaba?"

Görevli, tek kaşını kaldırdı.

"Lobi olmaz," diye tısladı Ava, sırt çantasından çekiştirirken. "Başka bir bilet gişesine gitmemiz lazım. Daha işimiz bitmedi."

"Bitmedi mi?"

"S.H.I.E.L.D.'ın radarlarına yakalanmadan, Ukrayna'ya elimizi kolumuzu sallayarak gidebileceğimizi mi sanıyorsun? Çoktan bu tarafa doğru yola çıkmışlardır bile."

Alex, bunu hiç düşünmemişti. "İyi dedin, *moya malen'kaya* Romanoff. Yani başka biletler de mi alacağız?"

"Küçük Romanoff mu? Ben küçük Romanoff filan değilim ama evet." Ava tekrar çaldığı para tomarını çıkarttı. Hâlâ oldukça kalındı ama görünüşe göre fazla uzun sürmeyecekti. "Umarım bu bize yeter."

"Ne yapacaksın, Doğu Avrupa'daki her havaalanına bir bilet mi alacaksın?" diye sordu Alex, paraya bakarak.

"Belki. Ya da her kıtaya bir tane alırız. Asla yeterince dikkatli olamazsın. Ben casusların arasında büyüdüm, buna alışsan iyi olur."

"Alışmaya başladım bile."

Otuz dakika ve sekiz bilet sonra iki tanesinin pek kullanılmayan, Kennedy ve Newark Havaalanları arasında çalışan bir servis aracına binmek üzere alındığını söylemeye gerek yok– Ava kendini Hudson News mağazasında beysbol kasketi denerken buldu. Uçuş kapısının yakınındalardı.

Siyah, sentetik, üzerinde I ♥ NY yazıyordu. Ucuz ve dandikti. İşe yaramak zorundaydı. Uçuşlarına çok az bir zaman kalmıştı.

Aynada, terminalin diğer tarafından aldığı Harley Davidson bluzuna da baktı. S.H.I.E.L.D. eşofman altı kalabilirdi. Beşinci defa, arkasındaki kalabalığı kontrol etti.

Bir TSA ajanı. İki tane JFK Havaalanı polisi.*

Çinlilerden oluşan büyük bir tur grubu.

Ortada bir şey yok. Kimse aynı yoldan bir daha geçmiyor.

Kimseyi iki defa görmüyorum.

Güvenlik çizgisinin diğer tarafında da tanıdık yüz yok.

Aynadaki aksinin arkasında Alex beliriverdi.

Birden ürkerek sıçradı. "Bunu sakın yapma."

"Sana yeni beremi göstermek istedim, hepsi bu." Sırıtıyordu. "Nasıl olmuş?"

Üzerinde Captain America'nın kalkanı olan, asker mavisi, örme bir bere takmıştı. Ve ceketinin üstüne de kırmızı bir New Jersey Devils forması giymişti.

"Ciddi misin?" Ava, sadece bakakalmıştı. "Bunlarla dikkat çekmeyeceğini mi düşündün?"

---

* *Transport Security Administration* – Taşıma Güvenliği İdaresi (ç.n.)

"Captain Ukrayna diye bir şey yok ki," dedi Alex. "Artı, bu bir hokey kazağı ve tüm dünya hokeyi çok sever."

"Eminim öyledir." Ava, ona üzerinde balina deseni olan bir eşofman üstü uzattı. "Çıkart üzerindekileri."

"Bunu mu giyeceğim? Hayır. Şu anda Montclair'deki okulumun yarısı bunun gibi şeyler giyiyor."

Ava, güldü. "Bu iyi bir şey, değil mi? Hemen ortama uyum sağlayacaksın."

Alex, iç çekti. Üzerindeki kazağı kafasının üzerinden çıkartırken, "Hayır. Balinalar olmaz. Prensiplerim var. Islanders formasına ne dersin?" dedi. "Her ne kadar bunu giymek beni öldürüyor olsa da, en azından mavi."

"Anlaştık."

Ava, yanından geçen bir TSA ajanı, elindeki sakız paketini bankoya koyunca bir an için durdu. Alex'in elindeki Islanders formasını aldı ve sesini alçaltıp ayaklarına doğru bakarak, "Sıra ayakkabılarda," dedi.

"Onların nesi varmış?" diye fısıldadı Alex.

"Kurtul onlardan," diye tısladı Ava.

Alex'in sesi yükselir gibi oldu. "Dalga mı geçiyorsun?"

Ava, bir bakış fırlattı.

Tekrar sesini alçaltan Alex, sesli bir şekilde fısıldıyordu. "Kim havaalanından ayakkabı alır ki?"

TSA ajanı gitti. Kafasındaki şapkayı bankonun üzerine koydu ve Alex'in kafasındakini de hızla çekiştirdi. "Bunları alıyoruz."

Alçak sesle konuşarak tekrar Alex'e döndü. "Sence Romanoff gibi bir ajan, ayakkabılarını fark etmemiş midir? Yapacağı ilk şey, federalleri arayıp, ayağında Nike eskrim pabuçları olan genç bir çocuğu aramaları gerektiğini söylemek olacaktır."

"Öyle mi dersin?"

Ava, omuzlarını silkti. "Yeni bir ayakkabı almanın, şapka ve üst baş almaktan daha zor olduğunu biliyor. Aslına bakarsan, şu âna kadar güvenliğin dikkatini çekmemiş olmamıza şaşırıyorum. Gerçekten kötü bir gününde olmalı." Desteden bir yüzlük çekti. "Ayakkabılar. Çabuk."

"Tamam," dedi Alex.

Ava, dikkatlice kasiyere baktı. Asık suratlı kel adam, inatla onu görmezden gelmeye çalışıyordu. "Affedersiniz. Erkek arkadaşıma nereden yeni ayakkabılar alabiliriz acaba?"

"Doğru. Ben onun erkek arkadaşıyım," derken sırıttı Alex.

Bir tomar makbuzla uğraşan kasiyer, kafasını kaldırıp bakmadı bile. "Mazel tov."*

"Az önce iğrenç bir şeyin üzerine bastı da," diye doğaçlama bir şeyler söyledi Ava. "Bilirsin işte, insanların birlikte uçmak istemeyeceği türde bir şey."

"Tuvalete gidip temizleyebilirsiniz," dedi kasiyer kafasını bile kaldırmadan. "Ben genelde öyle yaparım."

Ahh, iğrenç. Ava kaşlarını çattı. "Denedik."

Kasiyer homurdanarak, karşı sıradaki bir butiği işaret etti. "Terminalde ayakkabı satan tek yer orası. Sonra kafasını kaldırıp Ava'ya baktı. "Cidden. Kim havaalanından ayakkabı satın alır ki?"

"Gördün mü?" dedi Alex.

---

* *İbranice:* Tebrikler. (e.n.)

"46 numara," dedi Alex, satıcı kadına. "Ve biraz acelemiz var." Ava, cam kapıdan dışarı doğru uzandı ve kalabalık terminaldeki insanların çetelesini tutmaya başladı.

Tuvalet görevlisi. Başka bir polis, farklı bir rozeti var.

Kapı görevlisi. Bebek arabalı bir anne. Öz çekim yapan gençler.

Tanıdık yüz yok. Güzel.

"Numaralarımız Fransız'dır," dedi sıkılmış görünen satıcı kadın. Boynunu saran bir eşarp vardı ve o kadar kötü düğümlenmişti ki, Ava bakmaktan yorulmuştu.

"Öyle mi?" dedi Alex, "Bizim okuldaki aşçı da öyle."

Kadın kaşlarını çattı.

Alex, omuz silkti. "Sadece şakaydı. Eğer bir Fransız lokantasında çalışıyor olsaydım, tabii ki daha komik olacaktı."

"Alex," diye uyardı Ava. Gözlerini çevirdiğinde, butiğin önünde aniden duran iki polis memuru gördü.

Hadi ama çocuklar. Polisler niye burada takılmak istesin ki? Manzaramı kapatıyorsunuz.

Onlar gidene kadar, ayna karşısında bir fular deniyormuş gibi yaptı. Sonra fiyatını görüp, elindeki fuları bankonun üzerine koydu. "Bu gerçek mi?" derken kuşkucu gözlerle satıcı kadına baktı.

Şimdi de Çinli gibi görünen iki kız, dükkâna girip Mandarin dilinde bir şeyler konuşmaya başladılar.

Orada yaşıyorlar. Chengdu aksanıyla konuşuyorlar.

"Hoş çocukmuş." Kızlardan biri, Alex'e bakıyordu. "Sence yanındaki, kız kardeşi mi yoksa sevgilisi mi?"

Ava, elini alnına koydu. Natasha Romanoff, Mandarin dilini oldukça iyi biliyor olmalıydı. Çünkü kendi başına bu dilin Mandarince olduğunu anlamana imkân yok.

Elinde avucunda İngilizceden başka bir şey yok ki.

Satıcı kadın, Ava'yı görmezden geldi. "Ne tarz bir ayakkabı olsun?"

Alex, omuzlarını silkti. "Ne tarz mı? Bilmem, ayağa iyi oturan bir şeyler olsun. Koşabileyim. Tek ayağım yerdeyken kayıp düşmemi engelleyecek bir şey olsun mesela."

Kadın tek kaşını kaldırdı. "Bu sırada diğer ayağın nerede olacak?"

"Birinin suratında," dedi. "Ya da bir kapının üzerinde."

Satıcı kadın, boş boş suratına baktı.

"Alex," dedi Ava kapının oradan. Gözleriyle hâlâ kalabalığı süzüyordu. Aynı zamanda Alex'i –Çinli kızları– ve 50 metre mesafedeki tüm güvenlik kameralarını...

"Sadece şakaydı. Gördün mü? Seni yine şaşırttım."

"Baksana. Ayakkabı deniyor," dedi kızlardan biri Mandarince.

"Kim havaalanından ayakkabı alır ki?" dedi diğeri gülerek.

Ava, kafasını iki yana salladı ve bankonun oradan bir kemer aldı. Dinlemeye devam ediyordu, çünkü bu özelliği kapatması çok zordu.

"Ve neden bir TSA ajanı, Hermés'ten alışveriş eder ki? New York'taki TSA çalışanları ne kadar para alıyorlar ki?"

"Amerikalılar çok geri zekâlı."

Ava, dondu kaldı.

TSA mı? Geri mi döndü? Yine mi?

Arkasındaki cam tezgâhın üzerindeki kravatlara bakmakta olan TSA ceketli adamı görebilmek için yavaşça arkaya doğru kaykıldı. Yüzünü göremiyordu.

Hudson News mağazasındakiyle aynı adam mı? Bizi mi takip ediyor?

Satıcı kadın, köşeleri kahverengi olan parlak turuncu bir kutuyu getirip Alex'in önüne koydu.

"Harika," dedi Ava. "Alıyoruz."

Kadın şaşırmıştı. "Daha bir tane çıkarttım. Diğer ayakkabılara da bakmak istemez misiniz?"

"Hayır, gitmemiz gerekiyor," dedi Ava.

Ava kafasını, mağazanın arka tarafındaki TSA ajanına doğru eğdi.

Alex de gözlerini o tarafa çevirdi.

Ava, cilveli bir şekilde kolunu Alex'in beline doladı. Kulağına Rusça, "Silah filan gördün mü?" diye fısıldadı.

Alex, yanağını okşarken, yine Rusça olarak fısıldadı. "Hayır ama bu silahı olmadığı anlamına gelmez."

"Peki bu konuda ne yapabiliriz?" derken yanağından öptü Ava.

Büyük şemsiyelerin olduğu tarafa giderken, bir gözüyle de aynalı duvardan, TSA ajanının hareketlerini kesiyordu. Aslında şemsiyeleri silah olarak düşünmüştü. *Harika.*

"Kendinize yiyişmek için bir oda tutun," dedi Mandarince konuşan kızlardan biri.

"Hakikaten," dedi diğeri.

Satıcı kadın, ayakkabı kutusunu açtı. İçinden turuncu-siyah çizgili ve gümüşi tokalı bir çift boğazlı ayakkabı çıktı. "Dana derisi. Vergiler hariç bin yüz elli dolar. Quantum. Modelin adı bu."

"Quantum mu?" dedi Alex. "Dur bir dakika. Adı gerçekten bu mu?"

"Bin yüz elli dolar mı? Gerçekten fiyatı bu mu?" dedi Ava.

Alex, Ava'ya baktı.

İki Çinli kız birbirlerine bakıp kıkırdadılar ve ayakkabıları görebilmek için öne doğru eğildiler.

Ve sonra kızlardan biri, Ava'nın kafasını iki eliyle kavradı ve alnını tam önünde duran cam tezgâha yapıştırdı.

Bu sırada diğeri, tezgâhın üzerinden uçup iki ayağıyla Alex'in karnına uçan tekme attı.

"*Chush' sobach'ya!*" diye küfür etti Ava kafasını olabildiğince hızlı ve sert bir şekilde geriye doğru atıp kendisine saldıran kızın kafatasına ulaşmaya çalışırken.

ÇOTAAAK!

Ava, sert bir çatırtı duydu ve kız yere yapıştı.

Elindeki sakız paketine sıkı sıkı sarılmış olan TSA ajanı, şemsiyelerin ortasına düşerken tedirgin görünüyordu.

"*Chyort voz'mi!*" diye bir küfür de Alex savurdu. Kızın botlu ayaklarını, hâlâ kendi tarafındayken kavradı ve kızı, üzerinde pahalı görüken kaşmir mantoların asılı olduğu metal askılığa doğru savurdu.

TRANK!

Kız, iki eliyle rafı kavradı ve Alex'i her iki taraftan yakalamak için ayaklarını salladı ama Alex, kız çelik, dikdörtgen askılığın kenarına çarpana kadar dönmeye devam etti.

KÜÜT!

Ve kız, hareketsiz bir şekilde yerdeki mantoların üzerine düştü.

Satıcı kadının düğmesine bastığı alarm, gürültülü ve kulakları sağır edici bir tizlikte ötmeye başladı.

Alex doğruldu, sırt çantasını omzuna taktı, "Ciddi misin? Anca mı?"

Ava, spor ayakkabıları bırakıp rastgele elini attığı bir çift ayakkabıyı tezgâhın üzerine koydu. "Planlar değişti. Bunları alıyoruz..."

"Mokasen mi?" dedi Alex, yüzünü buruşturarak.

"Diğerlerini gördüler," dedi Ava ve cebinden bir tomar para çıkarttı. "Gidelim buradan."

"İyi misiniz? Çok özür dilerim." Satıcı kadın, alarm sesini bastırmak için bağırıyordu. "Eğer beklerseniz polis çağırıp zabıt tutturabilirim."

"Özür dileriz ama uçağı kaçıracağız!" Alex ayakkabıları yere atıp ayağını içine geçirirken bağırarak cevap verdi.

"O Quantum marka ayakkabıları çok istediler sanırım. Bin yüz elli papel, bazıları için büyük para. Belki de onları çalıp kaçmayı düşündüler."

Kadın onları durdurmaya fırsat bulamadan, parayı bankonun üzerine koyup dışarı çıkmışlardı bile.

Yirmi dakika sonra da Atlantik üzerinde bir yerlerde uçuyorlardı.

S.H.I.E.L.D. ÇOK GİZLİ

İZİN SEVİYESİ X

VAZİFE BAŞINDA ÖLÜM [VBÖ] SORUŞTURMASI

REFERANS: S.H.I.E.L.D. DOSYASI 121A415

YETKİLİ AJAN [YA]: PHILLIP COULSON

CVP: AJAN NATASHA ROMANOFF NAMIDİĞER BLACK WIDOW, NAMIDİĞER NATASHA ROMANOVA

BELGE: SAVUNMA BAKANLIĞI, VBÖ SORUŞTURMALARI

SB: Yani uçak biletlerinin izini sürmek, seni çıkmaza mı sürükledi?
ROMANOFF: Çıkmaz değildi. Çalınan pasaportların izini bulduğumuzda çok geç kalmıştık. Bu yüzden hangi isimlerle seyahat ettiklerini bilmiyorduk. Elimizdeki tek şey, yüz tanımlama sistemi ve JFK'nin gerçek zamanlı güvenlik kameralarıydı.

SB: Üstelik güvenlik kameralarından nasıl sıyrılacağını bilen bir kıza karşı.
ROMANOFF: Aynen öyle. Eğer Ivan'ın bütün New York havaalanlarında kas gücü olmasaydı, daha da zor olacaktı. Onun havaalanlarında gözleri var, bizim de onun gözleri üzerinde gözlerimiz var.

SB: Ve hepiniz de Ava'yı mı arıyordunuz?
ROMANOFF: Öyle ya da böyle.

SB: Peki ya onu önce Ivan'ın adamları bulsaydı?
ROMANOFF: Kennedy Havaalanı'nda üzerine saldığı üçerli gruplarla bunu denedi zaten.

SB: Peki nasıl oldu da başarıya ulaştı?
ROMANOFF: Ulaşmadı. Ama bize kritik bir detay verdi. Richie Rich'inkilere benzeyen boğazlı ayakkabıları olan bir çocuğu aramamız gerektiğini öğrenmiş olduk.

SB: İşin, her seferinde dönüp dolaşıp ayakkabılara gelmesi çok komik, değil mi?

BÖLÜM **21**: NATASHA

S.H.I.E.L.D. TRISKELEON ÜSSÜ
NEW YORK ŞEHİR MERKEZİ
DOĞU NEHRİ

"Ömür boy ev hapsi," dedi Natasha, üssün çevresini gezmek için dışarı çıkacakken. Ama sonra Tony'nin ekranında laboratuvardaki faciayı gösteren güvenlik kamerası görüntülerini fark edip geri adım attı. Tam donanımlı dört ajan, sıhhiye tarafından taşınıyordu. Kendilerine geldiklerinde, hiç utanmadıkları kadar utanmış olacaklardı ama bu hiçbir şeyi değiştirmeyecekti: Natasha, çok öfkeliydi. "İkisine de."

Ev hapsi mi? Sen neler diyorsun, Romanoff?

Bundan çok daha azı için bir sürü adam öldürdün.

"Tabii, yaparsın. Ama önce onları bulman gerekiyor," dedi Tony görüntüleri izlerken.

Natasha, görüntüyü tekrar geri sardı ve Ava'nın güvenliğin kulaklığını aldığı sahnede durdurdu. "Bak. Onu kandırıyor, içeri doğru çekiyor, mesafeyi daraltıyor. Ve... güm. Herif yerde."

Güzel bir hamleydi. Zekice ve hızlıydı. Ki bu da onun daha da sinirlenmesine sebep oldu.

Aşağılık küçük...

Natasha, eliyle klavyeye vurdu. "Sosyopat. Bu kız, başka bir şey değil."

"Gerçekten mi? Sosyopat mı? Bu kız mı?" Tony sırıttı. "O hareketi kim icat etti sanıyorsun?"

"Kapa çeneni."

Şimdi olmaz, Tony.

Bunları duymak istemiyordu. Her ne kadar Tony'nin haklı olduğunu bilse de...

"Hadi ama... Bu hareket, Natasha Romanoff ders kitabında var. Sen de biliyorsun," derken gülüyordu Tony.

"Hiç komik değil."

Sinir bozucu. Utanç verici. Onur kırıcı. Rahatsız edici. Hatta, kaba.

Ama komik değil.

"Biraz komik. Natasha Romanoff, nihayet dengi biriyle karşılaştı ve o da başka bir Natasha Romanoff, değil mi?" Tony sırıtıyordu. "Bu ironi beni çok eğlendiriyor."

Natasha, plazma ekranın karşısındaki sandalyeye çöktü. "Dengim mi? Lütfen. İkisini de yirmi dakika içinde buraya getiririm ve yirmi yıl boyunca kilitli kalmalarını sağlarım."

En az.

Eğer Tony bu beyin bağlantısını kesmeyi başaramazsa, bu süre daha da uzar.

Tony, omuzlarını silkti. "Bunu yapmayacağını ikimiz de biliyoruz, Romanoff. Ama onlar, senin bunu yapmayacağını bilmiyorlar. Büyük ihtimalle bu yüzden kaçtılar."

Natasha, kaşlarını çattı. "Neden böyle söyledin?"

"Çünkü karşımda durmuş benimle konuşuyorsun, değil mi? Süvarileri çağırmıyorsun. Hatta Coulson'u bile aramıyorsun ki, genelde ilk yapacağın şey bu olur."

Haklı. Neden yapmıyorum? Çünkü kime güveneceğimi bilmiyor muyum? Bu şekilde başlarını daha fazla belaya sokmayacağımı mı düşünüyorum?

"Coulson'a ya da süvarilere ihtiyacım yok," dedi Natasha sonunda. "Ben kendi kendimin süvari birliğiyim."

Tony iç çekip, elindeki tornavidayı bir kenara bıraktı. "Anlaman gereken şey, N-Ro, kiminle uğraşmakta olduğun. Bir ergenle. Bu konuda sana yardımım dokunabilir. Pepper'a soracak olursan, hiçbir zaman ergenliği atlatacak kadar olgunlaşamamışım."

"Neden böyle söylediğini kafamda canlandıramıyorum."

"Onu köşeye sıkıştırdın ve o da kaçtı. Tanıdık geliyor mu?"

Tabii ki.

"Konuşana bak," dedi Natasha, sert bir bakışla.

Tony, omuzlarını silkti. "Ben kaçarım. Sen kaçarsın. Bunu yargılamıyorum. Anlayış gösteriyorum."

"Birlikte kaçtılar ve ben Alex'i köşeye filan sıkıştırmamıştım."

"Ah, onu motive eden şey, ayrı bir tartışmanın konusu. Hatta kitaptaki en eski hikâye de olsa, farklı bir konu. Oğlan kızla tanışır ve onu... motive edici bulur." Tony sırıtıyordu. "O duyguyu çok iyi bilirim." Öne doğru eğildi. "Ben de nadir rastlanan bu tip motivasyonları çok severim."

"Fazla *sosyetiksin*." Natasha gözlerini devirdi. "Ve hiç yardımcı olmuyorsun."

"Nasıl istersen."

"Bak. Bu roket bilimi filan değil. Normalde ne yapıyorsam onu yapacağım. İz sürmekle başlayacağım. Alex'in bir telefonu vardı, değil mi?"

Azimli bir ses tonuyla bunu söylerken S.H.I.E.L.D.'in ana bilgisayarıyla bir bağlantı kurdu. "İlk durak, New York Telefon Şirketi."

Natasha, arkasına yaslandı. "Sinyal yok. Herhangi bir SIM karta ulaşılamadı."

Der'mo!

"Aferin onlara. Telefonu çöpe atmışlar."

Oturduğu yerde dikeldi. "Tamam. Yüz tanıma sistemi." Tekrar tuşlara bastı. "Bütün havaalanlarını ve bütün tren istasyonlarını tarayacağız. Üç bölgedeki bütün güvenlik kameralarından kaçmayı başaramazlar."

Tony, memnun görünüyordu. "Ciddi misin? Çünkü senin bunu yaptığına tanık olmuştum. O niye yapamasın?"

Natasha, ekrana doğru kaşlarını çattı. "Elbet bir hata yapacak. Bu sadece... şey, henüz bir şey bulamadım."

Der'mo der'mo...

"Doğru."

Natasha, iç çekti ve klavyeye geri döndü. "Tamam. Yolcu konşimentolarını tarayacağım. Havayolları. Demiryolları. Otobüs hatları."

"Öyle mi?"

Ellerini havaya kaldırdı. "Yakaladım. Şu an... Tokyo'ya gidiyor." Natasha, yapmacık bir gülümseme takındı. "Kolay. Daha onlar inmeden, Narita'ya varmış olurum."

"Ciddi misin?" Tony tekrar ekranı işaret etti. "Çünkü senin göz kırpan küçük şey yine söndü."

Natasha, tekrar ekrana baktı. "Ve Heathrow. Ve... Moskova. Ve São Paolo. Ve Panama. Ve Budapeşte. Ve Paris." Yüzü gitgide kızarmaya başlamıştı.

Der'mo der'mo der'mo...

Tony, sırıttı. "Hadi ama. Azıcık da olsa gurur duymadın mı? Bir de zamane çocukları için girişken değil derler." Kafasını salladı. "Yeni neslin, büyüklerin izinden gittiğini görmek, harika."

"Bu çok saçma." Natasha, arkasına yaslandı. Nereden başlaması gerektiğini bilmiyordu. "Sanki tüm numaralarımı bana karşı kullanıyor."

"Tabii ki öyle yapıyor. Kelimenin tam anlamıyla öyle yapıyor. Bunlar senin hilelerin. Çünkü senin beynine erişimi var, Ajan Romanoff."

Ama buna sonsuza kadar devam edemez.

Tıpkı sonsuza kadar kendinden kaçamadığın gibi, Natasha.

Bu düşünceyi kafasından atarken, titredi. Ava'nın kendisiyle oynamasına yeteri kadar izin vermişti. "Psikolog gibi konuşmayı bırak, Tony. Bütün bunların tek bir anlamı var.

Düşündüğümüzden çok daha fazla gelişim göstermiş." Natasha, ayağa kalktı. "Onları bulmam lazım. Hemen."

Tony, önündeki çelik laboratuvar masasının üstünde duran yarısı yanık harddiski aldı. "Bu Kuantum Dolanımı teknolojisini biraz daha inceleyeceğim. Sen küçük kopyanı ve Romeo'sunu bul. Ama bence yirmi dakikadan fazla sürecektir."

Natasha, ceketini aldı.

Tony, kafasını kaldırdı. "Normalde yaptığın şeyleri yapma. Onun bildiği tek şey bu."

Natasha, kapının önünde durdu. "Başka ne yapabilirim ki?"

"Bunu, bir şeyleri değiştirmek için bir şans olarak düşün. Yeni biri ol." Tony tekrar omuzlarını silkti. "Kim bilir? Belki içi küçük hilelerle dolu yeni bir çanta bulursun." Önündeki harddisk, kıvılcımlar çıkartarak patladı. Tony, kaşlarını çattı. "Ya da bulamazsın."

"Çok moral verici oldu."

"Rica ederim."

S.H.I.E.L.D. ÇOK GİZLİ

İZİN SEVİYESİ X

VAZİFE BAŞINDA ÖLÜM [VBÖ] SORUŞTURMASI

REFERANS: S.H.I.E.L.D. DOSYASI 121A415

YETKİLİ AJAN [YA]: PHILLIP COULSON

CVP: AJAN NATASHA ROMANOFF NAMIDİĞER BLACK WIDOW, NAMIDİĞER NATASHA ROMANOVA

BELGE: SAVUNMA BAKANLIĞI, VBÖ SORUŞTURMALARI

// TALEP EDİLEN EKLER

S.H.I.E.L.D. SAHA BÜLTENİ

TÜM BİRİMLERE İLETİLDİ

<<KÜÇÜK SİVİLLER KAYIP>>

<<AJAN ROMANOFF, NATASHA>>

<<GÖZLER ORLOVA, AVA/MANOR, ALEX'İN ÜZERİNDE>>

<<FARKLI KİMLİKLE SEYAHAT ETTİKLERİ DÜŞÜNÜLÜYOR/KİMLİKLER BİLİNMİYOR>>

<<BELİRLENEN UÇUŞ KONŞİMENTOLARI: ROMA FIUMICINO—LONDRA HEATHROW—AMSTERDAM SCHIPOL—MOSKOVA SHEREMETYEVO—RIO DE JANEIRO GALEAO—PANAMA TOCUMEN—TOKYO NARITA—İSTANBUL ATATÜRK—SİNGAPUR CHANGI HAVAALANLARI>>

<<BİLETLERİN ÜCRETLERİ NAKİT ÖDENMİŞ>>

<<TELEFON KARTI İZİ YOK>>

<<CEP TELEFONU İZİ YOK>>

<<GÖRÜLDÜKLERİ YERDE GÖZALTINA ALINACAKLAR>>

BÖLÜM 22: ALEX

UKRAYNA HAVAYOLLARI UÇUŞ NO 649
BİRİNCİ SINIF UÇUŞ
ATLANTİK OKYANUSU
ÜZERLERİNDE BİR YER

Uçak havalanalı beş saat olmuştu ama Alex'in gözüne uyku girmemişti. Bir kolunu kafasına dayamış, tavanı seyrediyordu. Geriye yatırdığı koltuğun altında bir çift spor ayakkabı yatıyordu.

Yanındaki koltuğa kıvrılmış olan Ava'yı seyretti. Rahat bir pozisyon bulmaya çalışmıştı. Uçuş görevlilerinin sunduğu her ikramı kabul etmişti. Ava, uzatılan her tuzlu fıstığı, her karides kokteylini yemiş, önündeki yolcu sehpası, boş vişne suyu kutularıyla dolmuştu. Ama şu anda ne bulundukları yer, ne de gitmekte oldukları yer, rahat hissetmelerine izin veriyordu; birinci sınıfta uçuyor olsalar bile.

Sonunda Ava pes etti ve koltuğunda kıvrılmayı bıraktı. Yorgun ve yıpranmış görünüyordu ama yine de uyuyamıyordu. Stres, iyice üzerine çökmüştü ve Alex'in elinden de onu rahatlatabilecek bir şey gelmiyordu.

"Bana bir şeyler anlat," dedi Ava, aralarındaki plastik konsola doğru kıvrılarak. Alex, keşke o konsol orada olmasaydı, diye düşündü.

"Bilmek istediğin ne varsa söyle," dedi. Bu konuda ciddiydi.

Kızlarla konuşmak söz konusu olduğunda pek de iyi değildi ama uçağa bindiklerinden beri onu düşünüyordu. Gözlerini kapattığında bile, sanki doğruca yüzüne bakıyormuş gibi net bir şekilde Ava'yı görüyordu. Yapabildiği tek şey yanında oturmaktı. Ona uzanamıyor, sarılamıyor, kendine doğru çekemiyordu.

"Köpeğe ne dersin?" diye mırıldandı Ava yine gözlerini kapatırken.

"Neye?" Bunu beklemiyordu.

Bir kedi, belki. Köpek? Peki, tamam.

"Senin köpeğinden bahsediyorum. Bir köpeğin var, değil mi?" Yarı uykulu gibiydi. "Kahverengi ve biraz uyuz bir şey. Ona yemek veriyorsun..."

Alex iç çekti. "Keşke. Hiç köpeğim olmadı."

"Oldu."

"Her zaman olmasını istedim ama annem tam bir kedi delisi. Ve tüm nezaketiyle köpek sahibi olmamızı reddediyor."

"Garip. Bir köpeğin olduğuna yemin edebilirdim." Ava, tekrar gözlerini açtı. "Patates," dedi. "Patates yemeyi seviyordu."

"Kim?"

"Köpeğin. Onu kendi tabağından besliyordun."

Alex, garip garip ona baktı. "Tek bir fark var. O bir kedi ve adı da Stanley. Ayrıca üzerinde Noel Kediciği'yle, kendine ait bir tabağı var."

Şaşırmış gibiydi. "Gerçekten mi? Noel Kediciği, öyle mi?"

"Ve her tatil için ayrı bir tasması var. Bu seferkinin üzerinde –dur bakayım– mutlu yıllar yazıyordu."

"Yani köpek yok, öyle mi?"

"Köpek yok."

Ava, oturdu. Saçları darmadağın olmuştu. "Hmm. Bilmiyorum. Her zaman Mountain Clear'da mı yaşadın?"

"Montclair demek istedin sanırım. Hayır. Annem bu konuda asla konuşmak istemiyor ama Vermont'ta büyüdüm. Eski arka bahçemizdeki ağaçları hâlâ rüyamda görürüm. Ağaçlar ve karlar."

Alex, bu rüyaların aslında kâbus olduğundan da bahsetmedi, kafasından daha yükseğe çıkan kar yığınlarına doğru takip edildiğinden de ve hatta bazen insanların kendisine ateş ettiğini gördüğünden de. Bazen karlar, kendi kanına bulanmış olurdu. Ava'nın da kendine yetecek kadar kâbusu olduğunu ve bunları duymaya ihtiyacı olmadığını düşündü.

"Peki sonra?"

"Sonrası dünyanın en sıkıcı hikâyesi. Annemle babam boşandı ve New Jersey'e yerleştik. Annem bir seyahat acentesi açtı. Ve kendisi tam bir kedi delisidir ki, bu konuya daha önce değinmiştik."

"Ama sen öyle değilsin. Bu nasıl oldu?"

"Sürekli benim doğumdan sonra hastanede karıştığımı söyler. Temelde hiçbir ortak noktamız yok."

"Siyah Kart insanı değil midir?"

"Alakası bile yoktur. Asla kavga peşinde koşan tiplerden değildir."

"Peki ya sen?"

Alex, omuzlarını silkti.

Ava, ona baktı.

"Babana ne oldu?"

"Bilmiyorum. Sanırım bizi terk etti ve annem de her şeyden vazgeçti."

"Köpeğinden de mi?"

"Köpek filan yoktu, deli kız." Alex, Ava'nın omzunun üstünden uçağın koridoruna baktı. "Ama küçükken vardı da, ben mi unuttum diye sorarım kendisine. Tabii eve varır varmaz. Ya da bilirsin işte, aradığımızda." Saatine baktı. New Jersey'de şu an günlerden pazar ve öğleden sonrası saatleriydi.

Annem delirmiştir. Dante'nin babasını aramıştır. Dante beni korumaya çalışıyordur. Bunların hiçbirine inanmayacaktır ama yine de ona anlatabilmeyi çok isterdim.

Sonrasında Alex, kendi elini tutan sıcak bir el hissetti. Ava, aniden ona bakarak, "*Brat,*" dedi.

"Kim, ben mi?" dedi gözlerini kırpıştırarak. "Hakaret ediyorsun."

Ava, gülümseyerek kafasını iki yana salladı. "Şimdi hatırladım. Köpeğinin ismi buydu."

Alex, garip garip yüzüne baktı. Bütün bu sohbet, hızla garip bir yere sürükleniyordu. "Hadi adını filan geçtim! Benim bir köpeğim olup olmadığını nereden biliyor olabilirsin ki?"

"Brat'i mi?"

"Ayrıca ne biçim bir isim o öyle?"

"*Brat* işte. Rusça," dedi yüzüne bakarak. "Düşün biraz. Hatırlamaya çalış."

Alex, yorgun bir şekilde arkasına yaslandı. "Brat."

Hatırlayacak ne var ki?

Brat, ne çeşit bir köpekti ki?

Kahverengi, diye düşündü birden.

Kahverengi bir kürk ve kahverengi gözler düşündü. Kahverengi bir burun.

Her şeyi kahverengi.

Ve sıcakkanlı.

Atan sıcak bir kalp hissetti ve ayakucuna kıvrılmış sıcak bir tüy yumağı.

Seramik bir tabak içinde kurutulmuş hububat ve kahvaltılık patatesler.

Kanepenin altındaki halının üzerinde uyuması için sıcak bir nokta.

Lahana gibi çiğnenmiş düğümlü uzunca bir ip...

"Kardeşim," dedi Alex birden. Oturdu. "*Brat,* kardeşim demek. Çünkü o köpek, kardeşim gibiydi."

"Hatırlıyor musun? Gerçekten mi?" Ava'nın gözleri büyüdü. Gülümsedi. "Bunu kafamda kurmadığımı biliyordum."

Alex'in kafası biraz daha karışmıştı ama bir şeylerden daha emin oldu. Kafasının içinde, daha önce açmayı bile düşünmediği kapıları açmaya başlamıştı.

"Yalnızken o köpek sessizce sahip olduğum tek aileydi," dedi.

Rahatsız ediciydi ama yine de bir şekilde gerçekti.

Gerçekten bir köpeğim vardı.

Ava'ya baktı. "Bunu nasıl unutabildim ki? Ve neden annemi orada hiç hatırlamıyorum? Ve eğer o kadar eskiyse, babamı niye hatırlamıyorum?" Alex elini koyu renk saçlarının içine daldırdı.

"İnsanlar bazı şeyleri unutur," dedi Ava. "Köpekleri bile."

Bunlar, Alex'in başına bir ağrı girmesine sebep olmuştu. Bu konuda düşünmek istemiyordu ama içinde garip bir his vardı, sanki uzun zamandır kayıp olan o köpeğinin önemli bir detay olduğuna dair bir his.

Ve Ava'nın da garip bir şekilde bütün bunlarla alakası vardı.

Onun yüz ifadesini inceledi.

"Sen unutmadın." Ava'nın gözlerinin derinliklerine akan gölgeleri seyretti. "Nasıl oluyor da benimle ilgili şeyleri hatırlayabiliyorsun, Ava? Daha önce hiç tanışmadık. Bundan çok eminim. Benim bile hatırlamadığım şeyleri, sen nereden biliyorsun?"

"Alex," dedi Ava sakince. "Bazen bunlardan çok çok daha fazlasını hatırladığım oluyor."

Alex, ona baktı ve yüz ifadesinden, bunun köpekten çok daha fazlası olduğunu düşündü.

"Yani Natasha Romanoff hakkında bildiğin şeyler gibi şeyler mi? Ya da Rusça biliyor olmam gibi mi?"

Ava, kafasını salladı. Kelimeler ağır ağır ve zorlukla çıktı. "Rüyalarım her zaman onunla ilgili olmuyor," dedi yüzüne bakarak. "Ve bunlar yeni de başlamadı."

"Rüyaların kimin hakkındaydı? Köpeği saymazsak yani?" Ve sonra birden aydınlanma yaşadı. "Dur bir dakika... benim hakkımda mıydı?"

Ava tekrar kafasıyla onayladı.

"Ne diyorsun?" Alex, kafasında parçaları birleştirmeye çalıştı ama yapamadı. Çok fazla parça vardı ve un ufak dağılmışlardı. Hiçbir şey anlamlı gelmiyordu.

"Rüyamda seni gördüm," dedi. "Senin hakkında bir şeyler gördüm. Seninle tanışmadan çok önce."

Hiç mantıklı olmamasına rağmen, Ava'nın söylediklerini mantıklı bir zemine oturtmaya çalıştı. "Önsezi gibi filan mı?"

Ava omuz silkti. "Bundan biraz daha fazlası." Durdu ve sanki bir şeyler arıyormuş gibi yüzüne baktı.

Alex, ne aradığını bilmek istedi.

"Bunun kaderin bir işi olduğunu düşünürdüm," dedi sonunda. O kadar yumuşak söyledi ki, Alex duyabilmek için ona doğru eğilmek zorunda kaldı.

"Rüyaların mı?"

"Sadece rüyaların değil," derken Ava'nın yüzü kızardı. "Çok aptalca, biliyorum. İnsan, kader olamaz ki." Alex, Ava'nın pembeden kırmızıya dönen yanaklarını izledi.

Yine de tam olarak ne söylemeye çalıştığını anlayabilmiş değildi. Ve o kadar gergin görünüyordu ki... Bir şeyleri anlamasını istediği o kadar belliydi ki...

Yardım et, Ava.

Parçaları birleştirmeme yardım et.

Hatırlamak istiyorum.

Her şeyi bilmek istiyorum.

Özellikle de seninle ilgili.

"Kader, ha?" Alex, Ava'nın bakır rengi buklelerden birini, kulağının arkasına doğru sıkıştırdı. "Kaderin neye benzediğini nereden biliyorsun?"

Ava derin bir nefes çekti. "İşte. Sadece göstersem daha iyi olacak sanırım. Ama sakın kafayı filan yeme, tamam mı?" Ayağının dibindeki çantaya uzandı ve eski püskü bir defter çıkarttı. "Bunu Oksana'dan başka kimseye göstermedim."

Defteri Alex'in kucağına koydu ve açmasını bekledi. Sadece ilk sayfayı çevirmesi bile, neden cesaretinin kırıldığını anlaması için yeterliydi.

"Bu, benim!" dedi deftere bakıp. "Bu benim ve bu da Brat. Ve arkadaki orman da... sanırım bu da bizim arka bahçemiz. Sanırım ormanı hatırlıyorum. Bunu da rüyamda görmüştüm. Bu, inanılmaz."

Ağaçlar ve karlar.

Kâbuslarımdakiler gibi.

Alex, titredi ve daha yakından baktı. "Bu, Brat. Hatırladığına hiç şüphe yok. Tanrım, bunlar inanılmaz. Sen inanılmaz bir ressamsın."

Ava, cevap vermedi. Güçlükle Alex'in suratına bakabiliyordu ve Alex de bunun onun için ne kadar zor olduğunu fark etti. Onun ne kadar ketum olduğunu fark etti.

Ava da en az Natasha Romanoff kadar, çamaşır çekmecesine bakılmasına katlanamayacak biri.

Çizimlere bakarken kafası zonklayıp duruyordu.

Belki ben de öyleyimdir.

Sayfaları çevirdikçe, gördüğü şeylerin detayları beyninde şimşek gibi çakmaya başladı... sanki kadim bir kilisenin çanları, yıllar sonra ilk kez çalıyormuş gibi.

"Ama bunların çoğunu hatırlamıyorum," dedi yavaşça. Farkındalık gelmeye devam ediyordu. "Ben neden hatırlayamıyorum?"

"Bilmiyorum," dedi Ava. "Ben neden hatırlıyorum?"

Alex, kafasını defterden kaldırdı. "Nasıl olur da benim hayatım hakkında benden daha fazla bilgiye sahip olursun?"

"Benim için de aynı derecede anlamsız, inan bana."

Alex, sayfaları çevirirken gördüğü çizimleri, gerçekte görmüyor gibiydi. Kafasının içinde dönüp duran kelimelere bir anlam yükleyebilmek için yapabildiği tek şey buydu.

Benim bile bilmediğim şeyleri hatırlıyor.

Bana yıllar önce olan şeyleri...

Başka bir sayfa daha çevirdi.

Nasıl?

Bir kez daha sayfayı çevirdi.

Ve bu nasıl gerçek olabilir? Nasıl oldu da Ukrayna'ya giden bir uçağa bindim? Nasıl oldu da yanımda benim hayatımı, rüyalarında gören bir kızla oturuyorum?

Ava'nın elini, kolunda hissetti.

Ve nasıl oluyor da bu olay, olması gerektiği kadar tuhaf gelmiyor?

"İyi misin, Alex?"

"İyi olacağım." Alex, derin bir nefes aldı ve hem Ava'ya hem deftere baktı. "Bu benim Montclair'deki evim. Şu anda yaşadığım yer."

"Ben de öyle düşünmüştüm." Gülümsedi. "Mountain Clear. Başlığı düzeltebilirim. Ama evi doğru çizmişim, değil mi?"

"Mükemmel bir şekilde." Çizimi daha da yakından inceledi. "Bu arada garip bir perspektifin var. Evi bu şekilde görebilmek için, sokağın karşısındaki binanın çatısında olman gerekir." Alex, Ava'ya gülümsedi. "Yine mi Flanagan'ların çatısına tırmandın?"

"Enselendim," dedi yüzünde sıcak bir gülümsemeyle.

Başka bir çizime geçti.

"Bu, kesinlikle oldu."

"Aynen öyle. Birkaç gün önce."

"Sofi'nin partisi. Dante'nin arka verandası. Sanki bunu da bahçenin ta diğer ucundan bakıp da çizmişsin gibi. Çitlerin oradan." Kafasını salladı. "Bu çok garip çünkü o gece orada birini duyduğumu sanmıştım."

"Yine enselendim," dedi ve güldü Ava. "Üç yıldır Dante'lerin arka bahçesinde yaşıyordum. Pek dikkatli biri değil."

"Bir de bana sor."

Şimdi de Alex, eskrim bandının üzerindeki haline bakıyordu. "Yani ilk önce beni rüyanda gördün. Sonra ne yaptın? Beni buldun mu? Kongre merkezinde bana mı tosladın?"

Ava yavaşça kafasını salladı. "Ben de beklemiyordum. En az senin kadar şaşkındım."

"Bu yüzden mi çok tanıdık geldiğimi söyledin?" Tekrar deftere baktı. "Çünkü öyleydim. Tabii ki öyleydim." Uzandı ve Ava'nın elini tuttu. Bir yandan sayfaları çevirmeye devam ediyordu. "Bu nasıl mümkün olabilir ki?"

"Son zamanlarda başımıza gelen olayların hangisi mümkün olabilir ki?"

Alex, cevap vermedi. Odessa'daki antreponun çizimlerini inceliyordu. Ve sonra da etrafındaki limanın. Şimdi de karlar altındaki şehri. Ufak gri binaları ve kıvrılan caddeleri. "Peki ya bunlar?"

"Hatırladığım ufak tefek şeyler. Çoğunlukla eski evim."

"Yani şimdi oraya mı gidiyoruz? Odessa'daki evine mi? Bu çılgınca. Daha önce ülkeyi hiç terk etmemiştim."

Ava, baygın baygın yüzüne baktı. "Odessa'nın evim olup olmadığını bilmiyorum. Hayal meyal hatırlıyorum ve çoğunlukla parça parça. Çoğu, hatırlamak bile istemediğim şeyler. Kâbuslar. Antrepo. Askerler. Ivan Somodorov. Burayı evim olarak görebilecek miyim göremeyecek miyim bilmiyorum. Belki de şu an için hiçbir yer, evim değildir."

Alex anlamıştı. "Yani burası bir zamanlar yaşadığın yer. Bazen ben de New Jersey hakkında böyle düşünüyorum." Onu güldürmeye çalışıyordu.

"Burası, annemin Ivon Somodorov ile birlikte çalıştığı yer. Ve ayrıca babamı da son gördüğüm yer." Gözleri, karanlıktı.

Alex, Ava'nın elini sıktı. "Aynı zamanlarda bunların hepsini son gördüğün yer, değil mi?"

Ava, kafasını salladı.

"Ve annen bir bilim insanı mıydı?"

"Annem de babam da öyleydi. Hükümet için çalışıyorlardı. Kuantum fizikçileriydiler. Hatta annem, laboratuvarın başındaydı. Ivan beni kaçırmadan önce." Uzanıp birkaç sayfayı daha çevirdi. "Bu o. Annem."

Ava, sayfaların arasından bir fotoğraf çıkarttı. Artık sararmaya başlamış, eski, siyah-beyaz bir fotoğraftı. Annesi, rıhtımda duruyordu.

"Çok güzelmiş," dedi Alex. "Sana çok benziyor."

"Belki öyleydi. Umarım öyledir. Kendime sürekli bunu söylüyorum," dedi Ava fotoğrafı ona uzatırken.

Alex, fotoğrafın arkasını çevirdi. Silik bir şeyler yazıyordu. *Odessa.*

Artık geri dönüş yoktu.

Ama Ava'nın kafası omzuna yaslanırken Alex, bunun bir önemi olmadığını düşündü. Onun için yoktu. Onsuz hiçbir yere gitmeyecekti. İstese de yapamazdı.

Çünkü Ava, bir konuda yanılıyordu. Bazen bir insan, diğerinin kaderi olabilirdi.

Bazen hiçbir farkı olmazdı.

Ava, kafasını Alex'in omzunda kaldırmadı. Onun yavaş yavaş uykuya daldığını hissettiği halde... Nefesi, iç çekişle horlama arasında bir yerde gidip gelirken bile...

Ava, hâlâ hareket edemediğini fark etti. Düşünmekten başka bir şey gelmiyordu elinden, çünkü bir şey fark etmişti. Önemli bir şey, diye düşündü. Bunu görmesini sağlayan kişi, Alex'ti.

Çizdiklerinin hepsinde benzer bir nokta vardı. Garip bir mesafe, uzak bir perspektif.

Asla aşılamayan bir bariyer vardı.

Resimlerde kendisini hiç çizmemişti. Çoğunda, Alex ile aynı düzlemde bile değildi. Gözle görülür bir şekilde farklı bir yükseklikte ve açıdaydı.

Bunu romantik bir şekilde düşünmeye çalıştı. Aralarındaki boşluk gibi... yaşam ve rüyalar âlemi arasındaki boşluk gibi. Gerçekler ve hayaller. Gerçek yaşam ve dövmeli çocuk.

Ama artık o kadar emin değildi.

Bu açıdan görmek için sokağın karşısındaki evin çatısından bakıyor olman lazım...

Tamam. Mümkün.

O gece orada birinin olduğunu sandım.

Tamam. Bu da mümkün.

Düşün. Siyah eldivenli biri.

Tamam. Daha önce bunları neden tanıyamadığını bilmiyordu.

Silahlı biri.

Tamam. Tabanca. Bileğinde taşıdığı.

Natasha Romanoff. Oradaki hep Natasha Romanoff'tu.

Ava, neredeyse her gece rüyasında Alex'i gördüğünü biliyordu –ama Ava, Natasha Romanoff'u görmüyordu– içinden bir ses, o rüyaları Natasha Romanoff olarak gördüğünü söylemeye başladı.

Bu mantıklı olabilir, değil mi?

Yani bazı şeyleri Natasha Romanoff olarak mı görüyorum? Uyurken, dünyayı onun gözlerinden mi görüyorum? Kendi gözlerimle görmüyor muyum?

Özellikle de kuantum dolanımı bağlantısı olduktan sonra. Bilincim açık değilken beyinlerimiz birbirine daha sıkı dolanıyor ve bundan haberim bile olmuyor olabilir.

Ve eğer bu doğruysa...

Alex ile bağlantımı sağlayan da Natasha.

Onu izliyor ve ben bunu görebiliyorum. Onun gözlerinden görüyorum.

Ama neden? Neden Natasha Romanoff, Alex Manor'ı izliyor olsun ki?

Ve bunu neden sadece şimdi değil, iki sene boyunca yaptı?

Bu çok anlamsız.

Ama bir anlamı olmalı.

Bütün bunları Ivan Somodorov yüzünden düşünmemi istiyor olabilirsin, sestra, ama bundan çok daha fazlası var, değil mi?

Odessa, bazı cevaplar sunabilir. Sunmak zorunda.

Sadece kendisi için değil, Alex için de.

Natasha Romanoff ile bir dahaki yüzleşmesinde, tongaya düşmeyecekti. Ne yapacağını ve nasıl oynaması gerektiğini biliyordu. Ayrıca bütün bu karmaşanın Alex Manor ile ne alakası olduğunu da öğrenecekti. Her ikisinin iyiliği için.

Ivan Somodorov olsun ya da olmasın...

Ne yapmaya çalışıyorsun, Black Widow?

Gözüne bir daha uyku girmedi ve Ava, bulutlar dağılana ve kasvetli, gri gökyüzü onları Moskova'da karşılayana kadar camdan dışarıyı seyretti.

S.H.I.E.L.D. ÇOK GİZLİ

İZİN SEVİYESİ X

VAZİFE BAŞINDA ÖLÜM [VBÖ] SORUŞTURMASI

REFERANS: S.H.I.E.L.D. DOSYASI 121A415

YETKİLİ AJAN [YA]: PHILLIP COULSON

CVP: AJAN NATASHA ROMANOFF NAMIDİĞER BLACK WIDOW, NAMIDİĞER NATASHA ROMANOVA

BELGE: SAVUNMA BAKANLIĞI, VBÖ SORUŞTURMALARI

S.H.I.E.L.D. SAHA BÜLTENİ
TÜM BİRİMLERE İLETİLDİ

<<KÜÇÜK SİVİLLER KAYIP>>

<<AJAN ROMANOFF, NATASHA>>

<<GÖZLER ORLOVA, AVA/MANOR, ALEX'İN ÜZERİNDE>>

<<JOHNSTON, MELISSA VE PETERSON, PETER KİMLİKLERİYLE SEYAHAT EDİYORLAR>>

<<KENNEDY HAVAALANINDA, DIŞ HATLARDA BİR KAVGAYA KARIŞMIŞLAR>>

<<ÜST KATTA BUTİK SOYGUNU/SALDIRI ARANMAKTA OLAN ÜÇ AJANDAN İKİSİNİN YAKALANMASIYLA SONUÇLANMIŞ>>

<<NAKİT ÖDEME. KREDİ KARTI İZİ YOK>>

<<CEP TELEFONU İZİ YOK>>

<<SON GİYDİKLERİ KIYAFETLER, TERMİNAL ÇÖPLÜĞÜNDE BULUNDU>>

<<GÖRÜLDÜKLERİ YERDE GÖZALTINA ALINACAKLAR>>

BÖLÜM **23**: NATASHA

BLACK WIDOW'UN DAİRESİ
LITTLE ODESSA, BROOKLYN

Ava Orlova, sadece on yedi yaşında. Ne kadar uzağa gidebilir ki?

Natasha, Little Odessa'daki apartman dairesinin boş mutfağında oturmuş, elindeki küçük flaş diske bakıyordu. Diskin içinde S.H.I.E.L.D.'ın Ava ve Alex hakkında bildiği her şey vardı.

Eğer KD bağlantısı devam ederse, Ava Orlova sadece on yedi yaşında bir kız olarak kalmaz.

Eğer bu bağlantı devam ederse, iki farklı kıtada eğitilmiş, beş dil konuşabilen ve birini çıplak elle öldürmenin en az üç farklı yöntemini bilen, deneyimli bir ajana dönüşecek.

Bu, anlaşılamayacak kadar karmaşık bir durumdu, özellikle de hayatı Natasha Romanoff kadar karmaşık olan biri için. Bu ülkedeki yaşantısını, bu daire kadar basit tutmaya çalışmıştı. Tam olarak üç odası ve dört parça eşyası vardı. Bir kanepe, bir yatak, bir mutfak masası ve bir sandalye. Ve bir de canı istediği zaman girip çıkan isimsiz bir kedi vardı ve şu an onu gördüğü için şaşırmışa benziyordu.

Natasha, bu mutfak masasında en son ne zaman oturduğunu düşündü.

Üç ay önce miydi? Altı ay mı?

Kare şeklindeki vernikli masa yüzeyi oldukça parlaktı ve sanki üzerinde tek bir parmak izi bile yoktu. Tüm mutfak aynı şekildeydi. Duvar boyaları ilk günkü gibiydi ve dolapların içi boş sayılırdı. Sanki Natasha buraya yeni taşınmış gibiydi ama aslında yıllardır burada yaşıyordu.

Eğer buna yaşamak denirse.

Masanın ortasında duran ve kafalarında kırmızı boyasıyla pembe yanaklı, *Matrşuka* denen geleneksel oyuncak bebeklerden birini aldı. Çiçekli elbiseleri vardı ve ağızları kalp şeklindeydi. Koca dairedeki birkaç kişisel eşyadan biriydi. Bunların, bir büyükannenin torununa verebileceği türde şeyler olduklarını düşündü, Natasha.

Tabii eğer hâlâ bir büyükannem olsaydı.

Bunlar, Pepper Potts'un hediyesiydi. Moskova'ya yaptığı bir iş gezisinden getirmişti. O kadar uyumlulardı ki, kendinizi on iki tane iç içe geçmiş babuşka bebeğine bakarken buluyordunuz. Ama aslında sadece bir tanesine bakıyordunuz. Sadece bir bebekti ama Natasha, bu bebeğin neden bu kadar rahatsız edici olduğuna anlam veremiyordu. Gizli kimlik numarası. Pepper bunun komik olduğunu düşünmüştü. "Bak," demişti, "gerçek bir Rus gizli ajanı. Bana seni hatırlatıyor."

Ben bu muyum? Ava bu mu? Bir matruşka mı?

Tek bir kişiye ait on iki farklı kimlik ve on iki farklı geçmiş mi?

İçi boş yarıları, masanın üstünü kaplayana kadar tahta bebekleri tek tek açmaya başladı.

Son bebeğin içinde, en küçük olanın içinde, bir kâğıt parçası vardı. Düzgün bir kare şeklinde iyice katlanmıştı. Onun ne olduğunu öğrenmek için açmasına gerek yoktu.

İkiye bölünmüş 5 avroluk bir banknotun diğer yarısı.

Natasha, çocukken yaptığı gibi dizlerini yukarı doğru çekerek sandalyenin üzerinde bağdaş kurup dengeli bir biçimde oturdu.

Tahtadan oyulmuş içi boş figürlere baktı.

Aynı anda hem bu kadar dolu, hem de bu kadar boş olabilir miyim?

Diğer versiyonlarımı hesaba katmazsak, bu kadar yalnız olabilir miyim ki?

Natasha, karton bardakta aldığı koyu kahvesinden bir yudum aldı ve laptopunun ekranına dikkatlice baktı. Düşünmeyi bırakması gerekiyordu. Sadece Ava'nın dosyasına odaklanmalıydı.

Toparla kendini, Romanoff.

Eline bir kalem aldı ve kahvenin yanında verdikleri peçeteye bir kelime daha yazdı. Bununla birlikte dört etmişti. Ava Orlova'nın olabileceği dört yer. Geçmişine bakılacak olursa, evi olarak görebileceği dört yer.

BROOKLYN

WASHINGTON DC

ODESSA

MOSKOVA

Bu dört ihtimale ulaşmak için Ava'nın dosyasını kronolojik olarak tersten yeniden taramıştı. Brooklyn, şimdiki eviydi, tabii eğer ev denilebilirse. Natasha, GHKB'yi ziyaret etmiş ve etkilenmişti. Sıkı çocuktu.

Ve ondan önce Washington DC'deki S.H.I.E.L.D. güvenli evindeydi.

Ne kadar kalmıştı, beş yıl mı?

Orası da acımasız bir yerdi. Natasha, orayı sadece senede bir gün, Ava'ya doğum günü hediyesi bırakmak için ziyaret ediyordu.

O zamanlarda bile üzerine kart bırakmıyordu.

Kafasını iki yana salladı.

Ondan önce Ava, Odessa'da yaşıyordu. Ve bebekken de Moskova'daydı.

Yani Ukrayna. Odessa ve antrepo.

Ava, oraya gitmek istemiş olabilir mi, her şeyin başladığı yere?

Belki.

Ama Ivan Somodorov'un kalesinin derinliklerine bu kadar girmeye cüret edebilir mi?

Eğer Romanoff gibi düşünmeye başladıysa...

Evet.

ODESSA kelimesini daire içine aldı ve Ava'nın dosyasını incelemeye geri döndü. Taranmış dosyaların yarısı, Natasha Romanoff'un kişisel dosyalarıyla bağlantılıydı. Ve

Natasha'nınkilerde olduğu gibi, her sayfanın yarısı siyah bantla kapatılmıştı. Çok fazla gizli bilgi vardı.

Boşa çabalıyordu. O kadar zaman harcamasına rağmen, hiçbir yere varamamıştı.

Bu arada Ava ve Alex dünyanın öbür ucuna gitmişlerdir.

Natasha, başka bir dosya çıkarttı.

Bir de oğlanı deneyelim.

Alex Manor.

Tekrar.

Üzerine tıklamadan önce, ekrandaki dosyaya uzun uzun baktı.

Tıkladığı zaman, o dosyanın sıradan bir sivil için bile fazla ince olduğunu gördü. Alex Manor, Montclair Lisesi'nde okuyan parlak bir öğrenciydi. Eskrim takımında ve karma savaş sanatları kulübündeydi. Marilyn Manor, New Beginnings Seyahat Acentası'nda çalışıyordu. Balayı tatilleri ve evcil hayvanlarla çıkılabilecek seyahatler üzerine uzmanlaşmıştı. Ev kredisinin borcu bitmişti. Arabası ikinci eldi. Evdeki haşere problemi de çözülmüştü.

Sıra dışı hiçbir şey yoktu ama sıradan olması için de yeterli değildi. Alex'e dair, lise öncesi hiçbir okul kaydı yoktu. Onuncu sınıftan öncesi bile yoktu. Ehliyeti yoktu. Doğum sertifikası yoktu. Babasının bahsi bile geçmiyordu. Hatta boşanma kâğıdı bile yoktu.

Dahası olmalı.

Natasha, dosyayı aşağı doğru kaydırdı.

Daha da garibi –özellikle de genç bir sivil için– tıpkı Ava'nın dosyasında da olduğu gibi, yazılanların yarısı siyah bantlıydı. Alex'in dosyasındaki siyah bantlara bakılacak olursa, o da bir casus olmalıydı.

Sonra, dosyasının son sayfasındaki kâğıdın kenar boşluğuna kargacık burgacık yazılmış dört kelime fark etti. Ekran görüntüsünü yakınlaştırdı.

Dört kelime.

Bunları daha önce hiç fark etmemişti, ki bu bile yeterince garipti.

Çünkü Alex Manor'un dosyasını ilk kez açmıyordu.

Bu dosyayı ilk açışı, kendisini Alex'in oturduğu evin karşı sokağında bulduğu zaman olmuştu. Okuldan çıkarken onu izlemişti. Onun kim olduğunu ve kendisinin orada ne aradığını kesinlikle bilmiyordu. Saatlerce orada oturmuştu. Üç ev ötesindeydi ve ertesi gün oraya geri dönmüştü.

Senin için bir anlamı var, değil mi?

Bu onun sırrı olmalıydı. S.H.I.E.L.D.'daki hiç kimse bir şey bilmiyordu. Ne Coulson, ne Bruce, ne de Captain America. Hatta Tony bile.

Ama sen biliyorsun.

Başından beri biliyordun.

Bu çocuğun bir önemi var.

Kelimeleri bile görmeksizin ekrana bakıyordu.

Bu yüzden gözün çocuğun üzerindeydi. Nedenini bile bilmediğin halde. Evini, arkadaşlarını, katıldığı turnuvaları neden izlediğini bilmiyordun.

Önündeki dört kelimeye odaklanmaya çalıştı. Son sayfanın dibindeki kenar boşluğuna, fark edilmemesi imkânsız bir şekilde kargacık burgacık yazılmış olan kelimelere baktı.

TAKMA İSİM ALEX MANOR

Kafası aniden giren bir ağrıyla yanmaya başladı.

Takma isim mi?

Alex Manor, takma bir isim mi?

Yani Alexei Manorovsky, aslında Alexei Manorovsky değil mi?

Bu çok saçma.

Ekranı biraz daha aşağı kaydırdı.

BKZ. BOŞ SAYFA PROJESİ

Boş Sayfa mı?

Boş Sayfa da ne?

Bu kelimeler bile beynini tırmalıyordu. Sanki onları düşünmek bile acı veriyordu.

Bu her ne ise, Natasha'nın böyle bir programdan haberi yoktu. Yine de Alex, bunun bir parçası gibi görünüyordu.

Peki kimin denetiminde?

Çünkü bu kişinin, söylemesi gereken birkaç şey var.

Natasha, dosyanın içinde gezinmeye devam etti. Sadece bir yerde daha Boş Sayfa'dan bahsedildiğini gördü. Bu da, başka bir gömülü S.H.I.E.L.D. dosyasıyla olan bağlantısını görene kadar hiçbir işe yaramamıştı ve *o* dosyanın da bir sahibi vardı.

O dosyayı biri yaratmıştı.

O kişi büyük ihtimalle Boş Sayfa Projesi'nden de sorumluydu.

Ve o kişi de...

Dosyaya tıkladı.

NATASHA ROMANOFF

Buna normalde inanmazdı ama ismin yanında bir onay kodu belirdi ve şifredeki hanelerin sayısı, kendi şifresininkilerle aynıydı.

"Bu da ne?"

Natasha Romanoff, ayağa kalkıp montunu aldı.

Kapıyı arkasından çarparak kapattı ve isimsiz kedi masanın üzerine sıçradı. Bir zamanlar içi boş bir oyuncak olan bebeğin, etrafa dağılmış tahtadan parçalarına baktı.

***

Natasha Romanoff'un motoru, Doğu Nehri kıyısındaki Triskeleon'un önünde patinaj çekerek durdu. Tüm bu süre boyunca kafasının içindeki monolog hiç susmamıştı.

İki seçeneğin var, Romanoff.

"Sen misin? Kimse seni burada görmek istemiyor, Ajan Romanoff." Danışmada çalışan adamın bile bir şeylerin ters gittiğini bildiğini düşündü. İçeri paldır küldür girmesine izin verecek gibi durmuyordu.

Alex ve Ava'nın başına bir şey gelmeden önce Odessa için uçuş planlarını dosyala ve kıçını kaldırıp Ukrayna'ya uç. Orada olduklarını varsayarsak tabii.

"Evet, evet. Çeneni yorma. Coulson'la konuşmam lazım. Ya da Maria Hill ile."

Ya da Triskeleon ana bilgisayarına girmenin bir yolunu bulup, bütün bunların ne anlama geldiğini öğrenmem gerekiyor. Eğer öyle biri varsa, kime güveneceğimi de bilmem lazım.

"Bütün gün toplantıda olduklarından eminim, Ajan. En azından şu an öyleler." Adam yapmacık bir şekilde sırıttı.

Natasha, tek kaşını kaldırdı.

İlk tercihim, herkesi hayatta tutmak ama ne kadar süreyle?

İşi biten flaş diski eline aldı.

"Onlara bunu vermem gerekiyor. Coulson'un verdiği saçma sapan Mac dosyalarından biri ama evdeki bilgisayarım PC. Bu aptal şeyi bir türlü çalıştıramıyorum. Bilgisayarlar işte!"

Kapı açıldı.

Natasha gülümsedi.

İkinci seçenek daha riskli ama uzun vadede herkes için daha güvenli olabilir.

Adamın kafası masaya sertçe çarptı ve ikinci kapı da açıldı.

Botlar, lobideki düz zeminde sessizce ilerlemeye devam etti ve bakım odasına girdi. Kapı arkasından kapandı.

Kararını vermelisin, Natasha.

Natasha, motor kaskını yere fırlatıp orta avluya doğru yürüdü. Asansörde yanında duran takım elbiseli adamı kafasıyla selamladı. Ve asansörün kapısı kapanır kapanmaz, onu da yolundan çekti.

Neye ihtiyacın var?

Kafanda daha fazla insan olmamasına mı?

Senin yüzünden daha fazla insanın zarar görmemesine mi?

Asansörün kapılara kayarak açıldı ve Natasha, karanlık koridora doğru ilerledi. Sadece zemindeki mavi güvenlik lambalarının loş ışığı vardı.

Kafanın içinde daha fazla doktor, daha fazla general, daha fazla Ivan Somodorov olmamasına mı?

Yıllar önce senin için ne demişti?

Saatli bomba mı?

Seni nihayet uçurumun kenarından aşağı itecek olan şey, kafanın içindeki Ava Orlova mı?

Bodrum katındaydı.

Karanlık. Güvenlikli. Özelliksiz.

Her türlü saldırıya karşı koyabileceği bir yer. Hatta görünüşe göre S.H.I.E.L.D.'ı en çok etkileyen şeylerden biri olan içeriden gelen saldırılara dahi.

Neye ihtiyacın var, Natasha? Yirmi dört saate mi?

Bunu çözmek için yirmi dört saate mi ihtiyacın var?

Aradığı kapıyı buldu.

Üzerinde DİKKAT–RADYASYON TEHLİKESİ yazıyordu.

Kapıdan biraz geri çekildi ve kolunu kaldırdı. Alman gibi. Ivan Somodorov için.

Ava ve Alex bile, yirmi dört saat hayatta kalmayı başarabilirler.

Kapıya üç el ateş etti.

Şimdi acele et, şu boş sayfayı bul ve doldur.

Oda, büyük oranda boştu. Duvarlar boştu ve tepeden çıplak bir ampul sallanıyordu. Ortada sadece küçük bir masa vardı –okul sırası gibiydi ve bir kişi için yeterliydi– ve yanında da bir katlanabilir iskemle duruyordu.

Bu, gerçek Danışma Grubu'ydu.

Sandalyeye oturdu ve iki kez masaya vurdu.

Yüzeyden gizli bir ekran açıldı ve bir dizüstü bilgisayar ekranı gibi açılı olarak yükseldi. Sonra da bir klavye belirdi.

Natasha, kendi onay kodunu girdi.

Sonra da derin bir nefes alıp özel kodu girdi. Alex Manor'un dosyasının kenar boşluklarında yazan kodu. Kendisininkinden sadece üç basamak eksik olan kodu.

Boş Sayfa mı? Hadi ama. Bu ne şimdi?

Ekran açıldı.

Karşısında bir kadının üç boyutlu yüzü belirdi.

Kendi yüzü.

Yüz, konuştu. "Bu, Natasha Romanoff için yapılmış, Stark Kişisel Sanal Veri Yedeklemesidir."

"Tabii ki öyledir," diye homurdandı Natasha.

"Eğer sesimi duyabiliyorsan, kişisel fotografik tarama yaptığı ve var olan tüm dijital verileri klonlayıp gelecekte güvenli bir şekilde kullanım imkânı sunduğu için Tony Stark'a teşekkür etmelisin."

"Hatırlat da ona bir not göndereyim."

"Üzgünüm. Bu bir SVY olarak yetkilerimi aşıyor, Natasha." Yansıma, gülümsedi. Çok rahatsız ediciydi.

Natasha'ya biraz daha yaklaşmasını işaret etti. "Natasha, lütfen senin retina taramanı yapmama izin ver."

Ekranda bir tarayıcı belirdi ve Natasha ona doğru eğildi.

"Kıpırdama, Natasha," dedi ekrandaki ses.

Kırmızı bir ışık çaktı ve etten kemikten yapılmış olan Natasha, gözlerini kırparak geriye yaslandı. "Vay canına!"

"Kimlik doğrulandı. Sana nasıl yardımcı olabilirim, Natasha?"

"Pekâlâ." Gerçek Natasha, sanal olanın suratına baktı. "Gerçekten bu kadar akıllıysan, Boş Sayfa Projesi nedir... Natasha?"

Ekrandaki Romanoff, kafasını yana eğdi. Sanki düşünüyor gibiydi. Sonra tekrar bakışlarını Natasha'ya çevirdi ve parlak bir şekilde gülümsedi.

"Boş Sayfa, Red Room alfa dalgası yeniden yapılandırma teknolojisine maruz kalmış kişilerin S.H.I.E.L.D. tarafından tekrar kullanılmak üzere adapte edilmelerini sağlamak için yapılmış bir uyarlama, Natasha."

"Anlamadım. Tekrar et. Boş Sayfa, nedir?"

"Boş Sayfa, konuşma dilidir. Boş Sayfa, bir programdır. Boş Sayfa, bir protokoldür. Boş Sayfa, bir ruh halidir, Natasha."

"Biliyorum, *Natasha*. Asıl bilmediğim, bu söylediklerinin ne anlama geldiği." Gerçek Natasha, hüsrana uğramıştı.

Dijital Natasha, omuz silkti. "Özür dilerim. Daha açık olmaya çalışacağım, Natasha."

Gerçek Natasha, sert bir şekilde baktı. "Boş Sayfa programına kim önayak oldu?"

Yüz, yana eğildi. Düşündü. Gülümsedi ve cevap verdi. "Sen oldun, Natasha."

"Ben mi? Neden böyle bir şey yapayım ki?"

"Bu, gelişmiş bir güvenlik protokolüdür, Natasha."

"Kimin güvenliği?"

"Alex Manor takma adıyla bilinen genç bir sivilin, Natasha. S.H.I.E.L.D. himayesinde ABD'ye şartlı salıverilmesi için aracı oldun, Natasha."

"Emin misin?"

"Ben, kaydedilmiş verilerin hatasız bir kaydıyım, Natasha."

"Bu ne zaman oldu?"

"Yirmi iki ay önce, Natasha."

Sandalyede arkasına yaslandı.

Alex Manor? Bunu bilmesi gerekirdi. Bunun geleceğini görmesi gerekirdi.

Kabul et.

En azından kendin kabul et.

Neredeyse iki senedir gözün Alex Manor'ın üzerinde.

Kimseye söylemedin. Ne Coulson'a, ne Bruce'a, ne Cap'e, ne de Tony'ye. Hatta Pepper'a bile. Hiç kimseye.

Neden?

New Jersey'nin Montclair semtinden gelen genç bir çocukta bu kadar ilgini çeken ne olmuş olabilir?

Ve neden ondan bu kadar korkuyorsun?

Bu, Natasha Romanoff'un özel işiydi. Kendi başına yaptığı bir işti. Ve şu anda da en başta olduğundan daha açık bir durumda değildi.

Bu çocuk, kime ne ifade ediyor. Özellikle de kendisine?

Bütün bunlar o kadar gözlerden uzakta oluyordu ki, S.H.I.E.L.D. protokolünü aşıp, esas yapması gereken işleri temizlemişti. Ancak bu sayede, yeterince uzunca bir süre ülke sınırları içinde kalıp, düzenli bir şekilde kontrol edebilirdi.

Ve hâlâ bunun nedenini bilmiyordu.

Seni neden ilgilendirdiğini bilmiyorsun ama boş veremiyorsun da.

Bütün bunların, Ivan'la bir alakası olmalı ama ne olduğunu da bilmiyorsun.

Hiçbir şey bilmiyorsun.

Neden bilmiyorsun?

Neden sen?

Neden?

Natasha, başını kaldırdı.

"Yani bu Boş Sayfa," dedi yavaşça, "Bizzat benim, değil mi?"

Sanal Natasha kafasıyla onayladı. "Evet, Natasha."

"Ve ben, silindim mi?" diye sordu gerçek Natasha kendine güvensiz bir şekilde.

"Evet, Natasha. Bu gündelik konuşma tabiri, beyin çıkıntındaki, amigdalandaki ve striyatumundaki nörovericilerin, elektromanyetik bir şekilde yeniden yapılandırıldığını ve tüm nörogenetik değiştirildiğini anlatıyor."

"Alex de mi öyle?"

"Evet, Natasha."

Gerçek Natasha, sersemlemişti.

Ben, silinmişim.

Kendim.

Kendi parçalarımı kaybetmişim.

Alex de öyle.

Neden?

Yansıması, beklentili bir ifadeyle baktı. "Başka bir yardım istiyor musun, Natasha?"

"Bilmiyorum," dedi gerçek Natasha çaresiz bir şekilde ekranı kapatırken. "Bu konuda sana tekrar dönüş yapmam gerekebilir."

Çünkü artık hiçbir şey bilmiyorum.

Karanlıkta oturup, bunu kimin yaptığını düşündü.

S.H.I.E.L.D. ÇOK GİZLİ

İZİN SEVİYESİ X

VAZİFE BAŞINDA ÖLÜM [VBÖ] SORUŞTURMASI

REFERANS: S.H.I.E.L.D. DOSYASI 121A415

YETKİLİ AJAN [YA]: PHILLIP COULSON

CVP: AJAN NATASHA ROMANOFF NAMIDİĞER BLACK WIDOW, NAMIDİĞER NATASHA ROMANOVA

BELGE: SAVUNMA BAKANLIĞI, VBÖ SORUŞTURMALARI

SB: Bu, kabul edilebilir bir şey değil, Ajan Romanoff.
ROMANOFF: Bir de bana sorun. O noktada bildiğim tek şey, işin içinde Ivan Somodorov'dan çok daha fazlası olduğuydu. Önce Ava, sonra Alex ve tabii ki bir de ben. Hepimiz bir şekilde bunun parçasıydık ve benim her ikisiyle de bağlantım vardı.

SB: Buna gerçekten inanıyor musunuz? Yani birilerinin beyninizi mikrodalgaya atıp size lobotomi uyguladığına? Sırf klonunuz böyle söyledi diye inandınız mı? Tony Stark'ın çakma Natasha Romanoff'una inandınız mı?
ROMANOFF: Bunu ta içimde hissedebiliyorum, efendim. Silinmeyi. Bunu çok daha önce fark etmiş olmam gerekirdi. Özellikle de Red Room'da o kadar uzun süre geçirdikten sonra.

SB: Demek ki bu size daha önce yapılmış? Ne zaman? Nasıl?
ROMANOFF: Bildiğim, en az iki defa. Bilmediğim kim bilir kaç defa.

SB: İnanılmaz. Bunlar biraz peri masalı gibi, Ajan.
ROMANOFF: İçinde perilerin olması, gerçek olmadıkları anlamına gelmez. Öyle olsaydı, çoktan bu işi bırakırdım.

SB: Ah, evet. Boynuzlu atlar önemli tabii.
ROMANOFF: Boynuzlu atlar, her zaman önemlidir.

BÖLÜM 24: AVA

ODESSA SOKAKLARI
KARADENİZ SANAYİ LİMANI

"O*dessa Verfi.* İşte bu." Ava, annesinin eski fotoğrafını çıkarttı. Fotoğrafta, annesi, kaba saba bir binanın, oluklu sacdan yapılma dış kaplamasının önünde duruyordu. Sanki tek taraftan görülebilen bir geminin tepesinde gibiydi. Geminin önündeki ODESSA VERFI yazısı, zorlukla seçilebiliyordu. "Burası, o rıhtım olmalı," dedi.

"Sence cevaplar buralarda bir yerde mi? Yani bu bağlantıyı nasıl koparabileceğimize dair cevaplar?" Alex, Ava'nın omzunun üstünden fotoğrafa baktı. Sanki fotoğrafın kendisine cevap vermesini bekliyor gibiydi.

"Belki. Her şey burada başladı, değil mi?" Ava, fotoğrafta uzun uzun baktı. Moskova'dan Odessa'ya aktarma yaptığı uçuşta da aynısını yapmıştı. Annesinin yüzündeki her çizgiyi hatırlıyordu. Ama bu fotoğraf çekileli çok uzun zaman olmuştu. Bu rıhtımın –ve Ava'nın ailesinin– güzel günlerinde çekilmişti.

Alex, Ava'nın montunu, eldivenli elleriyle kavradı. "En azından burada hiç kimse seni bir yere kapatmaya çalışmıyor. Ya da beyinlerimizi silmeye... Bu bile bana yeter."

"Bu da bir gelişme," diye onayladı Ava, fotoğrafı biraz daha yukarı kaldırırken.

Şimdi, kış dolunayının altında, fotoğraftaki görüntüyle, limanı karşılaştırıyordu. Rıhtım, fotoğraftakine de, anılarındakine de pek benzemiyordu. Alex ile birlikte saklandıkları yerde, yani deniz kıyısındaki boş gazyağı varillerinin arkasından bakarken, ODESSA VERFI yazısının ve etrafındaki her şeyin, ne kadar bakıma ihtiyacı olduğunu görebiliyordu.

Bu olağan bozulma, sadece yazıyla sınırlı değildi. Her taraf savaş alanı gibiydi. Sanki en son buraya geldiği günden beri, hiçbir şeye dokunulmamış gibiydi. Sokak kedileri, paslı, paramparça kalıntıların arasında cirit atıyordu. Bu dolunaylı gecenin ışığında, tepelerinde akbabalar gibi kuşlar dönüyordu. Etrafını çevreleyen çitlerdeki elektrik lambalarının çoğu ya titreşiyordu ya da sönmüştü. Karlar bile kirliydi ve gökyüzü, rıhtımın isli zemini gibi karanlıktı. Sanki yeni bir fırtınanın habercisi gibiydi.

Burası, canlılara göre bir yer değil.

Benim gibi hayaletlere göre bir yer.

Ava, nefes almaya çalıştı. Nabzının yükseldiğini hissedebiliyordu ve kalbi, göğüs kafesinin içinde gümbür gümbür atıyordu. Elini sabit tutabilmek için fazladan bir çaba sarf etti. Fotoğrafın titremesine engel olmaya çalışıyordu.

Ama burası, orası değil mi? Fotoğraftaki meşhur antrepo burası, değil mi?

Burası, her şeyin başladığı yer ve ben yine buradayım.

Mantıken, Ava buraya kendi iradesiyle geldiğini biliyordu. Ama burayı görmek bile sanki bir daha asla uzaklaşamayacakmış hissi yaratmıştı. Burada, kaçmak için ne kadar uğraşırsa uğraşsın, onu sürekli tutan ve geriye çekmeye çalışan bir şey vardı sanki.

Hayır. Bu benim hayatım değil. Bu ben değilim.

Burası sadece, bir zamanlar yaşadığım yer.

Ava, bunları düşünmemeye çalıştı ve Alex'e döndü. "Burası, orası olmalı. Tabelayı gördün mü? Odessa Limanı."

Alex, fotoğrafla önlerindeki yanıp kül olmuş antreponun dış kaplamasını karşılaştırdı. Soğuk kış gecesinde ay ışığı altındaki kalıntıları inceliyordu. "Sanırım haklısın. Defterine, en az on defa aynı antrepoyu çizmişsin."

Ava, ürperdi. "Biliyorum."

"Yani burası o baskının yapıldığı yer mi?"

Ava kafasıyla onayladı.

Alex, kargo gemileriyle dolu limanı gözleriyle taradı. "Burası aynı zamanda Ivan'ın kaçak yollarla getirdiği ekipmanlarını yurda soktuğu yer olmalı. Gemiden doğruca depoya. Oldukça pratik." Kafasını iki yana salladı. "Kim bilir bu rıhtım, yıllar boyunca daha nelere tanık oldu?"

"Çok fazla şeye. Yıllık elli milyon tonluk Karadeniz nakliyesi ve demiryolu ağına doğrudan bağlantı." Ava, kendisinde aşırı Kuantum Dolanımı yüklemesi hissetti ve omuzlarını silkti. "Yani iyi şeyler değildir demek istedim."

"Bak daha neler var." Alex fotoğraftaki antrepo binasının tepesini işaret etti. "O zamanlar pek fazla polis yokmuş."

Doğruydu. Şu anda limanın etrafında silahlı görevliler vardı. *Militsiya.* Ava, onların yünlü gri *ushanka* asker berelerini sayabiliyordu ve kulaklarını örten uzantıları kıskanmıştı. Alex ile birlikte, girmenin yasak olduğu kargo bölgesine sızmanın bir yolunu bulabilmek için en az kırk beş dakika beklemişlerdi. Homurdanarak geçen küçük bir nakliye kamyonu, onlara minimum gizlenme olanağını sağlamıştı.

"Sence de terk edildiği varsayılan bir antrepo ve eski bir rıhtım için garip bir durum değil mi?" Alex, rıhtımın kapılarında dolanan kiralık askerleri saydı. "Yani böylesine bir güvenlik ekibi kurmak diyorum."

"Ya da eğer Ivan Somodorov'san ve geçmişin üzerini örtmek istiyorsan, oldukça sıradan bir durum," dedi Ava sesini alçaltarak. Başka bir koruma, yanlarından geçiyordu.

"Eh, bu kadarıyla baş edemeyiz. Yani alarmları harekete geçirip bütün Ukrayna polisini tepemize toplamadan bunu yapmamız neredeyse imkânsız," dedi Alex. Sesi, biraz hayal kırıklığına uğramış gibiydi.

"Ivan'ın özel militsiyasından bahsetmeye bile gerek yok," dedi Ava. Sert görünüyordu.

"Oyun planımız nedir?" Alex, ona baktı ve Ava, onun tam bir S.H.I.E.L.D. ajanı gibi konuştuğunu duymazdan gelmeye çalıştı. "Ava. Bunu anladık. Romanoff gibi düşünebiliyorsun." Sırıtıyordu. "Ve ben de dövüş konusunda oldukça iyiyim."

Ava gözlerini kapadı ve açtı. "Haklısın," dedi. "Bunu anladık." Gülümsedi. "Ama bu sefer sol tarafı ben, sağ tarafı sen alıyorsun."

***

Bilincini yitirmiş bir güvenlik görevlisinin ardından ve dört dakikadan kısa bir sürede kendilerini paslı antrepo kapısını açarken buldular.

Çeneye bir aparkat. Alt çenenin köşesine isabet. Mümkün olduğunca minimal bir yatay hareket. Kafayı dikine patlat.

Ava sola, Alex sağa doğru gitti.

Tam bir takım oluyoruz, diye düşündü.

"Eğer buradaki arkadaşımızı kimse bulmazsa," dedi arkasına dönüp yağ varillerinin arkasından görünen askeri botlara bakarken, "içeriyi kolaçan etmek için yeteri kadar zamanımız olacaktır."

"Bana bu aparkat tekniğini öğretmen lazım," dedi Alex. Yerde yatan adamın botlarını şöyle bir dürttü. "Oldukça işe yarar bir şey."

"Ne işine yarayacak? S.H.I.E.L.D.'daki kariyer planlarında mı?" Ava neden bu kadar rahatsız olduğunu düşününce oldukça şaşırdı ve operasyonlarda kullanılan mikro el fenerini çıkarttı.

"Bunu söyleyen kızın üzerinde de bütün casusluk ekipmanları var." Alex sırıttı. "Ama neden olmasın? Ortak olabiliriz. Bonnie ve Clyde gibi. Tabii, iyi adamlar oluruz. Bonnie ve Clyde Coulson." Güldü.

"İyi adamlar olduğumuzu nereden biliyorsun?" diye sordu Ava telaşlı bir şekilde. El fenerini, antreponun mağaramsı ortamında gezdirdi. İçerisi bile o kadar soğuktu ki, nefes verirken ağzından çıkan dumanları hissedebiliyordu. İçi ürperdi. *Bunca yıldan sonra bile içerinin görüntüsü aynı şekilde dehşet veriyor.*

Ava, konuşmaya devam etmek için kendini zorladı. "Bonnie ve Clyde mı? Yani bu şekilde eskrim yeteneklerimizi, casusluk teşkilatındaki yanlışları doğruya çevirmek için mi kullanacağız?" Çok da kötü bir fikir değil, diye düşündü kendi kendine. Bulunduğu yer ve buraya geliş nedeni hakkında düşünmemek için sürekli başka şeyler düşünmeye çalışıyordu.

Bir de kendime açılır kapanır bir çakı bulmayı başarırsam...

"Kesinlikle. Ve o zaman sadece birinci sınıfta uçarız. Köpeğimizle birlikte... Adı da Brat Junior olur." Alex, Ava'nın elini tuttu. "Ayrıca ben de sana kızdığım zaman *brat* diyebilirim ve sen de köpekten bahsettiğimi düşünürsün."

"Görüyorum ki her şeyi yoluna koydun," dedi Ava.

Etrafındaki gölgeleri inceledi. *Ivan'ın beni bağladığı yer burası mıydı? Burada mıydı?* Düşünmeye çalıştı ama şu an olup bitenleri ve geçmişteki dehşet ve kaostan geriye kalan döküntüleri kontrol etmekte zorlanıyordu.

Gözleri siyah gölgeler gibi olan kel bir adam...

Montunun yakasından taşmış dövmeler...

Sert kahve ve sigara kokusu...

Bazen yara izleri bırakmış olan pirinç tokalı bir kemer...

Ve ardı arkası kesilmeyen yalanlar, yalanlar...

Alex, Ava'nın elini sıktı. Kibar ama ısrarcıydı. Düşüncelerini böldü. "Peki ya kedi? Kedimizin adı ne olacak?"

Pes etmiyordu.

Şunu söylemeye çalıştığını biliyordu: *Ben buradayım. Yalnız değilsin. Konuş. Konuşmaya devam et.*

"Kedi Sasha'nın zaten bir adı var," dedi Ava tavandaki açılmakta olan deliğe bakarak. Oradan içeri ağır ağır kar taneleri süzülüyordu.

Orada.

Orada gördüğüm büyük silahları hatırlıyorum, diye düşündü.

Keskin nişancılar.

"Pislik değil mi?" dedi Alex, kaburgalarını dürterek ve kendisine dönmesini sağladı. "Çünkü ilk kez kedi altı değiştirmek zorunda kaldığımdan beri, bunun tüm kedileri için gizli bir isim olduğunu düşünüyorum." Tekrar dürttü. "İyi tarafından bak, bu da bir şey."

"İğrençsin. Sasha ve ben senden nefret ediyoruz." Ava gülümsedi.

Alex'in kendisini mutlu etmek için nasıl çabaladığını görmek, içini ısıttı. Ava, her şeye rağmen kendini sakinleştirmeye çalışıyordu. Bunu nasıl yaptığını bilmiyordu ama Alex, her şeyin tekrar eskisi güvende olacağını hissetmesini sağlıyordu.

Sanki bir gün her şey yoluna girecek gibi.

Nefes verdi.

Boş versene. İçeri girdiysek, çıkmasını da biliriz. On iki saat yeterli. İnanmayarak da olsa kendisini bu şekilde telkin ediyordu.

Peki ya sonra? Sonraki hamlemiz ne olacak? Ivan Somodorov'un hakkından mı geleceksin? İçinde bunu yapabilecek kadar Black Widow olduğuna inanıyor musun?

Ava, eğer mecbur kalırsa, teknik olarak bunu yapabileceğini düşündü. Bu kapasiteye sahipti. Çantasında üç tane S.H.I.E.L.D. mikro oku vardı. Ve her biri, bir fili devirebilecek kadar zehir yüklüydü.

Sorun bu değildi.

Kendisiydi.

Bir muhafızı etkisiz hale getirmek bir şey, birini öldürmek başka bir şeydir.

Natasha'nın zihnindeki anılar... Her gece çığlıklar atarak uyanmana sebep olan anılar değil miydi?

Bunu gerçekten yapmak istiyor musun?

"Demek bu," dedi Alex etrafına bakınarak. "Sadece büyük, çöple dolu bir oda. Ve yine de geçmişine ait bütün ipuçları burada olabilir diyorsun."

Ava, başıyla onayladı. "Oldukça farklı görünüyor aslında. Eskiden yani. Ivan işte." Yerden, yıpranmış uzunca bir kablo aldı. "Ve tüm o patlama, yangın ve yıkım olayları filan işte."

"Ve Ajan Romanoff'tan önce," dedi Alex yerdeki eski metal bir dolaba benzeyen yığını kaldırmak için çömelirken. "Kolayca tarihe geçmesine izin vermedi."

Ava, ürperdi.

"Ivan'ın, her şeyin üzerinde bir etkisi varmış gibi görünüyor. Mekânlar, insanlar..." Alex kafasını iki yana salladı. "Ama yine de anlamıyorum. Burası bir çöplük. Hiçbir şey yok." Kömür olmuş bir yığını tekmeledi. "Burada her ne kaldıysa, kimse görmemizi istemiyor mu? Neden bu kadar güvenlik var? Buranın sırrı ne?"

"Güzel soru," dedi Ava etrafındaki kararmış yıkıntılara bakarken. "Belki de Ivan'ın buradaki işi bitmemiştir. Belki de henüz kurtulmayı göze alamadığı şeyler vardır."

Feneri, etraflarındaki zeminde, binlerce parçaya ayrılmış, sabit duramayan molozların üzerinde gezdirdi.

"Ya da belki de bu bir tuzaktır." Alex, ayağının dibindeki parlak metal bir parçayı almak için durdu. Onu, Ava'nın fenerinin ışığı yakınlaşınca fark edebilmişti.

Sıkışmıştı. "Bu da ne?" O şey, yarısına kadar beton zemine saplanmıştı.

Ava, ışığı iyice üzerine tuttu. "Hiçbir fikrim yok."

Alex, dizlerinin üzerine çöktü ve parmaklarıyla metal parçasına asıldı. "Sanki biri bunu buraya düşürmüş gibi."

"Büyük ihtimalle patlama sırasında saplanmıştır." Ava da Alex'in yanına diz çöktü ve tek eliyle feneri tutarken diğer eliyle cebinden bir sustalı bıçak çıkarttı.

Alex, Ava'ya baktı. "Nesin sen, James Bond filan mı?"

Ava omuz silkti. "Bazı çocuklar plastik midilli oyuncakları biriktirir. Benim de eski S.H.I.E.L.D. çöplerinden oluşma bir koleksiyonum var."

Alex, kafasını iki yana salladı. Bıçağı aldı ve o şeyi kazarak çıkartmaya çalıştı. O metal parçasının şekli garipleşmeye başlamıştı. Çıkarttıktan sonra elinde bir çevirdi ve üzerindeki tozu toprağı üfledi. "Ne dersin? Makine parçası mı? Üzerinde bir damga filan olmalı. Numara? Ve sanırım bazı kelimeler." Metal parçasını koluyla ovaladı.

"Bu bir anahtar," dedi Ava avcuna alarak. Metal yüzeyi, sürtünmeden dolayı ısınmıştı ve parmaklarıyla, damgalanmış olan harflere dokundu. "Bunlar sadece rakam değil, bir isim de var. Luxport. Bunu tanıyorum. Bunları, kasabanın dışındaki anayoldan giden kamyonların üzerinde görürdüm."

"Luxport mu?" Alex kaşlarını çattı. "Bu, senin defterinde de vardı, değil mi?"

"Ve rüyalarımda da."

"O zaman belki de bu bir ipucudur. Buradakiyle aynı seri numarasına sahip kaç tane anahtar olabilir ki?"

"Bilmiyorum. Devam edelim ve diğer tarafı da kontrol edelim," dedi Ava. Şimdi iyice meraklanmıştı. Kafasında tilkiler dönüp duruyordu. Odessa'dan beri kendisini lanetlemiş olan dört kelime vardı. Onlardan birine takılmışlardı ve geçmişten gelen bir işaret gibi görünüyordu.

Ayrıca umut vericiydi.

Karanlıkta ilerleyerek antreponun diğer köşesine gittiler. Ta ki Alex bir duvara çarpana kadar. Ya da duvar zannettiği bir şeye. "Dur bir dakika... O da ne?" dedi Alex önündeki nesneye eliyle vurarak. "Antrepo burada bitmiyor ve baksana bu duvar, tavanla birleşmiyor."

"Çünkü o bir duvar değil," dedi Ava. Feneri dişlerinin arasına sıkıştırdı ve toz içindeki bir bölgeyi elleriyle ovaladı. "Sanırım bu bir çeşit kutu. Belki bir nakliye konteyneridir. Bu tarafta bir şey yazıyor. Boya ya da mürekkep ya da her ne ise ama sanırım okuyabiliyorum."

LUXPORT.

"İşte yine aynısı," dedi Alex. "Anahtardaki gibi." İkisi de dikkatlice baktılar.

Bu sefer kelime askeri stencille* yazılmıştı.

Ava, sırt çantasından defterini çıkarttı. Alex'in de görebilmesi için el fenerini tuttu. "Bu da rüyalarımda vardı," dedi. "Tıpkı Brat gibi."

KRASNAYA KOMNATA

OPUS

LUXPORT

"Bu tesadüf olamaz," dedi Alex gözlerini kısarak.

Ava kafasını iki yana salladı. "Uzun yıllar boyunca, bu kelimeler, buraya dair hatırladığım yagâne şeylerdi. Ve o geceyle ilgili. Bunların anı mı, yoksa rüya mı olduğundan bir türlü emin olamıyordum."

"Peki ama neden bu dört kelime?"

"Bilmiyorum. Natasha, bu antrepoyu hatırladığı zamanlarda bile kesinlikle Luxport diye bir şey düşünmüyordu." Ava'nın kafası karışmış gibiydi.

"Luxport'un Ivan'la bir alakası olduğunu düşünmeye başlamıştım ama S.H.I.E.L.D.'ın beni bulduğu geceyle bir alakası yoktu."

"Belki." Alex bir adım geriye atıp yukarı doğru baktı. "Bu gerçekten devasa bir kargo konteyneri. Bunun içine, ne bileyim, annemin minibüsünden bir düzinesini sığdırabilirsin. Ve yine bir iki araba için yer kalır."

"Annen minibüs mü kullanıyor?" Ava başparmağını yukarı kaldırdı. "Çok iyiymiş."

---

* Şablonla yazılan yazı. (e.n.)

"Şimdi zamanı değil."

"Dur bir dakika. Bu senin de arada sırada minibüs kullandığın anlamına mı geliyor?"

"Daha ehliyet almadım. Ve arabayı kullanmadan, bu konuyla ilgili şaka yapma hakkın yok," dedi Alex.

Ava, onu duymazdan geldi. Konteynerin köşesinden arkasına doğru dönerken hâlâ gülümsüyordu ki, kendini üzerinde asma kilidin sallandığı bir kapının önünde buldu.

"Luxport, üçüncü defa karşımıza çıkıyor. Buradaki kilidin üzerinde de yazıyor."

Anahtarı çıkarttı.

Alex, elinden aldı. "Bu bir antrepo anahtarı değil."

"Kargo antreposunun anahtarı değil. Ama bir kargo konteynerin anahtarı. Ve muhtemelen sekiz yıldır da burada yatıyor."

Anahtarı, eski asma kilide soktu. Pastan inleyen kilit, yavaşça açıldı.

S.H.I.E.L.D. ÇOK GİZLİ

İZİN SEVİYESİ X

VAZİFE BAŞINDA ÖLÜM [VBÖ] SORUŞTURMASI

REFERANS: S.H.I.E.L.D. DOSYASI 121A415

YETKİLİ AJAN [YA]: PHILLIP COULSON

CVP: AJAN NATASHA ROMANOFF NAMIDİĞER BLACK WIDOW, NAMIDİĞER NATASHA ROMANOVA

BELGE: SAVUNMA BAKANLIĞI, VBÖ SORUŞTURMALARI

SB: Demek hileye başvurdunuz, ha? Yoklama kaçağı mı oldunuz? Anneniz ve babanız buna bayılmıştır. Bir numaralı ajanları, sorunları bizzat çözecek.
ROMANOFF: Beynimin silindiğini daha yeni öğrenmiştim, efendim. Ve bunun S.H.I.E.L.D. tescilli teknolojiyle bir alakası yoktu. Bu eski bir Moskova hamlesiydi. Tam bir Ivan Somodorov hamlesi.

SB: Yani işinizi şansa bırakmıyorsunuz, öyle mi?
ROMANOFF: Tabii ki bırakmıyorum. Tek bildiğim, ismimin kazınmış ve onay kodumun çalınmış olduğuydu. İhtimalleri azaltmam gerekiyordu. İçeri sızmalıydım. Benim yerimde olsanız, daha farklı bir davranış sergiler miydiniz, efendim? Ya da benim yerimde olan başka biri, ne yapardı?

SB: Zor bir soru. Açıkçası, Sizin pozisyonunuzda olmayı hayal bile edemiyorum, Ajan Romanoff. Ve umarım asla da olmam.
ROMANOFF: Kime güvenebileceğimi bilmiyordum.

SB: Zaten pek güvendiğiniz de söylenemez.
ROMANOFF: Alışırsınız, efendim.

SB: Oradaki çocukların bu konuda biraz hassas olduklarını tahmin edebiliyorum.
ROMANOFF: Edemezsiniz, efendim.

SB: Sizin yöneticiniz de benimle aynı başkana rapor veriyor, Ajan Romanoff. İnanın bana, bir şeyi söylüyorsam, yapıyorumdur.

BÖLÜM **25**: ALEX

ODESSA LİMANI ANTREPOSU
KARADENİZ KIYISI, UKRAYNA

Anahtarı çevirmek yeterli değildi. Kargo konteyneri, senelerdir açılmamış gibi görünüyordu ve bu da öyle kolay kolay açmalarına izin vermeyeceği anlamına geliyordu.

Harika.

Alex, omzunu metal, garaj kapısı benzeri kapağa yasladı. Kıpırdatamadı. Ava da ona desteğe gitti. Ne var ki bu, Alex'in liseli ergen egosuna biraz dokunmuştu. Ama yine de tek başına denemesinden daha iyiydi. İkisi birlikte, kapıyı yerinden oynatana kadar omuz attılar ve sonunda biraz biraz açılmaya başladı.

Alex, olabildiğince sert bir şekilde yüklendi ve kapı yavaşça gıcırdayarak açıldı. İçeride dikdörtgen şeklinde bir karanlık vardı.

"Şimdi, Ivan'un bu paralı korumaları neden tuttuğunu anlamanın zamanı geldi." Ava, saatine baktı. "Güvenliklerin bu tarafa doğru ne zaman geleceğinden emin değilim," dedi.

"Anlaşıldı, Ajan Orlova."

Ava, gülümsedi. Elindeki kompakt el fenerinin ışığını biraz daha geniş bir açıya ayarladı. "Ajan Orlova değil. Red Widow. *Krasnaya Vdova.* Küçükken düşündüğüm isim buydu." Feneri, kargo konteynerinin duvarlarına tuttu.

"Dur bakalım. Red Widow mu? Kendine bir süper kahraman ismi bile seçmiştin, öyle mi?" Alex güldü ama etkilenmişti de.

"Tabii ki seçtim. Küçücük bir çocuktum ve bütün gün 7B'ye tıkılmış bir halde oturuyordum. Başka ne yapabilirdim ki?" Gülme sesini duymazdan gelerek, duvarları daha yakından inceledi. "Black Widow'un tıpatıp zıttı olmaya karar vermiştim. Her yönden. O siyah giyiniyorsa, ben de beyaz giyinecektim."

"Eskrimciler gibi mi?" Alex güldü.

"Kes gülmeyi," diyerek koluna bir yumruk attı Ava.

"Offf. Gülmüyordum," derken kolunu sıvazlıyordu. "O kevlar üniformalar kurşun ve kılıç geçirmez, çok daha kötüsünü de yapabilirdin."

"Öyle mi? Yani Black Widow'un silahları varsa, benim de kılıçlarım olurdu, öyle mi?"

"Ah. Anlıyorum. Köprülerden atlarken filan biraz hareketlerini ağırlaştırabilir, değil mi?"

"Belki biraz."

"Bunun üzerinde biraz çalışman gerekiyor."

"Bence de."

"Ayrıca şu silah yok düşüncesini de tekrar bir gözden geçirmen gerekebilir."

Ava, omuzlarını silkti. "Red Widow, esnek bir karakter olabilir."

"Peki Red Widow'un sırt çantasında da yirmi kiloluk çalıntı casus ekipmanı olacak mı?" Alex, tek kaşını kaldırdı.

"Belki, gizli sığınağında olur."

"Ah, bir de sığınağı mı var?"

"Kedisini nerede saklamasını düşünüyorsun?"

"Doğru, tamam. Şimdi anlamaya başlıyorum." Alex, gülüyordu.

Ava, utana sıkıla gülümsedi. "Kendi imzam üzerinde bile çalıştım. Önce onun büyük, kırmızı kum saatini çizeceğim ve sonra kendiminkiyle üzerine bir çarpı atacağım."

"Çifte kum saati mi? Bu şekilde haç işaretine benzemeyecek mi?"

Ava, ona tekrar yumruk atmak istiyor gibiydi. "Hayır, haç filan değil. Bir daha düşün."

"Düşünüyorum ve söylediklerine bakılırsa Kızıl Haç işareti gibi bir şey çıkıyor. Ama maalesef böyle bir şey zaten var." Alex kafasını iki yana salladı.

"Haç filan değil," dedi Ava suratını asarak.

"O zaman, çiçek gibi filan mı?"

"Çiçek filan da değil." Diğer koluna da bir yumruk attı.

"Of, peki, tamam. Peki neden bir örümcek değil?"

"Hadi ya, Örümcek Adam'a ne oldu?" Ava, gözlerini devirdi.

"Bu konuda çok kafa patlattın, değil mi?"

Ava, omuzlarını silkti. "Bir sürü boş vaktim vardı."

"Öyle görünüyor."

Ava, onu duymazdan gelip etrafındaki boşluğu incelemeye devam etti. Ama konteynerin duvarları, kusursuz bir şekilde düzdü. En az içerisinin boşluğu kadar düzdü. Sadece daireler çizerek yükselen tozlar görünüyordu.

"Burada hiçbir şey yok," dedi hayal kırıklığına uğramış bir ses tonuyla.

"Çünkü, aradığımız şey orada," dedi Alex, konteynerin zeminindeki döşeme kapağının kenar çizgilerini işaret ederek. Ve asıl antreponun, o kapağın altında olduğunu tahmin etti.

"Yoksa bu...?" Ava, kapağa doğru eğildi ve eliyle yokladı, "bir kapı mı?"

"Demek ki, bu sadece bir konteyner değil. Bir nevi gizli bir giriş kapısı," dedi Alex.

"Göz önünde gizlenmiş." Ava, dizlerinin üzerine çöktü. "Görünüşe göre Ivan, yaşlandıkça zekâsı gelişmiş."

"Bence bir Romanoff'tan uzak durması gerektiğini anlayacak kadar zeki değilmiş." Alex, kapının üstüne bastı. "Görünüşe göre içi boş. Bu da demek oluyor ki, altımızda bir boşluk var."

Paslı levhayı yukarı doğru kaldırdı ve sonunda, toz yağmuru altında, kapı açılmış oldu.

Konteyner zemininden aşağı doğru, karanlığın içine tahta bir merdiven uzanıyordu. Alex, kenardan kafasını uzatıp baktı. Aşağıda ne olduğunu anlamaya çalışıyordu. "Sanırım burası bir tür gizli sığınak." Kafasını kaldırdı. "Hadi girip bakalım."

Ava, çoktan fenerini önüne tutmaya başlamıştı ve merdivenden aşağı inmeye başladı. Alex, tam arkasındaydı.

Daha da karanlık olan odaya indiklerinde, el fenerinin ışığı, gölgeleri kesti ve uzaktaki duvarları aydınlattı. Antreponun altında uçsuz bucaksız bir boşluk vardı. Bir beton katmanıyla korunmuş ve mühürlenmişti. Bu alt kat, zaman içerisinde mükemmel bir şekilde korunmuştu."

"Burası aslında bir çeşit bomba sığınağı," dedi Ava. "Yani en azından öyle bir şeye benziyor. Ve 7B'de büyüdüğüm için, neye benzediğini gayet iyi biliyorum."

"Ama yine de çok anlamsız." Alex, kafasını iki yana salladı. "Bir bomba sığınağı mı?" Kimi korumak için ve neyden korumak için?" Bu güvenlik istasyonu gibi görünen yerde duran bir kahve kupasını alıp baktı. Tozun içinde mükemmel bir halka şekli bıraktı. "Ve eğer artık kimse burayı kullanmıyorsa, neden bu kadar çok güvenlik var?"

"Hiçbir fikrim yok."

"Emin misin? Biraz düşün bakalım. Bizi buraya getiren sensin," dedi, biraz duraksayarak. Aslında bu soruyu sormayı hiç istemiyordu ama cevabını bilmek zorundaydı. "Bunu bulacağımızı nereden biliyordun?"

Ava, cevap vermedi. Bunun yerine, elindeki feneri kaldırıp, önlerindeki koridora doğru tuttu. "Bak. Burası üst kattan bile daha büyük." Koridora doğru ilerlerken Alex'i de çekip sürükledi.

"Benim sorumun cevabı bu değil."

"Bir şey bulup bulamayacağımızı bilmiyordum, Alex. Emin değildim. Ivan'ın beni aldığı yere geri gelmek zorunda olduğumuzu biliyordum sadece. Beni..." Söylemekten vazgeçti. "Natasha ile tanıştığım yere."

Bu konuyu kapatmıştı.

Alex, mesajı almıştı.

Etrafı araştırmayı tercih ettiler. İlk koridor, başka koridorlara açılıyordu ki, sonunda bu bodrumun kendi çapında küçük bir dünya olduğunu gördüler. Duvarlara, tozlu, eski Rusya haritaları iliştirilmişti. Üzerlerinde diğer güvenli evler, cephanelikler, güvenli keşif noktaları işaretlenmişti. Kutular dolusu elektrik ekipmanı –makaralarca kablo ve eski devreler– masanın üzerinde, tarihi geçmiş bir telefon rehberi ve bir sürü ıskartaya çıkmış el kitabının yanında duruyordu. İçinde sadece eski püskü bir kanepeyle birlikte çoktan ruhunu teslim etmiş bir televizyon olan odanın yan tarafında, sararmış muşambayla örtülü eski bir mutfak vardı.

Ava, paslanmış musluğu açtı. Hiçbir şey gelmedi.

"Sanırım burada insanlar yaşamış. En azından burada epey vakit geçirmişler," dedi Alex. Şu an durdukları yerden, koridor duvarlarına düzenli bir şekilde iliştirilmiş kapıların gölgelerin içine doğru ilerlediğini görüyorlardı.

"İşte. Buradan gideceğiz," dedi Ava, kapılarla dolu duvarların arasından ilerlerken.

"Ne için?"

"Bilmiyorum. Buradan gitmemiz gerektiğini hissediyorum." Ava, durdu. "Sanırım... burayı biliyorum." Gölgelerin içine doğru ilerleyip önünden geçtiği ilk üç kapıya dokundu. Ve sonunda dördüncüsünü açtı. "İşte bu. Burası."

Büyülenmiş bir halde içeriye bir adım attı.

Alex'e, sanki uyurgezer bir rüyadan uyanıyormuş gibi gelmişti. Ava, neredeyse eski haline dönmüştü. *Hatırlıyor.*

"Annem burada benimle kalıyor olmalıydı." Ava, diğer ofise girmek için köşeyi döndü. "İşte. Tam şurada. Bu onun masası. Oraya benim mağaram derdim. Sadece bana ait güvenli bir alan. Sanırım o masanın altında evcilik oynuyordum."

Ava, tozun toprağın arasından oraya doğru emekledi. "Aklı hep bir yerlerdeydi. Ama benim umurumda olmazdı, çünkü nerede olacağını bilirdim. Masasında oturuyor olurdu. Bu yüzden, milyonlarca kilometre uzaktaymış gibi görünse de, umursamazdım."

Alex, gölgelerin içinden, Ava'yı izledi. Tamamen kıvrılmış ve bir çocuk gibi masanın altına saklanmıştı. Konuşmasına izin verdi. Yapması gereken her şeyi yapmasına izin verdi. Buraya her ne için geldiğini bilse de bilmese de...

"Bak," diye yankılandı sesi. "Gel de bak. Adım hâlâ burada. Tahta masanın altına keçeli kalemle yazmıştım."

Alex, beton zemine, Ava'nın yanına oturdu. Ava, dizlerinin üzerinde büzüşmüştü. "Kalıcı olmasını istemiştim. Babam Moskova'da bile olsa, burası, annemle benim yerimdi. Eğer burada olmam gerekiyorsa, tam burada, sonsuza kadar onun dizinin dibinde olmalıydım."

Alex, kafasını eğip baktı. İkisi birden sığmıyordu. Bu yüzden kafasını Ava'nın kucağına koydu.

El fenerini karşısındaki tahta kaplamaya tuttu. Oraya, itinalı bir şekilde adı yazılmıştı.

AVA ANATALYA.

Ama ismin üzerinde bir şeyler daha vardı. Ve Alex nazikçe ona doğru uzandı. "Ava," dedi oraya sıkıştırılmış tozlu, siyah-beyaz bir fotoğrafı yavaşça çekip çıkartırken. Masa çekmecesinin raylarını destekleyen çıkıntıların arasına saklanmıştı.

Fotoğrafı alırken Ava'nın elleri titriyordu.

Fotoğrafta, küçük bir kız olan Ava, annesinin elini tutuyordu. Alex, Dr. Orlova'yı rıhtımda baktığı fotoğraftan tanımıştı.

Burada, Dr. Orlova daha zayıf ve gergin görünüyordu. Kendisine birkaç beden büyük gelmiş, hükümet amblemli bir laboratuvar önlüğü giymişti. Karanlık ve rahatsız edici gözleri, suratına göre fazla büyüktü. Kızının elini tutan şey, Ava'nın tombul kolunun açısına bakılacak olursa, demirdendi. Ava, bir şeye sımsıkı sarılmıştı.

"Karolina. Oyuncak bebeğim," dedi Ava üzgün bir şekilde. Parmağıyla, resimdeki oyuncak bebeğe dokundu. "Onu da annem babam kadar çok seviyordum. Ben küçükken, kız kardeşim olmaya en yakın şeydi. Gördün mü?" Feneri hareket ettirdi ve Alex'e iki kelime daha gösterdi. Tahtanın üzerine iki adet ok işaretinin ucuna yazılmıştı.

MAMOTCHKA masanın üst kısmına doğru yazılmıştı.

KAROLINA ise zemin tarafında yazıyordu.

Ava, gözyaşlarını koluna sildi ve hızlıca göz kırpmaya başladı. "Artık hepsi gitti, değil mi? Hepsi yok olup gitti, değil mi?"

"Öyle görünüyor," dedi Alex kollarıyla Ava'yı sıkıca sararak. Bedenleri, tek bir yürek gibi atan sıcak bir yumağa dönüşmüştü. "Hepsi gitti ama ben buradayım."

"Biliyorum," dedi gözyaşlarını serbest bırakırken. "Burası benim evimdi, Alexei."

"Öyleydi Ava Anatalya," dedi Alex, sıcak eliyle yüzüne dokunurken. Gözyaşlarını sildi. "Evine geri döndün."

"Paramparça oldum," dedi Ava. Yüzü sırılsıklam olmuştu. "Biliyorum."

"Hiç de bile," diye cevap verdi Alex. "Sen güçlü bir kızsın. Bak. Her şey gitmiş olsa bile, sen hâlâ buradasın." Ava, kafasıyla onayladı.

Alex, kendisine inanmasını umuyordu.

"Yeterince gördün mü?" diye sordu. Ava tekrar kafasını salladı. Kendini dışarı doğru itip, masanın altından çıktı.

Sonra da Ava'yı çekip çıkarttı. Tekrar ayakları üzerinde durabilecek hale gelene kadar Ava'yı kollarında tuttu. Ayakları zar zor yere değiyordu.

"Sanırım şu an seni öpmek istiyorum Alexei Manorovsky." Bu kelimeleri yanağına doğru fısıldadı. Yüzünü onunkinden uzaklaştırmayı hayal bile edemiyordu.

"Sanırım ben de," diye fısıldayarak karşılık verdi, Alex. Dudaklarını aşağı doğru uzatıp, Ava'nınkilere yaklaştırdı. Sanki Ava'nın dudakları dışarıda yumuşakça yağmakta olan kardan yapılmışçasına nazikti.

Gözyaşlarıyla ıslanmış yüzünü, ona doğru uzattı. Alex, dudakları birbirine ilk değdiği anda, bundan sonra gelecek olan birçok öpücüğün ilki olduğunu biliyordu.

Bu öpücüğü tepeden tırnağa nasıl hissedeceğini ve Ava'nın parmaklarının alev alıp dokunduğu yeri yakacağını biliyordu.

Tek bir öpücüğün bile, onu hem kahkahaya hem gözyaşlarına boğarcasına bir his vereceğini biliyordu.

Bu duygu, o kadar sarhoş ediciydi ki, daha fazlasını istiyordu ama aynı zamanda o kadar dehşet vericiydi ki, bir daha bu hissi yaşamaktan çekiniyordu.

O an Ava'ya hiçbir şey söylemeden yapabileceği tek şey buydu. Kendi kendine, ileride bunun için bol bol zamanları olacağını düşündü. Uzak ülkelerdeki manyaklar tarafından avlanmadıkları ve evlerindeki özel ajanlar tarafından tehdit edilmeyecekleri zamanlar...

Karlar altındaki yabancı bir ülkede, yanıp kül olmuş bir antreponun altındaki gizli bir barınakta saklanmadıkları zamanlar. Aşk, bekleyebilirdi ama diğer bir sürü şey, bekleyemezdi.

Değil mi?

***

Alex ve Ava, Dr. Orlova'nın ofisinden çıkarken, Alex, odanın uzak ucuna sıralanmış bir sürü metal dosya dolabı olduğunu fark etti.

"Ne düşünüyorsun?" Alex, Ava'ya baktı ve Ava da elindeki feneri dolapların üzerine doğru salladı. Derin bir nefes alıp sakinleşmeye çalıştı.

"Annem kayıtlarını titizlikle tutardı," dedi.

"Zamanımız var mı?"

Ava, saatine baktı. "Dört dakikamız var."

Alex, daha yakından baktı. Ava haklıydı. Annesinin özenli bir şekilde yazdığı etiketler hemen gözüne çarpmıştı. Bütün etiketler, düzgün bir el yazısıyla ve büyük harflerle yazılmıştı. Bu dolapların içinde her ne varsa, oldukça önemli olmalıydı. En azından bu etiketleri yazan insan için. İçgüdüsel bir şekilde, dolapların ortasına doğru ilerledi.

O.P.U.S.

Alex, bu etiketin önünde durdu. *Paramparça oldum.* Ava'nın bu sözleri, hâlâ kulağındaydı. Bunu, ona yapamazdı. Şimdi olmaz. Yeterince şey yaşadı, değil mi?

Arkasından konuşan, Ava oldu. "Hayır, yapmak zorundasın. Yapmak zorundayız. Bu yüzden buradayız." Parmaklarını, onun elinin altındaki tutacağın yanına koydu. "Benim için endişelenme. İçinde ne olursa olsun, iyi olacağım."

Ava, cevap vermesini bile beklemedi. Dolaba var gücüyle asıldı. Dosya çekmecesinin kapağı yerinden kımıldamadı.

"Kilitli," dedi ve sustalısını çıkarttı.

"Red Widow numarası mı çekeceksin?" Alex tek kaşını kaldırdı.

Ava, gözlerini yuvarladı ve el fenerini eline tutuşturdu.

"Bunu sana söylediğim için pişman olacağımı biliyordum. Bana iki dakika izin ver."

Sadece bir dakikasını aldı. Ava, dolabı açtı ve içindeki dosyaları taramaya başladı. "İşte bu. Sanırım piyangoyu bulduk."

"Öyle görünüyor," dedi Alex kafasını sallayarak. "Vay canına."

Yeşil kartondan yapılmış bütün kurumsal dosyaların içinde grafikler ve çizelgeler vardı. Hepsi Rusça bir isimle adlandırılmıştı ve birer numara verilmişti. Alex, ilk dosyayı açtı. "Bunlar, test kobaylarının isimleri," dedi. "Burada, en öndeki dosyada öyle yazıyor."

Eliyle işaret etti. İşte oradaydı. *ORLOVA, AVA ANATOLYEVA*. "Bu sensin, değil mi?"

Ava, kafasıyla onayladı. "Babamın adı Anatoly idi. Bu yüzden benim adım da Anatolyeva oldu. Kısaca Anatalya."

"Yani sen bu O.P.U.S. projesinin bir parçasıymışsın, Ava."

Ava'nın rengi attı. "Kobay mı? Ben bir kobay mıymışım?"

"Raporda öyle diyor." Alex kafasıyla onayladı. "Dr. Orlova'nın programındaymışsın."

"Benim üzerimde deney mi yapıyordu? Kendi çocuğu üzerinde? Benim de bu çalışmanın bir parçası olduğumu biliyor muydu?" Ava, sanki suratına tokat yemiş gibiydi. Yanaklarında iki pembe nokta belirdi. "Yani buraya, Ivan beni kaçırdığı için gelmedim. Kaçırılmadım. Buradaydım, çünkü benden vazgeçmişti. Beni kullanıyordu."

Alex, Ava'nın gözyaşlarıyla savaştığını görebiliyordu.

Gözyaşlarına direndiğini görebiliyordu. Ona tekrar moral vermek istedi ama bunu nasıl yapacağını bilmiyordu. Eğer Ava haklıysa, annesi, kızını daha büyük canavarlardan korumaktan aciz bir canavardan başka bir şey değildi.

Eğer yanılıyorsa, yanıldığını nasıl öğreneceklerdi ki?

Alex, bunu düşündü.

"Bu dosyada isminin olması, sadece Somodorov'un seni nasıl bulduğunu kanıtlıyor." Başka bir dosya açtı. "Hiçbir şeyden emin olamayız. Hadi bu dosyaları alıp buradan çıkalım. Aslında alabildiğimiz kadarını alsak iyi olacak."

Ava, başıyla onayladı. Ama tekrar dolaba doğru dönerken, hâlâ sarsılmış görünüyordu. Alex, titremekte olan elini tuttu ve sıkıca kavradı.

"Hey," dedi, "kendine bunu yapma."

Ava, suratına bile bakmadı. Bunun yerine, alabildiği kadar dosyayı kucakladı. Sanki bu eski dolabı boşaltarak, beyninin içindeki bulanıklığı da temizlemiş olacaktı.

Alex de konuşmaktan vazgeçip aynısını yaptı.

Dosyaları toparlarken, kendi ismini aramadan edemiyordu. Bulmayı beklemiyordu ama yine de...

Asla bilemezsin.

Rusça konuşabiliyorsun, değil mi? Öyle bir ihtimal var.

Bunun nasıl olduğunu daha kimse açıklamış değil.

Alex Manor ismi yoktu –hatta Alexei Manorovsky bile yoktu– ve rahatlamışçasına, derin bir oh çekti.

İki karton kutuyu doldurabildikleri kadar dosyayla doldururlarken Alex endişelenmeyi bırakmıştı bile.

Fotoğrafı bulan, Ava oldu.

"Dur bir dakika. Bu da ne?" Ava, dolabın önünde durdu. Elinde ikinci bir dosya vardı ve kendisininkine iliştirilmişti.

"Ne? Hiçbir şey göremiyorum. Burası çok karanlık."

Alex'in görebilmesi için el fenerini dosyanın üzerine tuttu. Dosyaya iliştirilmiş bir fotoğraf vardı. Ve o yeşil kâğıt dosyanın üzerindeki fotoğraf, kendisininki gibi kapkara gözleriyle ona bakıyordu.

Ve bir surat. Çocuksu ve koyu renk buklelerin altından bakan tombul yanaklı bir surat. Dosyanın bir tarafına numaralar işlenmişti. Tıpkı diğer bütün dosyalarda olduğu gibi.

"Şuna bak. Tıpkı sana benziyor."

"İsim filan yok mu?" Çocuğun suratına baktı. Alex'e benziyordu ama aynı zamanda yabancı biri gibiydi de.

"İsim filan görmüyorum. Dosyanın bu kısmında yok." Alex'in yüzüne baktı.

"Programla ilgili başka bir şey yazıyor mu?" Alex, sabırsızlanmaya başlamıştı.

"Burada bir yığın rapor var." Ava, onları ikiye böldü ve bir kısmını kendi kollarına aldı. "İşte. Bak." Ava, fenerin altına başka bir sayfa tuttu. "Bu belgede, Ivan'ın Red Room programındaki ruhani işbirlikçisinden bahsediliyor." Ava ürperdi.

"Ama bu sefer, geri çekilmeyecek mi?" Alex, okuduğu sayfadan başını kaldırıp baktı. "Bu kulağa hiç de hoş gelmiyor."

"Hem de hiç." Ava kaşlarını çattı. "Burada dediğine göre, O.P.U.S. çocukları, usta ajanlar olarak eğitiliyorlarmış. Şunu dinle: 'Ta ki üstün yabancı devletlerde kendilerine bir yeri garanti edene kadar. Sadece Batılı ülkelerin başındakilere yüksek erişim sağlamak, bu muzaffer emelimize ulaşmamızı sağlayacak.'"

"Bu, çılgınlık."

Ava sanki bir anda on yıl yaşlanmış gibi görünüyordu. "Ama sonra ortaya Black Widow çıktı ve antrepo, hiçliğe gömüldü. Sonrasında da beni bulunamayacağım bir yere götürdüler."

Alex, düşüncelerine son verdi. "Ve herkes Ivan'ın öldüğünü düşündü. Program sona ermişti."

"Ancak Ivan, şehre geri döndü ve çocuklar tekrar kaybolmaya başladı..." Ava, bunu söylerken tekrar kâğıtların içine gömüldü.

Alex, kafasını iki yana salladı. "Ama bu şey düzgün bir şekilde işlemeye devam ediyorsa, hangi hedeflerin ifşa olduğunu bilmemize olanak yok, değil mi? Yani Ivan'ın kendisine sormazsak?"

Ava, dosya yığının arasından bir sayfa çekti ve donakaldı. "Alex. Bu çocuk. Yine var bak, sana benzeyen çocuk."

"Hakkında ne yazıyor?" Alex, sabırsızca izlemeye başladı. Oradan çıkmak istiyordu. Tozdan boğulmuşlardı ve karanlık, huzursuz ediciydi.

Ava, dosyadan bir sürü sayfa çıkarttı. Her birini hızlıca gözleriyle taradı. "Bir adı var ve bunun Manor ya da Manorovsky olduğunu hiç sanmıyorum."

Karanlık gözleriyle ona doğru baktı. Kâğıdı kaldırdı.

"Adı, Romanova."

Alex, bakakaldı.

Ava bu kez, İngilizce olarak tekrarladı. "Biliyorsun. Romanoff."

Kelimeleri duymuştu ama hiçbir şey anlamamıştı. Anlamamıştı ve hiçbir şey duymak istemiyordu.

Kapağı açık olan dosyayı, Alex'in hareketsiz kalmış ellerine tutuşturdu.

"Ve bence bu çocuk, sensin."

S.H.I.E.L.D. ÇOK GİZLİ

İZİN SEVİYESİ X

VAZİFE BAŞINDA ÖLÜM [VBÖ] SORUŞTURMASI

REFERANS: S.H.I.E.L.D. DOSYASI 121A415

YETKİLİ AJAN [YA]: PHILLIP COULSON

CVP: AJAN NATASHA ROMANOFF NAMIDİĞER BLACK WIDOW, NAMIDİĞER NATASHA ROMANOVA

BELGE: SAVUNMA BAKANLIĞI, VBÖ SORUŞTURMALARI

SB: Hiç fazla ileri gittiğiniz hissine kapılmadınız mı? Üçünüz yani?
ROMANOFF: Ben hep fazla ileri giderim, efendim.

SB: Bana öyle geliyor ki, bu seferki sizin için bile biraz farklı, Ajan Romanoff.

ROMANOFF: Zaten gizli ajanlık da böyle bir şeydir. Bağlı olduğunuz hükümet, resmi olarak gerçekleşmemiş gizli bir görevden, sizi kurtarmaya da çalışmayacaktır. Göreve giderken bunu bilmeniz gerekir. Ben biliyordum.

SB: Belki de öyledir. Ama hiçbir zaman size danışmadan zihninizi elinizden alarak sizi kalıcı bir gizlilik içine de sürüklemeyeceklerdir. Dünyanın bu tarafında işler böyle yürümez, Ajan.
ROMANOFF: Gerçekten mi, efendim?

SB: Soruşturmaya geri dönelim.
ROMANOFF: Ne olursa olsun, o noktada kendimi düşünmüyordum. Alex ve Ava için endişelenmiştim. Üsten ayrıldıktan sonra kendilerini nasıl bir şeyin içine soktularsa, oradan çıkartabileceklerine dair pek bir ümidim yoktu.

SB: Haklı çıktınız mı?
ROMANOFF: Çok yaklaştım, efendim.

BÖLÜM **26**: AVA

LUXPORT BODRUMU ARŞİVİ
ODESSA LİMANI, UKRAYNA

Alex Manor. Alex Roman. Alexei Manorovsky. Alexi Romanovsky.

Alexei Romanoff.

Bir Romanoff.

Ava, gözlerini Alex'e dikti. Sanki bu küçük odanın duvarları, üzerine üzerine geliyordu. Alex, konuşamayacak durumdaydı. Sanki fiziksel olarak, ağzından kelimeler dökülemiyordu.

Ava, bu duyguyu çok iyi biliyordu. Bazen sadece kafanın içinde canlandırsan bile, bazı kelimeler sadece yalandan ibaretmiş gibi gelir.

Bu doğru mu? Böyle bir ihtimal var mı?

Ava, sırtını duvara yaslayıp zemine doğru yavaşça kayan Alex'i, içi acıyarak izledi.

Yanına oturup kibarca elini Alex'in dizine koydu. "Acaba... yani böyle bir ihtimal var mı? Bu sen olabilir misin?"

"Bir Romanoff mu? Natasha Romanoff gibi mi? Ben mi?" Alex, kafasını iki yana salladı. "Hayır. İmkânı yok." Kafası, ellerinin içine düştü.

"Her şey mümkündür," dedi Ava kibarca. "Bunu kendin söyledin. Ayrıca bu, nasıl Rusça konuşabildiğini de açıklıyor."

Alex, kafasını daha da sert bir şekilde salladı. "Benim bir annem var. Bir seyahat acentasına sahip. Stanley adında bir kedisi var."

"Ama senin de Brat adında bir köpeğin vardı."

"New Jersey'nin arka mahallelerinde yaşıyoruz."

Ava, bunu bir düşündü. "Vermont'u hatırlıyorsun. Ormanı. Karları." Omuzlarını silkti. "Ya hatırladığın yer, Vermont değilse?"

Alex, sersemlemiş gibiydi. "En iyi arkadaşımın adı, Dante. Babası bir polis."

"Belki de bu yüzdendir. Belki de seni izliyorlardı." Ava iç çekti. Başka bir şey gelmiyordu aklına. Ona söylemekten başka çaresi olmadığını düşündü. "Alex. Rüya gördüğümde, sanırım onun gözlerinden görüyordum. Sanırım, Natasha Romanoff, seni izliyordu."

Alex cevap vermedi. Verebilecek gibi de görünmüyordu.

Sonunda ağzından birkaç kelime çıktı. "Natasha ve Alexei Romanoff? Romanoff çocukları? Black Widow'un bir erkek kardeşi mi var? Bu nasıl olabilir ki?"

"Bilmiyorum, Alexei."

"Hayatımın hangi kısmı gerçek? Gerçek olan tarafı var mı?"

Ava, hiçbir şey söylemedi.

"Eğer üzerinde suratım olan o dosyada yazanlar gerçekse, hayatımın geri kalanı yalan demektir."

Alexei Romanoff.

Ava düşünmeye devam etti.

İki kelime, Alex'in tüm varlığını yok etmişti ama yine de, eğer gerçeklerse, her şeyi açıklamaya yetiyordu. Ona güvenmesini sağlayan her şeyi açıklıyordu.

Gerçek hayatına tam olarak uyum sağlayamama hissi.

Annesiyle ortak hiçbir noktasının olmadığını düşünmesi.

Huzursuzluk. Dövüşme ihtiyacı. Hırslı yapısı.

Tam bir Romanoff.

Ava, yerde kendi tarafına doğru yuvarlanırken, iç geçirdi. "Daha kötüsü de olabilirdi. Annem, buradaki belgelerin yarısına bakacak olursak, O.P.U.S. projesinin beyni sayılan bir fizikçiymiş. Bu da benim, annemin kobay faresi olduğum anlamına geliyor."

Ava'nın kafasını, kucağına doğru kaldırdı. O da Alex'in dizlerine doğru kıvrıldı.

"Bu ayrıca şu anlama da geliyor: Başıma gelen her şey için Ivan Somodorov'u ve Natasha Romanoff'u suçladım ama aslında hepsinin sorumlusu, annemmiş."

Uçuş sersemliği etkisini göstermeye başladı ve Ava'nın gözleri neredeyse kapanmak üzereydi. Alex'in ellerinin, yanağını okşadığını hissetti.

"Biraz uyu. Ben odaya göz kulak olurum. Günün ilk ışıklarından önce, korumaları atlatıp buradan çıkabilmek için hâlâ zamanımız var."

Ava, kafasıyla onayladı. Bitkin durumdaydı. Cevap veremeyecek kadar yorgun düşmüştü.

Alex'in uyuyabileceğini de düşünmüyordu zaten. Kafasında çok fazla soru işareti olduğunu biliyordu. Zihninde bütün bu olan bitenleri düşünmeden duramazdı.

Kendi derdi kendine yetiyordu.

Eğer O.P.U.S. projesinin arkasındaki isim, annemse, neden öz kızının bu şekilde kullanılmasına izin verdi ki?

Gerçekten de bu kadar canavar olabilir mi?

Natasha'nın bunlardan haberi var mı?

Alexei konusunu biliyor mu?

Ve hepsinden önemlisi...

Alexei, gerçekten de bir Romanoff olabilir mi?

"Alexei, Alexei, uyan." Ava, uyanır uyanmaz bağırmasını engellemek için eliyle Alex'in ağzını kapattı. Kısık sesle konuşuyordu. "Zamanı geldi. Gitmemiz lazım."

Alex'i ayağa kaldırdı. Tamamen uyanmıştı ve paketini sırtlanıp, tökezleyerek Ava'nın peşine düştü.

Hatta merdivenlere doğru ilerlerken Ava, arkasından gelen boğuk bir fısıltı duydu.

"*Toropis.*" Acele et!

"Tekrar Rusça konuşmaya başladın," diye fısıldadı omzunun üzerinden arkasına dönerek. Tahta merdivenin başına gelmişti ve yukarıdaki zemin kapağına doğru tırmanmaya hazırlanıyordu. "Her ikimiz de başladık, *da?*"

"*Da,*" diye cevap verdi Alex.

"Şimdi, İngilizceye dönmemiz lazım." Kapaktan çıktıktan sonra sırt çantasını da yukarı çekti. Alex de onu izledi. "Eğer bizi yakalayacak olurlarsa, söyledikleri tek bir kelimeyi bile anlamak istemezsin. Anladın mı?"

"*Nemmye Amerikantsky,*" diyerek onayladı. Aptal Amerikalılar.

Ava, kargo konteynerinin kapısına, tekrar kilit vurdu ve antreponun içinde koşmaya başladı. Alex de tam arkasındaydı.

Açık olan antrepo kapısına vardıklarında, rıhtımda en az yarım düzüne korumanın toplaştığını gördüler.

"Sanırım dünkü arkadaşımızı bulmuşlar," dedi Alex.

"*Der'mo,*" diye küfretti Ava. "Buradan başka çıkış yolumuz yok."

"Şimdi ne yapacağız?" Alex, ona baktı. "Bunu derken, sağı mı almak istersin, solu mu demek istedim."

Ava, sırt çantasından, antika gibi görünen bir tabanca çıkarttı. Annesinin masasının çekmecesinden almıştı.

"Ava," dedi Alex.

Ava, onu pas geçip direkt rıhtıma ve korumalara baktı. Tıpkı Black Widow gibi hızlı hesaplamalar yapmaya başlamıştı bile.

Dikkatlerini çek

Hedef olarak sana odaklanmalarını sağla...

İlk önce Bir ve Altı numaraların işini bitir...

İki ve Beş'e sıra gelmeden gizlenecek bir yer bul...

Gaz varillerinin diğer tarafında pozisyon al...

Alex, Ava'ya doğru tısladı. "Ava, dur. Bu heriflerin hepsini tek başına indirmeyi düşünmüyorsun herhalde. Bu, Kuantum Dolanımı bağına rağmen çok riskli."

"Bunu yapabilirim." Alex'e baktı. "Yapmak zorundayım."

"Daha önce bunlardan biriyle hiç ateş etmedin bile."

Ama Ava, bir omuz darbesiyle Alex'i geçti ve antreponun kapısında mevzilendi. "Alex. Bu iş bende."

Silahını, açık antrepo kapısından çıkarttı ve göz hizasına kadar kaldırdı.

Önce tereddüt etti...

Gözlerini kapattı.

Hazırım...

Ama daha tetiğe dokunmadan, adamların arkasındaki gaz varillerinden biri patlayarak alev topuna dönüştü.

Sonra ikinci varil de patladı ve üçüncü de...

Ayakta kalmayı başaran korumalar, koşmaya başladılar.

"Ne?" Ava, olduğu yerde sersemlemiş bir şekilde kalakalmıştı. Kapıyı biraz itti ve rıhtıma doğru koşmaya başladı.

Alex, tam arkasındaydı. "Aman Tanrım," dedi.

Bu, oydu.

Natasha Romanoff, çatıdan aşağı yuvarlanarak atladı.

Alex, Natasha Romanoff'un tam önlerinde iki ayağı üzerinde yere inişini izledi. Aynı anda silahını da kılıfına sokmuştu. "Özür dilerim. Size bu şekilde sinsice yaklaşmamam gerekirdi. Avantajlı bir konumdaydım ve bunu değerlendirdim."

Natasha, bakışlarını Ava'dan elindeki silaha doğru kaydırdı. "Ah Tanrım. O şeyle ne yapıyorsun? İndir şunu. Onunla kendi kafanı bile uçurabilirsin."

Ava, şok içinde kalakalmıştı. Tam arkasındaki Alex, konuşamıyordu. Hareket bile edemiyordu. Apaçık ortada olanın ötesinde tek bir düşünceyi kayda geçirebilmişti.

Kimim ben?

O benim neyim?

Sonra Ava, Natasha'yı tuttu ve rahatlamış bir şekilde ona sımsıkı sarıldı. "Şükürler olsun."

Natasha, kurşun yemeyi tercih edermiş gibi görünüordu ama hiçbir şey söylemeden bakışlarını Ava'dan Alex'e kaydırdı.

"Natasha Romanoff. Rüya gibi. Burada ne işin var?" Alex, nihayet konuşabilmişti.

Kendini perişan hissediyordu.

Kötü ve kırgındı. Canı o kadar yanmıştı ki, bundan sonra ne olduğu ya da olacağı umurunda bile değildi.

Etraflarındaki rıhtım alevler içindeydi ama Alex'in umurunda değildi. Yanmasa da umurunda olmazdı. Neyi umursayacağını bilmiyordu.

Natasha Romanoff'u son görüşünden bu yana tüm dünyası değişmişti.

Bu dünya, kendi dünyası ve içindeki her şey değişmişti.

Ve ben artık farklı bir insanım.

"Bu alevler daha da büyüyecek. Gitmemiz gerekiyor." Natasha, yardım beklercesine Ava'ya baktı ama Ava hiçbir şey söylemedi.

"Alex?"

Alex, tek kaşını kaldırdı. Ellerini önünde kavuşturdu. "Benim gerçek adım bu mu?"

"Öyle olsun, *Alexei*. Polis gelmeden sizi buradan çıkarttığımız sürece, adının ne olduğunun hiçbir önemi yok," dedi Natasha, Rusça olarak.

"Seninle hiçbir yere gitmiyorum," diye cevap verdi Alex, İngilizce.

Natasha, ona doğru bir adım attı. Ellerini öne doğru uzattı. *Sakin ol* demeye çalışıyor gibiydi. "Buraya sadece konuşmak için geldim." Tam o sırada, yanmakta olan gaz varillerinden biri, Alex'in arkasında patladı. Tüm rıhtıma alev ve duman doldu.

Alex, korkmadı bile.

"Bu çok komik çünkü konuşmaktan çok sıkıldım, *sestrenka*." Sanki tekrar eskrim bandının üzerindeymiş gibi ona doğru hamle yaptı. Atak yapmaya hazırlanıyor gibiydi.

Yalanlardan bıktım usandım.

Kafa karışıklığından bıktım usandım.

Her şeyin anlamını yitirmesinden bıktım usandım.

Natasha, Alex'in ne yaptığını anlamış gibiydi.

"Ne yapacaksın? Benimle dövüşecek misin? Ben eğitimli bir suikastçıyım, sen ise daha çocuk sayılırsın." Geri çekildi.

"Öyle mi? Gerçekten mi? Nereden bilebilirim ki?" Alex, aralarındaki mesafeyi kapattı.

"Aptal olma."

"Ama ben aptalım. Asıl konu da bu, değil mi? O kadar aptalım ki, gerçek adımı bile bilmiyorum." Alex, rıhtımdaki hurdaların arasından uzunca bir boru aldı ve savurdu. "O kadar aptalım ki, bu yola nasıl girdiğimi bile bilmiyorum."

"Alexei," diye uyardı Natasha. Aynı anda kalınca bir tahta parçası alıp, Alex'in hamlesini savuşturdu.

"Bütün hayatım yalanmış, hatta hissettirdikleri bile yalanmış. Ailem sandığım insanlarla en ufak bir ortak noktam yok. Sebepsiz yere kavgalara giriyorum ve bunu yaptığım her seferde de kazanıyorum. Huzursuzum. Yerimde duramıyorum. Herkesi, her şeyi bir tehdit olarak görüyorum. Ve şimdi de bunun sebebini kabullenmek zorunda mıyım? Hayatımda hiçbir anlamı olmayan onca şeyin tek sebebi sen misin?" Alex boruyu tekrar savurdu. "Hiç sanmıyorum."

Natasha, borudan eğilerek kaçtı ve ellerini barış içinde uzattı. "Alexei. Sabrımı sınama."

"Nedenmiş? Al sana sınama. Sadece tek bir sorum var. Sen benim ablam mısın, değil misin, Natasha Romanoff?"

"Bu o kadar basit değil," dedi Natasha.

Alex, boruyu bir kez daha savurdu ama bu kez borunun ağırlığıyla kendi de sallandı. "Ah, bence öyle. Adımı, O.P.U.S. denekleri listesinde buldum. Ama bu aynı zamanda senin de adındı."

"Eğer konuşmama izin verirsen, açıklayabilirim..."

"Konuşacak bir şey yok. Evet ya da hayır diyeceksin. Ben Alexei Romanoff muyum, değil miyim? Bunu bilmeye hakkım var, değil mi?" Sarsakça üzerine gitmeye başladı. "*Da, Natalyska?*"

"Dikkatli ol, Alexei..." Artık Ava da gerilmeye başlamıştı. Mesafesini korumaya özen gösteriyordu. Az sonra olması beklenen şeye mani olması gerektiğini biliyordu.

Alexei, boruyu havada salladı. "Belki de bununla başlamamız gerekiyordur. Doğru ya da yanlış de... evimde yaşayan kadın, annemmiş gibi yapıyor!"

"Alex," diye söze başladı Natasha.

Sert bir şekilde kafasına doğru savurdu, Alex. "Ding-ding-ding! Doğru! O kadın yanlış!"

Natasha elini kaldırdı. "Ver şu boruyu bana!"

"Şimdi fazladan puan kazandıran soru. Bu seferki daha zor. Gerçek annemin adı ne?" Bu sefer bacaklarına doğru savurdu ama Natasha, borunun üzerinden sıçrayarak kurtuldu.

"Kimin umurunda?" Natasha, elindeki kalası bıraktı. Şimdi en az Alex kadar sinirli görünüyordu.

"Yanlış cevap!" Alex, üzerine doğru hücum etti ve Natasha, ondan sıyrılıp kendine bir boru buldu ve Alex'e indirdi.

Alex, karşılık verdi.

Natasha, kafasını iki yana sallayıp onu iyice kışkırttı.

"Eğer bir önemi varsa, Alexei, ben de daha yeni öğrendim." Natasha, Alex'in bir sonraki hamlesinden eğilerek sıyrıldı.

"Bir önemi yok." Alex, hamleyi savuşturmak için eline aldığı kaplama parçasını, Natasha'ya doğru fırlattı.

"Ben de karanlıktaydım. Gerçekleri anlamak benim için bile bu kadar uzun sürdü. Ve bunu öğrenmek için kendi gizli dosyama zorla erişim sağlamam gerekti."

"Gerçek mi? Gerçekler hakkında ne bilmek istiyorsun? O kadar iyi bir yalancısın ki, kendine ne zaman yalan söylediğini bile anlayamıyorsun."

Alex, çok öfkeliydi. Geçici silahını elinden bıraktı ve Natasha'ya doğru saldırdı ve Natasha da onu sıkıştırdı.

Natasha tekrar konuşmayı denedi. "Her ikimiz de Ivan'ın elinden kaçtık. S.H.I.E.L.D. ile yaptığım anlaşmanın bir parçası olarak ve seni korumak için hafızalarımızı sildiler. Kendi güvenliğin için seni New Jersey'de sakladılar."

"Ama aramızdaki bağı silemediler," dedi Alex dalga geçerek.

"Onun gibi bir şey." Natasha, Alex'in suratını rıhtımın zeminine bastırdı. "Ama şunu da söylemek zorundayım ki, saldırın hiç de fena değildi," dedi Natasha, kolunu arkasında bükerken. "Bir çocuk için."

"Peki ya bir Romanoff için?" dedi Alex gülerek.

"Küçük bir Romanoff için," dedi Natasha.

"Son turnuvada beni izlediğinden daha iyi mi peki?" Sıktığı dişlerinin arasından zorlukla konuşuyordu.

"Biraz. Kısmen." Natasha daha sert büktü. "Belki ayakların biraz daha iyiydi."

"Ne zamandır?"

"Ne?"

"Ne zamandır beni gizli gizli izliyorsun?" Alex, Natasha'yı üzerinden atmaya çalıştı ama Natasha onu tekrar yere yapıştırdı.

"Ve sadece eskrim yaparken mi izliyordun, yoksa annemle birlikte judo derslerimi de izliyor muydunuz?"

"İki yıl oldu. Çoğunlukla eskrim turnuvalarında. Ve evinde. Ve arada sırada da partilerde." Omuzlarını silkti. "Genelde yoğun oluyorum."

Alex, kafasını kaldırıp ona baktı. "Neden? Bunu neden yaptın?"

Natasha'nın âdeta utanmış bir hali vardı. "Başlarda nedenini bilmiyordum. Sadece yapmam gereken bir şey olduğunu biliyordum. Dürüst olmak gerekirse, bir ara senin benim hedefimdeki kişilerden birinin... Oğlu olduğunu bile düşünmüştüm." Alex onu tekmelemeye çalıştı ve Natasha tekrar bastırdı. "Ki bu da oldukça garip olurdu," diye ekledi.

Alex, iç geçirdi. Ellerini serbest bıraktı. Barışmanın işareti gibiydi. "Dinle. Eğer seni judoyla yerden yere çarparsam, sonunda bana neler olup bittiğini anlatır mısın?"

Natasha, ayağa kalkıp onu serbest bıraktı.

Alex, karşısında sendeleyerek ayağa kalktı ve boks pozisyonu aldı.

"Benim adım, Natasha Romanoff. Kimse beni judoyla yerden yere çarpamaz." dedi. "Erkek kardeşim bile."

Natasha, sağlam bir sol kroşeyle kardeşini yere serdi.

Alex, hızlı ve sert bir şekilde yere yapıştı.

Ava, anında yanına gitti. Dehşete düşmüştü ve Natasha, bunun için onu suçlayamazdı.

Alex, çenesini tutup yan dönerken homurdandı.

"*Sestra.*"

Sonra gözleri yukarı yuvarlandı ve bayıldı.

Etraflarındaki antrepoyu alevler sarmıştı ve Natasha Romanoff, tek kelime etmeden erkek kardeşini sırtlayıp, kendi hayatına taşıdı.

S.H.I.E.L.D. ÇOK GİZLİ

İZİN SEVİYESİ X

VAZİFE BAŞINDA ÖLÜM [VBÖ] SORUŞTURMASI

REFERANS: S.H.I.E.L.D. DOSYASI 121A415

YETKİLİ AJAN [YA]: PHILLIP COULSON

CVP: AJAN NATASHA ROMANOFF NAMIDİĞER BLACK WIDOW, NAMIDİĞER NATASHA ROMANOVA

BELGE: SAVUNMA BAKANLIĞI, VBÖ SORUŞTURMALARI

SB: Demek sonunda Romanoff ailesi yeniden bir araya geldi. Tanrı biliyor ya, mutlu sonlara bayılırım, Ajan.
ROMANOFF: Ve işte şimdi buradayız.

SB: Elinde fırsat varken neden ortadan kaybolmadın?
ROMANOFF: Çünkü her ne kadar silinmiş de olsa, beynimi geri istiyordum.

SB: Yani silinmiş bir beyin, başkasına bağlı olan bir beyinden daha iyi değil midir?
ROMANOFF: Eğer bir hükümet ajanıysanız öyledir, efendim.

SB: Ve siz de bir hükümet ajanı olduğunuz için, işinizin henüz bitmediğini düşündünüz, öyle mi?
ROMANOFF: Ivan hâlâ dışarıda bir yerdeydi.

SB: Peki ya birbirine bağlanmış kobayları?
ROMANOFF: Alex ve Ava'nın antrepodan çaldığı dosyalara bakacak olursak, en az yüz isim daha var.

SB: Ulusların liderlerinin zihnine bağlanma potansiyeli olan yüz kişi mi?
ROMANOFF: İnsan formunda yüz tane kara mayını. Tüm dünyaya gömülmüşler ve harekete geçmeyi bekliyorlar.

SB: Daima Kızıl mı, Ajan?
ROMANOFF: Hayır. Daima Tuhaf Ivan.

SAHNE ÜÇ

"HİÇBİR ŞEY SONSUZA DEK SÜRMEZ."

—NATASHA ROMANOFF

BÖLÜM 27: NATASHA

DACHA ODESSA OTELİ
ODESSA ŞEHİR MERKEZİ, UKRAYNA

"Artık sır yok," dedi Alex. "Daha fazla yalan yok." Alex ve Natasha, ellerindeki notları yarım saatten fazla karşılaştırdılar. Alex ve Ava'nın bulduğu dosyalar ile Natasha'nın ele geçirdiği dijital arşiv bir araya geldiğinde, ortada hiçbir şüphe kalmamıştı.

Alexei ve Natasha, abla kardeştiler. Romanoff ailesinin son fertleri.

"Artık sır yok," diye onayladı Natasha. *Ama böyle bir şey için en son ne zaman birine söz verdim ki?*

Uzaklardan bir siren sesi geldi. *Politsiya*. Natasha durdu ve içerden tel örgüyle desteklenmiş kirli camdan dışarı baktı. İnce pencere pervazlarından gelen dondurucu soğuğu hissedebiliyordu. Odessa'nın en ücra mahallelerinden birinde, bir otel odasında oturuyorlardı. Odadaki tek lüks, bir çöp kovasıydı ve o bile zemine zincirlenmişti.

Alex, uzandığı çıplak yatağa kendini atıp, horlar gibi bir ses çıkarttı. "Ama yalan söylemeyi bırakamazsın, değil mi?"

Natasha, yarısı erimiş bir buz poşetini, kafasına biraz daha sertçe bastırdı.

Şimdi küfürler duyuyordu. Rusça. Ava hâlâ yan odadaki dandik duşu kullanmaya çalışıyordu. Natasha, denememesi gerektiğini biliyordu.

Burada soğuk su bile normalden daha soğuktur.

Odadaki sessizlik, aralarında asılı kaldı. Natasha, garip bir şekilde Alex'ten uzaklara baktı. Bu kadar... Konuşmaya alışık değildi.

Kardeşi –çünkü gerçekten öyleydi, değil mi?– uzanmış tavanı seyrediyordu. "Biliyorsun, seni son gördüğümde, Jersey'de yaşayan bir ailenin tek çocuğuydum. Şimdi bir de bakıyorum Rus bir ablam ve Ukraynalı bir kız arkadaşım var."

"Kız arkadaşın mı?" diye sordu Natasha. "Onunla ne zaman tanıştın? Birkaç gün önce değil mi?"

Harika.

"Ve bir de devasa bir baş ağrım var," dedi Natasha'yı görmezden gelerek. Alnını eliyle ovuşturdu.

Sen daha çocuksun.

Natasha, onun için üzülüyordu. Gerçekten ikisi için de.

Orada ucuz şiltenin üzerinde, etrafı kirli perdelerle çevrili, yırtık duvar kâğıtları ve su lekeli duvarları olan bu odada yatarken, çok genç görünüyordu.

Ve Natasha, birden kendini çok yaşlı hissetti.

"Canın acıyor, değil mi? Yani hatırlamaya çalıştığın zaman?" Natasha, yatakta yanına oturmak için bir hamle yaptı ve elindeki buz torbasını Alex'e uzattı.

"Red Room kafamın içini ilk sildiğinde, sanki kafam patlayacakmış gibi hissetmiştim. Beynimde tümör var gibiydi. Ivan, bana gerçeği söylediğinde neredeyse rahatlamış hissedecektim."

"Rahatlamış mı?" derken doğruldu ve buz torbasını aldı.

"Eh, o zamanlar Red Room günleriydi işte. Çıtam çok düşüktü." Alex'in suratına baktı. "Şimdi bile, kesin olan bir şeyleri düşünmeye çalıştığım zaman, ağrı bastırıyor."

"Benim gibi mi?" dedi Alex, buz torbasını alnına bastırırken. Kafasını tekrar şiltenin üzerine yatırdı.

"Senin gibi."

Torbayı artık gözlerine bastırmaya başlamıştı. "Sanki biri kafatasımın içine el bombası bırakmış gibi hissediyorum."

"İşte. Tam şuradaki sinir uçlarına vurmak... İstiyorsun." Natasha, buz torbasının yerini düzeltti. Göz göze geldiler. "Bu arada potansiyel tehlikelerden bahsetmişken... Sen ve Ava, oldukça yakın gibisiniz."

"Sakin ol." Alex oturmaya çalıştı ama Natasha, onu iterek geri yatırdı.

"Dinlenmen lazım."

Alex, homurdandı. "Aman Tanrım. Ne zamandır ablamsın, iki dakikadır mı? Ve bana hemen kızlar hakkında akıl vermeye mi çalışacaksın?"

Natasha, bu durumdan çok daha rahatsız görünüyordu. "Sadece dikkatli ol. Bu ilişki, her ikiniz için de oldukça tehlikeli, en azından bizim dünyamızda. İnsanlar, duygularınızı size karşı kullanmaya çalışacaktır. İkimize ne yaptıklarına bir baksana."

"Hangi dünyada yaşadığını bilmiyorum. Benim gezegenim, Dünya. Ve burada, insanlar birbirlerini sevmekte özgürdür." Alex, kafasını iki yana salladı. "Sana ne oldu, Ajan..." Birden durdu. "Sana ne diye hitap ediyorum? Sana ne diye hitap ederdim?"

Natasha, hiçbir şey söylemedi. Bilmiyordu.

Alex, tekrar sordu. "Seni bu hale getiren şey, neydi... Natasha?"

Hangisinden başlayayım ki?

"Vuruldum. Havaya uçuruldum. İhanete uğradım. Uçaklardan aşağı atıldım. Bıçaklarla saldırıya uğradım. Gezegende aklına gelebilecek bütün araçlarla çarptılar bana. Başka sorun var mı?"

"Evet." Alex buz torbasını tekrar, zonklayan kafasına koydu. "Bunu bize kim yaptı ve neden yaptı?" Ürkmüş gibiydi.

"Bana bırak." Natasha, çekingen bir edayla uzanıp, elindeki buz torbasını aldı ve olması gereken yerlere bastırdı. Bu, şefkat dolu bir tavırdı ve çok nadiren başına gelen bir şeydi. En azından Romanoff tarzında yapıyordu. Yaralanmaları tedavi etmekte ve bandajlamakta da oldukça iyiydi. Elini, Alex'in alnına koydu.

Bana ne diye hitap ediyordun, küçük kardeşim?

Neden bilmiyorum? Bu haksızlık, değil mi?

Bu, bizim hayatımız.

Hayatımızdı.

Bizim hayatımızdı ve elimizden aldılar.

Sonunda Natasha, bakışlarını Alex'e çevirdi.

"Tasha." Buz torbasının üzerinden, kardeşine baktı. "Arkadaşlarım bana böyle seslenirdi, sanırım. Yani hatırladığım kadarıyla. Gerçek olup olmadığından emin değilim."

Alex, kafasını salladı. "Ben de Tasha derim o zaman."

Natasha, ayağa kalktı. Birden utanıvermişti.

"Ve projenin adı da Boş Sayfa'ydı. Bunu bize yapan insanlar yani. Görünüşe göre radikal bir güvenlik protokolü ve yine görünüşe göre bu işin içinde S.H.I.E.L.D.'ın parmağı var. Bir şekilde bizi bu işe ikna etmiş olmalılar.

Dosyalarımızın içinde bir isim buldum ama sana bundan fazlasını anlatamam. Henüz olmaz. Temelde, bildiğim tek şey, senin saklanıyor olduğun."

"Peki bütün bu olan bitenin, Tuhaf Ivan'la ne alakası var?"

"Seni ondan saklamak istiyor olmaları mümkün. Belki hepimizi ondan saklıyorlardı." Natasha elindeki buz torbasını Alex'in başına daha sert bastırdı. "Ama dediğim gibi, bütün cevapları bulabilmiş değilim. Pazar gününden önce, sorulardan bile haberim yoktu."

Alex, arkadaki kirli cama baktı. "Yani Vermont diye bir yok, öyle mi? Gerçekte nereden geldim, peki?"

Natasha, yine çekingen duruyordu. "Muhtemelen, Stalingrad'dan. Ailem... ailemiz... oralıydı."

Alex, sakin durmaya çalışıyordu. "Peki ya New Jersey?"

Natasha, omuzlarını silkti. "Gizlenmek içindi. Senin kendi güvenliğin için."

Alex, iç çekti. "Eh, demek ki, New Jersey sokak yemeklerine olan düşkünlüğümün sebebi belli oldu. Üstelik onları sadece iki senedir yiyorum." Gözleri yine kesişti. "Bu, annemin de bir ajan olduğunu mu gösteriyor?"

Natasha, tereddüt etti. "İyi eğitimli bir ajan. En iyilerden biri. Bu, küçük bir iş değil." Alex'in ellerine baktı. Tutmak istiyor gibi bir hali vardı. "Eminim seni çok önemsiyordur."

"Süper," dedi Alex. "Bu her şeyi daha iyi bir hale getirdi." Uzaklara baktı. "En azından buna neden sahip olduğumu artık biliyorum." Kolunu sıyırıp Natasha'ya kırmızı kum saati dövmesini gösterdi.

Natasha'nın beti benzi attı. "Bu da nereden çıktı?"

"Büyük ihtimalle bir dövme salonundan."

Natasha, yüzüne sertçe baktı.

"Ne? Bir sabah uyandığımda kolumdaydı işte." Alex, kolunu kaçırmaya çalıştı. "Öyle sanıyorum."

Natasha, başını iki yana salladı. "O sıradan bir dövme değil. Bir mesaj. Benim için."

"Mesaj mı? Ne çeşit bir mesaj?"

"Sana ulaşabileceklerine dair bir mesaj. Güvende olmadığını söylüyor. Hiç kimsenin güvende olmadığını söylüyor."

"Ama ben güvendeyim. Buradayım işte. Bana hiçbir şey olmadı."

Peki ya olursa ne yapacağım?

Yavaşça, tuhaf bir şekilde –görünüşe göre, yıllar sonra ilk defa– Natasha Romanoff uzanıp kardeşinin elini tuttu.

"Alexei..."

Ellerini avcunun içine aldı.

Alex birdenbire, sanki bütün odanın havası emilmiş gibi bir çığlık attı.

Her iki koluyla ablasına sarılıp omuzunda hüngür hüngür ağlarken, altındaki ucuz şilte titremeye başladı.

Ava, havlusunu göğsünün üzerinde birleştirip eliyle banyo kapısını ittirdi. Derme çatma kapı, buhardan yapış yapış olmuştu ama bunu dikkate almadı. Su, akmaya devam ediyordu. Banyodan çıktığını bilsinler istememişti.

Ava, gözlerini kapattı.

Natasha'dan sadece birkaç metre uzaktaydı –kapının hemen diğer tarafında yani– ve Kuantum Dolanımı sürdüğü sürece, bunun ateşin başında oturmaktan bir farkı yoktu.

Ava, her şeyi hissedebiliyordu.

Güvensizlik ve kafa karışıklığı ve teselli ve üzüntü ve suçluluk duygusu ve...

Bu da ne?

Bu diğer his de ne böyle?

Göğüs kafesinin içinde titreyip parmak uçlarına doğru, dalga dalga yayıldı. Başka hisler de vardı ama bu çok yeniydi.

İçinden sekerek geçti, tam kalbine doğru ilerledi.

Sevgi.

Natasha Romanoff, kardeşini, dünyadaki her şeyden çok seviyordu.

Bu, onun kabul edebileceği bir şey değildi ve ayrıca Ava'nın daha öncc onun tarafında hissettiği bir duygu da değildi.

Natasha Romanoff... Mutlu olabiliyor muydu?

Ben, bir süper kahraman ailesinden geliyorum.

Üçü birlikte halk otobüsüne atlayıp Odessa şehir merkezine doğru yola çıktıklarında, Alexei Romanoff'un kafası hâlâ karışıktı.

Artık bir ablası ve bir kız arkadaşı vardı ve otobüste ikisinin arkasında oturuyordu.

Sahip olmadığı tek şey annesiydi ki, annesi sandığı kişinin aslında annesi olmadığını hayal etmek bile imkânsız gibiydi ve ayrıca –tabii artık her kimse– New Jersey'e döndüğü zaman artık onu gizlemek zorunda da kalmayacaktı.

Peki onu kim saklayacaktı?

Black Widow mu? Artık koruyucu meleği o muydu? Yaşayan en yakın akrabası olduğu kesindi. Bunu biliyordu ama bu sürecin nasıl işleyeceğini bilmiyordu ve ayrıca bu konuda kendini nasıl hissetmesi gerektiğini bile bilmiyordu.

Otobüsün camından, akıp giden Odessa'yı izledi.

Otobüs, onları Deribasovskaya ve Havannaya'nın köşesinde indirdi. İnsanın içini titreten keskin bir soğuk, sabah güneşini yalancı çıkartmaya çalışıyor gibiydi. Karlarla kaplı sokakta ağır ağır yürüdüler. Alex, aptal spor ayakkabılarındaki karı tekmeleyip duruyordu ve karşı kaldırıma ulaştılar. Karların arasında sürünerek, buldukları ilk kafeye sığınıp sıcak salondaki masalardan birine oturdular. Tabaklar dolusu yumurta, dumanı üstünde sütlü kapuçino ve meyveli sıcak *kompot** sipariş ettiler.

Alex, kafasının karışıklığını şeker ve hamur işleriyle bastırdı. Dördüncü porsiyon elmalı tatlısını yerken, Natasha ve Ava, O.P.U.S. projesi dosyaları üzerinde çalışıyorlardı.

"Bunu gözden kaçırdığıma inanamıyorum," diyen Natasha, çok bozulmuştu.

Ava başını salladı. "O laboratuvarın antreponun altında olmasını mı? Bütün S.H.I.E.L.D. gözden kaçırmış gibi görünüyor."

Natasha, kaşlarını çattı. "Bütün bu isimler, deneklere mi ait? Hepsi mi? Nasıl olur? Bu listede yüzden fazla isim var." Kafasını dosyadan kaldırdı. "Yüz tane denek demek, dışarıda yüz tane daha Bağlanmış Ava var demek."

Ava, kahvesinden bir yudum aldı.

"Yani, derine saklanmış yüz tane ajan, yüz farklı devlet başkanı veya CEO veya yüksek rütbeli subayın zihniyle fiziksel olarak bağlantıya geçmek için, Ivan Somodorov'un işaretini bekliyor diyorsun." Alex, çatalını bırakıp önündeki boş tabağı iteledi.

"Bu çocukların nasıl bir erişimle büyüdüğünü göz önünde bulundurursak, Ivan, her birini olmalarını istediği yerlere yerleştirmiştir." Natasha, sayfayı çevirdi. "Ajanları ya da casusları olarak. Ya da belki bir suikastçi ordusu kurmuştur."

"Kendine ait dünya çapında devasa bir Red Room." Ava kafasını iki yana salladı. Ama onu rahatsız eden başka şey-

* Komposto benzeri geleneksel, alkolsüz, tatlı bir Rus içeceği. (e.n.)

ler vardı. "Yüz farklı Bağlanmış çocuk mu? Benim gibi mi? Peki baskın yaptığınız gece neredeydiler?"

Natasha, Ava'ya baktı. "Senden başka denek bulamadım. Ivan, tek denek senmişsin gibi oradan oraya sürüklüyordu seni."

"Her şey çok bulanık," diye iç geçirdi Ava.

"Benim adım da listede, değil mi? Peki o sırada ben neredeydim?" diye sordu Alex.

"Belki de bu görev, sadece Ava'yla ilgiliydi," dedi Natasha.

"Ama asıl konu da bu değil mi? Yani, Ava, bulabildiğiniz tek denek değil miydi?" Alex, kederli bir şekilde boş tabağına baktı. Sanki aradığı cevapları yiyip bitirmiş gibi hissediyordu.

"Nereye varmaya çalışıyorsun?" diye sordu Natasha.

"Ya Ivan, Ava'yı kurtarmanızı istiyorduysa? Belki de onu ABD'ye götürmenizi istiyordu, ha? Ya S.H.I.E.L.D.'a sızmak için bir giriş noktası olarak kullandıysa ve tabii ki bir senin zihnine, Tash? Ya bunların hepsi bir tuzaksa?"

Natasha'nın gözleri, kardeşine kilitlendi. *Tash mi?*

Alex, babacan bir edayla omuzlarını silkti.

"Peki gerçekten böyleyse, ne yapacağız?" Ava, sarsılmıştı. "Ya bir yerlerde yüz farklı Bağlantılı zombisi varsa? Sadece Ivan'ı saf dışı bırakmak, sorunu çözmeye yetmeyecektir. Hedeflerin kim olduklarını ve nerede olduklarını bilmiyoruz. Tehlikenin ne olduğunu bilmiyoruz. Elimizde sadece sekiz sene öncesinin isim listesi var, değil mi? Her yerde olabilirler."

"Bu yüzden, işe koyulsak iyi olur." Natasha, her ikisine birden baktı. "Ivan'ı bulacağız ve işler daha da karışmadan harekete geçeceğiz."

Alex, hem Ava'ya hem Natasha'ya baktı. "Yani bunu S.H.I.E.L.D.'a mı götüreceğiz?"

Ava, ürktü. "Triskeleon'dan o şekilde ayrıldıktan sonra mı? Bizi gördüklerine pek sevinmeyeceklerdir."

"Ben de onlara bayılmıyorum," dedi Natasha sinirli bir şekilde. "Bu konuyu götüreceğimiz son yer orası olmalı. S.H.I.E.L.D.'dan birileri, hafızalarımızı sildi ve kime güvenebileceğimizi bilmiyorum."

Kimse tek kelime etmedi.

"Peki şimdi ne yapacağız?" Ava, cesareti kırılmış bir şekilde peçetesini masaya vurdu.

"Belki bir yolu vardır," dedi Natasha yavaşça. Sertçe Ava'ya baktı. "Bunu söylemekten bile nefret ediyorum..."

"Ama söylemek üzeresin," dedi Alex. "Ha, Tash?"

Onu duymazdan gelip doğrudan Ava'ya konuştu. "Eğer bu dosyalardaki belgeler doğruysa ve O.P.U.S. programının yaratıcısı annense..."

"Öyleymiş," diye sözünü kesti Ava. Bu, üzerine konuşmaktan keyif aldığı bir konu değildi.

"Bu bize bir avantaj sağlayabilir."

"Nasıl?" Alex masanın üzerine doğru eğildi.

Natasha, Ava'ya baktı. "O senin annen. Bütün o zaman zarfında, orada ve onun yanındaydın. Büyük ihtimalle herkesten daha fazla şey biliyorsun. Onun bilimsel beyni de dahil. Bu da büyük ihtimalle, O.P.U.S. hakkında, sandığından çok daha fazla şey biliyor olabileceğin anlamına geliyor."

"Bundan emin olamazsın," dedi Ava kendinden emin olmayan bir tonda. "Ve onun hakkında hiçbir şey bilmiyorum. Neden Ivan'ın beni almasına izin verdi?

Ona ne oldu? En başında Ivan'la çalışırken amacı neydi? Nasıl işe yarayacağımı bilmiyorum."

"Antrepo hakkında, sandığından çok daha fazla şey hatırladın," dedi Alex, Ava'ya bakarak. "Belki de bazı şeyler geri gelmeye başlıyordur?"

Ava, cevap vermedi. Bir garson kız gelip boş tabaklarını tepsisinin içine dizdi. O gidene kadar kimse tek kelime etmedi.

Natasha, sesini alçalttı. "Yani bir şekilde aramızdaki Kuantum Dolanımı Bağı'nı güçlendirmemiz gerekiyor. Bir kez daha. Sen ve ben, tıpkı nehrin orda olduğu gibi. Ya da Tony'nin makinelerinde olduğu gibi. Yemin ederim, Tony'nin makinelerinden biri patlamadan önce, bir parıltı gibi bir şey gördüm."

"Çünkü çok mı güzeldi?" Ava şüpheci gözlerle bakıyordu.

"Bir düşün. Kurabileceğimiz en güçlü bağlantıyı kurduk. Girmeme izin ver ve ben de senin anılarının içinde O.P.U.S.'la ilgili neler bulabileceğime bir bakayım."

"Bu çok tehlikeli. Geçen sefer Ava neredeyse bilincini tamamen yitiriyordu." Alex, paniklemiş gibiydi.

"Biliyorum," dedi Natasha. "Ama başka seçeneğimiz yok."

Alex, Ava'nın elini tutmak için uzandı. "Hâlâ bunun iyi bir fikir olduğunu düşünmüyorum."

Ava, ona bir baktı. "Ama haklı. Tekrar bağlantı kurmak, bu bağlantıyı koparmayı anlamanın tek yolu olabilir."

"Belki de değildir," dedi Alex, "ve bir hiç uğruna riske girmiş olursunuz."

"Bir hiç uğruna değil. Ivan'ın o antrepoda zorla tuttuğu bütün insanlar uğruna."

Konu kapanmıştı. Ava, bu konuda kararını vermişti.

S.H.I.E.L.D. ÇOK GİZLİ

İZİN SEVİYESİ X

VAZİFE BAŞINDA ÖLÜM [VBÖ] SORUŞTURMASI

REFERANS: S.H.I.E.L.D. DOSYASI 121A415

YETKİLİ AJAN [YA]: PHILLIP COULSON

CVP: AJAN NATASHA ROMANOFF NAMIDİĞER BLACK WIDOW, NAMIDİĞER NATASHA ROMANOVA

BELGE: SAVUNMA BAKANLIĞI, VBÖ SORUŞTURMALARI

SB: Bana demek istiyorsunuz ki, bizzat kendinizin, zorunlu zihinsel bir yeniden başlatmanın kurbanı olduğunu öğrendiniz...
ROMANOFF: Adını olduğu gibi söyleyin. Çekinmeyin. Beyin silme.

SB: Yani kayıt dışı zihinsel bir deneyi, kendi başınıza genç bir sivil üzerinde deneme konusunda hiç endişe etmediniz, öyle mi? Ukrayna'daki bitli bir otelde? Ivan Somodorov'un kapı eğişinde?
ROMANOFF: Hayır, efendim. Bu, doğru bir tabir olmaz.

SB: Pardon?
ROMANOFF: Endişe etmedik diye bir şey söylemedim. Endişe vardı. Endişe her zaman vardır, efendim.

SB: Ve buna rağmen verdiğiniz kararların geçerliliğini sorgulamak için bir dakika bile durmadınız, öyle mi? Bir kez bile kendinize bütün bu "Abra kadabra, hokus pokus" şeylerini neden yaptığınızı sormadınız mı?
ROMANOFF: Hayır, efendim.

SB: Neden peki?
ROMANOFF: Bunu sadece gitar çalanlar ve Amerikalılar yapar, efendim.

BÖLÜM **28**: NATASHA

DACHA ODESSA OTELİ
ODESSA ŞEHİR MERKEZİ, UKRAYNA

Ava ve Natasha, yerdeki şiltenin üzerinde bağdaş kurup karşılıklı oturdular. Alex, huzursuz bir şekilde odaya açılan tek kapıya yaslanmış bekliyordu.

"Elini ver," dedi Natasha.

Ava, başka seçeneği olmamasına rağmen, bunu yapmayı istemiyordu. Ve Natasha Romanoff'un da pek istediği söylenemezdi. Ama işte buradaydılar. Kendilerini bu durumda bulmuşlardı. Bu ya bir kördüğüm ya da bir fırsat olacaktı. Sonrasında yaşayacakları şeye göre değişirdi.

Hayatlarında bir kez olsun, her iki *Devushki Ivana** da, zihinsel kalkanlarını indirmeleri gerektiğini biliyorlardı.

---

* *Rusça:* Ivan'ın kızları (ç.n.)

Bu, Ivan'ın kızları için bir işkence olsa bile.

Ivan, onlara korkunç şeyler yaptı. Her ikisine de.

Sadece Red Room'da Natasha'ya yaptıklarıyla değil. Ya da O.P.U.S. laboratuvarlarında Ava'ya yaptıklarıyla da değil. Ivan Somodorov'un soğuk elleri, çok daha derinlere inmişti.

Ivan onları, tamamen gölgeler içinde yaşamaya, sürekli yalnız olduklarını düşünmeye, hayatları boyunca da bu şekilde olacağına inanmaya mahkûm etmişti. Ivan'ın çöreğe benzeyen ayının altında yaşamak, tam olarak böyle bir şeydi. Bu, onun lanetiydi.

Derinlerde, her iki kadın da bu bağın kırılabileceğine inanmıyorlardı.

Evrende, Ivan Somodorov'un varlığından, ona duydukları korku ve nefretten daha gerçek bir şey olamazdı.

Ya da buna yaklaşabilecek bir şey.

Ta ki şu âna kadar. İkisi bir araya gelene kadar...

Başka bir şeye bağlandılar. Daha güçlü bir şeye.

Ve bu, onların inkâr edilemez gerçeğiydi.

Birlikte, el ele tutuştular. Birlikte, birbirlerinin gözlerinin içine baktılar. Ve birlikte, kendilerinden yapmaları beklenen son şeyi yaptılar.

Bunun olmasına izin verdiler.

Ava'nın parmakları Natasha'nınkilerle birleştiğinde zihinleri birlikte yuvarlanmaya başladı. Sonsuz bir şekilde kaynaşıp yeniden şekillenmeye ve birbirine dolanmaya başladı. Ava, Natasha'nın zihniyle her temasa geçişinde, onu etkisi altına alan korkunç ağrıya boyun eğdi ama bu ağrıya direnmeye çalışmayı bıraktığı an, hassasiyet onu ele geçirdi, tümden yuttu... Ta ki neyin acıtıp neyin acıtmadığını fark edemeyene kadar... Sanki suyu hissedemeyen bir balık gibi...

Acı mı onu yutuyordu, yoksa o mu acıyı yutuyordu, bunu söylemek imkânsızdı ve artık hiçbir şey hissetmemeye başlamıştı.

Hiçbir şey hissetmiyordu ama her şeyi görebiliyordu.

Ama yine de bir anıyı diğerinden ayırt etmek, henüz imkânsız gibiydi ya da hangi anda kimin zihninde geziniyor olduklarını algılamak.

Yek zihin olmuşlardı. Hep öylelerdi.

Aynı anda hem sona, hem başlangıca ulaşmışlardı.

Anılar, su gibi akmaya başladı.

Korkmuş olan Tasha, Stalingrad'da kendini özenle yapıştırılmış bir duvar kâğıdıyla kaplanmış duvara iyice yapıştırmıştı. Ağır askeri botlar, parke taşlı sokaklarda adımlarken silah sesleri de oyun odasının camında yankılanıyordu. Tasha, yanındaki beşiğin bariyerlerine uzandı. Ağlama Alexei. Kötü adamların sana zarar vermesine izin vermeyeceğim. *Ayaklarının dibinde inlemekte olan küçük kahverengi köpek yavrusuna baktı.* Değil mi?

Küçük Ava, babasının elini bırakmak için direniyor. Onu merdivenlerden aşağı doğru takip ederken, eski Moskova apartmanlarının birinde bulunan dairelerinden taşınmamaları için yalvarıyor. Senin işin olup olmaması umurumda değil. Annem ve ben, seninle Odessa'ya gelmek istemiyoruz.

Tasha, daha bebek olan kardeşini kucaklayıp paldır küldür kilere doğru inerken, bir eliyle de sıkı sıkı merdiven korkuluklarını tutuyor. Yavru köpek de arkalarından yalpalayarak geliyor. Annesi telaş içinde babasına sesleniyor. Eski taş evin duvarında bir şarapnel parçası patlarken, Tasha, elleriyle kulaklarını kapatıyor.

Ava, oturduğu battaniyenin üzerinde yeni Çin malı bebeği Karolina'yla oynuyor. Babası, çalışmak için gittiğinde, yurt dışından gönderdi. Annesinin etrafı sonu gelmeyen dosyalarla ve kâğıtlarla çevrili. Onları okumaktan gözleri yorulmuş.

Ailesinin anıt mezarlıkta karlara yatmış, bayrağa sarılı tabunun yanında, Natasha, kucağında kardeşiyle birlikte oturuyor. Kahverengi köpek, sandalyesinin altına kıvrılmış. Bakışları karanlık ve ciddi. Kendisinden başka hiç kimsenin, kardeşini tutmasına izin vermiyor. Yine de ben varım, Alexei. Her zaman yanında olacağım.

Ava, annesinin Odessa'daki laboratuvardaki penceresiz ofisindeki sandalyenin arkasına tutunmuş, bale figürleri çalışıyor.

Biraz daha büyümüş olan Natasha, Red Room'un Moskova'daki yatakhanelerinden birinde, kafasını demir çekyatındaki yastığına gömmüş, gizli gizli ağlıyor. Alexei. Bana ihtiyacı var.

Ava, Odessa'daki eski bir bale stüdyosunda, rutin çalışmalarından birini yapıyor. Mozaik zeminde dönme hareketlerini tekrarlıyor. Karonun ortasında, sarı bir güneş figürünün içine rakamla altmış iki yazılmış. Ava, bu karonun üzerinde dans ederken, bebeğine şarkı söylüyor. Karolina, Karolina, Karolina... adımları öğren. Adımlar bu işin anahtarı. Seni güvende tutar ve sen de beni tutarsın. Bir iki üç, bir iki üç, bir iki üç...

Natasha, Ivan'ın bakışları altında bir makineli tüfeği tekrar tekrar söküp birleştiriyor. Senden utanıyorum. Şişman bir Amerikalı kadar yavaşsın. Sahada ne yapacaksın? Durup biraz daha zaman mı isteyeceksin? *Natasha'nın parmağı, tetiği kavrıyor.*

***

Ava, bale stüdyosunda parmak uçlarına kalkmış, zemin mozaiğindeki altı rakamının üzerinde durmaksızın dönüp duruyordu. Ama sadece sol ayağının üstünde ve müziğin düşük ölçülü vuruşlarında.

Natasha, sadece kolsuz bir yelek giymiş olan Ivan'la yüzleşiyor. Ivan, bileğindeki kılıftan bir av bıçağı çıkartıyor. Daha hiçbir şey diyemeden, bıçak havada bir ıslık çalıyor ve Natasha'nın kolunun üst tarafından kan fışkırıyor. Ivan gülüyor. Ben ataktayım, ptenets. Sen savunmadasın. Eğer tişörtünün parçalara ayrılmasını istemiyorsan daha hızlı hareket etmeni öneririm. Aksi takdirde, kanatlarını budayacağım. *Natasha bir adım geri atıyor ama Ivan çok hızlı ve bir kez daha kolunu kesiyor. Hâlâ gülüyor.*

Ava, iki rakamının üzerinde –ve sadece sağ ayağı üzerinde– birkaç defa daha dönüyor. Bütün zihni sol ayağındaki altılar ve sağ ayağındaki ikilerle dolu. Yanındaki annesi, kafasını kâğıtlardan kaldırıp bakıyor. Dans etmeyi öğren, Ava, resitaline çok az kaldı. Baban da o günlerde dönmüş olacak.

Sultanahmet Camii'nin olduğu şehirden mi?

Evet oradan, Ava.

Natasha, klozetin başında durmuş, kusuyor. Şimdi de titreyen ellerindeki kanı temizlemeye çalışıyor ama bir türlü çıkmıyor ve tüm lavabo kırmızıya boyanıyor. Arkasındaki Ivan, gülüyor. Red Room'daki ilk cinayetin, ptenets ve sen orada hırçın gözlerinle ağlıyorsun. Ne için, bir geyik için mi? Bir gün Moskova seni beni avlamak için gönderdiğinde ne yapacaksın? Gerçek bir Amerikalı olmalısın.

Ava annesi ile birlikte askeri tesislerdeki bir ofise doğru yürür ama içeri girmek istemez. Annesi panikler ve ona bir tokat atar. Ava sersemler. General Somodorov, çok güçlü bir adam, Ava. Babanın iyiliği için, ne diyorsa yapmalısın.

Natasha, barda figür çalışıyor. Etrafında, ince bale taytlarından giymiş elli kişi daha var. Zarif kollarını tiyatronun bariyerlerine doğru esnetirken, bale eteğinin altında üst baldırına sabitlenmiş olan silah yokmuş gibi hareket ediyor.

Ava, enstitüye benzer bir yerin banyosunda yere oturup sırtını duvara dayamış. Fayansların rengi yeşil. Duvardaki sıvaya tutunurken, kendisini lavabonun altındaki boruya bağlayan zinciri de çekiştirmemeye çalışıyor, çünkü bunu yapınca canı acıyor.

Natasha, makineli tüfeği saniyeler içinde parçalara ayırıyor. Suratı taş gibi. Ivan, Belomorkanal marka sigarasını içerken, hiçbir şey söylemeden onu izliyor.

Ava, Odessa'daki laboratuvarda bir sandalyenin üzerinde oturuyor. Sıraya dizilmiş bir düzine çocuktan biri. Bileklerine ve alnına bağlanmış kablolar var. Ivan'ın sesi geri sayıma başlıyor –"Tri, dva, odin"*– ve yüksek bir ses patlaması odanın içinde yankılanırken, Ava ürküyor. Bir Red Room deneyi. Camdan bir duvarın arkasında duran annesine sert bir şekilde bakıyor ama onun ağlamaktan başka bir şey yapmadığını görüyor.*

***

Natasha, Red Room'daki banyo lavabosunun üstündeki paslanmaya yüz tutmuş aynaya bakıyor. Kolunun üst tarafındaki yara izini ürkerek inceliyor. Bir X işareti, tıpkı bir kum saati gibi. Ama tüm bedeni yara bere içinde. Yüzüne su çarpıyor ve tekrar aynaya bakıyor. Bir gün seni kendi ellerimle öldüreceğim Ivan Somodorov.

Ava, karyolada yatmış, oyuncak bebeği Karolina'ya bakıyor. Bilekleri bandajlı. Ağlamaktan gözleri kıpkırmızı olmuş. Bu halde bile bale stüdyosundaki şarklıları mırıl-

danıyor. Çaykovski. Senden kaçacağım, Ivan Somodorov. Bir gün, babamın yaptığı gibi, senden olabildiğince uzağa kaçacağım. Anneme sahip olduğun şekilde bana sahip olamayacaksın...

Ve bununla birlikte, anılar karanlığa yol verdi ve sonunda yerini ışığa bıraktı.

"Uyanıyor," dedi Alex. En azından Ava, bunu Alex'in söylediğini düşünüyordu. Sesi çok uzaklardan geliyordu.

Ava gözlerini açtı. Yatakta yatıyordu. Alex, yanı başına oturmuş ve elini sırtına koymuştu. "Şükürler olsun, geri döndün." Ava'yı yanağından öptü.

Natasha, odada volta atıyordu. "Hepsini görebiliyordum, Ava. Her şeyi. Daha önce böyle bir deneyim yaşamamıştım. Bu resmen..."

"Kuantum muydu?" diye tahmin yürüttü Alex.

"O şarkı," diye mırıldandı Ava. "O, annemin en sevdiği şarkıydı."

"Dans ederken çalan mı? *Kuğu Gölü.*" Natasha başını salladı. "*Kuğu Gölü*'nün ne olduğunu zaten biliyorsundur, değil mi?"

"Göl mü? İçinde kuğular mı var?" Alex, Ava'nın eline uzanırken bunu soruyordu.

"Her gece benimle birlikte söylerdi," dedi Ava. Gözlerinin kenarları yaşarmaya başlamıştı.

"Bir bale. Çok ünlü ve fazlasıyla Rus." Natasha'nın gözleri çakıyordu. "Genelde bir şaheser olduğu söylenir. Piyotr İliç Çaykovski'nin başyapıtı. Bolşoy Balesi."

"Bir şaheser mi?" Ava dik dik baktı.

"Bu ne anlama geliyor?" diye sordu Alex.

Natasha, yatağa geçip Ava'nın yanına oturdu.

"Şu anlama geliyor: Bence Ava'nın yaptığı dans, öylesine bir dans değildi."

"Değil miydi?" Ava da oturmaya başladı.

"Annen, ne yapmış olursa olsun, tek bir şeyi bildiğinden emin olmak istemiş ve hiç şüphe yok ki onu zihninin derinliklerine gömmüş. Dr. Orlova'nın kendi kuğu şarkısı, üzerinde çalıştığı son şey."

"Dans mı demek istiyorsun?" Ava, parçaları birleştiriyordu. "Adımları öğren, adımlar bu işin anahtarı. Annem bana böyle söylemişti. En azından ben öyle hatırlıyorum."

"Kesinlikle ve tam anlamıyla öyle. Bir anahtar. Sanırım bir çeşit şifre. Büyük ihtimalle, üzerinde yoğun bir şekilde çalıştığı proje hakkında. Ivan'ın, kendi çocuğu üzerinde uygulamaya çalıştığı deney hakkında." Anlamlı bir şekilde Ava'ya baktı.

Ava, Natasha'nın kolunu kavradı. "Yani bunca zaman onu içimde taşıdığımı mı söylüyorsun? Annemden bir mesaj mı? Odessa'dan beri mi?"

"Ne?" diye baktı Alex. "Bazı dans figürlerinin O.P.U.S. ile bir alakası olduğunu mu düşünüyorsunuz? Bu nasıl olabilir ki?"

"Temelde, sanırım matematiksel bir düzende yazılmış genetik bir kod. Tahminimce Ava'nın DNA'sına dayanan bir şey..." Natasha kafasını sallayıp Ava'ya baktı.

"Ve büyük ihtimalle, hatırladığın yer bir bale stüdyosu değil. Anılarında başka balerin yok, değil mi? Orası da bir çeşit laboratuvar olmalı."

"Antrepodaki laboratuvarın zemini," dedi Ava yavaşça. "Oradaydık. Onu gördüm. Her tarafta, silinmeye yüz tutmuş bir desen vardı. Üstünü toz kaplamıştı."

Natasha, dizüstü bilgisayarını çantasından çıkarttı ve yatağın üstünde açtı. "Sanırım bu rakamı zemine annen yazmış ve sanırım hatırlayabileceğin numerik bir dizi kullanmış. Ve evet. Sanırım, bu numerik dizi, O.P.U.S.'u tetikleyecek olan bir şifre olabilir."

"Ki bu da, aynı şifreyi kullanarak onu kapatabileceğimiz anlamına mı geliyor?" diye sordu Alex. "Bu çılgınca."

"En azından kontrol altına almayı deneyebiliriz," dedi Natasha. Olabildiğince hızlı bir şekilde klavyedeki rakamlara tuşluyordu. "Şifreyi unutmak istemiyorum." Ava'ya gülümsedi. "Annen kesinlikle bir dâhi olmalı."

"Ve babam da," dedi Ava sakince. "O da Somodorov için çalışıyormuş. Annem öyle söylemişti. Sultanahmet Camii'nin olduğu şehirde."

"İstanbul," dedi Natasha. "Ivan'ın başka bir laboratuvarı daha olmalı." Kafasını klavyeden kaldırdı. "Ki bu da..."

"İşte bu. Cevabı bulduk. Ivan'ın büyük geri dönüşünü sergileyeceği yer, orası olmalı," dedi Alex.

"Gördüğümüz kadarıyla Odessa'da değil," diye ekledi Ava.

Natasha, başıyla onayladı. "Eğer şifreyi bir çeşit sevkiyat cihazına göre yeniden programlayabilirsem... Mesela

O.P.U.S.'un devrelerini zorlamak için kullanabileceğimiz bir cihaz için..."

"Bunu nasıl yapacaksın? Bizim S.H.I.E.L.D. Beyin Takımı olduğumuz söylenemez," dedi Alex. Etrafındaki pisliğe şöyle bir baktı. "Buranın nasıl bir yer olduğundan bile emin değilim belki ama nasıl bir yer olmadığını biliyorum."

"Belki de S.H.I.E.L.D.'a ya da daha fazla S.H.I.E.L.D.'a ihtiyacımız yoktur. Elimizdekiler bize yeter." Natasha, siyah deri ceketini çıkartıp sandalyeye astı ve ceplerini didik didik aramaya başladı. Küçük, siyah bir flaş bellek çıkarttı. "Bu işimizi görecektir. Coulson'dan küçük bir hediye. Bizzat Beyin Takımı'ndan alınmış yüksek kapasiteli bir mikro sürücü."

"Ve bu şey sayesinde, Dr. Orlova'nın şifresini kullanarak O.P.U.S. frekanslarını karıştırabileceğimizi mi düşünüyorsun?" Alex, ablasının elindeki cihazı aldı.

"Bence denemeye değer," dedi Natasha. "Ava'nın annesi, kızına bu mesajı yüklemek için çok çalışmış. Bunun boşa gitmediğinden emin olalım."

"Annem, benden vazgeçmedi. Bildiği tek yöntemle, Ivan'ın elinden kurtulmama yardım etmeye çalışıyordu. *Kuğu Gölü.*" Ava, şaşkına dönmüş bir halde Natasha'ya baktı. "Bunu asla bilemezdim."

Natasha, omuz silkti.

"Teşekkürler, sestra." Ava birden uzanıp Natasha'yı önce sol, sonra sağ yanağından öptü. Rus tarzı. "Öküz gibi güçlü ve jilet gibi keskin. Annem olsa, senin için böyle derdi."

Natasha, biraz utandı ve sarılmaktan kaçındı.

"İyi işti, Tash." Alex, elini ablasının omzuna koydu.

Bu adı duyunca, dudakları gülümser gibi oldu. "Bu arada, haklısın. Konuşmaya başladıktan sonra bana Tasha demeye başlamışsın. Ava ile bağlantıyı kurunca hatırladım."

"Öyle mi?" Alex, şaşırmışa benziyordu.

Natasha, kafasını salladı. "Ve Brat var ya? Benim köpeğimdi. Krasnaya Komnata'ya gönderilirken, benim için ona göz kulak olmanı istemiştim." Alex'e sert bir bakış fırlattı. "Hırsız."

"Dur bir dakika. Gerçekten mi?" Ablasına dik dik baktı. "Öyle mi yaptın?"

Destek almak için duvara yaslandı. "Ağlıyordun. Askerlerle gitmemi istemiyordun. Ailemize olanlardan dolayı, askerlerden nefret ediyordun."

Alex, yatağa uzandı. "Bazen kâbuslar görüyorum. Bombalar düşüyor. Karların içine. Çok fazla kar var." Natasha'ya sert bir bakış fırlattı. "O kadar çok ki, içine gömülüyorum."

"Kışın, bodruma saklanmıştık. Evimiz bombalandığında, bütün karlar çocuk odasının içine yığılmıştı. Bir tek ikimiz sağ kaldık."

"Ve Brat," dedi Alex yavaşça.

"Ve Brat. Ama ben on iki yaşıma basıp da Red Room'a gönderilene kadar adı Boris'ti."

"Boris mi?" Alex ona bakmıyordu. Bakamıyordu.

Natasha sırtını duvara yaslayıp, lekeli tavana baktı. Kendini yatıştırmaya çalışıyordu. "Askerler beni almaya geldiğinde, ağlamayı kesmeni yoksa Boris'in korkacağını söylemiştim. Çünkü Boris artık senin sorumluluğundaydı ve senin küçük kardeşin sayılırdı. Benim seninle ilgilendiğim gibi, senin de onunla ilgilenmen gerekiyordu."

"Ve onu da seni sevdiğim gibi sevmem gerekiyordu," dedi Alex yavaşça. Ava, uzanıp, Alex'in elini tuttu.

Natasha, cevap vermedi.

Alex, gözlerini koluna sildi. "Ben de ona Brat ismini taktım. Yatağımda yatmasına izin verdim. Tabağımdaki patateslerle besledim." Rusça konuşuyordu. Ava elini hiç bırakmadı. "Bunları hatırlıyorum. Ses çıkartmamaya çalışıyordum. Köpeğe battaniyemin içinde sarılırken, ağlamamaya çalışıyordum."

Natasha, tekrar ona baktı. "Senelerce o köpekle ilgili mektuplar yazdın. Sonra birden durdun."

"Neden durdum?" Kaşlarını çatıp düşünmeye çalıştı.

"Çünkü on iki yaşına bastın ve askerler senin için geldi," dedi Natasha sessizce. "Ve Ivan'ın Red Room'u, köpekler için bile uygun bir yer değildi."

"Hatırlamıyorum."

"Ben hatırlıyorum." Ava, Alex'in elini sıktı. "Ivan Somodorov için, hayvan olan bizlerdik."

O gece ilerleyen saatlerde, Alex ve Ava yatağa birlikte kıvrıldılar. Ava, koridordaki Natasha'nın telefonda Tony Stark ile konuştuğunu duyabiliyordu. Tony, Ivan'ın Bağlanmışlar listesindeki isimlerin hepsini ikişer defa araştırıyordu.

Ava Orlova ve Alex Romanoff hariç.

En azından Natasha, ona kendisiyle konuşabilecek kadar güveniyordu. S.H.I.E.L.D.'daki başka hiç kimseye güvenmiyordu ve başka bir Kuantum Dolanımı riskine girmek istemiyordu.

Ivan'ın izini kaybetme riskini göze alamayız. Özellikle de bu kadar yaklaşmışken.

Ava, konuşmaya odaklandı. Natasha, Tony ile Ivan'ın listesinden geriye kalan seksen yedi deneği nasıl etkisiz hale getirebilecekleri ve dünya genelindeki 115 istihbarat teşkilatını bu konuda bilgilendirip bilgilendirmemelerinin gerekliliği üzerine tartışıyordu.

Ivan'ın Dolanım Ordusu

Eğer S.H.I.E.L.D. bunu keşfederse, bizi de keşfeder.

Alex'i ve beni.

Biz de o dosyaların içindeyiz.

S.H.I.E.L.D.'ın gözünde biz de en az Ivan'ın zombileri kadar tehlikeliyiz, değil mi?

Eğer bunu fark ederlerse –en ufak bir şey olursa– bir daha asla 7B'den kaçamam.

Ya da daha da kötüsü, ömür boyu kafama bağlı elektrotlarla yaşarım.

Ava, bunları düşünmeden duramıyordu ve Natasha'nın odada kendileriyle birlikte değil de, dışarıda koridorda olmasından kuşkulandı. Çünkü galiba o da aynı şeyden endişe ediyordu.

Bize ne olacak?

Ava, sessizce uzanıp Alex'in kalp atışlarını dinledi. Alex, ifşa olma tehlikesine dair bir tepki vermemişti ama bunu göz ardı edemezlerdi. En az onun kadar gergin olmak zorundaydı.

"Alex?" Ava, karanlıkta, kafasını Alex'in göğsünden kaldırdı. "Sence Natasha, annem hakkında doğruyu mu söylüyor? Yani beni korumaya çalışması hakkında?"

Alex, kolunu omzuna doladı. "Evet, sanırım öyle."

Ava, yine yanağını Alex'in göğsüne dayadı. "Umarım öyledir."

Hâlâ öyle olmamasından endişeleniyorum.

Sanki bu beladan, Natasha Romanoff bizim tarafımızda olsa bile asla kurtulamayacakmışız gibi.

Kendimizi neyin içine soktuğumuzu bilmiyoruz.

Alex, kollarını daha da sıkı doladı.

"Merak etme. Tash, Ivan'ın bu beyin yıkama makinesini sonsuza kadar kapatmanın bir yolunu mutlaka bulacak ve her şey yeniden normale dönecek," dedi. "Göreceksin."

"Her şey mi?" Ava, elini Alex'in yanağına koydu. "Ya ben her şeyin normale dönmesini istemiyorsam? Ya bazı şeylerin şu an olduğu şekilde kalmaya devam etmesini istiyorsam?"

"Neyin mesela?" Ava, Alex'in sesindeki gülümsemeyi hissetmişti.

Suratını biraz yukarı doğru kaldırıp, çene kemiğinden öptü. "Aklımda birkaç şey var." Alex, kollarını Ava'ya iyice doladı ve birlikte yuvarlanıp onu sıkı sıkı koynuna soktu.

Bundan sonra, düşünecek fazla bir şey kalmamıştı.

S.H.I.E.L.D. ÇOK GİZLİ

İZİN SEVİYESİ X

VAZİFE BAŞINDA ÖLÜM [VBÖ] SORUŞTURMASI

REFERANS: S.H.I.E.L.D. DOSYASI 121A415

YETKİLİ AJAN [YA]: PHILLIP COULSON

CVP: AJAN NATASHA ROMANOFF NAMIDİĞER BLACK WIDOW, NAMIDİĞER NATASHA ROMANOVA

BELGE: SAVUNMA BAKANLIĞI, VBÖ SORUŞTURMALARI

SB: Bu küçük bireyin, tetiklenmiş bir hafızası olduğunu mu söylüyorsunuz?
ROMANOFF: Hafıza da denebilir. Evet, efendim.

SB: Ve bu biyolojik tetikleme mekanizması, bir çocuğun zihnine, bir bale ezgisi olarak saklanmıştı, öyle mi?
ROMANOFF: Öyle olduğuna inanıyorum, efendim.

SB: Bu teori, gün ışığına çıktığınızda, akla yatkın geliyor mu?
ROMANOFF: En az boynuzlu atlar kadar, efendim.

SB: Ve bunun O.P.U.S. için bir çeşit şifre olduğuna inandınız demek?
ROMANOFF: Dr. Orlova'nın bu programı inşa edecek kadar ve aynı şekilde ortadan kaldıracak kadar zeki bir kadın olduğuna inanıyorum, efendim. Ve bence, o da kendi kızını, bunu yapabilecek kadar güçlü birine dönüştürdüğüne inanıyordu.

SB: Ve bu yüzden, Red Room cadı avınızı İstanbul'a taşıdınız, çünkü ölmüş annesiyle ilgili balerinli bir peri masalı size öyle yapmanızı söyledi, ha?
ROMANOFF: Çünkü eğer Ava ile aramdaki Kuantum Dolanımı bağı bu kadar güçlüyse, bu Dolanıma sahip diğer doksan dokuz deneğin neler yapabiliyor olduğunu düşünmek bile istemiyordum, efendim.

BÖLÜM **29**: ALEX

S.H.I.E.L.D. JETİ
KARADENİZ ÜZERİNDE BİR YER

Airekt olarak Karadeniz üzerinden doksan dakikalık bir uçuş yapacaklardı. İstanbul, ufukta görünmüştü ve uçağı Natasha kullanıyordu.

Mevcut politik ortamda Odessa'dan İstanbul'a giden hiçbir tren ya da otobüs olmadığını gördükten sonra, Natasha'nın el koyduğu S.H.I.E.L.D. jetiyle gitmeye mecbur kalmışlardı. Natasha, uçağı Odessa'nın doğusunda kalan kırsal alandaki, eski bir demir çelik fabrikasının boş cevher biriktirme alanına saklamıştı ve o kadar ücra bir yerdeydi ki, şehir merkezinden oraya gidecek taksiyi bulmak bile oldukça zor olmuştu.

Alex, taksi şoförünün onları bıraktıktan sonra şehre dönerken, o boş arsadan havalanıp üzerinden geçen uçağı gördüğünde neler düşündüğünü çok merak etti.

"Aklımdan geçen gizlice yanaşma şekli bu değildi," dedi Natasha. "Ama alelacele yapabileceğimiz en iyi şey buydu. Bunu şehrin dışındaki bir üsse indireceğim. İşe yarayacaktır." Kaşlarını çattı. Şu an tam bir ajan gibiydi. İkinci yarı otomatik silahını da kuşanırken, artık gereksiz diyaloglardan da kaçınmaya başlamıştı.

"Bunların hepsi, işe yaramak zorunda," dedi yardımcı pilot koltuğunda oturan Ava. "Bir B planımız yok."

"Aslında var," dedi Natasha.

"Ne? Sakın en kötü ihtimalle S.H.I.E.L.D.'ı ararız filan deme," dedi Alex.

"Ve ben de kesinlikle 7B'ye dönmeyeceğim," diye tekrarladı Ava öfkeli bir şekilde.

"Kimse seni geri götürmeyecek, Ava. Ve şu an ben de kendimi pek S.H.I.E.L.D. yardımseverliğine hazır hissetmiyorum," dedi Natasha. "Özellikle de birinin beynimi silmiş olduğu gerçeğiyle yüzleştikten sonra."

"Peki o zaman B planı ne?" diye sordu Alex.

"Yapmamız gerekeni yapacağız," dedi gözlerini radar ekranına sabitlemiş olan Natasha.

Bu kelimelerin ağzından çıkması, biraz zaman almıştı.

Ava kaşlarını çattı. "Kimsenin, benim gibi –bildiğimiz kadarıyla– seksen yedi kişiyi *etkisiz* hale getirmesine izin veremeyiz, Alex. Ivan'ın kendilerine yaptığı şeyi seçme şansı olmayan, seksen yedi insandan bahsediyoruz."

"Ayrıca, bütün bu Ivan'ın Kuantum Dolanımı'nın nasıl bir bağ içerisinde olduğunu gördünüz. Beyaz Saray, Pentagon, Kremlin, Parlamento, MI6, Pekin ya da Arap Yarımadası'nın yarısında, karşılık vermeyeceklerini umarak ateş açamayız. Üçüncü Dünya Savaşı çıkar." Alex kafasını iki yana salladı.

"Bu yüzden, A planımız bu değil," dedi Natasha.

Sesi, acımasız geliyordu. "Ama oturduğumuz yerde birilerinin bu Kuantum bağlarını tetikleyip sağa sola nükleer füzeler yollamasını ya da JFK ya da LAX havaalanlarının tüm radar sistemlerini devre dışı bırakmasını bekleyecek halimiz de yok."

"Başka bir yolu olmalı," dedi Ava.

"Tony, NSA yayın akışını ve Stark sistemlerini takip ediyor. Eğer herhangi bir yerde dalgalanma hissedersek ve bu Ivan'ın ordusunun harekete geçtiği izlenimini verirse... şey, böyle bir şey olursa, o zaman düşünürüz." Natasha'nın sesi epey mutsuz geliyordu. "O zamana kadar, kendi oyunumuza odaklanalım."

Ava, avcundaki küçük, siyah flaş diske baktı. Natasha onu, Dacha Odessa Oteli'nden ayrılmadan kısa bir süre önce Dr. Orlova'nın O.P.U.S. dizilimiyle yeniden programlamıştı. "Elimizde fazla bir şey yok. Sadece *Kuğu Gölü* şifresi ve Ivan'ın diğer laboratuvarının İstanbul'da olduğu bilgisi." Elindeki flaş diski çevirdi. "Bu bilgiler yeterli olmalı. İşe yaramasını sağlamalıyız."

"İşe yarayacak," dedi arkasında oturan Alex.

Natasha, kontrol paneli üzerindeki ekranlardan birine dokundu ve bir harita belirdi. Bu, şehrin bir uydu görüntüsüydü. "Elimizde bir şey daha var aslında." Şehrin yoğun binalarla dolu bir bölgesini gösteren 3 cm çapındaki bir çemberin içinde ışıklar yanıp sönüyordu. "İstanbul'un göbeğindeki küçük bir alandan, çok yoğun ısı değişimi sinyalleri alıyoruz. İşte."

"Orası laboratuvar mı?" diye sordu Alex, ablasına.

Natasha, başıyla onayladı. "Görünüşe göre Ivan'ın Türkiye'deki operasyonuna birkaç kilometre uzaklıktayız. Ve radyasyon değerlerini karşılaştırdığımız zaman görüyoruz ki, burası O.P.U.S. için kullandığı yeni güç kaynağı. Görünüşe göre, biz burada konuşurken şehir şebekesinden elektrik çekmeye devam ediyor."

"Nerede?" diye sordu Ava.

"Sultanahmet'in de bulunduğu tarihi yarımadada. İstanbul'un göbeğinde." Natasha, Ava'ya baktı. "Aynı oyunu tekrar oynamak istiyor musun?"

Ava, flaş diski kaldırdı. "Cihazı bulacağız, üzerindeki girişin yerini tespit edeceğiz, flaş diski takacağız, O.P.U.S. ağını çevrimdışı bırakacağız."

"Ve?"

"Bu işlem sadece on saniye sürecek. Flaş diskin üzerinde bir sayaç var. Ivan'ın cihazına takar takmaz geri sayıma başlayacak," dedi Alex ezberden.

"Yani onu ben takacağım," dedi Ava.

"Hayır," dedi Alex. "Bunu yapmak zorunda olup olmadığını bilmiyoruz. Tek bildiğimiz, şifreye sahip olduğun. Diski bana ver. Bu işte gönüllüyüm. Bırak ben gideyim. O.P.U.S.'u devre dışı bırakıp çıkarım. O kadar da zor değil." Flaş diske doğru uzandı.

Ava, hırıldadı ve flaş diski ondan uzaklaştırdı. "Tüm şifre benim DNA'mda kayıtlı, unuttun mu?"

"Doğru düşünemiyorsun, Ava. O.P.U.S.'u devre dışı bıraktığımız an, bütün Dolanım yeteneklerini kaybedebilirsin. Küçük bir Natasha Romanoff kopyası olma faslın bitebilir. Elindeki Glock ya da Bloch ya da adı her neyse, ateşlemeyi unutmuş olabilirsin."

Natasha, arkasını dönüp Alex'e baktı. "Glock. Böyle zamanlarda, akraba olduğumuza bir türlü inanamıyorum."

Ava sert bir bakış fırlattı. "Aman Tanrım. Bu güven verici konuşmalarınız için teşekkür ederim ama bunu yapabilirim. Merak etmeyin."

Natasha, siyah eldivenli ellerinden birini kaldırdı. "Ava, cihazı karıştırmak için tek şansımız. Bu onun şifresi.

Ama bunun için onu cihaza yeterince yaklaştırmamız ve bu işi yaparken onu korumamız gerekiyor. Bunların hiçbiri kolay olmayacak. Hatta bir kısmı, mümkün bile olmayabilir."

Ne Ava... Ne de Alex... İkisi de tek kelime etmedi.

Natasha, kontrol panelini kontrol etti. "On beş dakika kaldı. Şehrin hemen dışındaki bir alana iniş yapmak için hazırız," dedi.

"Hazırız derken...?" diye sordu Alex tek kaşını kaldırarak.

"Kendimizce hazırız işte." Natasha omuz silkti. "Ve öyle pek de ahım şahım bir pist de beklemeyin."

Alex, uzanıp Ava'nın elini tuttu. Parmaklarını onunkilerin içinden geçirdi. Ve o an, bunun sona ermesine asla izin vermemeye karar verdi.

S.H.I.E.L.D. ÇOK GİZLİ

İZİN SEVİYESİ X

VAZİFE BAŞINDA ÖLÜM [VBÖ] SORUŞTURMASI

REFERANS: S.H.I.E.L.D. DOSYASI 121A415

YETKİLİ AJAN [YA]: PHILLIP COULSON

CVP: AJAN NATASHA ROMANOFF NAMIDİĞER BLACK WIDOW, NAMIDİĞER NATASHA ROMANOVA

BELGE: SAVUNMA BAKANLIĞI, VBÖ SORUŞTURMALARI

SB: Demek bir değil, iki sivil genci gizli göreve götürmeye karar verdiniz. Hem de hiçbir şekilde saha görevi almamıza izin verilmeyen bir ülkenin sınırları içinde, öyle mi?
ROMANOFF: Onun gibi bir şey, efendim.

SB: Bunun mantıklı olduğunu düşündünüz, çünkü?
ROMANOFF: Çünkü benim işim bu. Çünkü sekiz yıl önce de Ivan Somodorov benim sorumluluğumdu. Çünkü bana ulaştığı şekilde, annesine ulaştığı şekilde Ava Orlova'ya ulaşmasına da engel olmam gerekiyordu ama başarısız oldum. Çünkü işin içine Ivan Somodorov girdiği zaman, başkalarını korumak için yapabileceğim hiçbir şey yoktu ama Tanrı şahidimdir ki, denemekten hiçbir zaman vazgeçmedim.

SB: Hiç bu işi yapmanın başka yolları da olduğunu düşünmeyi bıraktığınız oldu mu, Ajan Romanoff?
ROMANOFF: Hayır, efendim.

SB: Çünkü?
ROMANOFF: Sanırım tam bir Romanoff'um efendim.

SB: Ve bununla yaşamaya devam etmen gerekiyor.
ROMANOFF: Birçok şeyle birlikte yaşamaya devam etmemiz gerekiyor, efendim. Bu da Romanoff olmanın bir diğer yanı.

BÖLÜM **30**: NATASHA

SULTANAHMET SOKAKLARI
İSTANBUL, TÜRKİYE

Ivan'ın laboratuvarını bulmak zor olmadı. Ancak kullanılmayan bir tarlaya sakladıkları uçaktan İstanbul şehir merkezine gidecek bir yol bulmaları oldukça uzun sürdü. Natasha, Rus kablosuz bağlantısı sayesinde, damperine atladıkları külüstür bir kamyonun arkasında giderlerken, Ivan'ın konumunu işaretledi. MegaFon kablosuz ağı kullanan yaklaşık seksen yedi milyon abone vardı ama çok azı Ivan'ın laboratuvarının bulunduğu İstanbul'daki tarihi yarımada civarındaydı.

Natasha, kalabalık bir pazar yerine doğru yöneldi. "Ivan'ın Sultanahmet'te olduğunu düşünüyoruz, değil mi?" dedi Alex. Bir sokak tabelasını işaret etti. "Geldik bile."

"Sultanahmet, Türkçede en çok turist, en çok cami ve en çok insan anlamlarına gelen bir kelime olmalı." Ava gözleriyle kalabalığı tarıyordu.

"Burası tarihi yarımada. Ivan yine göz önünde saklanıyor," dedi Natasha. "Bir bakıma oldukça zekice bir hareket. Burada bastığın her yer kutsal. Bu binalara, içinde Ivan Somodorov ve ordusu olsa dahi, dünyadaki hiçbir hükümet dokunamaz. Aksi takdirde uluslararası bir kaosa sebep olurlar." Etkilenmişti.

"Harika. Demek kendisi bir dâhi. Ivan Drago'ya elli puan!" Alex, acımasızdı.

Natasha, bunu kafasından atmaya çalıştı. Olması beklenen şeyleri kafasından çıkarttı. Yapmak zorunda kalacağı şeyleri düşünmemeye çalıştı.

Biliyordu, zamanı geldiğinde, tetiği çekmesi gereken kişi, kendisi olacaktı. Her zaman böyle değil miydi zaten?

Odaklan, Romanoff. Sadece göreve odaklan.

Kafanı tamamen bu işe ver.

Natasha, bu işin ne kadar imkânsız olabileceğinden onlara bahsetmedi... yani yapmaları gereken işin. Durumun ne kadar kötü olduğundan da bahsetmedi. Stark'ın anlattıkları bu yöndeydi. Dolanım'a bağlı denekler, Pentagon'daki insanların ailelerinin içine gizlenmişti. CIA merkezinin yer aldığı Langley şehrinden bahsetmeye bile gerek yoktu. New York'takiler, asistan, bahçıvan, komşu, köpek gezdirici ve Birleşmiş Milletler'de çalışan diplomatların çocukları olarak gizlenmişlerdi. İlk hamleyi, Kuzey Amerika'daki hedeflere yapacaklardı.

Kremlin'deki öncelikli bürokratların çocukları da bu Dolanım'a maruz kalmıştı. Natasha'nın hesapladığına göre Moskova'daki FSB'nin* 250.000'in üzerinde çalışanı vardı. Ivan'la uzlaşmış bir aileden gelen bir ajanın sıra dışı hareketleri, kimin dikkatini çekecekti ki?

İslamabad'daki öğrenciler fişlenmişti. Pakistan istihbarat teşkilatı ISI, daha S.H.I.E.L.D. aradaki farkı anlamadan ifşa olmuş olabilirdi.

Peki ya MI6'in burnunun dibinde ajanlık yapan isimler? Londra'nın göbeğindekiler? Bu tam bir faciaydı.

Ya da Hindistan'ın dış istihbarat birimi AR-AW'ın başındaki yetkili? Belaya o kadar yanım bir konumdaydı ki, Ivan'ın oldukça işine yarayabilirdi.

Ve tabii bir de Berlin'de buldukları analist öğrenciler. Alman Federal İstihbarat Servisi (BND), Sovyet dünyası hakkında Ivan'ı ayakta tutacak kadar çok şey biliyordu. S.H.I.E.L.D. bu dosya üzerinde fazla mesai yapıyordu ama yine de oldukça geriden geliyorlardı.

Natasha, kafasını iki yana salladı.

Kan gövdeyi götürecekti. Bu kadarından emindi.

Eğer Ivan aktif hale getirmeden O.P.U.S.'a ulaşamazsa, bu iş Natasha'yı, Tony'yi ve çocukları oldukça aşacaktı.

S.H.I.E.L.D. biri onları durdurmayı başaramadan hepsini ortadan kaldıracaktı.

Bunlara Ava Orlova da dahil.

Hatta kendi öz kardeşim de.

Bu yüzden, odaklan.

---

* Rus Ulusal Güvenlik Servisi. (ç.n.)

İkisine şöyle bir baktı.

Onlar daha sadece çocuk.

Onların üzerinden, ötelerindeki minarelere doğru baktı. *Ayasofya* sol taraflarındaydı ve rengi, sokak satıcılarının önlerine serdiği güllerin yapraklarıyla aynıydı. Karmaşık şekillerin uyumlu bir birleşimi vardı. Kübik, keskin ve kıvrımlı şekiller. Sağ taraflarında Sultanahmet Camii vardı artık. Minarelerinin tepesi altın gibi parlarken avlusundan içeri öbek öbek insan giriyordu.

"Gördün mü? İşte bu Sultanahmet Camii. Tüm Sultanahmet'teki en kutsal nokta." Natasha, kafasıyla camiyi işaret etti.

Ava, kendisine tanıdık gelen bu isme doğru baktı. "Nerede? Göremiyorum." Kaşlarını çattı. "Şu kuşların olduğu yer mi?"

Ne kuşları?

Natasha, kesinlikle işaret etmemişti ve Ava da baktığı noktayı apaçık belli etmişti. Ivan'ın birinci dersi –asla gitmekte oluyormuş gibi göründüğün yöne doğru hareket etme– bunu açığa vurmaktan daha zordu.

"Ve yolun karşısındaki de Ayasofya. Temelde Haçlı Seferleri'ne sebep olduğu düşünülen yapı," dedi Natasha, gözlerini gökyüzünden ayırmadan.

İşte oradalar.

Kuşlar.

Kırlangıçlar kadar küçük bir grup kuş, önlerindeki yolda bir dükkândan diğerine uzanmakta olan gri lekeler şeklindeki parke taşlardan farklı görünmüyorlardı.

"Yani Truvalı Helen'e tapılan evler gibi, öyle mi?" Alex, tarihi yapıya bakmaya devam ediyordu. İlgisini çekmişti.

Natasha, gözleriyle binaları süzmeye devam etti.

Bu bir dizi. Tekrar eden bir dizi.

Kuşlar bu şekilde uçmaz.

Ava, kalabalık olan sokağın başına doğru ilerledi. "Sanırım Haçlı Seferleri için biraz geç kaldık.

Ama görünüşe göre bu iki yapı, buradaki herkesi hâlâ kendine çekmeye devam ediyor. Acaba biz de o tarafa mı gitmeliyiz?"

Bunlar kuş değil.

"Yürümeyin. Koşun..."

Natasha, her ikisini de sertçe önüne kattı ve kesişim noktasına doğru sürükledi.

Bunlar, Ivan'ın insansız hava araçları.

Sokak aralarına doğru kaçarlarken Natasha, kafasını öne eğik tutuyordu. Sadece gözlerinin sokağı taramasına izin veriyordu. Ava ve Alex de onu takip ediyordu.

"Bu taraftan."

Bir köşeyi hızlıca dönüp karşılarına çıkan grubu dağıttılar. Bunlar, tepeden tırnağa düğmelenmiş pardösüler giymiş bir grup kadındı. Natasha, omuzunun üzerinden şöyle bir baktı.

Peşlerinde en az altı küçük uçan obje vardı. Sokağın yaklaşık elli metre üstünden onları takip ediyorlardı. Kulak verdiğinde, motorlarından gelen cılız homurtuları bulunduğu yerden bile duyabiliyordu. Ayak seslerine rağmen...

Açık caddeden uzaklaşmaları gerekiyordu.

"Buraya," diye tısladı Natasha.

Alex ve Ava, satıcılardan oluşan kalabalığı iterek onun peşinden gitti. Geçtikleri yerlerdeki tüm kaldırımlar, kafelerle ve mağazaların tezgâhlarıyla kaplanmıştı. Yol iyice daralmıştı. Sokak sanki duvarları olmayan, açık havadaki bir alışveriş merkezi gibi olmuştu.

Hareket ettikçe tozlar uçuşuyordu.

Onlar koşarken bile satıcılar arkalarından bağırıyordu.

"Kitap alır mısınız? Bakar mısınız?"

"İngiliz? Alman? İtalyan?"

"Seni hatırlıyorum."

Natasha bir tekstil tezgâhının üzerine daldı ve bir grup el işlemesi renkli çanta, havaya saçıldı.

Alex, el dokuması terlik ve eşarpların olduğu bir tezgâhın üzerinden atladı. Ava, kestane satan yaşlı bir adamın tepsisinden son anda sıyrılarak Alex'in peşi sıra gölgelerin içine daldı.

Natasha, montunun cebinden küçük bir lens çıkartırken, hepsi nefesini tutmuştu.

"O şeyler de neyin nesi?" diye sordu Alex.

Natasha, lensi gözüne taktı. "İHA'lar. Lanet olasıcalar. Öyle bir sokarlar ki, yerinizden kıpırdayamazsınız. Fazla hareket etmediklerinde, altlarındaki kırmızı lazerlerin yanıp söndüğünü görebilirsiniz."

Havada süzülen makineler, halen üzerlerinde uçup duruyordu. Üçü gözlerini ayırmadan baktı.

"Ivan'ın İHA'ları mı?" diye sordu Ava, caddeye doğru ilerleyişlerini takip ederken.

"Aslında mikroİHA'lar. Ve evet," dedi Natasha.

"Yani bu şeyler, silah mı?" diye sordu Alex.

"Hem silah, hem kamera. Bizi bulup, bu işten vazgeçirmek üzere programlanmışlar." Natasha, lensi tekrar cebine koydu. "Görünüşe göre, Ivan'ın laboratuvarını bulduk. Bu İHA'lar, oldukça yaklaştığımızı gösteriyor."

"Peki onları nasıl atlatacağız?" diye sordu Ava.

Güzel soru.

Sesli bir şekilde mantık yürütmeye çalıştı.

"Koşarken bizi takip ettiler. Bu da demek oluyor ki, ya bizi tespit ettiler ya da O.P.U.S.'a bağlantıları var ve birinizi ya da ikinizi de Kuantum denekleri olduğunuzu tespit ettiler."

"Harika," dedi Alex. "Peki, şimdi ne yapacağız?"

Natasha, etraflarından dolaşıp sokağa çıktı.

Parke taşlar ve El Torito Meksika lokantası. Binlerce yıllık binalar ve ileride göze çarpan McDonald's tabelası. Zamanın bile kafasının karıştığı bir yerde, kadim bir cami ile Starbucks arasına sıkışıp kalmışlardı.

Tıpkı benim gibi, diye düşündü. *Ve Ivan, kardeşim ve Ava gibi.*

Hangimizin burada ne işi var?

Bunu ben mi seçtim? Artık hiçbir şey hatırlamıyorum.

Nasıl başladığını. Ne istediğimi. Kim olduğumu.

Ivan Somodorov ve yara izlerinden öncesini hatırlamıyorum.

Dönüp diğer tarafa baktı. Kalabalık, uçsuz bucaksız tarihi meydana doğru giderek genişliyordu. Her tarafta ağaçlar ve banklar vardı. İnsanlar, bu kış güneşinin altında bile kah bankların üzerinde, kah ağaçların dibindeki çimlere yayılmış oturuyorlardı.

Göreve odaklan. Alarmları harekete geçirmeden, Ivan'ın İHA çemberini nasıl aşabilirsin?

Bu açık havada, her tarafları telaşlı insanlarla doluydu. Adamın biri, bezden bir tezgâhta kendi yazdığı Türkçe romanı satmaya çalışıyordu. Yanına gezici bir ATM park etmişti. Beyaz, demir parmaklıkların ardından iki kedi onlara bakıyordu. Sokağın yan tarafında bekleyen bir polis arabası vardı.

Buradaki hiçbir şey işimize yaramaz.

Yaşlı bir adam, tezgâhındaki cevizlerle birlikte yanlarından geçip, yokuştan aşağı indi.

Hemen ardında dilimlenmiş soğuk karpuz, kızarmış kestane ve haşlanmış mısır satan bir grup adam vardı.

Ne yapacağız? Üzerlerine kestane mi fırlatacağız?

Bu satıcılardan en sonuncusu parlak bir kâğıda bir simit sarıp, motoruyla yanında durmuş olan polise uzattı.

Polisler, tüm enerjilerini öğle yemeğine veriyor.

Çözümü bulmak için fazla uzaklara bakması gerekmedi.

"Bana üç dakika verin. Sonra harekete geçin." Kafasını öne eğdi ve yemek tezgâhlarının yanındaki kaldırımdan yürümeye başladı.

Arkasına baktı ve İHA'ların hâlâ en son saklandıkları binanın tepesinde dönüp durduklarını fark etti.

O.P.U.S. yüzünden.

Bu şeyler beni fark etmediler bile.

Alex ve Ava için oradalar.

Daha son tezgâhın önüne bile gelmemişti ki, kolunu sıyırdı ve karadul bilekliği, vızıldamaya başladı.

"Bir dene," diyerek haşlanmış mısır uzattı tezgâhtaki satıcı. Aynı anda bileklikten kıvılcımlar çıktı ve adamın el arabası alevler içinde kaldı.

Arabayı, kalabalığa doğru itti.

Önce polis, elindeki simidi düşürdü, sonra da kestane arabası devrildi.

Sonra simitçi tezgâhı. Sonra da kitaplar.

Kalabalık, koşmaya başladı. Gökyüzünü siyah dumanlar kapladı ve polis sirenleri çalmaya başladı.

Artık İHA'ları görmek ve onlar tarafından görülmek imkânsızdı.

Sekiz saniye sonra, Alex ve Ava, Natasha'nın yanında bittiler ve tek kelime etmeden caddedeki karmaşanın içine karışıp yürümeye devam ettiler.

* * *

Yanmış kestanelerin kokusu, sanki lastik yakmışlar gibi tüm havayı kaplamıştı ki birkaç sokak öteden dönüp, kalabalık caddeden uzaklaştılar. Uzaktan hâlâ polis sirenlerinin sesi geliyordu.

"İşte bu kadar," dedi silahını avcunun içine doğru kaydırırken.

"Nereden biliyorsun?" diye soru Alex.

"Son çareye ilk defa başvurmuyorum," dedi Natasha. Gülmüyordu. Gülmek istemişti ama bunu yapamadığını fark etti.

Önlerindeki rampa, geniş, karanlık bir kapıya uzanıyordu. Natasha, tereddüt etti ama ilk konuşan Alex oldu.

"Eğer bir şey olursa..."

"Sakın," dedi Natasha. "Sakın söyleme."

"Sadece seninle tanıştığım için çok mutlu olduğumu bilmeni istedim. Yani yeniden tanıştığım için. Yani. İyi ki beni bulmuşsun, Tash."

"Teknik olarak," dedi Natasha kabaca, "sen beni buldun."

"Teknik olarak," dedi Ava nazik bir şekilde, "ikinizi de ben buldum."

Sessizliğe büründüler.

Natasha'nın duyguları sersemlemiş gibiydi ama onlara taviz vermedi. Artık zamanı gelmişti ve bir şey söyleyemeyecek kadar yorgundu. Eğer kendisine dürüst olması gerekirse, çok korkuyordu.

Ama ben de senin her şeyi, kardeşine sert bir bakış fırlattı, *bilmeni istiyorum.*

Natasha, siyah botlarına hızlıca bir baktı. Her askerinki kadar yıpranmışlardı.

Yapabilecek olsa, Alex'e ne söyleyebileceğini düşündü. Yani eğer böyle şeyler söyleyebilen biri olsaydı.

Benim için önemli olduğunu.

Her zaman öyle olduğunu.

Seni asla bırakmak istemediğimi.

Seninle gurur duyduğumu, böyle birine dönüşmen konusunda benim katkım olsa da olmasa da her şekilde seninle gurur duyduğumu.

Seni kaybettiğimde bile, her zaman önemsediğimi.

Senin bir parçan beklerken, benim bir parçamın seni aramaktan asla vazgeçmeyeceğini.

Bunu gözlerinde görebildiğimi, diye düşündü.

Hepsini görebiliyorum.

Ailemizi ve geçmişimizi.

Başlangıcını ve sonunu.

Önlerindeki kapıya bakarken derin bir nefes aldı. Kabuk kabuk soyulmuş olan boyasına ve parçalanmış kapı pervazına odaklandı.

Umarım bu kızı seviyorsundur ve o da seni mutlu eder. Umarım hemen gitmeme izin verirsin ve umarım seni bir daha bırakmayacağımı da biliyorsundur.

Kardeşinin yüzüne baktı. Gözlerinin aynı anda hem parlak, hem de puslu olduğunu gördü. Ve o an, onu ne kadar sevdiğini fark etti.

"Sende Romanoff gözleri var," dedi sonunda. Söyleyebildiği tek şey bu olmuştu. Alex, ablasına doğru uzandı ama Natasha, geri çekildi.

Yeter.

Biz Romanoff'uz.

Kalaşnikoflar gibiyiz ama onlardan daha sertiz.

Ama kardeşi orada öylece duruyordu ve onu bekliyordu. Sonunda zoraki de olsa tarihteki en hızlı sarılmayı gerçekleştirdi.

Ve aynı hızda kardeşinin sırtına eliyle iki defa vurdu.

"*Yal yublyu tebya, Sestrenka.*" Seni seviyorum, abla.

Natasha, başıyla onayladı. Yüzündeki acı ifadesi açığa çıktı. "Şimdi gidip birilerine ateş edelim, tamam mı?"

Ve üçü birlikte, tek kelime daha etmeden içeri girdiler. Natasha, köşeyi döner dönmez kardeşiyle Ava'nın birbirlerine sessizce elveda öpücüğü verdiği anı yakaladı.

S.H.I.E.L.D. ÇOK GİZLİ

İZİN SEVİYESİ X

VAZİFE BAŞINDA ÖLÜM [VBÖ] SORUŞTURMASI

REFERANS: S.H.I.E.L.D. DOSYASI 121A415

YETKİLİ AJAN [YA]: PHILLIP COULSON

CVP: AJAN NATASHA ROMANOFF NAMIDİĞER BLACK WIDOW, NAMIDİĞER NATASHA ROMANOVA

BELGE: SAVUNMA BAKANLIĞI, VBÖ SORUŞTURMALARI

SB: Biliyorsun, Türk hükümeti durumdan hiç memnun değil.
ROMANOFF: Başka seçeneğimiz yoktu. Dr. Orlova öldükten sonra, Ivan Somodorov'un yeni bir O.P.U.S. projesi yaratma ihtimali yoktu. Ölümcül darbeyi indirmek için başka şansımız yoktu.

SB: Kuantum Dolanımı'nın tamamen çekip çıkartmak mı istediniz? KD projesinin nasıl geliştirilebileceğine dair içinizde en ufak bir merak oluşmadı mı? Mesela Amerikan topraklarında, Amerikan hükümetinin güvenli ellerinde?
ROMANOFF: Bu konuda fazlaca iyi bir performans sergilediğimiz için mi, efendim? Bazı gelişmeler, sadece gelişme değildir. Bazı gelişmelerin faydadan çok zararı vardır.

SB: Meşhur boynuzlu atlar gibi mi? Süper asker serumları ya da gama radyasyonu gibi mi?
ROMANOFF: Kesinlikle, efendim.

SB: Sizi hiç mi cezbetmedi, Ajan Romanoff?
ROMANOFF: Bu gelişime sayesinde zamanı geriye alıp Odessa'daki olayların hiç yaşanmamasını sağlayacağımı söyleseydiniz, cezbederdi, efendim.

SB: Ama yapamıyorsun, değil mi?

ROMANOFF: Kimsede yeniden başlat tuşu yok, efendim. Bende bile.

BÖLÜM **31**: AVA

SOMODOROV TESİSİ YEREBATAN SARAYI SARNICIN İÇİ, İSTANBUL

Kıvrılan bir rampa, onları yeraltına doğru çekti.

Ava, bakışlarını yukarı çevirdi, boşluğa bakarak gözlerini karanlığa alıştırdı ve aldığı sonuca inanamadı. O an bulunduğu yerde, daha önce dünya üzerinde hiç görmediği bir manzarayla karşılaştı. Işıklandırılmış bir dizi sütun, sonsuzluğa doğru gidiyordu ve bütün bunlar, şehrin keşmekeşinin altında gizlenmişti. Bazı sütunlar, diğerlerinden daha kalındı ve kırmızı ışıkla aydınlatılmıştı.

Bir sarnıcın içindeydiler. Ama burası sıradan bir sarnıç değildi. Yerebatan Sarayı deniyordu. Aslında bundan "sualtı sarayı" gibi bir anlam da çıkıyordu buradan. En azından duvardaki tabelada öyle yazıyordu. Tabeladaki paragraf, buranın bir anıt olduğunu söylüyordu.

Konstantinopolis'in her yanı sularla çevrili olmasına rağmen, yegâne tatlı su kaynağı, Lycus adında küçük bir nehirdi. Bu kaynağın, büyümekte olan şehrin ihtiyaçlarını karşılamayacağını gören Türkler, şehre su taşımak için kemerli bir suyolu inşa etmek zorunda kaldılar ve bu taşıdıkları suyu, çeşitli yeraltı depolarında biriktirdiler. Bunlara sarnıç deniyordu.

Duvardaki yazı, böyle anlatıyordu.

Ama kelimeler, Ava'nın karşısında gördüğü şeye pek de adil davranmıyordu.

Uçsuz bucaksız, gölgeler içinde bir yeraltı mağarasının ağzında durmuş içeriye bakıyordu. Tahminen bir futbol sahası genişliğindeydi ve cılız ışıklarla aydınlatılıyordu.

Kiralık katilleri saymaya yetecek kadar ışık var sadece, diye düşündü.

Boşluğun derinliğini hesaplarken, saymaya başladı. Burası, ağır bir şekilde silahlandırılmıştı ama aşması imkânsız değildi. Tarihi bir mekânda olması gerektiği kadar güvenlik kuvveti vardı. Sonuçta burası askeri bir üs değildi.

Demek dahası da var.

Mağara, taş zemindeki suların üstüne, boşlukta asılı duruyormuşçasına yerleştirilmiş, tahta köprü benzeri yollarla küçük bölmelere ayrılmıştı. Bir avuç turist, bu tahta yolun üzerinde yürümekteydi.

Turistler. Tamam. Bunu hatırlamamız gerekecek.

Bu köprülerin arasında, sıralar halinde eşit aralıklarla dizilmiş bir sürü sütun vardı ve görünüşe göre kubbeli tavana destek oluyorlardı. Sütun gövdeleri ve sütun başları, uyumsuzdu ve absürt bir şekilde fazlasıyla gösterişliydiler. Sanki geçmişin daha görkemli çağlarından kalmış gibiydiler.

Devir, öyle bir devir değildi.

Ava şaşkına dönmüştü.

Babam, çalışmak için her gün buraya mı geliyordu?

Burası gerçekten de Ivan'ın laboratuvarını sakladığı yer olabilir mi? Bu kadar güzel ve huzurlu bir yer olabilir mi?

Natasha, bileğini tuttu. Orada bir ışık yandı ve montunun deri kolunu indirip örtmeye çalıştı. Alex ve Ava'ya doğru eğildi.

Hafifçe fısıldıyordu. "Gizli tesisi için bir giriş kapısı arayın."

"Burada nasıl bir laboratuvar olabilir ki? Yani böyle bir yerde?" diye cevap verdi Ava.

"Sarnıçlar, yeraltına fark edilmeden inmenin kolay bir yolu olabilir. Bu gibi yerleri, devasa bir lobi gibi düşünün. Büyük ihtimalle, dibine girene kadar laboratuvara benzer bir şey görmeyeceğiz ama buralarda bir yerde olmalı. Göz önünde saklanmak, değil mi? Kapıyı bulalım yeter." Natasha, gölgelere doğru ilerledi.

"Peki ya Ivan?" Alex ablasına doğru baktı.

"Onu bana bırakın."

"Sana bırakmadığımız ne var ki?" Alex tek kaşını kaldırarak baktı.

"Moral vermek? Bu konuda oldukça başarısızım." Natasha, az kalsın kahkahayı patlatacaktı. "Ve beni koruyabilirsiniz de. Bu yüzden silahlısınız. Ama tek sebebi bu. Eğer nabzı atıyorsa, benimdir. Anladınız mı?" Sonra Ava'nın koluna yapıştı. "Ava?"

"Anladım."

"Anlamadın. Sen, ben değilsin. Öyle olduğunu zannedebilirsin, ama değilsin. İçeride neler olacağını bilmiyorsun, her ne kadar bildiğini düşünsen de."

"Senin anılarına sahibim," diye hatırlattı ona Ava. "Orada neler olacağını biliyorum."

"Ama benim soğukkanlılığıma sahip değilsin. Özellikle bu iş için," dedi Natasha.

Ava, hiçbir şey söylemedi.

"Ciddiyim." Natasha, kolunu biraz daha sıktı. Ava kolunu çekti. "Anladım."

"Profesyonel olan sensin, Tash," dedi Alex.

Natasha, onunla göz göze geldi. "Doğru. Öyleyim. Kahramanlık taslamayın. Benden başkası taslamasın."

"Beni içeri sokun," dedi Ava. "Şu sürücüyle ne yapacaksam yapayım, sonra da çıkalım." Gözleriyle etrafa delici bakışlar atıyordu. Başka bir giriş anlamına gelen ufacık bir ışık sızıntısı arıyordu. "Olabildiğince hızlı halledelim. Yerin bu kadar altında olmak, mezardaymışım gibi hissettiriyor."

Şu aptal düğmeyi kapatalım. Bu yüzden buraya geldim.

Sonrasında neler olabileceğini düşünmemeye başladı. Eğer Natasha haklıysa, vücudundaki bütün nöronlar birbirine girecekti. Eğer şansları yaver giderse, aynı şekilde Dolanım'a maruz kalmış diğer yüz sivilin de nöronları birbirine girecekti. Dünyanın neresinde olurlarsa olsunlar... Muhtemelen Alex de buna dahil olacaktı. Henüz hiçbir belirti göndermemiş olsa da bu, programın bir parçası olmadığı anlamına gelmiyordu.

Ava, etrafındaki diyaloğa tekrar odaklanmaya çalıştı.

Alex, kısık sesle konuşuyordu. "Arka kapıdan girdiğimize eminim. Hani şu normal ziyaretçiler için olan, ki büyük ihtimalle kamufle olmak için orayı kullanıyorlardır. Acaba ters taraftan mı girdik? En uzak noktadan mı başladık?"

"Olumlu." Natasha, kafasını mağaranın arka tarafına doğru çevirdi. "Beni izleyin, çocuklar." Bununla birlikte, Ava ve Alex, Natasha Romanoff'un peşine takılıp ışıktan uzaklaştılar ve tarihin karanlığına doğru ilerlediler.

Ivan Somodorov'un tarihine...

Ava kafasını salladı.

İyi hamle, Ivan. Sanki burası silahlı çatışma için inşa edilmiş gibi. Ve daha da iyisi, devasa kalabalık bir nüfusun altına gizlenmiş, hem de devasa bir güç kaynağı ile birlikte. Buraya kamp kurmuş olmana hiç şaşırmadım.

Dolanım fişeğini ateşleyip, etrafını o gözle süzdü.

Keskin nişancılar için mükemmel. Köşeden bucaktan her an bir mermi yiyebilirsin. İyi kamuflaj ama delmesi kolay. Bir de sarnıcın içindeki su var. Ne kadar derin ve ne kadar geniş olduğunu kontrol etmek lazım.

"Ava," diye tısladı Natasha.

Ava, irkilerek yukarı doğru baktı.

"Köprü." Natasha harekete geçti.

Hareket zamanı gelmişti.

En yakındaki köprüye doğru ilerlediler ve bunu yaparken de gölgelerin en kalın olduğu yerleri tercih ettiler. Art arda dizilerek, karanlıkta yürüyen fareler gibi ilerlediler. Sütundan sütuna rüzgâr gibi eserek tahta labirentte yürüyorlardı.

Hafif aydınlatılmış, dalgalı suyun üzerinde, bir köprü diğerine bağlanıyordu. Suyun yüzeyindeki yansımalar, çok güzel, hipnotik ve dikkat dağıtıcıydı. Bu yüzden Ava, görmezden gelmeye çalıştı. Aksine, gözlerini uzaktaki duvarlara alıştırmaya çalıştı.

Gizli tesis için giriş kapısını ara.

Sarnıçlar, muhtemelen dikkat çekmeden yeraltına inmenin bir yolu.

Burayı, devasa bir lobi olarak düşün.

Natasha, böyle demişti.

Şimdi, bir köprüden diğerine atlıyorlardı. Bir grup muhafızın geyik muhabbetine dalmış bir şekilde kendilerine doğru geldiğini görünce, sütunlardan birinin arkasına saklandılar.

Alex, Ava'ya doğru hamle yaptı ve Ava, arkasında donakaldı.

Der'mo.

Ava, omuz üstünden bir kontrol bakışı attı ama arkalarında iki muhafız daha vardı.

Nöbet değişimi.

İleri doğru baktı. Adamların silahlarının parlayan namlularının, yansıyan ışıkta parladığını görebiliyordu.

Yollar çakıştığı zaman, bir köprü insana fazla bir seçenek bırakmıyordu. Özellikle de yolunun kesiştiği adamlar, otomatik silahlarla donanmış olduğu zaman. Ve de üzerlerinde eskrimciden daha fazla kevlar var ise.

Bunlar, muhafız değil.

Bunlar, asker.

Ivan'ın Rus paralı askerleri.

Natasha bir el işareti yaptı ve buz gibi, karanlık sulara tek damla su sıçratmadan daldı. Arkasından Alex ve en son da Ava daldı.

Soğuk, Ava'nın kıyafetlerine işlemişti. Köprü kazıklarından birinden kendisini ayağıyla iterek yol aldı. Bir köprüden diğerine bu şekilde ilerledi, ta ki silahların menzilinden çıkana kadar.

Yavaşça, sessizce, mağara duvarının dibinde su yüzüne çıktı. Kırmızı ışıkla aydınlanmış suyun yüzeyine sadece gözlerine kadar ve rahat durabileceği şekilde çıktı.

Natasha ve Alex'in kafaları da hemen yanında belirmişti.

Etraf temiz.

Ava'nın görebildiği kadarıyla, mağaranın bu tarafında gizlenmek için büyük, tek parça halindeki gölgeleri kullanabilirlerdi.

Yıpranmış köprünün kenarından tırmanan Alex ve Natasha'yı izledi. Ava, dişlerinin takırdamasını önlemek için çenesini iyice kasmıştı. Gözleri, delici bakışlarla etrafı süzüyordu.

Şimdi artık mağaranın en karanlık köşesine gelmişlerdi. Girişten epey uzaklaşmışlardı. Ava, geldikleri mesafeyi hesaplamaya çalıştı. Sarnıçta, on iki sırada yirmi sekizer sütun vardı. Buraya kadar yirmi iki tanesini geçmişti bile.

Stratejik bir hesaplama yapmıştı.

Eğer Ivan'ın laboratuvarı buraya kabaca iliştirildiyse, girişe yakın olmamız lazım. Bir servis girişi ya da kapatılmış bir güvenlik kontrol noktası olabilir. Sıradan ama erişimi olmayan bir şey olmalı.

İşte... İşte oradaydı. Yirmi metre bile yoktu.

Bu sırrı açığa çıkartan tadilat bandı, tek başına duran bir köprünün sonundaki paslı kapının önünde duruyordu.

Laboratuvara açılan kapı. Burası olmalı.

Ava, kapıya iliştirilmiş olan notun "buraya kadar" anlamına geldiğinden şüphelendi.

Ayağının altındaki tahta, titremeye başladı. Askerlerin arkasındaki yoldan geldiğini anlaması için arkasına bakmasına gerek yoktu.

Natasha, onu geçip kapıya doğru kaydı. Kemerindeki bıçağı çoktan çekmişti bile.

Bıçağını, yeniden düşünme şansı olmaksızın eskimiş kilide soktu. Dördüncü denemede açıldı.

Çok kolay oldu.

Ivan, her şeyi düşünmüş ama kapıyı onlar için açık bırakmıştı.

Her zamanki gibi, bekliyor olmalıydı.

Bu üç eski Rus, birbirlerine baktılar. Son bir sessiz iletişim. Ava, hepsinin aynı şeyi düşündüğünü biliyordu.

İstediğin gibi olsun, Ivan.

Hadi bakalım.

Natasha, çelik kapıyı içip açtığında, Odessa'dan beri değişen tek şeyin kendisi olmadığını gördü.

Ivan, yüksek teknolojiye geçiş yapmıştı. Burası, köhne Ukrayna limanlarındaki eski antrepolar gibi değildi. Burası, devasa bir uçak hangarı büyüklüğünde, yüksek teknolojiyle donatılmış bir tesisti. Tam da göründüğü gibi bir yerdi. Tek bir şeye, sadece tek bir şeye adanmış bir yeraltı askeri araştırma tesisi. Ve bu şey, odanın ortasındaki çelik bir platformun üzerinde, görkemli bir şekilde yükseliyordu.

O.P.U.S.'un bizzat kendisi.

Platformun etrafına keskin nişancılar yerleştirilmişti. Birkaç metre yüksekliğinde ve her yöne onar metre genişliğindeydi.

Paralı askerler.

Yine.

Artık onları net bir şekilde görebilecekleri kadar ışık vardı. Hepsinin kısa kollu, siyah, polo yaka tişörtler giydiklerini fark etti. Siyah kurşungeçirmez yelekler, altında siyah askeri pantolonlar ve ayaklarında da İstanbul polisinin giydiği siyah postallardan vardı.

Yüzlerinde siyah kar maskeleri vardı.

Çevik kuvvet gibi giyinmişler.

Bu, büyük silahları ve kurşungeçirmez yelekleri açıklıyor.

Üçü birden, kaya duvara yaslanmış kasaların arkasına saklanmış bir halde beklerken Natasha, silahlı adamları sayıyordu. Sayılamayacak kadar çoktular.

Gözlerini kıstı.

Avantajlı bir noktadalardı ve buradan, Ivan'ın paralı askerlerinden fazlasını görebiliyordu. Her şeyi görebiliyordu ve özellikle de tek bir şeyi.

Ivan Somodorov'u.

Cihazı odanın ortasına sabitlemiş olan iskelemsi yapının üzerinde, O.P.U.S.'un arkasından çıkan Ivan'ı izledi.

Geçmişin hayaleti, artık bir hayalet değildi.

Yaşlı Rus, olduğu yerden sırıttı. "Natashka? Orada olduğunu biliyorum. Gelebileceğini söylemiştim ve yüzümü kara çıkartmadın. Asla çıkartmazsın zaten, değil mi, ptenets?"

Kel kafası, mağaranın tavanından sarkan floresan ışığının altında parlıyordu. Siyah, naylon ve bol eşofman takımının gizleyemediği tek şey oydu. Bakışlarını yüzünden uzaklaştırmaya çalıştı ama boynunu saran kalın dövmelerden gözlerini alamıyordu. Orada ne yazdığını bilmesi için okumasına gerek yoktu.

"Adam Yok, Problem Yok."

Bu, Stalin'in bütün politik düşmanlarını ortadan kaldırırken kullandığı meşhur bahanesiydi ve görünüşe göre, Ivan'ın da.

Midesi, stresten yumruk gibi olmuştu.

Ivan, saatine baktı ve kafasını iki yana salladı. "Korkarım, işleri biraz hızlandırmamız gerekecek.

Takvimimiz oldukça sıkışık. Aslında on iki dakika. Çocukları bekletmek olmaz."

Natasha, hiçbir şey söylemedi.

Alex ve Ava, ona baktılar.

"Gel de eski arkadaşını gör, kuşum," diye bağırdı Ivan. Ağrı aksanlı sesi, odada yankılandı.

Ama Natasha Romanoff'un, Tuhaf Ivan'la oyun oynadığı günler geride kalmıştı.

Tüm hayatı boyunca bu oyunları oynamıştı. Bunun bir son bulması gerekiyordu ve bu da erkek kardeşinin ensesine sıkılacak bir kurşunla olmayacaktı. Alex'in ve Ava'nın hayatını riske atmaya değmezdi.

Natasha, işin boyutunu kestirebiliyordu. Onlar için kendisini feda etmesi gerekecekti. Bunu her zaman biliyordu, sormaya bile gerek yoktu.

Belki sadece neden olduğu sorulabilirdi.

Başlarda, görev icabıydı. Bir çeşit sorumluluk ve sadakat duygusundan ötürü. Çok sevdiği ve çok iyi yaptığı bir işin doğası gereği. Birçok insanın iyiliği için.

Bu eski bir Rus dersiydi ve dersini çok iyi öğrenmişti.

Ama şimdi, her şey değişmişti.

Şimdi, başka bir şeyi daha öğreniyordu. Daha yeni yeni anlamaya başladığı bir şeydi bu. Çok uzun zamandır hissettiği hiçbir şeye benzemeyen bir histi.

Sevgi.

Natasha, korkmuyordu.

Kararlıydı.

Yapması gereken tek şey, Ivan'ı yeterince oyalamak ve bu arada Ava'ya, yapması gereken şeyi yapabilmesi için zaman kazandırmaktı.

Alex, ona dönüp baktı. "Tash? Ne yapı..."

Bir adım öne çıktı.

Ava, koluna uzandı. "Yapma."

Ama Natasha her ikisinden de sıyrılıp odanın ortasındaki yerini aldı.

S.H.I.E.L.D. ÇOK GİZLİ

İZİN SEVİYESİ X

VAZİFE BAŞINDA ÖLÜM [VBÖ] SORUŞTURMASI

REFERANS: S.H.I.E.L.D. DOSYASI 121A415

YETKİLİ AJAN [YA]: PHILLIP COULSON

CVP: AJAN NATASHA ROMANOFF NAMIDİĞER BLACK WIDOW, NAMIDİĞER NATASHA ROMANOVA

BELGE: SAVUNMA BAKANLIĞI, VBÖ SORUŞTURMALARI

SB: Sizden tam olarak ne istiyordu? Ivan Somodorov yani. Çünkü bir hedefi yok etmek için, onu eski bir Türk sarnıcına çekmekten daha iyi yöntemler olduğunu sanıyorum.
ROMANOFF: Gulaglardan* kalma eski bir laf vardır. Üç kardeşi cezalandırmak istiyorsan, birinciye ikinciyi öldürtüp üçüncüye izletirsin.

SB: Peki siz öyle miydiniz? Üç gulag kardeşi miydiniz?
ROMANOFF: Bu sadece eski bir laf, efendim.

SB: Ben de gulaglar hakkında eski bir laf biliyorum.
ROMANOFF: Neymiş?

SB: Sakın gulaga gitme.
ROMANOFF: Öyle bir seçeneğim yoktu. Hiçbirimizin yoktu.

SB: Bence yanılıyorsun. Bence bu, istediğin bir şeydi. Bence Ivan Somodorov'u arayıp buldunuz ve onun yanına gittiniz. Üçünüz de. Savaşı Odessa'da başlatıp, İstanbul'a taşıdınız.
ROMANOFF: Tıpkı onun daha önce ABD'ye taşıdığı gibi. Bunu, bir çocuğu annesinden çalarak yaptı.

SB: Asıl soru şu, ondan ne istiyordunuz?
ROMANOFF: Bunun bir soru olduğunu düşünmüyorum, efendim.

---

* Eski Sovyet Rusya'daki çalışma kampları. (ç.n.)

BÖLÜM **32**: NATASHA

SOMODOROV TESİSİ
YEREBATAN SARAYI
SARNICIN İÇİ, İSTANBUL

"Ivan," dedi Natasha, uyarı mahiyetinde bir ses tonuyla. "Onları bu işe karıştırmamıza gerek yok. Onlar daha çocuk." Elini yavaşça hareket ettirerek silahını Ivan'ın kafasına nişanladı. "Bu, ikimizin arasında."

Bereli askerler, silahlarını ona doğrulttular. Odanın çevresindeki keskin nişancıların da pozisyon aldıklarını hissedebiliyordu.

Sayıca üstünler. En azından ona bir.

Daha önce de başıma gelmişti.

Ivan omuzlarını silkti. "İşi berbat etme, Natashka. Çok uzun zamandır bu günü bekliyorum.

Dünyanın çeşitli yerlerindeki genç arkadaşlarım da öyle." Sırıtıyordu. "Şimdilik bundan haberleri yok ama yakında öğrenecekler."

"Reşit olmamış ordundan mı bahsediyorsun? Kuantumlar mı?"

"Güzel isimmiş. Sanırım bunu kullanabilirim." Ivan kafasını salladı.

"Evet, hani bütün o kuantum dolanımı konusu var ya? Öyle bir şey olmayacak. Bunu garanti edebilirim," dedi Natasha. "Ne yaptığını biliyoruz. Bunu yanına bırakmayız."

Ivan, gülümsedi.

"Anladığını hiç sanmıyorum. Yaptım bile. Etrafına bir bak. Burada hep birlikteyiz. Şu anda bile, benim tarafımda savaşanların kim olduklarını sanıyorsun?"

Buradalar. Kuantumlar. Bu bereli askerler.

Ivan'ın elinde yüz taneden fazlası olmalı.

Bildiğimizden çok daha fazlası.

Ivan'ın paralı askerleri dediklerimiz de onlardı.

Onun ordusu.

Ve hiçbirinin yaşı, kardeşiminkinden büyük değil.

Natasha'nın hissettiği iğrenç duygular, sesine de yansıyordu. "Sen hastasın. Bunlar savaşacak yaşta değiller."

Ivan omuzlarını silkti. "Hatırladığım kadarıyla o yaşlardayken sen de Glock kullanmayı biliyordun." Gülümsedi. "Ben, bu ordunun babasıyım, Natashka. Tıpkı bir zamanlar senin için olduğum gibi."

"Sen kimsenin babası filan değildin, Ivan."

"Tabii ki öyleydim. Ve en başarılı kuantum çiftim, her ikisi de benim kızım. Uzun süredir görmediğim ptenetlerim. Geleceğimin anahtarları. Bunu, küçük ailemizin yeniden bir araya gelmesi gibi düşünün. Bu aile, tüm dünyayı değiştirecek."

"Hayır, teşekkürler," dedi Ava. "Pas geçiyorum."

Mağaranın tavanındaki ışıklar yanıp sönmeye başladı.

Ani güç yüklenmesi.

Başladı bile, diye düşündü Natasha.

"İşte başlıyoruz," dedi Ivan kafasını kaldırıp. "Şehrin güç kaynaklarının çoğunu emmek zorunda kaldık. Dua edin de başka bir Çernobil felaketi yaşamayalım. O zaman, henüz hazır olmadığımızı söylemiştim Moskova'ya. Ama o zamanlar siz de yoktunuz ki, yardım edesiniz, Devushki."*

"Yardım mı? Sana asla yardım etmeyeceğiz. Asla," dedi Ava.

Natasha, omzunun üstünden önce Ava'ya sonra Alex'e baktı. "Daha önce de çalıştığınız gibi, biriniz sağ, biriniz sol tarafı alsın."

Sonra tekrar Ivan'a döndü. "Kusura bakma, pas demek zorundayız."

"Hayat dediğin bir sürü hayal kırıklığından ibaret," dedi Ivan omuzlarını silkerek.

Natasha da omuzlarını silkti ve saldırıya geçti.

Alex sola, Ava sağa doğru hamle yaptı.

Ava, en yakınındaki askere doğru yuvarlandı –adam yere düştüğünde hâlâ ateş ediyordu– ve onu yoldan çekti.

Alex, yanındaki askerin silahını aldı ve kabzasıyla kafasına öyle bir vurdu ki, adam çuval gibi yere yığıldı.

---

* *Rusça:* Hanımlar. (ç.n.)

Natasha, kendisiyle O.P.U.S. platformu arasında kalan askerlere doğru bir hamle yaptı. İlk önce botlarını devreye soktu, önündeki iki askerin midesine doğru giren birer bot. O sırada ateşlenen bir sürü silahtan çıkan mermiler kafasını sıyırıp geçiyordu. Ardından dizlerini gerip sıçradı ve dengeli bir şekilde iki ayağı üzerine düştükten sonra, platformun merdiveninde onu bekleyen iki askerin diz kapaklarına tekme atıp onları da indirdi.

Ben dikkatlerini dağıtıyorum. Ava ve Alex için iyi olacak. Açığa çıkmak ve siper almak için beni kullanacaklardır. Planımız bu. Bunun için çalıştık.

Platformun üzerine yerleştirilmiş parlak çelik cihaza git gide daha çok yaklaşırken, ateşi de çekebildiği kadar üzerine çekiyordu.

Artık cihazın, devasa bir kablo ağıyla bir sürü güç kaynağına bağlanmış olduğunu görebiliyordu. Tıpkı sekiz sene önce o eski antrepoda olduğu gibi. Hâlâ belli belirsiz, korkunç bir deniz canavarı görünümüne sahipti. Sanki her kolu başka bir gemiye sarılmış dev bir ahtapotu andırıyordu.

Yalnız buradaki O.P.U.S. cihazı, Odessa'dakinden on kat büyüktü ve bu sefer on kat fazla ateş gücüne bağlıymış gibi duruyordu. Bu ölçekte bir patlama, yukarıdaki şehrin yarısını yerle bir edebilirdi.

Sıkıntı yok, Romanoff.

Artık cihazın üzerindeki sayacı görebilecek kadar yaklaşmıştı. Fazla zamanları kalmamıştı.

Bu partiyi bitirmek için on dakikamız var.

Ama Ava ve flaş disk olmadan Natasha'nın yapabileceği hiçbir şey yoktu.

Keskin nişancıların birinden gelen bir mermi, etrafındaki havayı yarıp geçerken, Natasha, eğilip yere yapışarak kendini korudu.

Sonra O.P.U.S.'un çelik gövdesine doğu ayağa kalktı.

Ivan Somodorov tekrar ona baktı. Artık sadece ikisi kalmıştı. En başında olduğu gibi.

Natasha Romanoff ve Ivan Somodorov.

Keskin nişancıların durduğunu fark etti.

Beni hedef almalarına izin vermiyor. Neden ki?

Bu şerefi kendine mi bahşetmek istiyor?

Omuzlarını silkti.

"Buraya seni öldürmeye geldim, Ivan. Zamanı geldi."

"Böyle düşündüğünü biliyorum," dedi Ivan. "Ve ben de Natashka'mı bekliyordum zaten."

"Neden böyle olması gerektiğini bilmiyorum," dedi Natasha. "Ama öyle işte."

"Bu biraz felsefi oldu," dedi Ivan. "Ama sanırım artık bunun bir önemi yok. Buraya kadar gelip bunu görmüş olmana çok sevindim. Yakında etrafa bir sürü yeni parça dağılacak ve yeni bir hareket doğacak. Kaybettiğimiz her şeyin, görkemli bir şekilde yeniden doğuşuna tanık olacağız. Red Room, zaferine ulaşmış olacak. Halkların imparatorluğu ve dünyanın görüp görebileceği en büyük federasyon."

"Bırak bu işleri, Ivan. Tam bir ezik gibi konuşmaya başladın. Bırak artık böyle şeyler yapmayı."

Ivan, gülümsedi. Ama bu onu daha çok, vahşi bir hayvan gibi gösteriyordu. "Şimdi mi? Bu akşam Ay, Rus mantısı gibi olacak."

"Umurumda olmadığı için hiç dikkat etmedim."

"Tabii ki ettin. Her zaman edersin. Bu senin en büyük zayıflığın ve en korkunç sırrın."

"Kapa çeneni, Ivan."

"Neden O.P.U.S. için bu kadar uygun bir hedef olduğunu sanıyordun ki? Bütün o küçük, sevimli bağlantılar, her yöne dağılmalar, sürekli birileriyle iletişime geçmeye çalışmalar." Ivan, kıkırdayarak bir sigara yaktı.

Bir Belomarkanal sigarası.

Son sigaran olacak, diye düşündü Natasha.

Yakıp, derin bir nefes çekti. "Amerika'ya oldukça uyum sağlamış olmalısın, ptenets."

"Bu vıcık vıcık, pelte gibi olan ülkeye mi?" dedi. "Gerçekten uyum sağladım."

Silahını kaldırdı.

Yap şunu.

Kapıda başka bir keskin nişancı birliğinin belirdiğini duydu. Odanın çevresindeki yerlerini aldılar.

Ivan'ın yedek planı.

Adımları saydı.

Çok fazlalardı, Natasha'nın hoşlanmayacağı kadar fazla.

Bunun için hazırlık yapmış. Bizim için.

Dinledi.

Saat on yönünde. Üç yönünde. Beş yönünde.

Bakmasına bile gerek yoktu. O hesap işe yaramazdı. Öyle bile olsa, silahını indirmeyi göze alamazdı. Ivan, elini kaldırdı.

"Gerek yok," dedi omzunun üstünden. "Bunu yapmayacak. Yapamaz." Dönüp Natasha'ya baktı. "Asla yapamadı."

"Kendine fazlasıyla güveniyorsun," dedi Natasha. "Özellikle de benim namlumun ucunda duran bir adam için."

"Tabii ki. Bilmem gerekirdi." Sol kolunu işaret etti ve iğrenç dişlerini göstere göstere gülümsedi. "Senin kanatlarını kıran bendim sonuçta."

Nişan aldı.

"Bu, bizim Ay'ımız değil, Natashka. Birlikte yapmamız gereken daha çok iş var. Bana geri döneceğini biliyordum. Tüm bunları senin için yapmayacaktım da, ne için yapacaktım ki?"

"Çünkü sen tescilli bir psikopat olduğun için olmasın, yoldaş?"

Ivan, biraz daha yaklaştı. "Çünkü bu senin görevin, ptenets. Şu an burada olmak. Sadece, hatırlamıyorsun. Sadece bunu bilmiyorsun. Bu laboratuvarda, fonksiyonel olarak çalışabilen son O.P.U.S. prototipi yer alıyor."

"Ya da fonksiyonlarını kaybetmiş," dedi Natasha omuzlarını silkerek. "Öyle ya da böyle."

"Tam olarak senden istenileni yaptın. Bunun işe yarayacağını ispatlamış oldun." Ivan gülümsedi. "Yulia Orlova'nın yani Kuantum Dolanımı'nı çözmeyi başaran yegâne Sovyet bilim insanının planlarına uygun olarak." Eliyle odanın ortasındaki cihazı işaret etti. "Sana takıma da adını vermiş olan, O.P.U.S.'u takdim ediyorum."

"Detayları da benimle paylaşırsın artık," dedi Natasha ama Ivan, büyülenmişçesine donakalmıştı.

Ivan, metal kasanın etrafındaki sert fontlarla yazılmış harfleri tek tek gösterdi. Parmağıyla, gümüşi yüzeydeki O harfine dokunur gibi yaptı. "Gördün mü? Orlova. Bu o.

Onu insandan daha aşağılık bir varlığa dönüştürmeden hemen önceydi."

Ivan, parmağını *P* harfine doğru kaydırdı. "Bu da tabii ki Yulia'nın kocası. Anatoly Pavlov. Bize ilk olarak beyin-bilgisayar arayüzüyle gelen o olmuştu. Onu bizzat kendim öldürdüm."

Ava'nın babası. Natasha, hatırlıyordu.

Ivan *U* harfini işaret etti. "Pyotr Usov. Red Room çalışanlarından biriydi ama diğer bütün hepsi kapandıktan sonra bile uzun süre bizim laboratuvarımızın açık kalmasını sağladı. Ta ki, talihsiz bir sona kavuşana kadar. Çok fazla terfi istiyordu ve sonra onu bir su kulesinin içinde boğulmuş halde buldular."

Ivan, son harfin üzerinde doğru giderken omuzlarını silkti. "Ki bu da naçizane bendenize işaret ediyor." Güldü. "Ivan Somodorov. Eski ordu mensubu. Halkın koruyucusu. Red Room'a mensup bir vatansever. Yaşayan ve ölmüş olan tüm Romanoff'ların eski bir dostu."

"Bilim adı altında herkesten her şeyini çalan bir adam," dedi Natasha sakin bir şekilde.

"Bilim değil, gelişim. Doğmakta olan güne engel olamazsın. Bu senden de, benden de daha büyük bir şey, Natashka."

"Orlova, Pavlov, Usov, Somodorov? Ne bu, şiir filan mı?" Silahının namlusuyla Ivan'ın suratını işaret etti. "Ava'nın DNA ölçüsüne göre mi yazılmış?"

"Asice bir tavır ve kötü yetiştirilmiş olmanın bir sonucu." Ivan iç çekti. "Sorun değil. Sen işini yaptın ve ben de sana bir emir verdim. Sen de bana geri döndün ve yaşlı bir adamı gururlandırdın."

"Hiç gururlanma," derken Natasha'nın sesi son derece donuk çıkıyordu.

Ivan, öne doğru bir adım atıp, elini silahın namlusuna dayadı.

"Beni kandırmaya çalışma. Sen her zaman Devushki Ivana olacaksın." Nazikçe namluyu başka tarafa çevirdi. "Çok uzun zaman geçti ama sen beklemekten hiç vazgeçmedin, çok dokunaklı."

"Daha işim bitmedi," dedi Natasha. "Yapmam gereken son bir şey var. Ayrıca bu, Devushki Ivana için." Ivan, tek kaşını kaldırdı. Natasha, gözlerini o soğuk, Rus gözlerinden ayırmıyordu. "Uzun zamandır bu anın gelmesini beklediğini söyleyebilirsin, hem de Ivan'ın tüm kızları için."

"*Da?*"

"*Da.*"

Daha cevap bile veremeden Natasha, tetiği çekti.

Cam gibi kırıldı.

Kurşun, o soğuk kış gecelerinde Natasha'yı buz gibi radyatör borusuna kelepçeleyen eli delip geçti.

Ivan'ın çenesini deldi ve kemiği tuzla buz etti.

Beyninin merkezine doğru ilerledi.

Gözleri boş bakmaya başladı.

Bacakları altında katlandı.

Gövdesi yere yığılırken, Natasha başka bir yere bakıyordu.

S.H.I.E.L.D. ÇOK GİZLİ

İZİN SEVİYESİ X

VAZİFE BAŞINDA ÖLÜM [VBÖ] SORUŞTURMASI

REFERANS: S.H.I.E.L.D. DOSYASI 121A415

YETKİLİ AJAN [YA]: PHILLIP COULSON

CVP: AJAN NATASHA ROMANOFF NAMIDİĞER BLACK WIDOW, NAMIDİĞER NATASHA ROMANOVA

BELGE: SAVUNMA BAKANLIĞI, VBÖ SORUŞTURMALARI

SB: Yani hedefi yok ettiniz. Ivan Somodorov'u. Ölmeden önce yapmanız gerekenler listesinden bir şey daha eksildi. Kendinizi iyi hissetmiş olmalısınız.
ROMANOFF: [susuyor] Hiç birini öldürdünüz mü, efendim?

SB: Afganistan'da. Otuz beş bin fitten.
ROMANOFF: Üzerinize alınmayın, efendim ama aynı şey değil. Ve hiçbir zaman iyi hissettirmez.

SB: Peki nasıl hissettirir, Ajan Romanoff?
ROMANOFF: Bir silah, aynı anda iki yöne ateş eder, efendim. Namlunun ucundaki adamı öldürmek mi istiyorsunuz? Tetiği çeken insanla da baş edebilmeniz gerekir. Başka şansınız yoktur.

SB: Bunu çok sık söylüyormuşsunuz gibi bir haliniz var.
ROMANOFF: Ben bir Rus'um, efendim.

SB: Öyleydiniz.
ROMANOFF: Öyleydim, efendim.

SB: Sonuç olarak, Ivan Somodorov'un üstünü çizdiniz.
ROMANOFF: Sanırım kendime daha iyi bir liste hazırlamam gerekiyor.

SB: Peki ya O.P.U.S.
ROMANOFF: Listede bir sonraki sırada.

BÖLÜM 33: AVA

SOMODOROV TESİSİ
YEREBATAN SARAYI
SARNICIN İÇİ, İSTANBUL

Ardından gelen uzun namlulu suikast tüfeğinden çıkan ses, laboratuvarın öteki ucundan gelmesine rağmen sağır ediciydi.

Ava, devrilmiş bir masanın arkasına saklandı. Alex de maskeli bir askeri, erzak sandıklarından birinin üzerine çarpıp, Ava'nın yanına sokuldu.

"Natasha," dedi Alex nefes nefese. "Sanki başı belada gibi."

Ava, tekrar O.P.U.S.'un üzerinde durduğu platforma baktı. Cihazla aralarında bir sıra keskin nişancı vardı.

Ama bunun bir önemi yoktu.

"Bu iş, biraz fazla uzun sürdü," dedi Ava. "Oraya çıkmanın bir yolunu bulmalıyız."

Alex, kafasıyla onayladı. "Ama nasıl?"

O.P.U.S.'u kapatmak zorundayım.

Flaş diski cihaza yerleştirip bu orduyu devre dışı bırakmam gerekiyor.

Bunu başlatan, annemdi. Bitirmek de bana düşer.

Hiçbir şey söylemedi.

Harekete hazırlanması gerektiğini hissetti.

"Dur!" diye bağırdı Alex. Baygın askerlerden birinin silahını aldı ve Ava'ya verdi. Ava, ilk defa o anda, Alex'in bir tane de kendi üzerinde taşıdığını fark etti.

"Onları senden uzak tutacağım. Eğer bunu yapmazsam, beş adım bile gidemezsin."

"Olmaz. Çok riskli. Beni oradan koru, yeter."

Alex, silahını çekti. "Sadece birkaç saniye. Hareket etmeye devam edeceğim. Seninle platformda buluşuruz."

Laboratuvarın diğer tarafındaki çatışma şiddetlenmişti. Ava, kaç el ateş edildiğini artık sayamıyordu.

Alex de harekete geçmişti ve Ava, ne yaparsa yapsın onu durduramayacağını biliyordu. Bileğindeki diğer silahını da çıkarttı, güvenliği sağlamaya başladı.

Ava, ona doğru baktı. "Bunun için eğitim almadın."

"Bir şey olmaz. Ben bir Romanoff'um." Eliyle Ava'nın yanağına dokundu. "Sadece benim peşime düşmelerini bekle. Sonra hamleni yaparsın."

Bir mermi yanlarından geçti. Onları fark etmişlerdi.

"Yere yat!" diye bağırdı Ava, Alex'i olabildiğince sert bir şekilde yere çekerken.

"Orda kal," diye bağırdı Alex. "Beni koru..."

Alex, tüm gücüyle kendisini platformun üzerine attı ve ateş hattına balıklama dalmış oldu. Kendini, dumanın ve karmaşanın ortasına yuvarladı.

Saniyeler sonra, Ava'ya seslendi.

"Şimdi!"

Ava, platforma doğru fırladı.

Odanın sonundaki Natasha'yı daha yeni görebilmişti. Natasha, sırtını çelikten yapılan bina iskeletine dayamıştı. Ona karşı sayıca çok üstünlerdi ama Ava, böyle şeylerin Natasha'yı hiçbir zaman yıldırmadığını çok iyi biliyordu.

Odanın yarısı alev almıştı.

Birkaç metre ötesinde, merkezi O.P.U.S. cihazı yanıp sönerek dumanlar çıkartıyordu. Odanın içerisinde kendisine isabet, mermilere de ancak bir yere kadar dayanabilirdi.

Hızlı hareket etmeleri gerekiyordu.

Alex, çelik rafların arkasına doğru geçti ve her iki silahıyla da ateş etmeye başladı. Yolu temizlemişti ve Ava'da peşinden gidiyordu. Birkaç adım gerisinde takip etmekteydi ve tam anlamıyla Natasha Romanoff'un Kuantum ikizi gibi hareket ediyordu.

Alçakta kal... hızlı hareket et... başını eğ... göz teması kurma...

Görünmezliğin sırrı hız ve hareketlerde saklıdır...

Ava, Natasha'nın odanın diğer ucunda donakalmış halini gördü. Rusça bağırışını duydu.

"Çık buradan, kardeşim!"

"Yap şunu," dedi Alex nefes nefese. "Şimdi, Ava."

Ardı ardına ateş ediyordu.

Ava, tek kelime edemiyordu. Sendeleyerek O.P.U.S.'un önünde dız çöktü. İki eliyle yan tarafındaki paneli çekti ve kafasının etrafından vızır vızır geçen kurşunların arasında, diski sokacak bir giriş aradı.

"Bu... bulamıyorum."

"Bakmaya devam et," diye bağırdı Alex.

Ateş etmeye devam ediyordu.

Ava, kıvılcımlar çıkartan, yanmış bir yan panel fark etti ve ileri geri sallamaya başladı. Bir jeneratör hücresi bulup onu cihaz çekirdeğinden ayırana kadar, daha da sert bir şekilde sarsmaya devam etti.

Sökmeyi başardı.

Bir elektrik akımı üzerinden geçti ve ardından Ava, bir kablonun başıboş bir şekilde savrulduğunu gördü. Tutup yere fırlattı. Kablo, yanmaya başlamıştı.

"Çok fazla hasar görmüş. Diski nereye sokacağımı göremiyorum bile."

Düşün.

Sen sadece Ava Orlova değilsin.

Annenin genlerine ve Natasha'nın anılarına sahipsin.

Ve Alexei'nin kalbine.

Seninle birlikte, senin için savaşıyorlar.

Bunun işe yaramasının bir yolunu bul.

O.P.U.S. cihazının gövdesindeki kablo yığınına baktı.

Bu bir devre.

Karmaşık ama özel bir devre. Bir ana işlemciye bağlı.

Onun şifresini kırabilmen gerekir.

Natasha, yapabiliyordur.

Yığının içinden kalın, kırmızı bir kabloyu çekti. Sonra da mavi bir tane... Dişiyle ikisinin de uçlarını sıyırdı ve ortaya çıkan telleri birbirine bağladı.

Sonra cihazın içine doğru uzandı ve beynini çıkarttı. Bu, ayakkabı kutusu büyüklüğünde bir anakarttı.

İşte.

Bu bölümü tekrar bağlamayı başarabilirsem, sürücüye de ulaşmış olurum...

Elinde kıvılcımlar çıkarttı ve mavi bir elektrik akımı tüm cihazın etrafını sardı. Tek yapabildiği, onu düşürmemekti.

Yukarı baktı.

"Bu şeyin tamamında akım var, Alex! Burası her an havaya uçabilir!"

Bunu, Alex de görmüştü.

"Devam etmek zorundasın!" diye bağırdı.

Hemen ardından bir mermi, kolunu sıyırdı ve silahını düşürmesine sebep oldu. Ava çığlık attı. O sırada başka bir silah sesi daha duydu ve silahını çekip, sesin geldiği yöne doğru ateş etmeye başladı. Uzaktaki keskin nişancılardan biri, Alex'i hedef almıştı. Ava, göğsüne odaklanmış olan kırmızı noktayı görebiliyordu.

"Alexei'" diye bağırdı. "Alex, sakın..."

Bir el silah sesi duyuldu ve çıkan mermi hedefini buldu. Ama bu hedef, Alexei Romanoff'un göğüs kafesi değildi. Cihazın, kıvılcımlar çıkartan güç kaynağıydı. Ava'nın bizzat cihazın yan tarafından söktüğü kutu yani. Alex'in elleri kapkara olmuştu ve bu alete dokunduğu için de yanmaya başladı ama bu onu durdurmaya yetmedi.

"Kimin bıçağa ihtiyacı var ki?" diye bağırdı Alex. "Beni istiyorsan, almaya çalış."

Ava, silahını sallama şeklinden ne demek istediğini anlamıştı. Kafasını sallayarak arı kovanına dalan tembel bir ayı gibi mermilerin ortasına atladı.

Ve yuvarlanarak Ava'nın yanına devrildi.

Ava bağırdı. "Alex, hayır..."

Alex, sırt üstü yatıp gözlerini açtı. Ağzından şu sözler çıktı. "*Sdelaty, eto...*" *Yap şunu.*

Kurşunlar, cihazı delik deşik etmişti. Ava, yere çömeldi. Alex'in yarasından, beton zemine doğru kan sızıyordu.

Natasha, yanlarında belirdi.

Hiç tereddüt etmeden Alex'in elindeki kıvılcımlar çıkartan güç kaynağını aldı.

Ava'ya baktı. "Kabil. Hatırladın mı?"

Ava, başıyla onayladı. Bu sadece Afganistan'da bir şehir adı değildi. Aynı zamanda bir operasyondu. Hem de meşhur bir operasyon.

Natasha'nın tam olarak ne düşündüğünü biliyordu. Sonra bakışlarını Alex'ten O.P.U.S.'a doğru çevirdi.

"Acele et."

Natasha, laboratuvarın kapısına doğru depara kalktı. Bir yandan mermilerden kaçarken bir yandan da akım kablolarını sürüklüyordu.

Tahta zeminli yola ulaştığı zaman durdu. Manzara korkunçtu. Ivan'ın yüzlerce askeri, İstanbul polisi gibi giyinmiş, mağaranın içindeki yollardan geçerek üzerine doğru geliyordu.

Tepeden tırnağa silahlıydılar.

Elindeki kablo ve çelik yığınını başının üzerine doğru kaldırdı ve arkasındaki sudan çıkmaya çalışan nişancılardan birini de tekmeleyerek saf dışı bıraktı.

Natasha, elindeki güç bataryasını bu paralı askerin kafasında kırdı ve asker, geldiği gibi sessizce suya gömüldü. Natasha da yanmakta olan jeneratörü arkasından gönderdi.

Mavi-beyaz bir şok dalgası tüm sarnıcı sardı. Sanki sıvı yüzey alev almışçasına suyun üzerinden parlayarak sıçradı.

Bu koku.

Yanıyor.

Sarnıç yanıyor.

Su bile alev almış.

Suda tuzağa düşmüş olan adamların çığlıkları içler acısıydı. Ölme ihtimalleri ne kadar zayıfsa, bilinçlerini kaybetmiş olma ihtimalleri de o kadar yüksekti.

Natasha Romanoff, Somodorov'un ordusunun yarısının fişini çekmişti.

Beş saniye içinde.

Sarnıcın içindeki geniş su birikintisinden yayılmakta olan alev alev tsunamiden kaçtı ve hayatı buna bağlıymışçasına can havliyle koşmaya başladı.

Nitekim, öyleydi de.

S.H.I.E.L.D. ÇOK GİZLİ

İZİN SEVİYESİ X

VAZİFE BAŞINDA ÖLÜM [VBÖ] SORUŞTURMASI

REFERANS: S.H.I.E.L.D. DOSYASI 121A415

YETKİLİ AJAN [YA]: PHILLIP COULSON

CVP: AJAN NATASHA ROMANOFF NAMIDİĞER BLACK WIDOW, NAMIDİĞER NATASHA ROMANOVA

BELGE: SAVUNMA BAKANLIĞI, VBÖ SORUŞTURMALARI

SB: Sonra ne oldu?
ROMANOFF: Teybi kapatın.

SB: Teybi asla kapatmam.
ROMANOFF: Efendim.

SB: Devam et.
ROMANOFF: Bu sizinle ya da Amerika Birleşik Devletleri'yle alakalı bir şey değil. Burada, hikâyenin sizi ilgilendiren kısmı sona eriyor.

SB: Bu işler böyle yürümüyor.
ROMANOFF: Gerisi, kişisel. Amerikalıların hayatını korumakla ya da herhangi birinin hayatını korumakla bir alakası yok.

SB: Bu noktada, hayatınız hakkında neyin kişisel olduğu kanısına vardınız, Ajan Romanoff?
ROMANOFF: Hayır. Bu, size ait değil. Bana ait. Bazı şeylerin bana ait olması gerekiyor.

SB: Kim diyor?
ROMANOFF: Bunun Avengers Girişimi ile ya da Türk halkının güvenliği ile ya da herhangi bir küresel barış operasyonuyla bir ilgisi yok. Bu, benim hayatım.

SB: Siz, ABD vatandaşları için son savunma hattısınız. Dünyanın geri kalanından bahsetmeye bile gerek yok. Buna göre hareket edin.

BÖLÜM 34: AVA

SOMODOROV TESİSİ
YEREBATAN SARAYI
SARNICIN İÇİ, İSTANBUL

Ava, Alex'in ellerini sıkıca avcunun içine aldı. Derisi soluk ve nemliydi. Elini sürekli sıkıyordu. "Benimle kal, Alex. Çok yaklaştık."

Alex, kafasını salladı ama gözlerini açmadı.

Ava, dikkatini tekrar önündeki cihaza verdi. O.P.U.S.'un çeşitli parçaları parlamaya başlamıştı. Kablolardan oluşan bu devasa kovanın içinde, parlak enerji patlamaları görülüyordu. "Çalışıyor. Sanırım tekrar çalıştırmayı başardım. Şimdi devre dışı bırakabilirim."

Zamanı gelmişti.

Elini, siyah sürücüyü çıkartmak için cebine soktu.

Artık tek ihtiyacı olan şey oydu. Ivan'ın kâbus projesini devre dışı bırakmak için atılacak son adım. En azından öyle olması gerekiyordu. Natasha'nın yazmış olduğu kodun çalışması gerekiyordu.

Alex'e baktı. Sağ kolundaki kanamayı durdurabilmek için onu yan yatırmıştı. Ve hâlâ bir eliyle Alex'in sol koluna bastırıyordu.

"Zamanı geldi, değil mi?" Alex'in gözleri hafifçe aralandı.

Ava, başıyla onayladı.

"İşe yarayacak," dedi Alex.

"Peki ya yaramazsa?"

"O zaman bunların hepsini yeniden yapmak zorunda kalırız." Gülümsemeye çalıştı ama biraz ürkmüştü. "Hadi. Yap şunu."

"On saniye," dedi Ava.

Anakartı inceledi. Flaş diski doğrudan oraya... sokabilirdi.

"Beş."

"Nesin sen, korkak bir tavuk mu?" Alex'in gözleri kapanmış, sesi zayıflamıştı. Ava, daha fazla kan kaybetmeden önce onu eve götürmeleri gerektiğini biliyordu.

"En azından senin gibi şımarık değilim," dedi Ava, önündeki makineye bakmaya devam ederken.

Üç.

İki.

Bir.

Şimdi.

Flaş diski, gevşemiş olan anakarta soktu ve devreyi tamamlamak için kıvılcımlar çıkartan son kabloyu da bağladı.

İşte.

Gözlerini kapattı ve Alex'in yanına çömeldi. Alex'in dudakları, tebessümle kıvrılmıştı. Ava'nın, yanağında hissedebildiği son şey bu olmuştu.

"*Molodets.*" Tebrikler, çocuk.

Sonra çevresindeki dünya, infilak etti.

Etraflarındaki her şey.

Geçmişlerine dair milyonlarca, milyarlarca küçük şarapnel parçası, etrafa saçıldı sanki.

Ava'nın, Alex'in ve Natasha Romanoff'un etrafına.

Yulia Orlova'nın, Anatoly Pavlov'un, Pyotr Usov'un ve özellikle de Ivan Somodorov'un.

Tepelerinde, kalın ve siyah bir duman bulutu oluştu ve Ava ile birlikte hayatta kalan herkesin üzerini kapladı. Sonra sarnıcın mağara kısmına doğru hücum etti, tünellere doğru püskürdü ve sarnıcın her bir girişinden dışarı fışkırdı.

Vaftiz töreni gibi, diye düşündü Ava.

Dumanla ve ateşle ve yıkımla ve ölümle yapılmış bir vaftiz töreni...

Bir tek kilisesi eksik.

Büyük patlamaların en büyüğü.

Yalnız bu seferki, evrenin sonunda ortaya çıktı...

Başında değil.

Ava, bilincini kaybetmeye başladığını hissetti. Bütün enerjisi bedeninden çekiliyor gibiydi.

Natasha Romanoff'un gözlerinin canlı gölgesi, kendisinden öte, yavaşça kayboluyordu.

İşe yarıyordu.

Unutmaya başlamıştı.

Hepsini değil... ama kendisine ait olmayan kısımları unutuyordu.

Geriye kalan her şeyi hatırlıyordu.

Belki de annemin bana bıraktığı son hediye budur.

Hatırlamak.

Ava, üzerindeki yanmış ve bükülmüş metal parçasını iterek kaldırdı. Panelin alt tarafı tamamen eriyip gitmişti.

"Hepsi bitti," dedi Ava. Beyaz tozlardan ve gri küllerden oluşan bir dünyanın ortasında oturuyordu sanki. "Yani, sanırım gerçekten bitti. Bunu hissedebiliyorum."

Elini, Alex'in ılık yanağına koydu. "Hadi, Alex. Buradan çıkalım artık. Seni tedavi ettirmemiz lazım."

"Patronluk taslıyorsun," diye mırıldandı Alex.

İyi bir duş almak.

Tek istediğim bu.

Temiz çarşaflar ve bin yıl boyunca kafama çekip uyuyacağım bir pike.

Ve bin yıl boyunca yanımda olacak bir Alexei Romanoff.

Alex'e baktı. Yüzü solmuştu ama göz kapaklarının altında, gözlerinin oynadığını görebiliyordu. "Yürüyebilecek misin?"

Alex'in elini tutup iyice sıktı.

"Senin için, her şeyi yaparım," dedi Alex. Kelimeler, dudaklarından zorlukla dökülüyordu. "Her zaman."

O da Ava'nın elini sıkıyordu ve bu son kelimeler, ağzından fısıltı şeklinde çıkmıştı. Yorgundu.

Önce birincisi... sonra ikincisi.

"Sıkı tutun," dedi Ava. "Birkaç dakika daha dayan."

Alex, çok kan kaybetmişti.

Aynı zamanda şu an hayatta olmasını da Alex'e borçluydu ve tekrar kendi zihnine sahip olmasını da.

Eğer Somodorov'un keskin nişancılarının yarısını kendi üzerine çekmiş olmasaydı, acaba Ava, O.P.U.S.'u kapatma fırsatını yakalayabilir miydi?

Ve eğer annesi Luxport'taki işi kabul etmeseydi ve –ayrıca bu projeyi yürütmeseydi– babası İstanbul'daki laboratuvarda çalışmasaydı Ivan, kobay olarak onu seçebilir miydi?

Ama eğer onu seçmiş olmasaydı, Natasha Romanoff'la tanışma fırsatı bulabilir miydi?

Ve eğer Natasha Romanoff'un tanımış olmasaydı, yolu Alex'le kesişebilir miydi?

Ava, bunu düşünmek bile istemedi.

Natasha'nın molozların arasından yolu açmaya çalışırken kendilerine seslendiğini duydu. "Buradan çıkmak zorundayız. Her tarafta polisler, hem de gerçek polisler var."

"Buradayız," diye geri bağırdı Ava.

Ama duman dağıldıktan ve görüşünü yeniden kazandıktan sonra hâlâ eksik olan bir şey olduğunun farkındaydı.

Yapması gereken son bir şey kalmıştı.

Daha önce hiç yapmadığı bir şey.

Yana doğru yuvarlandı. Bunu yaparken kesiklerini ve kanayan yaralarını umursamadı. Ayrıca zemin de kırık cam ve taş parçalarıyla dolu bir yatak gibiydi.

"Adın her ne olursa olsun, seni seviyorum. Alex Manor ya da Alexei Romanoff. Beni duyuyor musun? Seni seviyorum. Parkta senin köpeğinle oynamak ve o aptal kedinle tanışmak istiyorum. Seninle eskrim yapmak, dans etmek ve gidip dondurma yemek istiyorum."

Gülümsedi.

"Ve seni öpmek istiyorum. Gerçekten öpmek istiyorum. Senin nerede bırakıp, benim nerede başladığımı bilmeksizin öpmek istiyorum." Alex'in, tişörtüne sinmiş olan kokusunu içine çekti. "Kulağa nasıl geliyor?"

Natasha, harap olmuş bir laboratuvar masasını yolundan çekip bir kenara fırlatırken çıkan sesi duydu.

"Alex?"

Ava, eğilip yanına yattı ve Alex'in kalbinin katı ve dirençli bir şekilde atışını dinledi. Tıpkı bir gece önce Dacha Odessa Oteli'nde uyuyakaldıkları sırada yaptığı gibi.

Bekledi.

Duyamadı.

Tekrar dinledi.

"Alexei?"

Kaşlarını çatıp Alex'in yanına gitti.

Kanlı yanağına dokundu.

Soğuktu.

Ve sonra Natasha'nın bağırdığını hissetti, ama ters giden bir şeyler vardı. Ava artık hiçbir şeyi duyamıyordu.

Dünya bir anda sessizleşti. Alex'inki yerine, Ava'nın delinmiş kulak zarından kan gelmeye başlamıştı.

Her şey durdu. Hiçbir şey hareket etmedi. Havadan hâlâ küller dökülürken suyun üzerindeki ateşin yanmaya devam ettiğinden emin değildi.

Bir önemi yoktu.

Hiçbir şeyin önemi yoktu.

Hiçbir şeyin.

Alex'i kendine doğru çevirdi.

Mavimsi mor bir renk almış dudağına hava üfledi.

Soğuk dudaklarını öptü.

Sessiz yüzünü tuttu.

Biraz ötede ablası, ellerini yumruk yapmış göğsüne bastırıyordu.

Yukarı ve aşağı.

İçeri ve dışarı.

Nefes al, lanet olası.

Nefes al.

Buz gibi oldu, diye düşündü.

Neredeyse.

Ailem gibi.

Ivan gibi.

Kâbuslarında, Alexei'nin yüzünü kaplayan kar gibi.

İnsanlar bu şekilde soğumamalı.

İnsanlar sıcak olmalı.

Ve kalmalılar.

Ve dokunmalılar.

Ve fısıldamalılar.

Ve gülmeli ve sevmeliler.

Ve ağlamalı ve beklemeliler.

Ve beklemeliler.

Beklemeliler.

Alexei Romanoff.

Beklemek zorundasın.

Beni beklemek zorundasın.

Alexei.

Gitme.

S.H.I.E.L.D. ÇOK GİZLİ

İZİN SEVİYESİ X

VAZİFE BAŞINDA ÖLÜM [VBÖ] SORUŞTURMASI

REFERANS: S.H.I.E.L.D. DOSYASI 121A415

YETKİLİ AJAN [YA]: PHILLIP COULSON

CVP: AJAN NATASHA ROMANOFF NAMIDİĞER BLACK WIDOW, NAMIDİĞER NATASHA ROMANOVA

BELGE: SAVUNMA BAKANLIĞI, VBÖ SORUŞTURMALARI

KANIT TUTANAĞI: S.H.I.E.L.D. Türkiye Bürosu'nun İstanbul Saha Ofisi'nden alındığı şekliyle.

O.P.U.S. teknolojisinin yanmış ve kurtarılmış parçaları, kolilendi.

İleride yapılacak araştırma ve geliştirme işlemleri için S.H.I.E.L.D.'ın güvenlikli depolarından birine gönderildi.

Not: Cihazdaki bütün aktif giriş/çıkış soketlerinin bağlantısı kesildi. Cihaz devre dışı bırakıldı ve etkisiz hale getirildi.

O.P.U.S. teknolojisine maruz kalmış kobaylar önceki mental durumlarına geri döndüler.

Bu gizli bilgiler "TEHLİKE YOKTUR" şeklinde belgelenmiştir.

[Romanoff_N]

BÖLÜM **35**: NATASHA

S.H.I.E.L.D. NAKLİYE UÇAĞI AKDENİZ ÜZERİNDE BİR YER

"Hayır! Gitmiyorum!" Ava, S.H.I.E.L.D. uçağının kargo bölmesinde avaz avaz bağırıyordu. Bu, Coulson'un uçağıydı. Natasha, bırak tek başına uçmayı, düşünemiyordu bile.

Ava, elleri morarana kadar sürgülenmiş metal kapıya vurup durmuştu. "Çıkarın beni! Onu burada bırakamayız! Beklemek zorundayız. Alex, geri dönecek."

Ava konuşurken, uçağın zemini açı yaparak dönmeye başladı. Tökezler gibi oldu ama Natasha onu tutarak ayakta kalmasını sağladı.

İsteseler de istemeseler de gidiyorlardı.

Natasha'nın S.H.I.E.L.D. beyni, otomatik pilottaydı. Bulgar sınırına arabayla gitmek, iki saat kırk dakika sürüyordu. Ama uçakla, birkaç dakikada Türk hava sahasından çıkmış oldular.

Bu da gittikleri anlamına geliyordu.

Ellerini, kızın sallanmakta olan kızıl buklelerine koydu.

"Ava," dedi Natasha kibarca. "Alexei, geri dönmeyecek. O öldü. Her anlamda öldü. Bunu ikimiz de biliyoruz."

Ava, kargo bölmesinin zeminine doğru çöktü.

Natasha, topuklarının üzerinde duracak şekilde yanına çömeldi.

Ava, titriyordu. Konuşmaya çalıştı ama ağzı öyle bir titriyordu ki, kelimeler bir türlü dudaklarının arasından dökülemiyordu. "Ama daha bu sabah buradaydı. Buradaydık. Her ikimiz de buradaydık. Oteldeydik."

Mümkün gelmiyordu.

Olmamalıydı.

Natasha, anlıyordu.

"Biliyorum ama gitmesi gerekiyordu." Kolunu, Ava'ya doladı ve kendine doğru yaklaştırdı. Öyle sıkı sarılmıştı ki, belindeki silahı düşecek gibi oldu.

Ava, ürpermişti. Hâlâ ağlıyordu. "Neden?"

Natasha, gözlerini cama dikti. Gözlerinin yaşarmamasını umuyordu. "Bilmiyorum."

"Neden herkes gidiyor? Neden her seferinde sadece ikimiz kalıyoruz?" Kelimeler, biraz anlaşılmaz çıkmıştı.

Natasha, Ava'ya bakamadığını fark etti. Hatta karşısındaki duvardan başka hiçbir şeye bakamadığını fark etti. Eğer başka bir yere bakarsa, neler olabileceğini kestiremiyordu. Hissettiği her şeyi, duvarın katı boşluğuna itip hapsetmeyi denedi. "Bunun sebebini de bilmiyorum."

"Bu hiç adil değil," dedi Ava. Sesi boğuk çıkıyordu.

Natasha, derin bir nefes aldı. "Değil."

"Kendini koyverme," dedi Ava sessizce.

"Vermem," dedi Natasha. Artık tavana bakıyordu. Çelik duvarların, hissettikleri şeyleri taşımaya yetmeyeceğinden korkuyordu.

Gözlerini yukarı kaldırdığında, yakıcı bir ağırlığın kirpiklerinde biriktiğini hissetti.

Hayır.

Daha değil.

Benim için değil.

Şimdi ağlamak olmaz.

Ama tavanın da duvarlar kadar ağırlaşması sadece saniyeler sürdü ve bu baskı altında Natasha'nın gözleri bile yanmaya başladı.

Bu herhangi birinin ya da herhangi bir şeyin kaldıramayacağı bir ağırlıktı.

Sıra ne zaman bana gelecek?

Ben ne zaman koyverip gideceğim?

Beni kim taşıyor olacak?

Natasha Romanoff, pes etti.

Tavanın ve duvarların üzerine yıkılmasına izin verdi. Etrafındaki her şeyin binlerce parçaya ayrılmasına izin verdi. Dünyanın sona ermesine izin verdi.

Kardeşim, gitti.

Kardeşim, ailemden kalan son kişi.

Onlar kazandı ve ben kaybettim.

Kardeşimi ve kendimi.

Bir parçam, bir daha asla geri dönmeyecek.

Senelerce onu benden çaldılar ve şimdi tamamen gitti.

Natasha, gözlerini kapattı ve yaşların akmasına izin verdi.

Yanaklarından aşağı aktılar, boynuna ve saçlarına doğru...

Tüm bu yolu kat edip, Ava'nın kafasına kadar ulaştılar ve kollarına doğru aktılar ama Ava hüngür hüngür ağladığı için bunu fark etmedi bile.

Ve fark etseydi de umursamazdı.

S.H.I.E.L.D. ÇOK GİZLİ

İZİN SEVİYESİ X

VAZİFE BAŞINDA ÖLÜM [VBÖ] SORUŞTURMASI

REFERANS: S.H.I.E.L.D. DOSYASI 121A415

YETKİLİ AJAN [YA]: PHILLIP COULSON

CVP: AJAN NATASHA ROMANOFF NAMIDİĞER BLACK WIDOW, NAMIDİĞER NATASHA ROMANOVA

BELGE: SAVUNMA BAKANLIĞI, VBÖ SORUŞTURMALARI

ÖLÜM BELGESİ: KİMLİĞİ BELİRSİZ GENÇ, ÖLÜ SİVİL.

ADI:XXXXXXXXXXXXXXXXXXXXXXXXXX

YAŞI: XXX

CİNSİYETİ: XXX

VATANDAŞLIK: XXXXXXXXXXXXXXXXXXXXXX

DOĞUM YERİ: XXXXXXXXXXXXXXXXXXXXXX

TARİH: XXXXXXXXXXXX

YER: XXXXXXXXXXXXX

SAAT: XXXXXXXXXXXX

GÖREV: XXXXXX

ÖLÜM SEBEBİ: XXXXXXXXXXXXXXX

[DÜZENLENDİ]

BÖLÜM 36: AVA

MONTCLAIR ALL SAINTS KİLİSESİ
MONTCLAIR BANLİYÖSÜ, NEW JERSEY

Montclair Lisesi Orkestrası, cenazede Çaykovski çalmıştı.

Kuğu Gölü.

Alex Manor'un annesi –ya da en azından Alex'in annesi rolünü oynayan veteran S.H.I.E.L.D. ajanı– durmaksızın ağlıyordu.

Yarım saatten fazla, yüzünü mendiline gömmüştü. Bugün, kedili bluzlarından birini giymemişti. Bu, kim olduğu konusunda daha ikna edici olmuştu. Ava, kadına hakkını vermek istedi. Belki de bir ajan bile, birisiyle bu şekilde bir bağ kurabiliyordu. Konu Alex olunca, bu gözyaşlarının gerçek olma ihtimali oldukça yüksekti. İnsanlara kendisini sevdirmeyi iyi biliyordu; onda şeytan tüyü vardı.

Tıpkı ablasının insanları kendisinden uzaklaştırmayı bildiği gibi.

Ava, kilisenin içindeki sıralara baktı. Ağlamamayı umuyordu.

Ödünç aldığı güneş gözlüklerinin ardından bile bunu yapmaya çalışıyordu. Bu insanların önünde olmazdı.

Bu yabancılar.

Kilisenin içi, lise öğrencileriyle doluydu. Ava, bu yüzleri, rüyalarında hep gülümserken görmüştü. Onları şimdi ağlarken görmek, çok garip gelmişti. Sadece Alex'in arkadaşı –Alex'in en yakın arkadaşı– Dante, şaşırtıcı bir şekilde toparlanmış duruyordu.

Ava'nın sadece eskrim turnuvasında gördüğü ve adını bilmediği beş çocukla birlikte, tabutun önündeki sıralara oturmuştu.

Kolunu, sürekli ağlamakta olan kız kardeşinin omuzlarından bir an olsun çekmiyordu.

Bu, Sofi.

Alex, adının Sofi olduğunu söylemişti.

Ava arka sıralardan birine, Natasha'nın yanına oturdu. Natasha, düz sarı bir peruk ve devasa siyah güneş gözlükleriyle tebdili kıyafet gelmişti ve uzun uçuş mağduru Parisli bir modeli andırıyordu. Diğer yanında oturan Coulson, her zamanki gibi Coulson'du.

Görünüşe göre, bunun için yapabileceği hiçbir şey yoktu.

Tony Stark, istemeye istemeye evde kalmıştı ama New Jersey'nin arka mahallelerinde yaşayan sıradan bir lise öğrencisinin cenazesinde ne aradığını açıklamanın hiçbir yolu yoktu.

Steve Rogers, Natasha'ya taziye için Amerikan bayrağı şeklinde çiçekler yollamıştı. Pepper Potts da aynı şekilde. Avengers'ın son üyesi Bruce Banner, küçük beyaz bir zarfın içinde bir not yollamıştı sadece. Natasha, bu zarfı hâlâ sıkı sıkı elinde tutuyordu.

Ava, elindeki program kâğıdına baktı. Üzerinde, Alexei'nin eskrim ceketli ve elinde kılıç tuttuğu bir fotoğrafı vardı. Tam da kendisi gibi görünüyordu. Ukala, komik, düşünceli ve hayat dolu.

Fotoğraftaki beyaz çizgiye dokundu. Kılıca. Eski eskrim çantası, artık Natasha'nın dairesinde duruyordu. Natasha, onun ekipmanlarını Ava'ya vermişti. Onları bir kenara atmaya dayanamazdı. Ava, o çantayı bir daha ne zaman ve nasıl açacağını hiç bilmiyordu.

Belki hiçbir zaman.

Nefesi, boğazında düğümlenmişti.

Bir anda kendini ayakları üzerinde buldu. Oradan çıkması gerekiyordu. Koridordan süzülerek çıktı ve kilisenin otoparkına doğru gözden kayboldu.

Kendini, orada beklemekte olan cenaze arabasına dehşet içinde bakarken buldu.

Alexei'nin cenaze arabası.

Onu mezarlığa, mezarına götürecek olan araba.

Gerçek mezarına.

Sonsuza kadar kalacağı yere.

Hayır.

Bu gerçek değil.

Gerçek olamaz.

Ava, kaldırım taşına çöktü ve nihayet, gözyaşlarının akmasına izin verdi. Güneş gözlüklerini çıkarttı ve gözlerinin ışığa alışmasına izin verdi. Gözyaşlarının ardında, o tanıdık yanma duygusunu hissedebiliyordu. Bu duyguyu, İstanbul'dan beri hissediyordu.

Kendisinin neye benzediğini biliyordu: Eski, sıradan Ava. Yalnız inanılmaz şekilde değişmişti. Sadece kırık kalbi değil, artık her şey farklıydı. O.P.U.S. havaya uçtuğundan beri gözbebeklerinde, anlam veremediği mavi parlamalar oluyordu. Ve değişen tek şey bu da değildi...

Sen gittin, Alexei.

Beni bıraktın ve şimdi tüm bunlarla yapayalnız kaldım.

Bu hiç adil değil.

Ava, bütün bunların ne anlama geldiğini ve tüm bunlarla nasıl yüzleşeceğini bilmiyordu. Her ne olacaksa, onsuz yüzleşmek zorundaydı.

Tek bildiği, her ikisi için de denemek zorunda olduğuydu.

"Tanıdığın insanlardan birinin bir gün bu arabalardan birine bineceğini hiç düşünemiyorsun, değil mi?"

Dostane bir sesti.

Yabancı bir ses.

Ava, çabucak gözlerini sildi. Şaşırmıştı.

Kafasını kaldırdığında, yanı başındaki kaldırım taşında, Dante Cruz'un oturduğunu gördü. Üzerindeki gömleğin kollarını sıyırmıştı. Ceketini çıkarmıştı. Gözleri kıpkırmızıydı. Ağlamıştı. Ava'nın yüzünü görünce, o da en az Ava kadar şaşırmıştı.

"Sensin," dedi Dante. "Burada ne işin var?"

"Ne?" Ava bocalamıştı.

Kendini toparlamaya çalıştı ama kalbi küt küt atıyordu. Alex'in arkadaşlarına söyleyebileceği hiçbir şey yoktu. Özellikle de bu arkadaşına.

Gerçek hayatta yoktu.

Asla onun gerçek hayatında olamayacağım.

"Ben, Alex'in arkadaşı Dante. Dante Cruz. Ve sen de Philly'deki kızsın. Alex'in turnuvada flört ettiği kızsın," dedi Dante.

Tabii ki.

Tüm bildiği bu.

Ava, rahatlamıştı. Çok üzgündü. "Ben, Ava. Ava Orlova. Ve ne demek istediğini hiç anlamadım."

"Hayır, anladın. Seni tanıdım. Sen, Alex'e bakan kızsın. En iyi arkadaşımı son gördüğüm gün."

Ava, ne diyeceğini bilmiyordu. "Ben..."

"Alex ortadan kaybolduğunda polise senden bahsetmiştim. Seni aramalarını söylemiştim. Hatta seni tarif edip bir robot resmini bile çizdirdim. Hiç kimse, en ufak bir ipucu bile bulamadı."

"O ben değildim."

"O zaman neden buradasın?"

"Alexei ve ben, arkadaştık. Ben... onu çok ama çok özleyeceğim."

Dante, şüpheci bir bakış fırlattı.

"Alex. Onun adı Alex. En azından adını doğru öğrenseydin." Dante, rahatsız olmuştu ve Ava'yı savunmasız yakalamıştı.

Ava'ya doğru baktı. Bunu yaparken de tam bir polis yüzbaşısının oğlu gibi görünüyordu. Koyu renkli gözleriyle, gerçeği ararcasına bakıyordu.

"Peki. Tamam." Ava, ürperdi. "Philly'deki ben olabilirim."

Ama Dante bunu zaten biliyordu ve ondan duymaya ihtiyacı yoktu. Artık kafasını iki yana sallamaya başlamıştı. Ava, yine ürperdi. "Bana tek bir şeyi söylemeni istiyorum, Ava. Eğer o gün, turnuvada, onun yanına gelmeseydin, eğer onunla göz göze gelmeseydin... arkadaşım şu anda hayatta olur muydu?"

Ava, cevap vermedi. Söyleyemezdi. Bununla yüzleşemezdi.

Yalnız Dante Cruz'a karşı değil, tüm insanlığa karşı.

Dante –Natasha'nın olduğundan daha fazla– Alex'in ailesinden bir parça gibi olmuştu. Gözyaşları, yeniden yakıcı bir şekilde yollarını bulup akmaya başladılar.

Benim suçum olduğunu biliyorsun.

Tabii ki benim suçum.

Eğer benimle tanışmamış olsaydı, hâlâ hayatta olabilirdi.

Eğer onu rüyamda görmeseydim.

Eğer Natasha onu takip etmiş olmasaydı.

Eğer bütün bu süreçte, onun kafasının içinde yaşamamış olsaydım.

Olanların hepsi, birimizden birinin suçu.

Ya Natasha'nın ya da benim.

Onu herkesten çok seven iki insanın.

"Ben de öyle düşünmüştüm," dedi Dante sert bir şekilde. Ayağa kalktı ve Ava'yı kaldırım taşının üzerinde yalnız bıraktı. "İçeri girmem gerekiyor. Taşımam gereken bir tabut ve defnetmem gereken bir arkadaşım var." Gözleri karanlıktı. Ceketini, omzuna astı.

"Çok üzgünüm," dedi Ava, acınası bir şekilde. "Onu çok özlüyorum." Dante ona baktı ama artık gözyaşlarını durduramıyordu.

Durdurmayı da denemedi.

S.H.I.E.L.D. ÇOK GİZLİ

İZİN SEVİYESİ X

VAZİFE BAŞINDA ÖLÜM [VBÖ] SORUŞTURMASI

REFERANS: S.H.I.E.L.D. DOSYASI 121A415

YETKİLİ AJAN [YA]: PHILLIP COULSON
CVP: AJAN NATASHA ROMANOFF NAMIDİĞER BLACK WIDOW, NAMIDİĞER NATASHA ROMANOVA

BELGE: SAVUNMA BAKANLIĞI, VBÖ SORUŞTURMALARI

SB: Ne dememi bekliyorsunuz?
ROMANOFF: Beklentilerim oldukça düşüktür, efendim.

SB: Sizi askıya mı alsak, hapse mi atsak karar veremiyorum.
ROMANOFF: Hak ettiğim şey, olacak olanla aynı değil.

SB: Meşhur boynuzlu atların gibi mi? Süper asker serumları ya da gama radyasyonu gibi mi?
ROMANOFF: Kesinlikle, efendim.

SB: Sizin yüzünüzden, bir çocuk öldü.
ROMANOFF: Bunu söylemenize gerek yok.

SB: Formalite gereği. Ama hareketlerinizden siz sorumlusunuz. Bu şekilde hareket edin.
ROMANOFF: Her zaman öyle hareket ediyorum.

SB: Söyleyecek son bir şeyiniz var mı?
ROMANOFF: Ne söyleyeceğimin değil, ne yapacağımın önemi var.

SB: Neymiş o?
ROMANOFF: Saygısızlık etmek istemem ama bundan sonra olacaklar sizi ilgilendirmez, efendim.

SB: Bitti mi?
ROMANOFF: Hayır. Defolup gidin hayatımdan, efendim. Şimdi bitti.

SB: Bu, yüzyılın aşağılaması oldu, Ajan Romanoff –ve bu her ne kadar bir aşağılama olsa da– [hışırtı sesi geliyor] Ajan? Nereye gidiyorsunuz? Bir federal soruşturmadan elinizi kolunuzu sallaya sallaya...

ON BİR

AY

SONRA

BÖLÜM **37**: NATASHA

S.H.I.E.L.D. AJAN AKADEMİSİ İDARE BİNASI

Natasha Romanoff, Akademi'nin ana girişini arşınlarken deri montundaki karları eliyle temizliyordu.

Kendisini, Kahramanlık Duvarı'nın karşısında dikilirken buldu. Bu, gizli servisin görev başında ölmüş olan ajanlarının isimlerinin kazındığı, işlenmiş bir kaya parçasıydı.

İsmi görünce, nefesini tuttu. Sanki kendi mezar taşına bakıyormuş gibiydi.

ALEXEI ROMANOFF

Siyah deri eldivenli parmaklarını harflerin üzerinde gezdirdi. Kafasını, bu devasa taşa doğru yaklaştırdı.

Neredeyse bir yıl oldu, değil mi?

Sen, aslında gitmedin.

Gülüyorsun. Bisiklet sürmeyi öğreniyorsun.

Buzlar altındaki Moskova Hayvanat Bahçesi'nde, elinden kaçırdığın balonun peşinden koşuyorsun. Kafana kadar sıçrayan bir köpekle oynuyorsun.

Gözlerini kapattı.

Bunlar gerçekten olmuş muydu? Yani çocukluğumuz... Red Room dışında olanlar, gerçekten olmuş muydu? Bunu bilme şansım var mı?

Bana ne kadarını bıraktılar?

Ya onlara ait olanlar hâlâ zihnimin derinliklerinde gömülüyse?

"Şaşırdın mı?" dedi arkasında beliren Coulson.

Natasha, afallamış bir şekilde gözlerini açtı. Kafasını duvardan uzaklaştırdı. "Beklemiyordum. O bir ajan değildi. Henüz olmamıştı."

"Harika bir ajan olabilirdi. Bunun için gereken her şeye sahipti. Ve kim bilir, İstanbul'da yaptıklarıyla kaç kişinin hayatını kurtardı."

Natasha, başıyla onayladı ve kendini oradan uzaklaşmaya zorladı.

"Peki ya Ava?"

"Gel de göstereyim."

Natasha, tarif etmesi zor bir koridorun sonundaki tarif etmesi zor bir kapının penceresinden içeriye bakıyordu. "O konuda bir şey söyledi mi?"

"Mecbur kalmadıkça, hayır."

"Bu onu geriye çekmiyor mu?"

"Eğer bir etkisi oluyorsa, onu itiyor diyebiliriz. Her konuda sınıfının birincisi, Ajan Romanoff."

Natasha, Ajan Coulson'a baktı. "Peki ya... durumu?" Bunu nasıl adlandıracağını bilemiyordu. İstanbul'da O.P.U.S. patlaması yaşandığından beri, Ava'nın içinde gizemli, mavi bir elektrik akımı geziyordu. Bundan en kötü şekilde o etkilenmişti, çünkü patlamanın merkezine en yakın duran oydu.

Eğer Alex yaşasaydı...

"Ava, içindeki kıvılcımı kaybetmedi, tabii eğer sorduğun şey buysa." Coulson, başını salladı. "Hâlâ pek bir şey bilmiyoruz. Laboratuvarda deneyler yapmasına izin verdik. Bir çift eski eskrim kılıcını modifiye etti, açılır kapanır bir şeye dönüştüler. Gücünü, başka bir şeye yönlendirmesine yardımcı oluyormuş gibi görünüyor."

Alexei'nin kılıçları, diye düşündü Natasha. *Ona verdiklerim. Demek ki, onun unutmamaya çalışan, yalnız ben değilim.*

Natasha, sadece kafasını salladı. "Ve?"

Coulson, omuzlarını silkti. "Şöyle diyeyim, o saldırırken karşısında duran adam olmak istemezdim."

"Ve onu bizzat kendin mi gözlemliyorsun?" diye sordu Natasha.

"Söz verdiğim gibi arada gelip gidiyorum. Ama bunu yapan sadece ben değilim, biliyorsun. Taksi şoförünün kızıyla hâlâ görüşüyor. Sanırım o kız, Ava'nın kedisine göz kulak oluyor."

"Oksana."

Coulson, başıyla onayladı. "Bir de nadiren de olsa Tony Stark arıyor. Sanırım ona fıkra anlatmayı seviyor."

Natasha, gözlerini devirdi. *Tony Stark'ın bir şeyi ne için yaptığını kim bilebilir ki?*

"Başka bir şey var mı?" diye sordu Natasha.

"Arada sırada Dante Cruz adında bir çocuktan mektup geliyor. O da..."

"Kardeşimin arkadaşı. Biliyorum."

Natasha, tırmanma duvarının neredeyse dümdüz olan yüzeyine tırmanan Ava'yı izledi. Atkuyruğu yaptığı saçları, arkasından sallanıyordu.

Neredeyse hiç ağırlığı yok gibiydi. Limitleri yoktu. Hiçbir şey onu tutamıyordu.

Sanki umurunda olan tek şey, önündeki duvardı. Düşünmesi gereken tek şey oydu.

Bir yaş daha büyümüş gibi görünmüyor. Sanki bir yaş daha gençleşmiş.

"Haydi," dedi Coulson.

Natasha, kapıyı açıp içeri girdi.

Bir düzine akademi öğrencisi –kızlı erkekli– halatlara asılmış, spor salonunun tavanından aşağı sarkıyorlardı.

Ava, tutunduğu halatla dönüp etrafındaki hedefleri ölçüp biçiyordu. Botunu kaldırdı ve yan tarafında taşıdığı silahı parmaklarına doğru kaydırdı. Etrafındaki hedefleri, gözünü bile kırpmadan teker teker indirdi.

Mükemmel bir skor.

O an Natasha, Ava'nın tek bir mermi bile kullanmadığını fark etti. Elindeki Glock, çatırtıya benzeyen bir sesle, o masalsı mavi ışıklardan ateşliyordu. Görünüşe göre, Ava'nın elindeki silah, bir EMP (Elektromanyetik pals) cihazı gibi çalışıyor ve kızın içindeki enerjiyi dışa vuruyordu. Sanki gökyüzünden yıldırımlar, şimşekler yollayan Zeus gibiydi.

Natasha, tek kaşını kaldırdı.

"Ne demek istediğimi anladın mı?" dedi Coulson gülümseyerek.

Natasha, gözlerini Ava'dan ayırmıyordu. "Işıklar saçarcasına iyi."

Bir düdük sesi duyuldu ve diğer halatlar, yere indi. Tabii kendilerine asılı olan askerlerle birlikte.

Ava, zaferini kutlarcasına yumruğunu kaldırarak bağırdı. "Evet!"

Natasha, dikkatlice ona baktı. Tarçın rengi atkuyruğu olan kıza. Onun aynı kişi olduğuna inanmak imkânsız gibiydi. "Hazır mı?"

"Onun gibi bir şey," dedi Coulson. "Daha on bir ay oldu ama dediğim gibi, sınıfın en iyisi."

"Peki ya kâbusları?"

"Biraz daha iyi. Tamamen bitmedi, tabii ki. Bir aileye ihtiyacı var, Ajan Romanoff. Bir destek ekibi, bir arkadaştan daha fazlası. Belki senin yardımın olur, ha?"

"Benim ailem filan yok," dedi Natasha, otomatik olarak.

Diğer öğrenciler heyecanlı bir şekilde fısıldamaya başlayana kadar Ava, Natasha'nın orada olduğunu fark etmedi. Natasha Romanoff, Black Widow'du ve S.H.I.E.L.D. akademilerinde, Avengers ünlülerden bile daha ünlüydü.

Onlar kahramandı.

Ava, dönüp baktığında onunla göz göze geldi. Dudaklarına, gülümsemeye benzer bir şey yapıştı.

Sonrasında halattan ayağıyla destek alıp üç yüz altmış derece dönerek ayakları üzerine indi. Philly'deki köprüde yaptığı hareketin aynısını yapmıştı.

Ama bu sefer yanında Alex yoktu.

Natasha, yerden onu izliyordu. Bu sahne onu etkilememişti, tıpkı mesajın etkilemediği gibi.

Buradayım. Anladım. Ne yaptığımı biliyorum.

Artık bir çocuk değilim. O kız gitti.

Ava, ajanların önünde yere indiğinde, pek de düzgün durmayan akademi montu ortaya çıktı. Beyaz kevlardan yapılmıştı ve uzun kolluydu. Dik yakalıydı ve vücuda oturuyordu.

Bakıldığında, sanki bir eskrim ceketini söküp, eldiven gibi oturacak şekilde yeniden dikmişlerdi.

Ava, su şişesini almak için döndüğünde, Natasha, kalbi duracakmış gibi hissetti. Giydiği, herhangi bir ceket değildi. Alexei'nin ceketiydi. Ava'nın sırtında, silik harflerden oluşan MANOR yazısı hâlâ okunabiliyordu.

Kız, karşısına geçtiğinde Natasha, kıyafetinin göğsüne elle dikilmiş tanıdık bir sembol gördü. İki kum saati şekli, birbirini kesecek şekilde yerleştirilmişti ve ilk bakışta, tam ortada birleşmiş dört kırmızı üçgenmiş gibi görünüyordu.

Natasha, sembolü işaret ederek gülümsedi.

"Demek Red Widow, ha? İsmine alışma faslı nasıl gidiyor?"

Ava, omuzlarını silkti. "Biraz zaman tanıyorum."

"Öyle mi? Ne kadar zamana ihtiyacın var?" Natasha, bir deste anahtar çıkarttı. "Görüyorsun, şu uçağı aldım ve S.H.I.E.L.D.'ın Rio'da bir üssü var. Eski bir arkadaşım da Güney Amerika'da ufak tatsızlıklar olmaya başladığını söyledi..."

"Ve?" Ava, tek kaşını kaldırdı.

"Ve ben de ona borçluyum. Ve tabii ki arkamı kollayacak biri fena olmaz. Ya da en azından, bilirsin işte, ufak bir tatil yapmak."

Coulson, şaşırmışa benziyordu.

Natasha, gülümsedi. "Ne dersin? Kayıt defterime biraz kırmızı ton katmaya ne dersin... Red Widow?"

Ava, omuzlarını silkti. "Eğer bu kadar istiyorsan," dedi sonunda. Dalga geçiyordu.

Aynaya bakmak gibi, diye düşündü Natasha. *Benim gölgem gibi olacak.* Gülümsedi. "Git eşyalarını topla. Dışarıda seni bekliyorum."

Ava, ümitle Coulson'a baktı.

Coulson, başıyla onayladı ve Ava'da fikrini değiştirmesine fırsat vermeden gözden kayboldu.

Akıllı kız.

Coulson, Natasha ile birlikte Akademi'nin ön kapısına doğru yürürken, Ava'nın akşamüstü yağan karın altında beklediğini gördü. Parlak kırmızı Harley motorun yanında duruyordu ve sırtında, Natasha'nın tahminlerine göre eski casus ekipmanlarıyla dolu olan bir çanta vardı.

Titriyordu.

Couson, kafasıyla motoru işaretli. "Yeni canavarın mı?"

Natasha, kafasını salladı. "Yarın, Ava'nın doğum günü. Bu onun hediyesi."

"Ah!" Couson gülmeye başladı. "Umarım bu sefer içine kart koymayı unutmamışsındır."

Natasha, cebinden bir kart çıkarttı.

Coulson, cebindeki dolma kalemi aradı. "Sanki evimde 1956 Montblanc çeşmesi var."

"İşte, her şeyi yazdım ve imzaladım." Natasha, omuzlarını silkti. "Bir cepçi kullandım."

Coulson, güldü. "Ona fazla yüklenme."

Natasha, bir bakış fırlattı.

Coulson iç çekti. "Tamam, yüklen."

Natasha, kapıya uzandı.

Coulson, kolundan yakaladı. "Belki senin erkek kardeşin değil, Ajan Romanoff, ama hayatın boyunca karşına çıkacak ve kız kardeşin yerine koyacağın tek kişi. Belki de tek arkadaşın."

Natasha kapıyı iterek açtı ve sonra dudaklarında gülümsemeye benzer bir emare belirdi. "Biliyorsun, bu durum duygusal açıdan biraz karmaşık, Phil."

"Öyle mi?" Coulson güldü.

"Eh, daha bitmedi," diye cevap verdi Natasha. Ve sonra da karlı geceye doğru yürümeye başladı.

S.H.I.E.L.D. ÇOK GİZLİ

İZİN SEVİYESİ X

VAZİFE BAŞINDA ÖLÜM [VBÖ] SORUŞTURMASI

REFERANS: S.H.I.E.L.D. DOSYASI 121A415

YETKİLİ AJAN [YA]: PHILLIP COULSON

CVP: AJAN NATASHA ROMANOFF NAMIDİĞER BLACK WIDOW, NAMIDİĞER NATASHA ROMANOVA

BELGE: SAVUNMA BAKANLIĞI, VBÖ SORUŞTURMALARI

DOSYAYA İLİŞTİRİLMİŞ NOT: KULLANICI METNİ - GÜVENLİ METİN

Yönetici Notu: Bundan sonrası, 121A415 dosyasına atfedilen ilk kayıttır.

COULSON: Ajan Romanoff, yeni bir görev için müsait misin? Yönetici Fury, bu işi tek başına halletmeni istiyor.
ROMANOFF: Biraz meşgulüm. Yeni bir köpek yavrusu buldum.

COULSON: Dur bir dakika, yavru bir köpeğin mi var?
ROMANOFF: Ne sandın?

COULSON: Tamam. 12 saat içerisinde sana Odessa'da ihtiyacımız var. MI6, takipte olduğumuz eski bir SVR ajanı hakkında istihbarat verdi.
ROMANOFF: Hedef kim?

COULSON: Bunu eski bir arkadaşla uzun bir aradan sonra tekrar bir araya gelmek gibi düşün. Ivan Somodorov.
ROMANOFF: Sahip olduğum yavru köpek sayısı kadar arkadaşım var. 6 saat içinde orada olurum.

SB: Arkadaş edinmek için çok geç değil, Ajan Romanoff.
ROMANOFF: Gerçekten çok geç.

COULSON: Mesela, bana Phil diyebilirsin.
ROMANOFF: Romanoff, kapatıyor.

GİZLİ ARŞİVLER: BOŞ SAYFA
ÇOK GİZLİ

GÖNDEREN: Romanoff, Natasha

ALICI: Romanoff, Natasha

TANIK: Coulson, Phillip

BEN, NATASHA ROMANOFF, BU TARİHTE YEMİN EDİYORUM Kİ <<BKZ. DOSYA>> S.H.I.E.L.D. AJANI PHILLIP COULSON'DAN BENİM VE GENETİK OLARAK YAŞAYAN TEK KARDEŞİM ALEXEI ROMANOFF'UN BEYİN KORTEKSİNE ALTINCI DERECE SİLME İŞLEMİ UYGULAMASINI RİCA ETTİM.

BEN, NATASHA ROMANOFF, KARDEŞİM İLE BİRLİKTE AİLEMİZİN HAYATTA KALAN SON FERTLERİ OLDUĞUMUZDAN DOLAYI, RED ROOM'DAN SAKLANABİLMEK İÇİN BU İŞLEMİN UYGULANMASINA ONAY VERDİM.

BEN, NATASHA ROMANOFF, BUGÜNKÜ PROSEDÜRE DAYANARAK, KARDEŞİM ALEXEI ROMANOFF'UN YASAL VASİSİ OLARAK, DİREKTÖR PHILLIP COULSON'U ATIYORUM. TÜM MADDİ SORUMLULUK, PEPPER POTTS TARAFINDAN İDARE EDİLEN, ROMANOFF AİLE SERVETİNDEN KARŞILANACAKTIR.

BEN, NATASHA ROMANOFF, BU PROSEDÜRÜ, RED ROOM'DAKİ BLACK WIDOW EĞİTİMLERİMDEN KALMA DENEYİMLERİM SAYESİNDE OLABİLDİĞİNCE KOLAYLAŞTIRACAĞIMI TAAHHÜT EDİYORUM.

BEN, NATASHA ROMANOFF, BU İŞLEMİ KENDİMDEN BİLE GİZLEYECEĞİME DAİR YÖNETİCİ COULSON VE BAYAN POTTS'A YEMİN ETTİĞİMİ ONAYLIYORUM.

BEN, NATASHA ROMANOFF, BUNUN KENDİ İRADEM VE VASİYETİM OLDUĞUNU TASDİK EDİYORUM.

TANRI YARDIMCIM OLSUN.

TEŞEKKÜRLER

Daha önce de söylediğim gibi, benden bu kitabı yazmamı istemeleri, başıma gelmiş belki de en gurur verici olay. Menejerim Sarah Burnes'ün beni aradığı o ânı asla unutmayacağım, ki o da müstakbel editörüm Emily Meehan'dan telefon alır almaz beni aramış. O sırada İtalya'daydım ve çıplak ayakla balkondan dışarıya bakarken elimde bir domates tutuyordum. Telefonda, Sarah'nın komisyonunu düşünmeksizin, "Söyle onlara, bu işi bedavaya yaparım," dedim ama neyse ki beni duymazdan geldi.

Bu olaydan çok önce –ve şu andan da tabii ki– birçok insan, Natasha Romanoff'u dünyaya getirmek için çok çabaladı. Stan Lee (Don Rico ve Don Heck ile birlikte), Black Widow'u ilk olarak 1964 yılında okurlara sundu. Ama o günden sonra birçok yazarı ve çizeri oldu ve hepsinin de bu projede büyük ilham kaynağı olduklarını söylemem gerekiyor. Kendi adıma, Marjorie Liu ve Daniel Acuna'nın büyük hayranıyım ve tabii ki Phil Noto ile birlikte editör Ellie Pyle'ın da. Ayrıca Natasha'nın Marvel Stüdyoları'ndaki ekibi de inanılmaz bir iş çıkartıyor. Kevin Fiege ve Joss Whedon önderliğindeki Jon Favreau, Anthony Russo, Jon Russo, Zak Penn, Christopher Markus, Stephen McFeely, Ed Brubaker ve Justin Theroux, Black Widow'a daha geniş bir izleyici kitlesi ve daha parlak spot ışıkları sağladılar.

Ve tabii ki artık tüm dünyanın Natasha Romanoff olarak gördüğü Scarlett Johansson da öyle. Yazarken gözümün önünde onu canlandırmamam mümkün değildi. Scarlett'in Natasha'sı, hem arızalı hem de asla hafife alınmaması gereken bir insanı başarıyla gözler önüne seriyor. Kendini kurtarmaktansa dünyayı kurtarmaktan çok daha keyif alacak ama bir şekilde ikisini de yapmaya çalışan bir karakter. Peki ya onu hafife alır, küçümser ve kategorize ederseniz? İhtiyacı olanı almak için bunları size karşı sonuna kadar kullanacaktır ve hem kafanızı hem de beklentilerinizi duvara çarpacaktır. Ve evet, bunu yapan, bir kadın.

Kelimenin tam manasıyla.

Ama Black Widow'un genç okurlar için yazılan bu macerasının açılış bölümü büyük oranda iki yaratıcı kadın tarafından şekillendi. Her ikisi de kişisel olarak (süper) kahramanlarımdır. Disney Hyperion'daki yayın yönetmenim Emily Meehan'a sonsuza dek müteşekkir kalacağım, çünkü bu kitabın editörlüğünü –Elizabeth Schaefer ile birlikte– yaparken harika bir iş çıkarttı ve İtalya'dayken aldığım o hayati telefonun kaynağıydı. Kendisi gerçek bir yetenek ve çok iyi bir arkadaş. Ayrıca Marvel'ın içerik yöneticisi ve karakter geliştiricilerinden başlı başına bir öngörü abidesi olan Sana Amanat'a da minnettarım. Marvel tarafından taslaklarımızı inceleyen oydu ve tam bir fanatik olduğu için onu ikna etmek çok zordu. Hem Sana hem de Emily, yaratıcılık ve becerinin nadir görülen birer birleşimi. Bu işi ele aldılar, Natasha'yı ele aldılar ve beni ele aldılar. Onlar olmasa, ilk sayfalar çok daha farklı olacaktı (ve kesinlikle iyi olmayacaktı!) ve Red Widow, alay konusu olacaktı.

Emily ve Sana'nın sempatik enerjisinin yanında Disney Tüketici Ürünleri Servisi'nden Andrew Sugarman ve Disney Yayınları'ndan Jeanne Mosure ve Rich Thomas'a da Black Widow'un bu ilk genç yetişkin romanını yaratacak olan ekibi (Avengers gibi) bir araya getirdikleri için teşekkür etmek istiyorum. Reklam direktörü Seale Ballenger ve reklam müdürü Mary Ann Zissimos da günlük bazda imkânsızı başardılar. Tim Retzlaff, Elke Villa ve Maria Shults da pazarlama departmanında harika bir iş çıkarttı. Sanat Yönetmeni Tyler Nivens'ın elinden geçen muhteşem *Daima Kızıl* kapağı konusunda da illüstratör Alessandro Taini ve font tasarımcısı Russ Gray, kendilerini aştılar. Tıpkı Disney takımı ve ailesinin geri kalanı gibi... Marvel cephesinde ise Sana, Charles, Adri, Judy ve bizzat Axel Alonso ile yaptığımız her görüşme ve işbirliği, başlı başına bir zevkti.

Kendi takımıma gelecek olursak, öncelikle teşekkürler her zaman olduğu gibi Gernertt Company'de çalışan yorulmak bilmez menajerim Sarah Burnes (ve asistanı Logan Garrison)'e gidiyor. Hem zeki hem gözü pek, hem de arkadaşım oldukları için. Ayrıca Melissa de la Cruz, Michael Fletcher ve Julie Scheina'ya da özel eleştirmenlerim ve çok da gizli olmayan silahlarım oldukları için. (Ve Mike, senin tetikleyiciler her zaman cam gibi kırılıyor!) Sabırlı Rusça tercümanlarım Abbey Gardner, Dr. Kevin Platt ve aynı zamanda Ukrayna uzmanım olan Maria Grytsenko'ya. Sosyal medya uzmanlarım Tori Hill ve Shane Pangburn'e ve harika bir yazar fotoğrafı çeken Joseph Moretti'ye. Yazım sürecinde okumayı kabul ettikleri (en azından okumuş gibi yaptıkları) için yazar arkadaşlarım Marie Lu, Cassie Clare, Brendan Sanderson ve Rainbow Rowell'a. Uzun zaman önce, Örümcek Adam çizgi romanlarını benimle paylaştığı için Damon Conn'a. O sık sık aklıma gelen tuhaf Fantastik Dörtlü günleri için 7 Studios ekibine. Kendi kişisel Punisher'ım ve yazdığım ilk GY polisiye romanında ortağım olan Kami Garcia'ya. Beni ağaçlarımın (çok fazla ağacın!) arasından çekip çıkartan Veronica Roth'a. Başka anneden olan kardeşim Rafi Simon'a (Philip, Natalia ve India'yla birlikte) ve aynı anneden olma kardeşim Dave Stohl'a (Ashly, Sara, Jake ve Charlie ile birlikte). *Teşekkürler* artık yeterli bir kelime olmaktan çıktı. Tüm kabileme kalpten ve kucak dolusu sevgiler. Siz kendinizi biliyorsunuz! Sizinle güvenli bir çember oluşturmak çok uzun zamanımızı aldı ama hayatımda olduğunuz için çok mutluyum.

Özel bir tezahürat, hem spotlar altında, hem de sahne arkasında aşırı derecede başarılı olan Marvel Kadınları'na gidiyor. Gerçekten dünyayı değiştiriyorsunuz. Size katılmak, büyük bir onur. Bu Marvel Kadınları panellerinin diğer yarısı, kalabalığın içindeki yüzlerce sima: Sizi duymadığımızı sanmayın. Değişimden bahsetmeye devam edin, bu kitabın var olmasında sizin de payınız büyük.

Ve tabii ki en büyük ve en sulu öpücük, kahramanım olan kendi #nerdailem'e, Lewis, Emma, May ve Kate Peterson'a (Kiki ve Jiji ile birlikte) gidiyor ki kendileri sabahları uyanma sebebimdir. Buna sahip olmanın ne kadar güzel olduğunu biliyorum, çünkü size sahibim (*ve biliyorsunuz ben bir pisicik değilim!*). Ne kadar da şanslı bir kızım!

M. Stohl

Mayıs 2015